W0361068

Oliver G. Wachlin, Jahrgang 1966, lebt und arbeitet seit über zwanzig Jahren hauptberuflich als freier Autor und Dramaturg in Berlin. Er schrieb zahllose Texte, Konzepte und Drehbücher für Film und Fernsehen sowie diverse Image- und Werbekampagnen. »Grenzwärts« ist nach »Wunderland« und »Tortenschlacht« sein dritter Kriminalroman, der im Emons Verlag erscheint.

Dieses Buch ist ein Roman. Handlungen und Personen sind frei erfunden. Ähnlichkeiten mit lebenden oder toten Personen sind rein zufällig.

OLIVER G. WACHLIN

Grenzwärts

KRIMINALROMAN

Bücherei
Privatklinik Hochrum
6063 Rum

emons:

FSC
www.fsc.org
MIX
Papier aus verantwortungsvollen Quellen
FSC® C083411

© Hermann-Josef Emons Verlag
Alle Rechte vorbehalten
Umschlagmotiv: Heribert Stragholz
Umschlaggestaltung: Tobias Doetsch
Druck und Bindung: CPI – Clausen & Bosse, Leck
Printed in Germany 2011
ISBN 978-3-89705-906-1
Originalausgabe

Unser Newsletter informiert Sie
regelmäßig über Neues von emons:
Kostenlos bestellen unter
www.emons-verlag.de

PROLOG

Anfang Oktober ist es schon verdammt kühl in den Nächten, trotz langer Unterhosen und dick gefütterter Bomberjacke. Keine von den Billigteilen, die man heute in jedem Discounter findet. Nein, meine Jacke ist echt, schlappe dreihundert Mark habe ich für die MA-1 von Alpha Industries hinblättern müssen. Und dennoch kriecht jetzt langsam die Kälte durch. Um wenigstens meine Finger warm zu halten, sichere und entsichere ich die alte russische Leuchtpistole immer wieder und versuche, dabei so wenig Geräusche wie möglich zu machen. Der Jäger arbeitet lautlos, und die Jagdsaison ist noch lange nicht vorbei. Irgendwann werden sie kommen. Sie kommen immer in solchen Nächten.

Ich liege versteckt im Dickicht auf einer Anhöhe mit gutem Überblick über die Flussniederung. Nebelschwaden wabern über die Wiesen, milchig erhellt von einer bleichen Mondsichel, die aus unruhigen Wolkenfetzen tritt. Der Wind zerrt an den Erlenbäumen, dass es welkes Laub regnet, und zaust die langen Arme trauernder Weiden am Ufer. Die Neiße ist hier höchstens einsfünfzig tief und ihre Strömung längst nicht so mehr stark wie in den engen Tälern flussaufwärts. Sie mäandert durch ein breites Auenbett, es gibt Furten und Sandbänke. Für jemanden, der sich hier auskennt, ist der Fluss kein Hindernis. Man kann einfach hindurchwaten. Das zieht jede Menge Gesindel an. Glücksritter aus Osteuropa, tschechische Schmuggler, rumänische Zigeuner, ukrainische Nutten. Autodiebe und ganze Busladungen mit Kleinkriminellen, die nach ihren Raubzügen durch grenznahe deutsche Städte und Gemeinden gleich wieder verschwinden.

Am schlimmsten aber sind die Tagelöhner. Sie arbeiten für jeden Hungerlohn und machen dem ansässigen Gewerbe Konkurrenz. Ganze Existenzen sind so schon vernichtet worden. Nach den unrentablen VEBs der alten DDR gehen jetzt auch die kleinen Handwerksbetriebe ein. Dabei gibt es doch genug zu tun beim Aufbau Ost. Aber die Klempner, Zimmerer und Maurer dafür kommen illegal über die Grenze. Die Fassaden der alten Bürgerhäuser in Görlitz,

Zittau und Dresden werden von polnischen Stuckateuren saniert, slowakische Fliesenleger bringen ostdeutsche Badezimmer auf Westniveau, und das Gros der Steuergelder für die Renovierung sächsischer Straßen fließt in die Taschen straff organisierter, schwarzarbeitender Asphaltierer aus Moldawien.

Unhaltbare Zustände sind das, da braucht es Zivilcourage. Deshalb hocke ich hier zwischen schwarz-rot-goldenen Grenzpfählen im Gebüsch und friere mir den Arsch ab. Ich will dem ganzen Gesocks einen heißen Empfang bereiten. Fiesta Mexicana. Fressen oder gefressen werden. Nur darum geht's im Leben. Das ist das Gesetz des Dschungels, und es liegt nur an dir, ob du Gejagter oder Jäger bist. Es ist allein deine Entscheidung.

Plötzlich Stimmen. Ich schnappe mir das Fernglas und schaue hindurch. Es kommt ebenfalls aus russischen Armeebeständen. Seitdem klar ist, dass die Sowjets abziehen müssen, verscherbeln sie ihre Ausrüstung. Da habe ich mich mit dem Nötigsten eingedeckt. Zwei Ferngläser, eine Zeltplane und einen Schlafsack zum Biwakieren, eine Leuchtpistole und drei Kisten mit der dafür nötigen Munition. Signalraketen. Rote und grüne, mit denen man Ziele markieren kann. Die weißen erhellen das Operationsgebiet mit gleißendem Licht und halten sich minutenlang in der Luft.

Konzentriert suche ich das jenseitige Ufer durchs Fernglas ab. Es hat einen gut funktionierenden Restlichtverstärker, der das schwache Mondlicht bündelt und die schwarzen Gestalten sichtbar macht, die drüben langsam den Hang zum Fluss hinunterkriechen. Mehrmals blitzt ein schwacher Lichtschein auf, wahrscheinlich eine Taschenlampe, und irgendwer ruft zischelnd *»Dawai, dawai«*.

Russische Schlepper also. Die müssen sich ja verdammt sicher fühlen, wenn sie hier mit Lichtern herummachen. Haben womöglich die Grenzschützer mit ein paar Hundertern bestochen. Vom BGS jedenfalls ist niemand zu sehen, obwohl ich vorhin Motorengeräusch gehört habe. Als hätte ein Auto hinter dem Deich gestoppt.

Ich halte den Atem an, warte. Schon waten die Ersten vorsichtig ins Wasser, das Gepäck mit hocherhobenen Armen über den Köpfen haltend.

Aber so läuft das nicht, Amigos, nicht mit mir! Das ist hier nicht das Eldorado, stopp, Einreise verweigert. Ein kleines Stück noch lasse ich sie herankommen und dann …

Lautlos bestücke ich die Leuchtpistole mit einer Signalrakete. Weißes Licht, damit es schön hell wird über dem Fluss.

Ich hebe die Hand, will gerade abdrücken, als ich unversehens kalten Stahl an meinem glatt rasierten Hinterkopf spüre. Eindeutig eine Waffe mit ziemlich großem Kaliber. Mist! Wer, zum Teufel, hält mir hier 'ne Knarre an den Schädel? BGS? Bullen? Nervös gewordene Kumpane der Schlepper, die das diesseitige Terrain absichern?

»Lass es bleiben, Kudella!«

Erleichtert atme ich aus. Diese Stimme ist mir wohlbekannt und gehört eindeutig meinem alten Kumpel Roland. Wir kommen uns seit fast zwanzig Jahren in die Quere und haben uns schon als Dreijährige im Sandkasten um irgendwelche Buddeleimer gekloppt. Dieser Idiot! Was will er hier? Vorsichtshalber lasse ich die Leuchtpistole sinken.

»So spät noch auf den Beinen, Compañero?«

»Das hast du voll erfasst, mein Alter«, raunt Roland leise und ohne die Waffe von meinem Kopf zu nehmen. »Und jetzt warten wir beide, bis meine Mädels sicher hier angekommen sind.«

»Ach, das sind Mädels?« Interessiert sehe ich wieder durchs Fernglas. »Wie süß!«

»Nicht wahr?« Roland nimmt mir das Fernglas ab und sieht selbst hindurch. »Hab ich mir doch gedacht, dass du wieder hier rumschleichst. Hättest deine Karre besser verstecken sollen.«

Wozu? Kann doch ruhig jeder sehen, dass ich mich um die Sicherheit der Staatsgrenze verdient mache. Als engagierter Bürger, und im Gegensatz zu Roland bin ich nicht mal bewaffnet. Zeit, ein paar Lichtsignale zu setzen. Ich halte die Leuchtpistole hoch, um eine Rakete abzufeuern, doch Roland fällt mir in den Arm und drückt mir seine Waffe noch fester an den Hinterkopf.

»Lass es sein, Alter, sonst …«

»Was sonst? Ich will deine Täubchen nur ein bisschen aufscheuchen.«

»Vergiss es, Alter.« Er liegt halb auf mir drauf, ich spüre seinen Atem an meinem Ohr.

Die Frage ist, mit was für einer Waffe er mich bedroht. Etwa mit der ollen Schreckschusspistole seines Vaters? Wie albern. Vorsicht ist dennoch geboten. Vielleicht hat er sie scharf gemacht. Oder er hat sich einen fetten Revolver zugelegt, zuzutrauen wär's ihm. Roland haut ganz gern mal auf die Kacke und spielt den dicken Max – am Ende ist die Knarre sogar vergoldet wie bei James Bond.

»Was ist?«, frage ich ihn leise und spanne die Muskeln an. »Willste mich erschießen, Compañero? Deinen alten Freund Kudella?« Dann ramme ich ihm blitzschnell den Ellenbogen ins Zwerchfell, dass ihm die Luft wegbleibt, springe auf und feuere meine Leuchtpistole ab. Zischend steigt eine Rakete in die Nacht, entfaltet sich zu einer gleißend weißen Kugel und erhellt die Szenerie über dem Fluss mit gespenstischem Licht.

Roland krümmt sich röchelnd am Boden, sodass ich in aller Ruhe nachladen kann. Zwei weitere Raketen schießen tief über die Köpfe der im Wasser stehenden Mädchen hinweg. Kreischend stieben sie auseinander.

»Vamos a la playa!« Ich amüsiere mich köstlich. »Badetag, ihr Süßen!«

Inzwischen ist Roland wieder hochgekommen. Außer sich vor Wut will er mir einen Faustschlag versetzen – ein sinnloser Versuch: Noch im Flug fange ich seine Hand ab und drehe sie ihm brutal auf den Rücken. Roland stöhnt auf vor Schmerz und sackt auf die Knie. Dieser erbärmliche Trottel. Wann begreift er endlich, dass ich ihm körperlich total überlegen bin? Keine Chance, Compañero. Du solltest mehr trainieren.

Ich winde ihm die Waffe aus den Händen und schaue sie mir genau an. Eine Art Luger mit Rollenverschluss. Kaliber neun Millimeter Parabellum. Nicht schlecht. Vermutlich eine tschechische Armeepistole. Weiß der Teufel, wo er das Ding herhat. »Wolltest du mich damit erschießen, Don Rolando?«

»Irgendwann«, keucht er, »tu ich das auch, Arschloch!«

»Nicht mit der.« Ich entsichere die Waffe und stecke sie mir in den Hosenbund. »Die ist konfisziert.« Ich reiche ihm die Hand und helfe ihm wieder auf die Beine. »Sonst schießt du dir noch aus Versehen die Eier weg. Das wollen wir doch vermeiden, oder?«

Roland schnaubt wütend und klopft sich sorgsam den Schmutz vom schicken italienischen Anzug. Dann sieht er hilflos zum Fluss hinunter. Die Mädchen sind in heller Aufregung zurück zu ihren Schleppern hinter den polnischen Deich geflüchtet. Kurz darauf hört man, wie mehrere Autos angelassen werden und grummelnd im Hinterland verschwinden.

»So eine Scheiße«, regt er sich auf, »du hast mir das Geschäft meines Lebens versaut, ist dir das eigentlich klar? – Weißt du, was ich für die Weiber bekommen hätte?«

»Weißt du, wie egal mir das ist?« Ich wende mich ab. Rolands Geschäfte gehen mir so dermaßen am Arsch vorbei, ehrlich. Frischfleisch für die LAUBAG, dass ich nicht lache …

Am Postenweg zwischen wilden Wacholderbüschen habe ich meinen alten GAZ 69 M geparkt. Ein bulliger Russenjeep mit Zweieinhalb-Liter-Maschine. Direkt daneben steht Rolands neunelfer Porsche. Schwarz, mit fetten, verchromten Auspuffrohren. Was die Goldkettchenträger eben so fahren …

»Ach, übrigens …«, Roland läuft mir nach, »Jule hat geschrieben.«

Jule?

Wie angewurzelt bleibe ich stehen. Hat der Kerl »Jule« gesagt?

Langsam drehe ich mich zu ihm um.

»'ne Ansichtskarte aus Düsseldorf.« Roland zieht sie triumphierend aus der Innentasche seines Sakkos. »Sie lässt dich schön grüßen. Unter P.S.«

Wie gesagt, ich bin ihm nur körperlich überlegen. Geistig-intellektuell und bei den Mädels schafft er es immer wieder, mir eins auszuwischen. Und sei es nur mit einer zerknitterten Postkarte aus Düsseldorf.

Mann, ausgerechnet Jule! Julia, die Salsa-Queen, *la chica bossa novissima*, die Tangotänzerin …

»Ich hol sie am Montag vom Bahnhof ab.« Roland drückt mir die Karte in die Hand und steigt in seinen Porsche.

Vom Bahnhof? Ich kann es kaum fassen. Heißt das, Jule kommt zurück? Zurück ins lauschige Zittau, zurück nach Hause? Ungläubig starre ich auf die Karte, halte sie so, dass das Mondlicht draufscheinen kann. Unglaublich: kein Witz und ganz klar Jules Handschrift. Sie hat sich kaum verändert. Hochgeschwungene, weiche Buchstaben, die in die falsche Richtung kippen. Wie das bei Linkshändern so ist …

Der Porsche grummelt auf.

»Hey, warte mal!« Ich renne ihm nach. »Roland!«

Vergebens. Mit aufgeblendeten Scheinwerfern und durchdrehenden Reifen schießt er davon und verschwindet in der Nacht.

Wahnsinn! Jule kommt zurück.

1 EIN FLÜCHTIGER BLICK auf die Wanduhr in seinem Büro verriet Kriminaloberkommissar Romeo Schwartz, dass er Feierabend machen konnte. Endlich. Der Tag war, wie die vergangenen Tage auch, mit der Aufarbeitung uralter Fälle aus DDR-Zeiten vergangen. Alles musste neu gesichtet und nach rechtsstaatlichen Maßstäben beurteilt werden, das hatte Kriminaldirektor Dr. Gandolf Habersaath – ein Westimport – so verfügt. Was zur Folge hatte, dass sich die gesamte Polizeidirektion seit Wochen mit staubigen Akten aus dem Archiv herumschlug, anstatt sich mit der Gegenwart zu beschäftigen. Die Ermittlungen zu einem Mord an einem Obdachlosen in den Elbwiesen stagnierten, und um den Raubüberfall auf ein Juweliergeschäft in der Prager Straße kümmerte sich jetzt eine Münchner Versicherungsdetektei. Auslagern von nachgeordneten Prioritäten nannte sich das.

Verrückt, dachte Schwartz, verrückte Welt.

Er wollte sich schon den Mantel anziehen und das Büro verlassen, als das Telefon klingelte. Noch war es vor siebzehn Uhr, und Kriminaldirektor Habersaath machte gern Kontrollanrufe, weshalb es sicher besser war, den Hörer abzunehmen. Doch Schwartz hatte sich in seinem Mantel verheddert, war mit dem linken Arm wohl ins Futter des rechten Ärmels geraten, sodass das Telefon wieder verstummte, noch bevor er rangehen konnte. Schwartz verharrte einen Moment. Dann wählte er die Durchwahl des Westimports, um klarzustellen, dass er durchaus noch am Platze war.

»Tut mir leid, ich kam eben nicht ans Telefon.«

»Jetzt sind Sie dran«, stellte Habersaaths Vorzimmerdrachen in schönstem Sächsisch fest.

»Ja.« Schwartz schüttelte den restlichen Mantel ab und setzte sich wieder. »Und was wollte der Chef?«

»Nichts. Wieso?«

»Na, hat er nicht eben bei mir angerufen?«

»Aber nein. Sie haben doch längst Feierabend, nicht wahr?«

»Tatsächlich?« Schwartz sah erneut auf seine Wanduhr und wartete, bis der große Zeiger um eine Minute auf die Zwölf vorgerückt war. Jetzt war es Punkt siebzehn Uhr. »Stimmt, Sie haben recht.«

»Na, denn: Wünsche guten Heimflug.«

»Gleichfalls.« Schwartz legte den Hörer auf und bückte sich nach seinem Mantel, um ihn wieder überzuziehen, als erneut das Telefon klingelte. Mit einem Satz war er dran.

»Ist doch noch was?«

»Schon möglich«, antwortete eine rauchige, nicht uninteressant klingende Bonnie-Tyler-Stimme, »sofern ich mit Herrn Schwartz spreche: Herrn …« – der Oberkommissar glaubte, einen spöttischen Unterton zu hören – »… Romeo Schwartz.«

»Höchstpersönlich«, antwortete er. »Und wer sind Sie?«

»Petkovic, Liliana«, knarzte es aus dem Hörer. Die Frau musste mit 'ner Filterlosen zwischen den Lippen auf die Welt gekommen sein. »Ich gehöre zum Aufbauteam des LKA.«

»Ah.« Schwartz fiel der leichte schwäbische Singsang auf, dem sächsischen nicht unähnlich und ein interessanter Kontrast zur rauen Stimmlage. Noch ein Westimport, dachte er.

»Herr Schwartz, was meinen Sie, können wir uns zeitnah treffen?«

Er grübelte noch über den Begriff »zeitnah« nach, als sie ihn schon klarstellte.

»Vielleicht so in einer halben Stunde?« Sie zündete sich eine Zigarette an. Deutlich war das Klicken des Feuerzeugs durch den Hörer zu hören, genau wie ihr Ausatmen.

»Worum geht es denn?«, fragte Schwartz.

»Das erkläre ich Ihnen dann. Es ist wichtig.«

Na klar, dachte er, bei Westlern ist immer alles wahnsinnig wichtig. Andererseits kam diese Petkovic vom LKA. Aufbauteam, das klang interessant. Vielleicht nach Karrieresprung. Beim Landeskriminalamt wurden jedenfalls nicht die alten DDR-Fälle gewälzt, da gab es sicher Besseres zu tun.

»Hören Sie, meine Zeit ist begrenzt, Schwartz«, wurde die Petkovic ungeduldig. »Ich habe Ihnen eine klar verständliche Frage gestellt und will jetzt eine Antwort dazu hören.«

Oha, staunte Schwartz, da hatten sie dem LKA offenbar ein echtes Flintenweib als Aufbauhelferin geschickt, eine harte, emanzipierte Kettenraucherin mit Kampfgeist. Er schätzte sie auf Mitte fünfzig und so korpulent wie zielorientiert. Eine Art Birgit Breuel der Verbrechensbekämpfung.

»Ja, ähm …« Er atmete tief durch. »Ich überlege nur, wo wir uns treffen können.«

»Wie wär's bei Ihnen im Büro?«

»Ooch, da sitz ich schon den ganzen Tag«, maulte Schwartz. »Ich würde gern mal raus.«

»Dann schlagen Sie was vor!« Liliana Petkovic lachte kernig. »Ich bin erst seit drei Tagen in Dresden und entsprechend unbedarft. Jedenfalls was die hiesige Kneipenszene angeht.«

Das klang schon viel umgänglicher. Vermutlich brauchte sie jemanden, der sie mit den Befindlichkeiten ihrer neuen Umgebung vertraut machte, und da waren ein, zwei gemütlich große Pilsener kein schlechter Anfang. Nicht wenige Westimporte waren in Dresden schon grandios gescheitert. Bei Leuten, denen noch die DDR in allen Knochen steckte, kam dieses jungdynamische Getue nicht sonderlich an. Zumal es sich bei den sogenannten Aufbauhelfern Ost oft nur um die ausgelagerte Inkompetenz der alten Bundesländer handelte. Abgehalfterte Typen wie Dr. Habersaath, die allein schon aufgrund ihrer Pensionsansprüche zu teuer waren, um vorzeitig aufs Altenteil geschickt zu werden.

»Sagen Sie, Schwartz«, fragte die Petkovic, »stehen Sie immer so lange auf der Leitung?«

»Nein, ich? – Wieso?« Er straffte sich. »Miesepeter: Was halten Sie davon?«

»Bitte?«

Ei verbibbsch, wer stand hier wohl auf der Leitung, hm? »Der ›Miesepeter‹«, beeilte sich Schwartz, »ist eine ganz nette Eckkneipe. In der Neustadt. Sie wissen wahrscheinlich nicht, wo das ist?«

»Kein Problem, ich nehme ein Taxi.«

»Ich kann Sie mit dem Wagen abholen«, schlug Schwartz vor. Schließlich war er ein hilfsbereiter Dresdner und …

»Ich sage doch, ich nehme ein Taxi. Bis gleich.«

»Ja, gut, dann bis …« Er hörte, wie sie auflegte, und setzte ein lautloses »Zicke« hinzu. Dennoch war er gespannt auf die Frau mit der heiser-rauchigen Stimme, die sich so irre taff gab und trotzdem nur ein Mensch war.

Als er auf die Schießgasse hinaustrat, stand die Sonne bereits tief über der Stadt. Ein herrlicher Herbsttag, von dem Schwartz leider so gut wie gar nichts mitbekommen hatte, neigte sich dem Ende.

Immerhin war der Parkplatz gegenüber noch in goldenes Licht getaucht, und so blieb der Oberkommissar einen Moment vor seinem Wagen stehen und genoss den herrlichen Anblick: La Déesse, die Göttin! Ihr sorgsam polierter weißer Lack schien in den letzten Sonnenstrahlen zu glühen. Schwartz hatte sie gleich nach der Währungsunion für schlappe zweieinhalbtausend Deutsche Mark in Westberlin erstanden. Ein Citroën DS Pallas, das absolute Spitzenmodell aus dem Jahre 69 und die Legende aus Filmen wie »Der eiskalte Engel«, »Fantomas« und »Der Schakal«. Ein Traumwagen mit roten Samtsitzen, Einspeichenlenkrad und schwenkbaren Scheinwerfern. Den musste er einfach haben, und er würde in seinem ganzen Leben nie wieder einen anderen fahren. Komme, was wolle.

Schwartz schloss die Fahrertür auf und ließ sich entspannt hinter das Steuer sinken. Der Vierzylinder sprang sofort an, kaum hörbares Surren im Leerlauf. Gleichzeitig hob sich das hydropneumatische Fahrwerk auf Betriebsniveau. Nein, das war kein Auto für wilde Verfolgungsjagden, hier glitt man dahin wie in einer Sänfte. Getragen von einer Göttin. Wenn man den siebten Himmel erfahren konnte, da war sich Schwartz sicher, dann nur mit diesem Wagen.

Er fädelte sich in den Stau vor der Carolabrücke ein und steckte eine Kassette, »Mama Said« von Lenny Kravitz, in den Rekorder des Autoradios. Retro-Soul mit Geigern und Hammondorgeltönen im Hintergrund, dazu ein gefälliger, tanzbarer Rhythmus. Schwartz bewegte Kopf und Schultern im Takt und sang laut und mit hoher Fistelstimme mit:

»So many tears I've cried,
So much pain inside,
But baby it ain't over till it's over.
So many years we've tried,
To keep our love alive,
But baby it ain't over till it's over …«

Auf der Albertstraße versammelten sich schon wieder die ersten Demonstranten. Sobald es dämmerte, würden sie ihre Kerzen anzünden, stumm und anklagend in einer langen Kette stehen, die den gesamten Verkehr lahmlegte und sich durch die ganze Dresdner Innenstadt zog.

Überall ging das jetzt so. Nach den mörderischen Exzessen gegen Asylanten und Ausländer in Mölln, Solingen, Hoyerswerda und Rostock-Lichtenhagen war aus Deutschland ein einig Lichterkettenland geworden. Der Bürger zeigte flächendeckend Kerze im, wie das Nachrichtenmagazin Der Spiegel schrieb, »Overkill der guten Absichten«.

Schwartz mied diese Demonstrationen, seitdem er dort herzlich willkommen geheißen wurde. Als er darauf hinwies, dass er in Dresden geboren und sogar deutscher Beamter sei, reagierten einige der kerzentragenden Bürger verblüfft, denn »dass in unserer Polizei inzwischen auch Neger dienen dürfen«, hatten sie nicht gewusst.

»Du lieber Gott! Sie sind ja wirklich schwarz«, entfuhr es auch Liliana Petkovic, als er sie wenig später im überfüllten »Miesepeter« ausgemacht hatte. Was nicht so einfach war, denn im Gegensatz zu ihrer kräftigen rauchigen Stimme war Liliana Petkovic eine junge, zierliche, ja, ausgesprochen fragil wirkende Frau mit schulterlangen braunen Haaren und großen, etwas übernächtigt wirkenden Rehaugen. Erwartungsgemäß hatte sie eine Zigarette zwischen den Lippen. Doch sonst wirkte sie in ihrem alten Bundeswehrparka und mit dem Palästinensertuch um den Hals wie eine friedensbewegte Studentin aus den frühen Achtzigern.

»Ich habe Sie mir auch anders vorgestellt«, sagte Schwartz und stellte sich neben sie an den Tresen. »Wie haben Sie mich denn erkannt?«

»Na ja, man hat mir schon gesagt, dass Sie so 'ne Mischung aus Michael Jackson und Harry Belafonte sind«, Liliana Petkovic lächelte, »aber ich bezog das vermutlich mehr auf Ihre charakterlichen Stärken.«

Schwartz kannte weder den einen noch den anderen Star gut genug, um Rückschlüsse auf deren Charakter zu ziehen. Weder unterzog er sich irgendwelchen Gesichtsoperationen, um europäischer zu wirken, noch benutzte er Bleichmittel wie Jackson. Zudem war er mit seinen nicht mal vierzig Jahren sehr viel jünger als der »Matilda«-singende Belafonte, sodass nicht nur der charakterliche, sondern auch der äußerliche Vergleich hinkte.

Dennoch plapperte Liliana Petkovic munter weiter: »Dann ist

Schwarz sozusagen Ihr Künstlername? – Wie originell! Zumindest für einen Bullen.«

»Schwartz mit tz«, entgegnete er gereizt. »Ich trage den Namen meiner Mutter. Und die war Deutsche, wie Sie«, er überlegte, »obwohl Petkovic ja auch nicht gerade deutsch klingt ...«

»Kroatien«, half sie ihm auf die Sprünge, »meine Eltern stammen aus Kroatien.«

»Na denn«, Schwartz wurde lauter, da ein paar langhaarige Straßenmusiker mit Gitarren in den Laden kamen und lautstark »The House Of The Rising Sun« spielten, »dann sind wir ja ein richtiges Multikulti-Team.«

»Ich fürchte, daraus wird nichts.« Liliana Petkovic winkte bedauernd ab. »Für meine Aufgaben brauche ich einen unauffälligeren Typen.«

»Unauffällig?«, fragte Schwartz, obwohl er ahnte, was kam. »Inwiefern?«

»Ich suche jemanden, der nicht nur Sachse ist«, Liliana Petkovic drückte ihre Zigarette aus, »sondern auch so aussieht, wenn Sie verstehen, was ich meine.«

Und wie Schwartz verstand. »Alles klar«, sagte er enttäuscht und »Schönen Abend noch«, bevor er sich abwandte, um sich zwischen bierseligen Gästen und schrammelnden Musikern zum Ausgang zu zwängen. So weit kam es noch, dass er sich von einer kroatisch-schwäbischen Provinztussi rassistisch anmachen ließ. Blöde Kuh! Und so was ist beim LKA. Nicht zu fassen!

»Hey!« Die Petkovic rannte ihm nach. »Nun seien Sie doch nicht gleich beleidigt! War doch nicht so gemeint.«

»Ach nee?« Schwartz fuhr herum. »Wie war es denn gemeint?«

»Wenn Sie sich beruhigen, erklär ich's Ihnen.«

»Ich bin ruhig«, erklärte Schwartz. »Ich hab mir schon so oft dumme Sprüche wegen meiner Hautfarbe anhören müssen, die regen mich schon lange nicht mehr auf.« Er sah auf die Uhr. »Aber jetzt hab ich Feierabend. Und wenig Lust, den mit Leuten zu verbringen, denen ich erst meine Herkunft auseinanderklamüsern muss, damit sie mich für voll nehmen.«

»Habe ich das verlangt?« Liliana Petkovic hob abwehrend die Hände. »Ich habe lediglich zu verstehen gegeben, dass ich für meinen Einsatz keinen Afrikaner gebrauchen kann!«

»ICH BIN KEIN AFRIKANER!« Himmel, diese Petkovic brachte ihn noch zur Weißglut. Das Schlimme an den Westlern war deren Selbstsicherheit, mit der sie noch den größten Blödsinn von sich gaben. Keine Ahnung von nichts, aber immer obenauf. Beneidenswert war das. Und nervig. Ostdeutsche hielten wenigstens den Mund, wenn sie unsicher waren. Nicht so der Wessi. Der quatschte dann erst recht drauflos und hörte nie wieder auf.

»Mein Gott, sind Sie empfindlich!« Liliana Petkovic blieb an ihm dran und folgte ihm auf die Straße. »Es besteht nun mal kein Zweifel daran, dass Sie wie ein Afrikaner aussehen, oder? Meinetwegen auch wie ein schwarzer Amerikaner, jedenfalls nicht deutsch, nicht wie ein Sachse, nicht unauffällig.« Sie hielt ihn am Ärmel fest und sah ihn eindringlich an. »Das hat gar nichts mit Rassismus zu tun. Das ist eine Tatsache.«

»Schön, dass Sie mich daran erinnern.« Schwartz machte sich los. »Darf ich jetzt gehen?«

»Wollen Sie denn gehen?«

»Unbedingt.«

»Was habe ich Ihnen denn getan?«

»Nichts«, antwortete Schwartz und schloss den Wagen auf, »überhaupt nichts. Aber Sie brauchen für Ihr Vorhaben einen Weißen, insofern: Adieu, Madame!« Er setzte sich hinters Steuer und startete den Motor, doch Liliana Petkovic hinderte ihn daran, die Fahrertür zu schließen.

»Wir können doch trotzdem zusammen ein Bier trinken.«

»Nur, wenn Sie mir verraten, warum Sie sich mit mir treffen wollten.« Schwartz erwiderte ihren Blick. »Und mir dann die Entscheidung überlassen, ob ich für was auch immer geeignet bin oder nicht.«

Liliana Petkovic überlegte einen Augenblick. »Okay«, sagte sie schließlich und trat einen Schritt vom Wagen zurück, damit er wieder aussteigen konnte.

Sie zogen sich in den hintersten Winkel des »Miesepeter« zurück, an einen kleinen Tisch nahe bei den Toiletten, wo man den WC-Reiniger roch, und bestellten zwei große Bier. Radeberger Pilsener.

»Was sagt Ihnen der Begriff ›Teufelsnase‹?«, fragte Liliana Petkovic, nachdem sie sich zugeprostet und einen Schluck getrunken hatten.

»Ein Felsen im Neißetal«, antwortete Schwartz. »Als Kind bin ich oft darauf herumgeklettert. Mit etwas Phantasie sieht er wie eine steinerne Nase aus. Darum der Name: Teufelsnase.«

»Volltreffer«, knurrte Liliana Petkovic in ihr Bierglas. »Und gleich der erste Schuss.«

»Ich bin da aufgewachsen«, erklärte Schwartz. »In Dittelsdorf, bei meiner Oma.«

»Bei der Oma?« Liliana Petkovic sah auf. »Und Ihre Mutter, wo war die?«

»Mit meinem Vater in Ghana. Den Sozialismus aufbauen. Sie hatten sich hier in Dresden an der Technischen Universität kennengelernt. Ghana war damals unabhängig geworden und brauchte gut ausgebildete Leute.«

»Dann sind Sie also sozusagen«, Liliana Petkovic grinste, »ein Kind gelebter antiimperialistischer Solidarität?«

»Wenn Sie das so sehen wollen.« Schwartz trank von seinem Bier und kam zum Thema zurück. »Was ist denn nun mit der Teufelsnase?«

»Nichts.« Liliana Petkovic rauchte schon wieder und blies ihm den Qualm direkt ins Gesicht. »Aber am Fuße des Felsens fanden Spaziergänger eine Leiche.« Sie nahm ein Foto aus der Innentasche ihres Parkas und schob es über den Tisch. »Jochen Kuhnt, Beamter beim Bundesgrenzschutz. Der Mann war in seiner Freizeit Bergsteiger, doch es sieht nicht so aus, als wäre er von der Teufelsnase nur unglücklich abgestürzt.«

»Warum nicht?« Schwartz schob das Foto zurück. Die Nase war zwar nur mäßig anspruchsvoll für Kletterer, trotzdem gab es auch dort schon tödliche Unfälle. Die überschaubare Höhe des Felsens hatte schon so manchen zum Leichtsinn verleitet.

»Kuhnt wurde erschossen«, winkte Liliana Petkovic heiser ab. »Mit seiner eigenen Waffe. Die zuständigen Behörden gehen von Selbstmord aus, aber …«

»… Sie glauben das nicht?«

»Schwartz, das bleibt jetzt unter uns, klar?« Liliana Petkovic drückte hektisch ihre Zigarette aus und sah ihn eindringlich an. »Im LKA vermuten wir, dass Kuhnt in etwas verwickelt war. Schmuggel, vielleicht sogar Menschenhandel. Leider ist offiziell die Görlitzer Kriminalpolizeiinspektion für den Fall zuständig.«

»Und die bleibt bei Freitod«, nickte Schwartz. Was vollkommen logisch war, denn ein Mord an einem BGS-Beamten dürfte viel Staub aufwirbeln. Das bedeutete Stress. Freitod dagegen war nur tragisch, das Ende einer krankhaften Depression und nichts für die Kripo. »Damit haben sie Ruhe.«

»Die Görlitzer sind völlig überfordert mit der neuen Situation«, die Petkovic steckte sich eine neue Zigarette an, »die haben das ganze Ausmaß der organisierten Kriminalität bei sich noch gar nicht erfasst. Dabei stößt an der Neiße heute die Erste an die Dritte Welt. Wissen Sie, was das bedeutet?«

»Ich kann's mir vorstellen«, sagte Schwartz, obwohl er sich bislang noch nie Gedanken darüber gemacht hatte. Wie auch, wenn er sich tagtäglich mit Altfällen herumschlug und nur mal sonntags zum Kaffee bei Oma in Dittelsdorf auftauchte. Und da schien die Welt noch in Ordnung, abgesehen davon, dass in den Nächten zuweilen die Satellitenschüssel abmontiert oder der neue Rasenmäher gestohlen worden war.

»Ich vermute mal«, wagte er sich weiter vor, »dass die Hinweise bei Ihnen im LKA nicht ausreichen, um ganz offiziell den Fall zu übernehmen?«

»Richtig.« Liliana Petkovic bestellte noch zwei Bier.

»Und deshalb brauchen Sie mich. Einen Beamten der Dresdner Polizeidirektion, der den Kollegen in Görlitz etwas unter die Arme greift?«

»Nicht Sie, Schwartz, nicht mit Ihrer Hautfarbe ...«

»Fangen Sie schon wieder an?« Schwartz beugte sich drohend vor. »Wollen Sie mir schon wieder erzählen, warum Sie keinen Nigger gebrauchen können? – Tut mir leid, Frau Petkovic, für so was fehlt mir jedes Verständnis.«

»Nigger habe ich nicht gesagt.«

»Aber gedacht. Und Sie haben recht.« Jetzt konnte er die Petkovic mit ihren eigenen Waffen schlagen. »Denn ich könnte für Sie den V-Mann spielen. Ein armer Neger, der nur über die Grenze will. Als illegaler Einwanderer sozusagen. So komme ich an die Schlepper heran, kriege vielleicht was über ihre Organisationsstrukturen und den Mord an Kuhnt heraus.«

»Verarschen Sie mich?«

»Nö«, machte Schwartz unschuldig und setzte, ihren schwäbelnden Ton nachahmend, hinzu: »Des moin i ganz im Ernscht.«

»Vergessen Sie's.« Die Petkovic blieb cool. »Über diese Grenze kommen Russen, Ukrainer und Rumänen, vielleicht sogar Chinesen und Kasachen. Aber keine Afrikaner.«

»Trotzdem bin ich genau Ihr Mann«, insistierte Schwartz. »Ich bin an der Neiße groß geworden, ich kenne da Land und Leute. In Görlitz bin ich Streife gelaufen und hab meine ersten Erfahrungen als Polizist gemacht.«

»Das war doch noch zu DDR-Zeiten!«

»Na und?« Schwartz ließ nicht locker. »Die Kollegen dort werden sich an mich erinnern. Das gibt ein großes Hallo, wenn ich nach all den Jahren wieder auftauche, um ihnen beruflich und kriminalistisch unter die Arme zu greifen.«

»Sie werden in ein Wespennest stoßen.«

»Möglicherweise.« Schwartz hob sein Bierglas, um Liliana Petkovic zuzuprosten. »Und das wäre dann doch genau das, was Sie wollen, oder nicht?«

Sie nippte zweifelnd an ihrem Bier. »Die Zeiten haben sich geändert, Schwartz«, krächzte sie rauchig, »das ist nicht mehr Ihre friedliche Neißegrenze zwischen Waffenbrüdern.«

Diese Petkovic, dachte er, jetzt redet sie schon wieder von Dingen, von denen sie keine Ahnung hat. Von wegen friedliche Grenze: In Polen herrschten jahrelang Kriegsrecht und Ausnahmezustand. Und als in den letzten Tagen des SED-Regimes immer mehr Menschen an der Neiße herumschlichen, um rauszukommen, egal wohin, Hauptsache weg aus der DDR, wurde auch mal scharf geschossen.

»Das Problem heute sind die Neonazis«, gab Liliana Petkovic zu bedenken. »Überall im Osten gibt's Anschläge auf Ausländer. Auch in Görlitz. Schwarze wie Sie werden da regelrecht gejagt.«

»Ist das so im Osten?« Schwartz lehnte sich zurück und sah sich spöttisch um. »Komisch, wo wir doch mitten in Dresden sind. Tiefster Osten, würde ich sagen, aber werde ich gejagt? – Die Einzige, die mir schon den ganzen Abend Vorhaltungen wegen meiner Hautfarbe macht, sind Sie. Eine Frau aus dem Westen. Gibt es bei Ihnen keine Nazis? Was ist mit Schönhuber, Michael Kühnen, der NPD? Und Solingen und Mölln gehören, soweit ich weiß, auch nicht zu den neuen Bundesländern.«

»Trotzdem.« Liliana Petkovic schüttelte den Kopf. »Ich kann das nicht verantworten. Wenn Ihnen in Görlitz was passiert ...«

»Glauben Sie mir, ich kann auf mich selbst aufpassen!« Schwartz regte sich auf und gestikulierte mit den Händen. »Herrgott, ich bin da aufgewachsen. Das ist meine Heimat, mit ein paar von den Nazis dort bin ich wahrscheinlich schon zur Schule gegangen. Was wollen Sie mir denn erzählen? Dass ich mich verstecken muss? Meine Aufgaben nicht mehr erfüllen kann, weil ich schwarz bin? Das kann unmöglich Ihr Ernst sein!«

Liliana Petkovic hüllte sich in Zigarettenqualm und schwieg.

»Ich bin Ihr Mann, verdammt noch mal«, rief Schwartz, »und das wissen Sie!«

»Sie sind ein Teufel«, knurrte die Petkovic.

»Den Sie gerufen haben. Und«, Schwartz tippte sich gegen die Nase, »den richtigen Riecher habe ich auch.«

Liliana Petkovic grinste. »Die Teufelsnase?«

»Was?« Schwartz stand wieder auf der Leitung.

»Nichts.« Sie winkte ab. »Trinken wir noch ein Bier?«

»Nur, wenn wir es auf gute Zusammenarbeit trinken.«

Die Petkovic seufzte.

»Na?« Er hielt ihr die Hand hin. »Nun schlagen Sie schon ein!«

Sie zögerte. »Auf Ihre Verantwortung?«

»Ich bin erwachsen«, erwiderte Schwartz ruhig und wartete.

»Okay«, sagte sie schließlich und schlug ein.

Schwartz konnte es kaum glauben und drückte ergriffen ihre Hand. Da hatte er diese unterkühlte Zigarettenprinzessin tatsächlich weichgeklopft. Mit seinen Argumenten rundum überzeugt, obwohl oder weil er nur ein Ossi war. Aber gelernt ist gelernt, schließlich war er mit vierzehn Jahren mal Agitator in der FDJ-Gruppe seiner Schulklasse. Und jetzt jobbte er fürs LKA. Großartig war das, ganz große Klasse! Endlich raus aus altem Aktenmief, endlich wieder Ermittlungsarbeit, und Kriminaldirektor Habersaath konnte ihm bis auf Weiteres gestohlen bleiben. Dafür war Oma nicht weit. Da sah er gern mal zum Nachdenken vorbei und um im Garten zu helfen. Denn wie heißt es doch so schön? »Erholung liegt im Wechsel der Tätigkeiten.«

Er sprang auf, rannte zum Tresen und kam mit zwei frischen Pils zurück, bevor es sich diese Petkovic noch einmal anders überlegen konnte.

»Dann sind wir also wirklich ab sofort ein Team?«

»Ja, meinetwegen«, die Petkovic seufzte, »sonst werfen Sie mir ja doch nur rassistische Diskriminierung vor.«

»So weit würde ich nie gehen«, versprach Schwartz und hob sein Glas. »Also abgemacht: Auf gutes Gelingen.«

»Prost«, erwiderte Liliana Petkovic und sah ihn über ihr Bierglas hinweg versonnen an, bevor sie trank.

2 WIE LANG IST DAS HER? – Fünf Jahre? Sechs?

Damals sprach sich herum, dass nach den Ferien eine Neue an die Schule kommen sollte. Aus Berlin. Das klang per se schon mal interessant und gab Anlass zu den wildesten Spekulationen. Angeblich sollte es in Berlin die schärfsten Weiber geben, geradezu kosmisch.

Ich war damals fünfzehn, ging aber immer noch in die siebte Klasse, weil ich zweimal sitzen geblieben war, und es war abzusehen, dass ich von der Schule fliegen würde. Was mir völlig egal war, ich mochte die Scheißpenne sowieso nicht und trieb lieber Kraftsport. Das ist das Wichtigste. Ein gestählter Körper, der sich wehren kann. Sonst kommst du um im Darwinismus. Und wie es der Zufall wollte, kam die heiß erwartete Neue – sie war dreizehn – auch noch genau in meine Klasse. Tja.

Was soll ich sagen, der erste Eindruck jedenfalls war eine volle Enttäuschung. Die Neue war lang und dürr, eine blasse rothaarige Bohnenstange mit Sommersprossen und Überbiss und einer viel zu großen Brille auf der Nase. Nicht mal ihre Klamotten waren besonders. Totale Fehlanzeige. Sollten sie mich ruhig von der Schule schmeißen.

Auch sonst hatte die Neue nichts zu lachen. Dauernd wurde sie gehänselt. Sie war schüchtern und musste, wenn sie aufgeregt war, immer kotzen. Das war eklig und passierte ziemlich oft. Im Sportunterricht bewegte sie sich hölzern wie eine Windmühle, und auch ihr Name gab Anlass zu Spott: Julia Latte. Vor allem uns Jungs fiel dazu immer etwas ein.

Obwohl Julia eigentlich besser in der Schule war als wir Übrigen, bekam sie schlechtere Noten. Ihre Eltern seien Künstler, hieß es, politische Querulanten und Nestbeschmutzer, die in der Hauptstadt nicht mehr tragbar waren und Berlinverbot bekommen hatten. Klar, dass sich die Lehrer daran abarbeiteten. Vor allem Katenbach tat sich dabei hervor. Er war einer dieser typischen Kasernenhofschwimmlehrer, vor dem sich immer alle graulen. Man sieht solche Typen heute noch ab und zu bademeistern und fragt sich, warum die hier und nicht auf dem Balkan sind. Julia hatte eine attestierte Chlorallergie und wollte deshalb nicht ins Wasser. Katenbach ließ das nicht gelten und schiss das Mädchen vor der versammelten Klasse ordentlich zusammen, bevor er es mit einem seiner gefürchteten Weitwürfe ins Becken beförderte.

Julia konnte nicht schwimmen. Sie wäre vor aller Augen abgesoffen, wenn ich nicht hinterhergesprungen wäre und sie rausgezogen hätte. Zum ersten Mal tat sie mir leid. An ihrem ganzen Körper hatte sie rote Pusteln vom Chlor, sie bekam kaum noch Luft, und ihr Gesicht war zu einer blauroten Grimasse zusammengeschmolzen. Ich hatte plötzlich so einen Hass auf den perversen Katenbach, der das heulende Elend auch noch hämisch verhöhnte. Ich war außer mir vor Wut. Ich rastete regelrecht aus und schlug den Schwimmlehrer zusammen. Katenbach ging sofort zu Boden, und ich trat so lange auf ihn ein, bis er sich nicht mehr rührte.

Die Jugendstrafkammer verurteilte mich zu einem Jahr auf Bewährung wegen schwerer Körperverletzung. Es hätte schlimmer ausgehen können, Jugendwerkhof oder so was, aber das Gericht wollte mir noch eine Chance geben. Ich musste lediglich die Schule wechseln und gemeinnützige Arbeit leisten. Viermal wöchentlich hatte ich Essenskübel durchs Altenheim zu schleppen, musste zugeschissene Klos putzen und bettlägerige Greise wenden. Ich trug es mit Fassung, denn ich hatte eine Mission zu erfüllen. Eine Mission, die darin bestand, Julia zu beschützen. Wer immer es wagte, dem Mädchen etwas anzutun oder es auch nur zu beleidigen, bekam es mit mir zu tun.

Fortan waren wir unzertrennlich. Einen ganzen Sommer verbrachten wir am Baggersee, einer verlassenen Tagebaugrube am Rande der Stadt. Wir rauchten die ersten Zigaretten und tranken den billigen Fusel aus der HO-Kaufhalle. Wir redeten über alles, was uns bewegte. Es gab keine Geheimnisse zwischen uns, und wir hatten beide das Gefühl, ohne den anderen nur zur Hälfte zu existieren.

Natürlich gab es auch mal Streit, zum Beispiel wegen Jule Neigel, einer Rocksängerin, die außer Julia wahrscheinlich nur Leute aus dem Westen kannten. Wochenlang lief nur noch Neigels »Schatten an der Wand« in Julias Sternrekorder, und ab sofort wollte sie Jule genannt werden, was ich total bescheuert fand. Denn die Neigel hatte überhaupt keine Ähnlichkeit mit ihr, im Gegenteil. Auf dem Poster in Julias Kinderzimmer hatte sie braune Locken und sah eher südländisch aus, irgendwie spanisch-italienisch conchitamäßig. Und so kam Julia zu ihrem zweiten Namen: Conchitababy. *Hasta la vista, olé!*

An ihrem vierzehnten Geburtstag verbannte Julia ihre Zahnspange für immer aus dem Mund. Auch wollte sie plötzlich tanzen gehen, samstags ins Klubhaus zur Disco, und ich musste dann ihre Brille verstecken. Dabei war Tanzen so gar nicht mein Ding. Deshalb meldete Julia uns an der Tanzschule an. Jeden Mittwochnachmittag fuhren wir mit dem Bus nach Görlitz ins »La Habanera«, einer Schule für lateinamerikanische Gesellschaftstänze. Tango, Salsa, Bossa Nova. Vor allem beim Tango bekam ich Schweißausbrüche. Und einen Steifen, wenn Julia sich mit ihren jungen, festen Brüsten an mich schmiegte. Manchmal kicherte sie, dann hatte sie es bemerkt. Mir war es peinlich. Und als wir uns ansahen, waren wir beide knallrot im Gesicht.

Auch den anderen Jungs fiel irgendwann auf, dass Julia schöne weibliche Formen bekommen hatte, und ich war froh, dass sie die begehrlichen Blicke nicht bemerkte, weil sie kurzsichtig war. Trotzdem konnte ich nicht verhindern, dass sie sich verliebte. Ausgerechnet in Roland, den Klassenprimus aus der Zehnten, der Julia immer als die Verhinderung seiner Morgenlatte verhöhnt hatte.

Eigentlich war es kein Wunder, denn in Roland waren alle Mädchen verliebt. Er sah gut aus, trug immer die neuesten Klamotten aus dem Westen und war wohl das, was man charmant nennt. Außerdem bekam er mehr Taschengeld als andere, denn seine Eltern waren reich. Sie betrieben eine kleine Spedition und achteten streng darauf, dass sie nicht wuchs, damit sie nicht vom Staat enteignet und zu Volkseigentum umgewandelt wurde. Auch spendeten sie regelmäßig große Summen für den Aufbau des Sozialismus und stellten das Freibier auf den Maiveranstaltungen der Partei. So ließ man ihnen, wie Roland es ausdrückte, Firma, Haus und Hof.

Warum er, ein Weiberheld, der jedes Mädel haben konnte, ausgerechnet ein Auge auf Julia geworfen hatte, weiß ich bis heute nicht.

Es begann damit, dass er sie öfter zum Eis einlud oder ins Kino. Sie haben sich immer denselben bescheuerten Film angesehen, und hinterher war Rolands Gesicht ganz beschmiert von Julias Lippenstift. Ich hätte den Kerl töten können. Ich tat es nicht, weil Julia dann sehr traurig gewesen wäre.

Fortan waren wir zu dritt am Baggersee. An ihrem letzten Tag hatte Julia zwei Flaschen Wodka mitgebracht. Sie weinte die ganze Zeit, sagte uns aber nicht, warum. Zum Schluss waren wir so betrunken, dass wir nicht mehr stehen konnten und auf der Stelle einschliefen.

Am nächsten Tag war Julia fort. Die ganze Familie – alle weg, über Nacht verschwunden. Ausgebürgert, hieß es, und abgeschoben in den Westen. Sie hätten nur vierundzwanzig Stunden Zeit gehabt, ihre Sachen zu packen.

Drei Wochen später kam der erste Brief. Julia lebte jetzt in Düsseldorf. Unerreichbar und so weit weg wie der Mond. In den ersten Monaten schrieb sie regelmäßig und beklagte sich, wie sehr sie uns vermisse. Aber dann wurden ihre Briefe seltener. Das Letzte war eine Postkarte aus Teneriffa. Sie kam kurz vor dem Mauerfall.

Fast vier Jahre sind seitdem vergangen. Vier Jahre, in denen wir nichts von Julia gehört haben. Roland machte ein paarmal den Vorschlag, einfach nach Düsseldorf zu fahren, aber irgendwie wurde nie etwas daraus.

Und jetzt kommt sie zu uns zurück. Plötzlich und vollkommen unerwartet. Warum? Weil sie noch immer in Roland verliebt ist? Die Karte ist eindeutig an ihn adressiert. Im Text aber richtet sie sich an uns beide. Oder?

»Mache ein Praktikum in Zittau und komme Montag, 11.20 in Dresden an. Vielleicht kann mich einer von euch abholen. Hauptbahnhof, Gleis 3. Bin gespannt, ciao, ciao!«

Na ja. Verzweifelte Sehnsucht klingt anders. Aber vielleicht will sie ihre Gefühle nicht einfach so auf 'ner Postkarte ausdrücken. Wer weiß schon, wer das noch liest? Immerhin ist sie gespannt. Vermutlich auf mich. Ich bin schließlich ihr bester Freund, was ihr immer sehr wichtig war. Das mit Roland könne morgen schon vorbei sein, hat sie immer gesagt. Unsere Freundschaft dagegen werde ewig halten.

So toll fand ich das nicht, denn ich hätte sie auch gern mal geküsst.

Im Kino rumgeknutscht und all das gemacht, was Roland mit ihr machen durfte.

Mal sehen. Vielleicht kommt ja jetzt meine Zeit. Vielleicht ist Julias unverhoffter Besuch einer jener seltenen Fälle, in denen einem das Leben eine zweite Chance beschert. Und diese Chance werde ich mir ganz sicher nicht entgehen lassen.

In aller Früh breche ich in Zittau auf, mit zwei Kisten Dosenbier auf dem Rücksitz, denn nüchtern halte ich die Anspannung nicht aus. Mein alter GAZ sieht aus wie neu. Das ganze Wochenende habe ich an ihm herumgewerkelt, Vergaser neu eingestellt, Roststellen behandelt, den Wagen geputzt und poliert. Jetzt läuft er wieder wie ein Uhrwerk.

Man fährt zwei Stunden bis Dresden, ich schaffe es in anderthalb und bin weit vor der Zeit am Hauptbahnhof. Aber das ist besser als zu spät. Ich warte auf dem Bahnhofsvorplatz, habe die Füße auf die heruntergeklappte Windschutzscheibe des Jeeps gelegt, köpfe zwei, drei Bier und höre ein Tape von den »Böhsen Onkelz«.

Laut schallen die »Heiligen Lieder« über den Platz, die Leute gucken blöde, irgendwelche Spießer schütteln den Kopf. Taxis fahren vor, bringen Fahrgäste zum Bahnhof oder holen sie ab. Straßenbahnen stoppen quietschend an ihren Haltestellen und fahren surrend wieder los. Die Sonne steigt langsam höher, es wird wärmer, und von den Bäumen fallen herbstgelbe Blätter. Das Bier tut seine Wirkung. Ich werde allmählich lockerer und drehe die Lautstärke noch ein bisschen auf.

»Hier sind die süßesten Noten jenseits des Himmels,
heilige Lieder aus berufenem Mund.
Wahre Worte im Dschungel der Lüge,
das Licht im Dunkel, ein heiliger Bund.
Wie disziplinlose Engel vom Teufel bekehrt,
vom Himmel verbannt, doch auf der Erde verehrt.
Wir Prinzen des Friedens sündigen gern,
im Namen der Onkelz – im Namen des Herrn!«

Kurz nach elf bin ich betrunken. Aber das reicht mir nicht, ich will mich besaufen! Schwankend laufe ich in den Bahnhof und hole mir im Kiosk eine Flasche Doppelkorn.

Ah, wie der Schnaps die Kehle runterrinnt und den verspannten Körper wärmt – das ist ein schönes Gefühl. Jaah, es geht mir gut! *Im Namen der Onkelz, im Namen des Herrn* – es geht mir wunderbar, ihr Wichser, ganz große Klasse!

Die Sonne scheint, als ich aus dem Bahnhof komme, und hinter meinem Jeep parkt Rolands schwarzer Porsche.

»Na, alter Junge? Auch in unserer schönen sächsischen Landeshauptstadt? Guck dir die Leute an, sind das nicht ganz besonders beschissene Exemplare des Homo sapiens? Wie ängstlich sie gucken, diese zivilisierten Nullen. Ja, Opa, du kriegst auch gleich eins aufs Maul, wenn du mich so dämlich anglotzt. Schon mal 'n zertrümmerten Kiefer gehabt?«

»Scheiße Kudella, du bist ja total dicht!«

»Ja, ich bin dicht, Don Rolando, und du? Bist du undicht? Sieh uns an! Wir zwei! Einer nicht ganz dicht, der andere blau.«

»Die Erde hat uns wieder, so wie sie uns kennt! Mit scheinheiligen Liedern erobern wir die Welt!«

»Hör auf rumzugrölen, Mann! Die Leute gucken schon!«

»Lasse gucken! Die Vollidioten! Wir sind die Herren des Planeten, nicht wahr, Don Rolando? Auch 'n Bier? Auf den Schreck?«

»Zigarette kannste mir geben.«

»Genau, quarzen wir erst mal eine, bevor unser Julchen kommt, was? Wirst du sie wieder ficken? Ordentlich durchvögeln, wie damals? Gib's zu, du notgeiler Bock, dich hat doch dein Schwanz hergelenkt.«

»Die Frage ist, was dich hergelenkt hat. Weißt du, Kudella, mit deiner Aktion Samstagnacht an der Grenze hast du mich voll in die Scheiße geritten …«

»Vergiss es, Compañero. Geht mir total am Arsch vorbei.«

»Ach ja? Und meine Kunden? Die rücken mir auf die Pelle, wenn ich nicht liefere!«

»Deine Kunden, dass ich nicht lache. Wissen die überhaupt, was ihnen entgeht?«

»Die haben bereits für die Ware bezahlt, du Arschloch!«

»Na, dann kannste ja noch einen ausgeben, Don Rolando. – PAAARTIIEH!«

»Mann, sei leise!«

»Ja, ja, die Leute gucken sonst. Und weiter?«

»Die Sache ist 'ne Nummer zu groß für mich. Diese Typen sind ein anderes Kaliber. Das sind Profis – die machen kurzen Prozess, verstehste?«

»Ja, das ist wirklich Pech. Für dich, alter Freund. Bin gespannt, was Jule davon hält ...«

»Bist du verrückt?«

»Nee, nur besoffen.«

»Die darf nichts davon erfahren, klar? Auf keinen Fall!«

»Und wieso beugst du dich jetzt in meinen Wagen und ziehst den Zündschlüssel ab? Denkste etwa, ich haue ab? Ohne meine Jule? Vergiss es, Alter! Wegen der bin ich hier. Genau wie du.«

»Pass auf, ich hol sie eben vom Bahnsteig ab, und du passt hier kurz auf die Autos auf, okay?«

»Angst um deinen Porsche, Don Rolando? Meinst du, der wird dir geklaut? Hier? Im friedlichen Dresden? Oder soll ich ihn vor deinen frustrierten Kunden verteidigen? Falls die kommen und ihn sich als Ersatz für deine Mädels abholen wollen?«

»Ach, vergiss es! Bin gleich wieder da. Mach keinen Stress, klar?«

Beruhige dich, du Idiot. Solange mein Durst gelöscht wird, bin ich friedlich wie Jugoslawien zu Titos Zeiten. – Prost, ihr sächsischen Heiligen der Menschheit! Singt ein Halleluja auf mich, sonst gibt's was auf die Fresse! Seht diesen herrlichen Doppelkorn! So rein und klar wie ein Gebirgsquell. Eine kalte, verwirrende Dusche fürs Hirn. Damit sieht man die Welt ganz deutlich. Wie durch ein Brennglas. All der Irrsinn und die Verlogenheit eures Seins treten darin glasklar hervor.

Hui, diese flippige Hippiebraut zum Beispiel, die da gerade aus dem Bahnhof kommt. Eine riesige Kraxe auf dem Rücken und gestylt wie für Woodstock: Minirock, schwarze Strumpfhosen und ein weitärmeliges, sariartiges Oberteil unter der bunt bestickten Lammfellweste. Dazu ein indisches Nasenpiercing und eingeflochtene Perlen im langen Haar. Love, Sex und Pillepalle.

Alles Bluff, die ganze Erscheinung eine erbärmliche Lüge. Schaut euch ihre Bewegungen an! Erinnern sie uns nicht verblüffend an ein in Wahrheit sehr schüchternes Mädel? An ein allzu scheues Reh mit Chlorallergie?

Nein, Süße, du machst mir nichts vor! Perlen und bunte Tücher können nicht verbergen, was ich sehe. Hinter den blauen Gläsern deiner Sonnenbrille liegen blassgrüne Augen mit braunen Einsprengseln. Ich kenne sie. Das sind meine Lieblingsaugen. Warum versteckst du sie? Hast du Angst, ich könnte durch sie in dich hineinsehen? Oh ja, du hattest immer Angst, Jule. Aber ich weiß Bescheid, hast du das vergessen? Vor mir bist du nackt, Süße, vollkommen entblößt. Du kannst dich nicht verstecken. Nicht vor mir, und deshalb: Willkommen zu Hause, Conchitababy!

»Gott!« Wie entsetzt ihr hübsches sommersprossiges Gesicht entgleist. »Was hat er mit seinen Haaren gemacht?«

Abrasiert, Conchitababy, siehste doch! Damit hat Gott gar nichts zu tun. Komm, Süße, ich nehme dir den schweren Rucksack ab, bevor du unter dessen Last zusammenbrichst. – Mist, was ist das? Gibt der Boden nach? Ist das ein Erdbeben oder der Kreislauf? Bin ich wirklich schon so blau, dass ich nicht mehr stehen kann? Vermutlich, denn ich falle, verfluchte Scheiße. Voll auf die Schnauze! Und ich höre sie schreien, hoch und spitz, wie ein kleines Mädchen, das erschrickt. Beruhige dich, Conchitababy, halb so wild, im Suff stürzt man sanft.

»Kudella, alles okay mit dir?« Wie warm ihre Stimme klingt an meinem Ohr – Mann, Baby! Wie habe ich deine Stimme vermisst, deine weiche, helle Stimme … Und dein Haar. Ich spüre es an meiner Wange. Langes, weiches rotblondes Haar. Die bunten Perlen darin schimmern.

Ich spüre deinen Atem, und deine schmalen weißen Hände zerren an mir herum.

Vergiss es, Baby! Du kannst mir nicht hochhelfen. Ich bin zu besoffen und viel zu schwer für dich. Fünfundneunzig Kilo reine Muskelmasse – es ist sinnlos.

Aber du packst trotzdem an, nicht wahr? Setzt den großen Rucksack ab, um deinen alten Kudella wieder auf die Beine zu stellen. Ja, so ist's richtig. Nie aufgeben, Süße! Beharrlichkeit ist wichtig, eiserner Wille.

»Mann, Roland! Nun hilf doch mal!«

Genau! Hilf unserer Süßen doch mal, du Dämlack! Stehst nur dumm rum. Dabei kennst auch du bourgeoises Arschloch das alte Gesetz des Klassenkampfs: Gemeinsam sind wir stark. Nur gemeinsam kriegt ihr mich wieder in den GAZ, na also: Beifahrerseite, immerhin.

Da sind wir aber fertig, was, Conchitababy? Eben erst angekommen und schon so außer Puste?

»Tut mir leid, dass er sich so aufführt.«

Oho, Don Rolando hat einen großen Strauß roter Rosen aus seinem Porsche gezaubert. Ja, für so was hat er ein Händchen.

»Nett, dass du uns mal besuchst.«

»Echt schön.« Natürlich meint sie die Rosen. So sind Frauen.

»Ja, hab ich günstig bekommen.« Natürlich meint er seinen Porsche. So sind Männer. Einladend öffnet er die Beifahrertür. »308 PS, Turbolader. Die Geschäfte laufen ganz gut. Ich hab die Spedition meines Vaters übernommen.« So! Jetzt noch ein großkotziger Blick auf die goldene Rolex-Uhr und charmant gelächelt. »Wollen wir?«

»Und was ...« Wie nervös sie mich anschaut. »... passiert mit ihm?«

»Der nüchtert von ganz allein aus.«

Oh, Baby, man sieht dir förmlich an, wie es in deinem hübschen Kopf arbeitet. Wie das Für und Wider abgewogen wird und das Verlangen, sofort wieder abzureisen, mit dem Gewissen kämpft. Denn in meinem Zustand kannst du mich unmöglich hier zurücklassen, oder? Wir sind schließlich Freunde für die Ewigkeit. Die kann man nicht einfach im Stich lassen. Soll ich etwa allein nach Hause fahren? Ich bin betrunken und könnte verunglücken. Willst du das verantworten?

Ratlos trieselt sie mit dem rechten Zeigefinger eine Haarlocke. Das hat sie früher schon immer gemacht, wenn sie nicht weiterwusste. Den Zeigefinger in ihr langes Haar verwickelt, bis eine Erkenntnis kam.

»Hier kann er jedenfalls nicht bleiben«, sagt sie schließlich und schaut suchend in meinen Wagen. »Wo sind die Autoschlüssel?«

»Die hab ich ihm schon abgenommen.«

»Gib sie mir!« Entschlossen wuchtet sie ihre Kraxe auf den Rücksitz. »Ich fahre ihn nach Hause.«

»Was?«

Ja, da staunste, Don Rolando, was? Julchen weiß eben, was sich gehört.

»Hier kann er nicht bleiben«, wiederholt sie entschieden, »und irgendwer muss seine Kiste ja nach Hause fahren. In deinen Porsche steig ich jedenfalls nicht ein. So was fahren bei uns nur alte Widerlinge und Zuhälter.«

»Ja«, wiehere ich drauflos, »das ist bei uns ganz genauso!«

Roland wirft mir einen finsteren Blick zu.

»Also?« Julia schnippt fordernd mit den Fingern.

Er gibt ihr die Zündschlüssel. »Aber sei vorsichtig.« Und dann steigt sie tatsächlich mit ihren langen Beinen zu mir in den GAZ.

Meine süße, allerliebste Bossa Novissima, ich hab's gewusst! Sie hat sich zwar als Janis Joplin verkleidet, im Kern aber ist sie mein Conchitababy geblieben. Verantwortungsvoll, ehrlich und eine reine, gute Seele. Das war sie immer. Man muss ihr gar nicht ins Gewissen reden, das arbeitet ganz von allein. Und deshalb bringt sie mich jetzt nach Hause.

Seht nur, wie kerzengerade sie am Steuer sitzt, den schlanken, langen Hals reckt und sich konzentriert umsieht. Ja, in so einem großen, alten Jeep darf man den Überblick nicht verlieren. Aber dafür sitzt man auch schön erhöht. Die Rundumsicht ist klasse.

Wie hübsch sie ist, wie anmutig ihr Gesicht. Ein leichter Überbiss ist geblieben, trotz Zahnspange damals. Noch immer ruhen ihre großen, makellos weißen Schneidezähne auf ihrer Unterlippe, wenn sie angespannt ist. Aber das macht ihren Mund nur noch anziehender. Wir haben sie immer den »süßesten Nager der Welt« genannt.

Etwas Gas geben beim Starten, Baby, dann springt die Karre problemlos an. Siehste, geht doch. Und die Gänge nicht so reinwürgen, das ist kein Trabi! Wenn du die Kupplung ganz durchtrittst, gehen sie ganz leicht.

Wie reizvoll ihre schmalen, runden Knie durch die schwarzen Strumpfhosen schimmern. In Julias blauer Sonnenbrille spiegelt sich die Straße, ihr langes Haar weht im Wind. Und wenn sie zur Gangschaltung greift, klimpern die silbernen, orientalisch anmutenden Armreife an ihren schmalen Handgelenken.

Versonnen blinzele ich in den Himmel, die Sonne lullt mich ein.

Und zum ersten Mal in meinem Leben bringt mich ein Engel nach Hause zurück. Ein Lichtwesen. Eine langbeinige Elfe. Eine Traumgestalt …

Sekunden später bin ich eingeschlafen.

3 NACHDENKLICH STAND Oberkommissar Romeo Schwartz im Schlafzimmer seiner kleinen Mansardenwohnung vor dem Kleiderschrank. Das war immer ein Problem: die Frage, wie viel und vor allem was nimmt der Mensch mit, wenn er auf Reisen geht? Gerade zu dieser Jahreszeit gestaltete sich die Antwort schwierig. Oktober – das hieß goldener Herbst mit noch durchaus warmen, schönen Tagen. Der Oktober konnte aber auch nass werden, sehr kühl und windig. Zudem wurde es täglich früher dunkel, und die Nächte waren schon recht frostig.

Schwartz wollte, während er in Görlitz fürs LKA ermittelte, in Dittelsdorf übernachten, in seinem alten Kinderzimmer bei Oma, und die hatte immer einen großen Vorrat selbst gestrickter Pullover und Socken. Für den Fall, dass der Winter einbrach.

Dennoch entschied sich der Oberkommissar für den großen Koffer. Er konnte vor den Görlitzer Kollegen unmöglich in einem von Omas pastellfarbenen Zopfstrickpullundern erscheinen, nur weil es kühler wurde. Nee, den Lacher sparte er sich, lieber packte er den großen Koffer.

Oder besser zwei kleine? Da verteilte sich das Gewicht besser. War der große Koffer erst mal voll, konnte man ihn kaum noch anheben.

Unschlüssig kratzte sich Schwartz am Kopf. Schwere Entscheidungen standen bevor, Entscheidungen, die gefällt werden mussten, bevor er an der Neiße seinen Dienst antrat.

Noch am Morgen hatte es einen Riesenzoff deswegen mit Kriminaldirektor Habersaath gegeben. Der wollte ihn auf keinen Fall gehen lassen, brauchte angeblich jeden Mann für die Aufarbeitung alter DDR-Fälle. Zudem fühlte er sich übergangen und empfand es als Ungeheuerlichkeit, dass Schwartz einfach so mir nix, dir nix mit dem LKA Kontakt aufgenommen hatte. Eine Kompetenzüberschreitung sondergleichen sei das, hatte er gebrüllt, eine Unverschämtheit.

Dabei war es doch das Landeskriminalamt, das den Kontakt zu Schwartz gesucht hatte. In Person von Liliana Petkovic. Und die schien verdammt gut vernetzt zu sein, denn noch während Habersaath herumschrie, klingelte das Telefon. Das sächsische Innenministerium war dran, ein Staatssekretär Wolff, und es gehe um eine Anfrage des LKA.

Habersaath war entsprechend beeindruckt. Minutenlang hatte er am Hörer gebuckelt: »Jawoll, Herr Staatssekretär – selbstverständlich, Herr Staatssekretär – aber natürlich, Herr Staatssekretär …«

Am Ende musste er Schwartz gehen lassen. Nicht, ohne ihn mit jenem verächtlichen Blick zu strafen, den man gemeinhin Verrätern hinterherschickt. Denn das war der Oberkommissar nun in den Augen von Kriminaldirektor Habersaath: ein Verräter, ein Kollaborateur. Ein Mann, der gewissenlos die Seiten wechselt. Ohne Rückgrat. Einfach erbärmlich!

Tja. Mit so einem Leumund konnte Schwartz in der Kriminaldirektion nichts mehr werden. Das war so klar wie der Wiederaufbau der Frauenkirche. Umso wichtiger war es nun, bei Liliana Petkovic zu punkten.

Aber wie, wenn er schon an der Frage scheiterte, welche Koffer er mitnehmen sollte? Den großen schweren oder die beiden kleinen? Wahrscheinlich war es egal, denn Schwartz würde ohnehin mit dem Wagen fahren, da machte ein schwerer Koffer nichts.

Obwohl die beiden kleinen womöglich praktischer waren. Da konnte er in den einen die Sachen für die warmen Herbsttage packen und in den anderen die Winterklamotten, falls es kälter wurde.

Doch passte Schwartz' dicker Wollmantel überhaupt in den kleinen Koffer?

Gedankenverloren ließ der Oberkommissar etwas Luft ins Schlafzimmer und sah hinaus auf die Straße. Klaviermusik drang an sein Ohr, denn direkt gegenüber befand sich die berühmte Ballettschule von Gret Palucca. Ein lang gestreckter Plattenbau an der Wiener Straße, dessen Fenster weit offen standen. Das Allegro Moderato aus Tschaikowskis »Schwanensee« wurde in regelmäßigen Abständen von manchmal schrillen und meist energischen Stimmen übertönt, die kommandogleich *»Écarté devant«*, *»á la seconde«* und *»Retiré«* forderten.

Lauter Schwäne, die tanzen wollten. In hautengen Gymnastikanzügen, kerzengerader Haltung und mit erhobenem Kopf übten sie stundenlang an der Barre. Jeden Tag. Es hatte etwas Beruhigendes. Die Ballettschule gab es seit über sechzig Jahren. Da konnte draußen das Verbrechen grassieren und die Politik kopfstehen, – bei Gret Palucca wurde eisern der Pas de deux geübt, selbst als in Berlin die

Mauer fiel. Und solange drinnen getanzt wurde, konnte das Draußen so schlimm nicht sein.

Gleich nach der etwas verunglückten Freistellung durch Kriminaldirektor Habersaath war Schwartz ins sächsische Landeskriminalamt gefahren. Es befand sich in der Neuländer Straße, in den Gebäuden der ehemaligen Offiziershochschule »Artur Becker«, und es roch. Typischer DDR-Geruch, so hatte früher alles gerochen, Kasernen, Meldeämter, polytechnische Oberschulen und Krankenhäuser. Auch der Pentacon-Diaprojektor, mit dem ihn Liliana Petkovic zum, wie es jetzt neudeutsch hieß, »Briefing« empfangen hatte, stammte noch aus volkseigener Produktion. Mit klackend wechselnden Fotos hatte sie ihn buchstäblich ins Bild gesetzt. Um plötzlich unvermittelt zu fragen:

»Sehen Sie mir auf den Hintern?«

Diese plötzliche und vom Thema völlig abweichende Frage hatte Schwartz total verwirrt. Zugegeben, er war möglicherweise gedanklich etwas abgeschweift. Hatte vielleicht über die Kleidung der taffen LKA-Frau nachgedacht, über ihren Schlabberpulli und die weite Cargohose; als wolle sie ihren Körper vor ihm verbergen. Dabei musste Liliana Petkovic schon aufgrund ihrer Polizeiausbildung durchtrainiert und knackig sein, ganz sicher hatte sie eine recht ansehnliche Figur. Aber davon war nichts zu sehen, insofern ließ sich auch ihr Hintern nur erahnen.

»Amerikanische Studien haben ergeben, dass Männer attraktiven Frauen weniger gut zuhören können als unattraktiven, verstehen Sie?«

Absolut nicht. Worauf wollte sie hinaus? War es Anmache? Oder ein psychologisches Spiel?

»Ich höre Ihnen zu«, hatte Schwartz eilig versichert. Völlig unnötig, denn Liliana Petkovic war der festen Überzeugung, dass er genau dazu, würde sie sich in Minirock und bauchfreies T-Shirt kleiden, nicht in der Lage sei.

Irritierend fand Schwartz das und ziemlich kompliziert. Vermutlich hatte es mit der etwas hysterischen Emanzipationsbewegung im Westen zu tun. Deren seltsame Auswüchse waren allmählich auch in Dresden zu spüren. Weibliche Fachkräfte hießen jetzt Fachfrauen, und in den Zeitungen gab es eine Inflation des großgeschriebenen »Innen«. Im Landtag saßen keine Politiker mehr, sondern PolitikerInnen. AnwältInnen verteidigten TäterInnen, selbst ein Armeegeneral mutierte zur GeneralIn. Einer Frau die Tür aufzuhalten oder ihr in den Mantel zu helfen, galt plötzlich als verpönt, wenn nicht sogar als sexuelle Anmache, und das Fräulein verschwand in nahezu atemberaubender Geschwindigkeit aus dem deutschen Sprachgebrauch.

Was an dem Begriff »Fräulein« diskriminierend sein sollte, hatte Schwartz nie verstanden, denn wie sollte man kinderlose, unverheiratete Frauen, die das Mädchenalter bereits hinter sich gelassen hatten, sonst bezeichnen? Über den Begriff »Krankenschwester« regte sich doch auch niemand auf, obgleich die meisten Kliniken in den seltensten Fällen von Nonnen geführt wurden.

Aber auch das ist typisch für den Westen, fand Schwartz, da wird immer viel und aufgeregt über Nebensächlichkeiten und Begriffe debattiert. Das Wesentliche allerdings bleibt oft unangetastet. Was möglicherweise durchaus gewollt ist, denn wer sich an Details aufhält, wird das wirklich Wichtige nicht verändern.

Die Dresdnerinnen waren da einfacher. Die redeten nicht über Emanzipation – die waren längst emanzipiert. Der Bauch gehörte den Frauen genauso wie der Kopf, und das schon seit Jahrzehnten. Da brauchte es keine Alice Schwarzer. Auch verdienten die Frauen genauso viel wie die Männer. Gleicher Lohn für gleiche Arbeit war eine Selbstverständlichkeit. Bis die Mauer fiel.

Es war eben nicht alles schlecht in unserer DDR, sächselte Schwartz zu sich selbst und packte schließlich alle drei Koffer. Den großen genauso wie die beiden kleinen. Besser zu viele Klamotten dabeihaben als zu wenig.

4 WAHRSCHEINLICH WAR ES EIN FEHLER. Ganz sicher war es das, idiotisch, völlig bescheuert.

Julia fuhr hinter dem schwarzen Porsche her. Kurz vor der Stadt war sie von Roland überholt worden. Er hatte gestikulierend die Hand aus dem geöffneten Schiebedach gestreckt und ihr bedeutet, ihm fortan zu folgen. Früher hatte Kudella im Kinder- und Jugendheim »A.S. Makarenko« gelebt, aber er war ja jetzt volljährig. Jetzt musste er irgendwo hinter dem alten Schlachthof wohnen, denn Roland fuhr die Chopinstraße hinunter und stoppte schließlich vor einer verwilderten Kleingartenanlage.

Ein süßlicher, schwerer Duft von überreifen Früchten hing in der Luft. Nur noch wenige Parzellen hier wurden regelmäßig bewirtschaftet, viele der Pächter waren in den Westen gegangen und hatten die Gärten sich selbst überlassen. Nun wucherte die Wildnis, zwischen aus der Form geratenen Buchsbäumen und ausladenden Holunderbüschen mit schon herbstlich welkem Laub wuchsen Stachel- und Johannisbeersträucher, die seit Jahren nicht mehr abgeerntet wurden. An vielen knorrigen Obstbäumen waren die Äste unter der Last von Birnen, Pflaumen und Äpfeln zusammengebrochen. Wespen schwirrten herum, trunken vom Überfluss des in der Sonne gärenden Fallobstes, und riesige Hornissen, vor denen sich Julia schon als Kind gefürchtet hatte.

Kudella schlief wie ein Walross und war nicht wach zu kriegen. Es dauerte, bis sie ihn zu jener windschiefen Laube geschleift hatten, die offenbar sein Zuhause war. Die Tür war nicht verschlossen, und drinnen roch es nach Schimmel und abgestandenem Zigarettenrauch. Auf einem zersessenen Stuhl mit abgebrochener, notdürftig mit Klebeband befestigter Armlehne türmte sich alte Wäsche und in der Spüle schmutziges Geschirr. Es gab nur den einen Raum in der Laube. Links eine schmale Küchenzeile mit Campingkocher und Kühlschrank, rechts ein klapperiger Couchtisch, auf dem ein RFT-Farbfernseher stand. Das letzte Modell aus DDR-Produktion. Es hatte sogar eine Fernbedienung. Eine aufgeklappte Couch diente als Bett. Darüber hing die kaiserliche Reichskriegsflagge, ein schwarzes Balkenkreuz auf weißem Grund mit dem Preußenadler in der Mitte, dazu das Eiserne Kreuz vor schwarz-weiß-rotem Hintergrund im linken oberen Viertel.

Julia fröstelte plötzlich. Ein Fehler, dachte sie immer wieder, ein Fehler, ein Fehler, ein Fehler ... Plötzlich war ihr schlecht, sie stolperte hinaus vor die Tür und erbrach sich. Niemals hätte sie hierher zurückkommen dürfen.

In Düsseldorf war es ihr noch wie eine wahnsinnig gute Idee vorgekommen, vor dem Soziologiestudium ein Praktikum in Zittau zu machen. An den Orten der Kindheit, in einem Land, das untergegangen war. Und war es nicht eine total spannende Frage, wie die einst sozialistisch geprägte Gesellschaft mit dem vollständigen Zusammenbruch ihrer Werte und Normen zurechtkam?

Und natürlich hatte sie sich darauf gefreut, alte Bekannte wiederzutreffen, die Freunde aus der Kindheit. Aber was war aus ihnen geworden? Und was hatte sich Julia vorgestellt?

»Hey!« Roland stand plötzlich neben ihr, berührte vorsichtig ihre Schultern. »Alles klar?«

Natürlich nicht, würde sie sonst kotzen?

Er sah noch immer aus wie Sonny Crockett aus »Miami Vice«. Mit vierzehn hatte sie das beeindruckt, aber jetzt? – Der Kerl war einfach lächerlich, auch ohne Porsche. Und Kudella hatte ganz klar ein Alkoholproblem und war offensichtlich zum Neonazi mutiert.

Verstohlen sah sie durch die Fenster in die Gartenlaube. Wie er da lag, mit seiner Glatze. In Bomberjacke und Springerstiefeln. Hingestreckt auf der ollen Couch unter seiner Reichskriegsflagge. Ein gefallener Don Quichotte nach der Schlacht gegen die dummen Windmühlen im Kopf. Fast tat er ihr leid.

»Also, ich muss jetzt«, sagte sie mehr zu sich selbst und ging.

»Wohin denn?« Roland lief ihr nach.

»In die Stadt«, erwiderte Julia mit gesenkten Kopf und ohne sich nach ihm umzusehen.

»Das ist aber ‘n ziemliches Stück.« Roland ging jetzt neben ihr und versuchte, ihr ins Gesicht zu sehen. »Ich könnte dich fahren, aber du willst ja nicht in meinen Porsche steigen. Würde ich mir an deiner Stelle noch mal überlegen.«

»Wieso«, fauchte sie ihn an, »fahren hier keine Busse mehr?«

»Doch, doch, schon gut«, versicherte er und blieb mit beschwichtigend erhobenen Händen zurück. »War ja nur ein Angebot …«

Julia ließ ihn stehen, holte ihren schweren Rucksack aus Kudellas altem Russenjeep und marschierte durch den Urwald der Kleingartenanlage zurück in Richtung Schlachthof.

Früher hörte man hier immer die Schweine quieken, weshalb Julia sich schon früh entschlossen hatte, Vegetarierin zu werden. Diese industrielle Tötung von sogenanntem Nutzvieh war ihr einfach zuwider. Heute war Stille im Schlachthof. Die alten, um die Jahrhundertwende errichteten Ziegelbauten standen leer und begannen zu verfallen. Zwischen düsteren Fensterhöhlen, in denen die Scheiben eingeschlagen waren, grüßte ein unheildräuendes Graffito mit *»Welcome in the dead zone«*.

Plötzlich laute Pfiffe: »Schnecke! Hast du heute schon was vor?«

Julia sah auf. Mist! Die Bushaltestelle war von grölenden Typen in Blaumännern und Zimmermannshosen belagert. Offenbar gab es im Schlachthof doch noch was zu tun, denn die Kerle sahen aus, als hätten sie eben Feierabend gemacht. Und da kam ihnen Julia wohl gerade recht.

»Na, was für ein süßes Vögelchen hat sich denn hierher verflogen?« Es sind immer die Widerlichsten, die sich als Erste vorwagen, hässlich fiese Dumpfbacken mit schlechten Zähnen, die normalerweise kein Mädchen anschauen würde. »Bist du aus dem Nest gefallen? Soll ich dir meins zeigen?«

Die Übrigen lachten laut und pfiffen. Zwei weitere Typen kamen heran.

Julia spürte, wie ihr plötzlich das Herz bis zum Hals schlug.

»Verpisst euch«, zischte sie und wich etwas zurück. Und wieder kroch ihr die Übelkeit den Hals hoch. Das fehlte noch, dass sie hier vor den Idioten zu kotzen anfing.

Der Kerl, der sich als Erster vorgewagt hatte, begann dicht vor ihr schwerfällig auf und ab zu tänzeln: »Schöne Maid, hast du heut für mich Zeit …«

Und die andren grölten »Oh-ja-hi-ja-ho-ho!«

»Sag bitte ja …«, der Typ packte sie am Arm und zog Julia zu sich heran, dass sie seinen säuerlichen Atem roch, »ich bin nur für dich da …« Dann stockte er abrupt und sackte mit schmerzverzerrtem Gesicht zusammen.

Das klappte immer. Ein beherzter Stoß mit dem Knie in des Mannes empfindlichstes Teil hatte noch nie seine Wirkung verfehlt. Jetzt hieß es nur noch Beine in die Hand nehmen und rennen!

Julia stürmte los. Und sie hörte, wie ihr einige der anderen Typen folgten. Was ganz schlecht war, denn sie war nicht besonders gut im Sprint. Zudem hatte sie die schwere Kraxe auf dem Rücken. Aber sie konnte Haken schlagen wie ein flüchtender Hase. Das Problem war nur, dass ihr schon wieder kotzübel war. Verdammt, sie hätte echt in Düsseldorf bleiben sollen, das Ganze war eine Schnapsidee, ein Fehler, ein Fehler …

Bremsen kreischten, und fast wäre sie über die Haube von Rolands grummelndem Porsche gestürzt. Julia stand keuchend an den Kotflügel des Wagens gestützt und erbrach sich, obgleich kaum noch etwas in ihrem Magen war, dass sie erbrechen konnte. Nur noch eine speichelartige Flüssigkeit tropfte auf das Kopfsteinpflaster.

»Komm, schnell!« Roland nahm ihr hastig den Rucksack ab und stopfte ihn durchs Schiebedach in den Wagen. »Steig ein!«

Ja, wie denn, wenn schon der Rucksack das ganze Auto füllt?

Irgendwie klemmte sich Julia dann doch noch in den Porsche, und Roland ließ aggressiv den Motor aufheulen.

Die Männer vom Schlachthof ließen sich davon wenig beeindrucken. Sie warteten mit verschränkten Armen auf der Straße ab. Würde der Porschefahrer es wagen, sie über den Haufen zu fahren?

Nee. Roland legte den Rückwärtsgang ein und bretterte mit durchdrehenden Reifen davon.

»Ist nicht dein Tag heute, wie?«, erkundigte er sich mitfühlend, als sie die Görlitzer Straße hinunter Richtung Altstadtring fuhren.

Julia antwortete nicht. Sie tupfte sich die Lippen mit einem Taschentuch ab und schnäuzte sich dann.

»Wo willst du denn überhaupt hin?«, fragte Roland.

Am liebsten nach Hause, dachte Julia.

Mann, was hatte sie gelitten damals, als sie hier so über Nacht mit ihren Eltern weg- und alles zurücklassen musste. Sie hatte gedacht, sterben zu müssen ohne die alten Freunde. Und sie hatte es satt. Sie wollte nicht immer wieder neu umziehen müssen, immer neue Orte, immer neue Leute … Erst Berlin, dann Zittau, dann Düsseldorf. Ganz weit hinter der Mauer im Westen, ohne Aussicht, je wieder zurückzukönnen.

Aber dann hatte sie sich doch schnell eingelebt in der Stadt am Rhein, schneller jedenfalls als ihre Eltern. Vater kam nie über seine DDR hinweg. Er hat einfach nicht verkraftet, dass sie ihn rausgeschmissen hatten, ausgebürgert, nur weil er anderer Meinung war als die Partei- und Staatsführung. Weil er die Freiheit der Kunst verteidigte, auch und gerade im Sozialismus. Aber das war wohl schon zu viel. Mutter dagegen richtete sich ein in Düsseldorf, sie machte einfach weiter und genau das, was sie schon in der DDR immer gemacht hatte: Schmuck. Mit Muscheln, Bernstein und billigen Glasperlen. Einfach, aber schön. Sie mietete einen kleinen Laden und nannte ihn »Zlunker« – was nichts anderes hieß als »Zonenklunker«. Die Sache wurde bald ein Hit in der Düsseldorfer High Society. Muttis Schmuck ging weg wie warme Semmeln. Schon ein Jahr später konnte sie ihre »Zlunker« in einem teuren Geschäft auf der Kö verkaufen.

Julia dagegen wechselte aufs Gymnasium und machte im vergangenen Frühjahr ihr Abitur. Note zwei Komma fünf, für Soziologie reichte das. Sie wollte immer Soziologie studieren, die Systematik des Handelns begreifen, die Ursachen und Folgen des Zusammenlebens, das Spiel der gesellschaftlichen Kräfte, den menschlichen Makel. Der hatte ihr immer zu schaffen gemacht. Sie war anders, nie cliquenfähig, ein Außenseiter. Obwohl sie keiner sein wollte. Andere gingen zusammen ins Kino oder zu McDonald's, hatten Freunde und beste Freundinnen, mit denen man sich zum Shoppen verabreden konnte. Julia dagegen fühlte sich immer wie ein Zuschauer, der von außen etwas betrachtet, ohne wirklich dabei zu sein. Als wäre da eine imaginäre Glasscheibe, die sie von den anderen trennte. Obgleich sie durchaus immer freundlich behandelt wurde, anders als zu Anfang in Zittau. Die Düsseldorfer waren nett zu ihr, oft mitfühlend, weil sie ja aus der Zone kam. Trotzdem, oder deshalb, gehörte sie nie wirklich dazu. Die einzigen Freunde, die Julia je hatte, waren Roland und Kudella. Vor allem Kudella. Aber der war hinter der Mauer. Praktisch gestorben.

Dann fiel die Mauer, aber das wurde in Düsseldorf in etwa so registriert wie ein Erdbeben in Fernost. Nur Julias Eltern waren völlig außer sich und fuhren sofort nach Berlin. Julia blieb in Düsseldorf. Was sollte sie auch in Berlin? Wenn's nach Zittau gegangen wäre, okay. Aber so …

Erst jetzt, nach dem Abi, kam ihr der Gedanke: Zittau, schauen, was aus den alten Freunden geworden ist, und ein geeigneter Ansatz fürs Studium. Gleich rein in die Praxis, die soziologischen Aspekte einer Gesellschaft im Umbruch erforschen und den Finger in die Wunde legen, wo es wehtut.

Jetzt tat es weh. Und wie! Sie war einfach zu nah dran. Die trennende Glasscheibe war verschwunden, plötzlich fühlte sie sich mittendrin und vollkommen überfordert.

Kudella ein Nazi! Das ging ihr an die Nieren. Und Roland? Hübscher Junge, immer noch. Aber sonst: Vergiss es!

Ja, es war ein Fehler, sie hätte ihr Praktikum genauso gut in Hamburg machen können oder in Düsseldorf bei irgendeinem wahnsinnig sozialen Projekt. Auch im Ruhrgebiet brachen alte gesellschaftliche Strukturen zusammen, seit die Kohle zu teuer und die Stahlindustrie nicht mehr rentabel war. Genug Ansätze für soziologische Studien. Stattdessen war sie nun hier. In Zittau. Willkommen in der Wirklichkeit!

Sollte sie aufgeben? Einfach zurückfahren? Nach nicht mal einem halben Tag?

»Ich hab doch gewusst, dass es hier im Osten eine rechte Jugendkultur gibt«, sagte sie schließlich leise und mehr zu sich selbst. »Nun muss ich mich dem eben stellen. Empirische Forschungsarbeit.«

»Was?« Roland sah sie groß an.

»Nichts«, erwiderte Julia.

»Ich dachte, du hättest etwas gesagt.«

»Hab ich auch.« Julia seufzte und strich sich genervt durchs Haar. »Dir ist das völlig egal, was?«

»Was?«

»Dass Kudella offensichtlich zu den Neonazis übergelaufen ist.«

»Wie kommst 'n darauf?«

»Sieht man doch. Bomberjacke, Glatze. Voll der Fascholook. Und dann die Reichskriegsfahne über seinem Bett.« Sie tippte sich gegen die Stirn und schüttelte den Kopf. »Ausgerechnet Kudella. Echt!«

»Der war doch schon immer militant«, entgegnete Roland. »Das Leben ist Kampf, hat er immer gesagt, schon vergessen? Wer nicht kämpft, stirbt.«

»Er war aber kein Rassist.« Julia sagte es mit Nachdruck. »Im Gegenteil. Er hat immer die Schwachen verteidigt.«

»Kommt drauf an, wen und was man für schwach hält.«

»Und du?« Julia sah Roland prüfend an und schob eine Haarlocke beiseite, die ihr ins Gesicht gefallen war. »Hast du auch was gegen Ausländer?«

»Ähm ... Nö, wieso sollte ich?«

»Hätte ja sein können.«

»Es gibt eben hier ein paar Leute«, Roland blinkte links und bog vom Theaterring in die Pfarrstraße ein, »die haben mit Ausländern schlechte Erfahrungen gemacht.«

»Ach Gott! Tatsächlich?« Julia hob fassungslos die Hände. »Seltsam, denn ich habe gelesen, dass ihr hier im Osten kaum Ausländer habt. Null Komma zwo Prozent oder so. So doll können die schlechten Erfahrungen mit denen also nicht sein. Jedenfalls dürfte der Frust mit deutschen Zeitgenossen größer sein, oder? Und trotzdem hängt ihr euch nicht irgendwelche ›I hate Germans‹-Plakate an die Wand.«

»Ich höre immer ›ihr‹ und ›Osten‹.« Roland stoppte vor einem hübsch restaurierten Fachwerkhaus am Johannisplatz. »Hast du vergessen, wo du herkommst?«

»Dann wäre ich nicht hier.« Julia atmete tief durch. »War das nicht früher unsere Eisbar?«

»Ja.« Roland öffnete die Tür und stieg aus. »Aber jetzt sind die Alteigentümer zurückgekommen und haben aus dem Haus eine Pension gemacht. Und unten ist ein ganz ordentliches Restaurant. Der ...«

»... ›Johannishof‹.« Auch Julia konnte lesen. »Und was machen wir hier?«

»Ich denke, du brauchst 'ne Unterkunft«, Roland lächelte, »für heute Nacht.«

»Ich fürchte, nicht nur für heute Nacht.« Julia stieg ebenfalls aus dem Wagen und sah an der liebevoll renovierten Fassade hoch. »Sieht teuer aus.«

»Ich krieg hier Rabatt.« Roland versuchte, ihren Rucksack aus dem Porsche zu bekommen.

Julia starrte ihn an. »Was soll das? Willst du mich kaufen?«

»Dann hätte ich dich zu mir gefahren, Schatz!« Er stellte ihren Rucksack auf der Straße ab und grinste spöttisch. »Beruhige dich, ich spendier dir 'n Zimmer, mehr nicht!«

»Ich will mir aber von dir nichts spendieren lassen!«

»Von mir aus!« Roland war sauer. »Dann schlaf halt auf der Straße.«

Er stiefelte um seinen Porsche herum und setzte sich wieder hinein.

Julia trieselte ihr Haar und haderte mit ihrem Stolz. Lass ihn fahren, sagte der, soll er verschwinden. Du hast es nicht nötig, dir von so einem Angeber etwas bezahlen zu lassen.

Der Motor des Porsche grummelte auf, und eine andere Stimme in Julia wurde zunehmend stärker: Sei nicht blöd, überleg dir, wie viel Geld du sparst, und das Haus sieht doch wirklich nett aus. Der Kerl hat genug Schotter, mach dir keine Gedanken.

Shit, dachte Julia und beugte sich zu Roland hinunter, bevor der losfahren konnte. »Das verpflichtet mich aber zu nichts.«

»Natürlich nicht. Für wen hältst du mich?«

»Keine Ahnung.« Sie zuckte mit den Schultern. »Für einen Ganoven, vermutlich.«

»Wieso?« Roland starrte sie an.

»Na, weil«, sie nahm ihren Rucksack, »kein Mensch unter fünfundzwanzig einen ehrlich verdienten Porsche fährt.«

»Wenn du dich da mal nicht irrst«, erwiderte Roland und folgte ihr.

5 »SIE KÖNNEN SICH JA NICHT VORSTELLEN, was wir hier für Geld reingesteckt haben.« Frau Rouché, eine zierliche Dame von rüstigen fünfundsechzig Jahren und die Wirtin des »Johannishof«, stieg die Treppe zur ersten Etage hinauf.

»Die Kommunisten hatten alles verfallen lassen«, sagte sie in ihrem kölschen Akzent, »wir haben praktisch neu bauen müssen.« Sie lief einen schmalen Gang entlang, von dem links und rechts Türen abgingen. Sie waren mit kleinen Emailleschildern nummeriert.

»Unser bestes Zimmer.« Sie öffnete die Tür mit der Nummer vier. »Ich hoffe, es ist zu Ihrer Zufriedenheit. Der Herr Paich hat uns ja schon auf Ihre Ankunft vorbereitet.«

Ach, hat er das, dachte Julia. Na prima, der wird sich noch wundern.

»Sie sind aus Düsseldorf, nicht wahr?«

»Ja, aber ich hab auch mal in Zittau gewohnt.« Julia sah sich in dem Zimmer um. Es war frisch renoviert. Viel Rosa und Himmelblau im Biedermeierstil. Wie eine Puppenstube. Das Barbiehaus lässt grüßen, dachte sie.

Links stand ein großes Doppelbett, das von zwei Nachttischen mit Messinglampen eingerahmt wurde, rechts gab's eine Schminkkommode mit großem, drehbarem Spiegel. Daneben ging es durch eine schmale Kammertür in ein recht geräumiges Duschbad. Geradeaus befand sich hinter einer kleinen, barock anmutenden Sitzgruppe mit Couchtisch ein dreiflügeliges Fenster, von dem aus man auf einen schmalen, ins Fachwerk des Obergeschosses eingefassten Balkon treten konnte.

»Mein Mann ist auch Niederschlesier«, freute sich Frau Rouché, »er ist in diesem Haus geboren, und er wollte immer wieder hierher zurück. Ich war ja erst dagegen, wollte mit meinen zweiundsechzig Jahren nicht noch mal von vorn anfangen ... Aber inzwischen hab ich mich daran gewöhnt, verstehnse, obwohl ich das gute, alte Köln doch ganz schön vermisse.« Sie öffnete die Balkontür und wandte sich dann wieder zu Julia um. »Kennen Sie Köln? Ich mein, die Düsseldorfer sind ja doch sehr eigen, was unser Köln angeht.«

»Ich kenne Köln, Frau Rouché«, erwiderte Julia, »und ich finde es sehr, sehr schön. Vor allem den Karneval.«

»Der ist besser als der Düsseldorfer, na, das will ich meinen«, bekräftigte Frau Rouché und ging wieder zurück zur Zimmertür. »Ich lege die Schlüssel hier auf die Kommode, nicht wahr. Der Große ist für die Haustür, weil ab zweiundzwanzig Uhr abgeschlossen wird. Wenn Sie was brauchen, rufen Sie einfach unten an.« Sie deutete auf das Telefon, das über der Kommode an der Wand angebracht war. »Hausgespräche kosten nichts, und nach draußen kommen Sie, wenn Sie die Null vorwählen. Wissen Sie schon, wie lange Sie bleiben wollen?«

»Vermutlich ein Jahr!« Julia sah Roland triumphierend an. Na, Angeber? Es ist immer ein Fehler, Frauen mit Geld beeindrucken zu wollen. »So lange dauert mein Praktikum, und der Herr Paich wollte freundlicherweise die Rechnung übernehmen.«

Roland erbleichte ein wenig, bewahrte aber die Fassung.

»Fein«, fand das Frau Rouché und verabschiedete sich. »Dann will ich mal nicht weiter stören, nicht wahr. Ich wünsche einen schönen Aufenthalt!«

Sie ging. Julia schloss hinter ihr die Tür und machte ein unschuldiges Gesicht.

»Habe ich was Falsches gesagt?«

»Ich wusste nicht, dass dein Praktikum ein ganzes Jahr dauert«, knurrte Roland und setzte sich auf die Bettkante.

»Das ist nicht viel.« Julia lächelte. »Andere machen drei Jahre Praktikum.«

»Dann hab ich ja richtig Glück. Und worum geht's?«

»Soziologie. Ich erforsche den Umbruch einer Gesellschaft, die tief greifenden Veränderungen unterworfen ist und die Normen und Regeln ihres Zusammenlebens neu definieren muss. Dies am Beispiel des ...«, Julia lehnte sich an die Kommode und verschränkte die Arme, »... Podtsch e.V. – kennst du den?«

»Ja, das ist so 'ne Multikulti-Truppe«, antwortete Roland, »linksalternative Spinner.«

»Na, wenigstens keine Nazis.« Julia öffnete unmissverständlich die Zimmertür. »Ich hab eine lange Fahrt hinter mir und würde jetzt gern alleine sein.«

»Du schmeißt mich raus?«

»Genau. Ich schmeiße dich raus. Was du jetzt sicher furchtbar unanständig findest, wo du mir doch die Puppenstube hier zahlst. Aber ich habe dich nicht darum gebeten. Und falls es dein Budget sprengt, ziehe ich gerne auch woandershin. Ich kann durchaus für mich selbst sorgen.«

»Lass mal, ist schon okay.« Roland warf einen Blick auf seine Rolex und erhob sich. »Ich muss sowieso los. Sehen wir uns heute Abend?«

»Sehen wir uns heute Abend«, äffte sie ihn spöttisch nach. »Um *was* miteinander zu tun?«

Roland lächelte Don-Johnson-mäßig. »Nur, was du willst.«

»Ich will aber nicht.« Sie schob ihn zur Tür und hinaus auf den Flur. »Danke für die Herfahrt. Ciao, ciao!«

Er ging, und sie war endlich allein. Zeit, sich zu sortieren. Julia schloss die Zimmertür, trat auf den Balkon und atmete tief durch.

Gegenüber erhob sich der gewaltige graue Bau der Kirche Sankt Johannis. Wie oft hatten sie im Schatten der Türme gesessen, als es die Eisbar noch gab. Die war immer rappelvoll gewesen, vor allem sonntags. Familien mit Kindern, Jugendliche, Senioren beim Kaffee.

Wie lange war das her?

Julia kam es vor wie gestern und eine Ewigkeit.

Nachdem sie ausgiebig geduscht und sich umgezogen hatte, machte sie sich über die Innere Weberstraße auf den Weg zum Töpferberg.

Die alten Häuser links und rechts wirkten arg mitgenommen. An den Rokokofassaden hatte der Zahn der Zeit genagt, Putz blätterte ab. Die früher einmal sicher sehr hübsche Altstadt – sie wirkte dem Verfall preisgegeben, unendlich grau und farblos. Kohls blühende Landschaften – in Zittau ließen sie auf sich warten. Immerhin waren einige der Häuser bereits eingerüstet oder wie der »Johannishof« schon renoviert worden. Hier und da wurde gebaut, neue Leitungen und Abwasserkanäle wurden verlegt, Straßen asphaltiert. Wer genauer hinsah, erkannte spärliche Anzeichen des Aufbruchs: neue Geschäfte, Restaurants und Boutiquen, einzelne Farbtupfer, die das Übrige dann umso trauriger aussehen ließen.

Warum war ihr diese Tristesse damals nie aufgefallen? Weil sie verliebt war, jung und nichts anderes kannte?

Auch der »Podtsch e.V.«, so verkündete es ein selbst gemaltes Schild über dem Eingang, residierte in einem großen, mit diversen Graffiti bemalten, sonst aber recht baufällig wirkenden Gründerzeitgebäude.

Drinnen herrschte hektische Betriebsamkeit. Junge Mädchen in Latzhosen und proletarisch anmutenden Malerkitteln klebten an langen Tapeziertischen eifrig Antifa-Plakate und großformatige Flyer für ein Volksfest zur Völkerverständigung im Dreiländereck, andere hatten ihre Haare zu Rastafarizöpfen geflochten und wurden in einem Saal von einem korpulent wirkenden Brasilianer in die Tanztechniken des Capoeira eingeweiht. Es gab Ikebana- und Töpferkurse für AsylbewerberInnen sowie eine Sprachschule. Tschechisch für Anfänger. Wer lieber Polnisch lernen wollte, so teilte ein handgeschriebener Zettel mit, könne dies ab sofort kostenlos bei Dariusz Wrzebylski in Polen tun. Dazu war eine Wegbeschreibung aufgemalt, mit dem Rad sei man in knapp zehn Minuten drüben.

Julia brauchte einen Moment, bis sie sich zurechtfand. Die regionalen Gruppen von Greenpeace und Amnesty International hatten hier ihren Sitz, auch gab es Büros zur Bürger- und Eingliederungshilfe, Verbraucherberatung, psychotherapeutische Betreuung und ein mehrsprachiges Kummertelefon.

»Hi«, wandte sie sich schließlich leicht errötend an eine Mittzwanzigerin mit burschikosem, grün gefärbtem Bürstenschnitt, »gibt's hier 'n Sekretariat oder so was?«

»Nee, da stimmt was nicht«, murmelte der Bürstenschnitt abwesend und studierte nachdenklich ein handgenähtes Transparent, das zur Begutachtung vor die Fenster gehängt worden war und »SCHLUSS MIT DER DISKRIMINIERUNG SYSTEMATISCH VERFOLGTER« forderte.

Julia grübelte, denn sie empfand den Spruch als widersprüchlich und irritierend. Waren hier wirklich die Opfer systematischer Verfolgung gemeint? Oder Diskriminierte, die von einem wie auch immer gearteten System verfolgt wurden? Oder ging es um das System der Verfolgung selbst?

»Müsste es nicht besser heißen«, erkundigte sie sich zaghaft, »›Schluss mit der systematischen Diskriminierung Verfolgter‹?«

»Was?« Die Frau sah auf, als wäre sie gerade erwacht.

»Ich weiß zwar nicht, worum es genau geht«, entschuldigte sich Julia, nun knallrot im Gesicht, »aber ...«

»Artikel 16a«, erklärte der Bürstenschnitt: »Politisch Verfolgte genießen Asylrecht.«

»Verstehe ...« Julia überlegte, woher sie die Frau kannte. Irgendwer von früher. Aber wer?

»Der Staat versucht, sich ums Grundgesetz zu drücken«, erklärte die Frau mit dem Bürstenschnitt weiter, »indem er den Asylbewerbern hier und anderswo das Leben so unerträglich wie möglich macht. Zudem werden sie diskriminiert.«

»Systematisch?«, fragte Julia.

»Ja«, nickte der Bürstenschnitt, »zum Beispiel als Wohlstandsflüchtlinge oder ...«

»Systematische Diskriminierung«, freute sich Julia, »sag ich doch.«

»Was?«

»Die Leute, von denen ihr redet, werden nicht systematisch verfolgt ...«

»Das auch.«

»Ja«, nickte Julia und trieselte eifrig eine ihrer Haarlocken, »in ihren Herkunftsländern sicher. Aber soweit ich das verstanden habe, wollt ihr ja gegen die Diskriminierung hier – und zwar die systematische Diskriminierung der Asylanten durch den Staat – protestieren.«

»Das sind keine Asylanten«, widersprach der Bürstenschnitt entschieden und sah Julia missbilligend an, »sondern Asylbewerber. Du solltest aufhören, dich der Sprache der reaktionären Kräfte in diesem Land zu bedienen.«

Und da machte es klack. Plötzlich wusste Julia, wem sie gegenüberstand.

»Sag mal, bist du nicht …« Sie überlegte. »… die Uta?«

»Utta«, wurde sie vom grünen Bürstenschnitt verbessert, »mit Doppel-t. – Wieso fragst du? Kennen wir uns?«

Und ob, dachte Julia. Zu Zeiten der DDR fungierte jede Schule gleichzeitig als Grundorganisation der FDJ, war also die Basis der Kampfreserve der Partei, wie sich die Freie Deutsche Jugend damals nannte. Und die Leitung dieser Basis war die Grundorganisationsleitung, die GOL. Auch an Julias Schule gab es eine GOL. Und deren damalige Leiterin stand jetzt vor ihr.

»Wir waren an derselben Schule«, sagte Julia und zögerte einen Moment. »POS ›Fritz Heckert‹. Du warst unsere GOL-Vorsitzende.«

Der Bürstenschnitt trat einen Schritt zurück und fixierte Julia mit leicht geneigtem Kopf.

»Stimmt«, sagte sie nach einer Weile, »ich kenn dich auch.«

»Julia.« Sie hatte ihren Zeigefinger jetzt fest in ihren Haaren verwickelt. »Julia Latte!«

»Aus der Achten«, stellte die ehemalige GOL-Vorsitzende unterkühlt fest. »Ihr seid doch damals in den Westen gegangen.«

»Gegangen worden«, verbesserte Julia, »wir galten euch als politisch zu unzuverlässig.«

»Und?« Der Bürstenschnitt lauerte wie eine Katze. »Willste dich jetzt rächen?«

»Habe ich dazu einen Grund?«

»Weiß nicht. Hast du?«

»Ich wollte hier ein Praktikum machen.« Julia befreite ihren Finger aus den Haaren und straffte sich. »Nur deshalb bin ich hier. Ich will nächstes Jahr Soziologie studieren. Den Platz bekommt man besser mit abgeschlossenem Praktikum. Ich hab mich hier beworben und eine Zusage bekommen.« Mit leicht zittriger Hand gab sie das Papier ihrer ehemaligen GOL-Vorsitzenden.

Die sah nur kurz drauf, dann entspannte sich ihr Gesicht ein wenig. »Fein«, sagte sie, »ich bring dich mal zu unserer Sekreteuse.« Sie wies den Gang hinunter. »Gehen wir?«

»Gern.« Julia lief hinter dem Bürstenschnitt her. Utta, wie hieß sie nur weiter? Utta, Utta, Utta …

Damals wurde sie von allen nur »Margots Frisurendouble« genannt, weil sie häufig mit verunglückten Dauerwellen in die Schule kam, die denen der Gattin des Staatsratsvorsitzenden Erich Honecker verblüffend ähnelten.

»Hast übrigens ganz recht«, sagte das ehemalige Frisurendouble nach einer Weile. »Es muss heißen: Schluss mit der systematischen Diskriminierung …«

6 »HOSEBEMBERLE?«

So nannte sie ihn seit seiner Geburt. Nicht Romeo, nicht Junge, Schatz oder wie auch immer, nein, er war das Hosebemberle. Seit sechsunddreißig Jahren. Er hatte es ihr nicht abgewöhnen können und sich wohl auch daran gewöhnt.

Oma hockte erstaunt im kleinen Kartoffelacker hinter ihrem Haus und wischte sich die Hände an der Kittelschürze ab. »Ist heute nicht Montag?«

Schwartz nickte. Normalerweise kam er immer sonntags. Erst gestern war er zum Kaffee da gewesen. Und nun schon wieder, das verwirrte die alte Frau natürlich. Jeden anderen hätte er vorgewarnt und angerufen, aber Oma weigerte sich strikt, ein Telefon anzuschaffen. Obgleich das jetzt möglich war, seit knapp einem Jahr wurden in ganz Dittelsdorf problemlos entsprechende Anschlüsse verlegt. Aber Oma wollte nicht. Ein Telefon komme ihr nicht ins Haus, hatte sie gesagt, niemals, das fehlte ja noch!

»Stell dir vor, es ruft jemand an! Dann muss man jedes Mal rangehen. Ohne zu wissen, wer dran ist. Und wenn man schmutzige Hände hat? Abwäscht oder seinen Mittagschlaf macht? Nee, nee, Hosebemberle, schlag dir das mal aus dem Kopp. Ich brauch kein Telefon.«

»Ich hab dienstlich in der Gegend zu tun«, erklärte er ihr, »hat sich heute erst ergeben.«

»Die Geschichte mit der Kroatin«, fragte Oma und kam ächzend aus dem Kartoffelacker, »von der du gestern erzählt hast?«

»Ja«, nickte Schwartz, »ich hab den Job.«

»Lohnt sich denn das?« Oma rieb Daumen und Zeigefinger aneinander.

»Vielleicht irgendwann«, antwortete Schwartz. »Immerhin arbeite ich fürs Landeskriminalamt.«

»Hört sich gut an«, fand Oma. »Ziemlich wichtig, nicht?« Sie wartete die Antwort nicht ab und stapfte zum Haus. »Siehst hungrig aus, ich mach dir erst mal was zu essen.«

Wenig später saßen sie in der gemütlichen niedrigen Blockstube des über zweihundert Jahre alten Umgebindehauses, das so typisch war für diese Gegend. Früher lebten hier, in der niederschlesischen Oberlausitz, überwiegend Weber. Ihre Häuser bauten sie auf Stützpfählen, die sie mit schweren Bohlen wie ein Blockhaus auskleideten. Das war die Weberstube. Darüber und auf den Stützpfählen ruhend wurde der Wohn- und Schlafbereich in Fachwerkbauweise ausgeführt. Ein hohes Satteldach, in dem sich der Heuboden oder diverse Abstellkammern befanden, schützte das Haus vor Regen und Schnee.

Heute war die alte Weberstube der urige Mittelpunkt des Hauses. Wohn- und Esszimmer zugleich. In einer aus Feldsteinen gemauerten Ecke befand sich ein riesiger Kachelofen, der im Winter mit Holz und Kohlen befeuert wurde und auch die übrigen Zimmer heizte.

Schwartz kannte hier jeden Winkel. In diesem Haus war er aufgewachsen, es war seine Heimat, seine Basis. Von hier aus hatte er die Welt entdeckt.

Und seit der Wiedervereinigung, seit es Baumärkte gab in der Oberlausitz, hat er viel an dem Haus gemacht. Das Fachwerk renoviert, alte, morsch gewordene Balken ausgetauscht, das Dach neu mit Schindeln eingedeckt. Seine handwerkliche Begabung wuchs mit den Herausforderungen, und Oma zuliebe hatte er ihr auch eine neue Einbauküche spendiert. Rustikal wie das Haus, aber mit allen technischen Finessen. Oma revanchierte sich, indem sie ihm die Wäsche wusch und ihn bekochte. Jeden Sonntag fuhr er abends mit einer prall gefüllten Kühlbox nach Dresden zurück. Essen für die ganze Woche, tiefgekühlt – er musste es nur noch warm machen.

»Josch schlachtet heute«, sagte Oma, während sie ihm einen riesigen Teller mit Buttermilchplinsen hinstellte. Dazu Zucker und Gläser mit selbst gemachtem Pflaumen- und Apfelmus. »Soll er uns was beiseitelegen? Schönen Schinken oder zarte Schweinelendchen? Dazu Kartoffelbrei mit Soße und Buttermöhrchen?«

»Klingt gut.« Schwartz langte zu. Nirgendwo schmeckten die Plinsen so gut wie bei Oma. Überhaupt war hier das Essen am besten. Da konnte kein Dresdner Restaurant mithalten. Obwohl sich einige davon für wahre Gourmettempel hielten. Pah! Die kannten Omas Küche nicht.

Er überlegte, ob er ihr von Habersaaths Wutausbruch erzählen sollte oder davon, wie ihn die Petkovic fragte, ob er ihr auf den Hintern sah. Er ließ es bleiben. In ihrem Alter würde Oma es nicht verstehen. Dass Frauen aus dem Westen sich so verhielten, verstand er selbst ja kaum.

Wir Menschen in Ost und West, dachte er nicht ohne Pathos, sprechen zwar dieselbe Sprache, meinen aber oft grundverschiedene Dinge. Das ist das Problem. Vierzig Jahre deutsche Teilung kann man eben nicht einfach beiseiteschieben.

»Gefällt sie dir?« Oma saß vorgebeugt auf ihre Ellenbogen gestützt und sah ihn prüfend an.

»Wer?«, fragte Schwartz kauend.

»Na, diese Kroatin. Wie hieß sie noch?«

»Petkovic«, antwortete Schwartz und wischte sich den Mund an einer Serviette ab. »Liliana Petkovic.«

»Ich kannte auch mal einen Ovic«, sagte Oma versonnen. »Gubanovic oder Dubanovic hieß er, glaub ich. War Kriegsgefangener. Arbeitete als Knecht bei den Hildebrandts. Ich hab ihm ab und zu was zugesteckt, weil er so verhungert aussah.«

»Mehr war nicht?« Schwartz trank einen Schluck vom selbst gekelterten Birnenmost und beobachtete sie grinsend aus den Augenwinkeln. »Ich meine: Wo Opa doch im Krieg geblieben war ...«

»Also!« Empört sprang Oma auf, und Schwartz fing laut an zu lachen. »Das hätte ich nie ... Nicht mal gedacht! Frecher Hund, du!«

»Ist ja gut!« Schwartz hob abwehrend die Hände, weil ihm Oma einen Nasenstüber versetzen wollte. »Sie gefällt mir, hör auf!«

»Ach!« Oma ließ von ihm ab und setzte sich interessiert hin. »Sie gefällt dir also?«

»Mal mehr, mal weniger«, winkte Schwartz ab.

»Wie alt?«

»Ende zwanzig«, Schwartz nahm noch eine Plinse, »Anfang dreißig. Ungefähr.«

»Hübsch?«

»Auf ihre Art schon. Ziemlich kompliziert. Charakterlich, meine ich.«

»Ist halt ausm Westen«, nickte Oma, »das hat sie alle verkorkst.« Sie seufzte. »Aber vielleicht kriege ich das ja hin. Bring sie doch mal mit!«

»Oma, wir sind Arbeitskollegen«, mahnte Schwartz, »mehr nicht.«

»Das kann noch werden. Deinen Opa habe ich auch während der Arbeit kennengelernt. Und wir mochten uns anfangs überhaupt nicht.«

Schwartz kannte die Geschichte. Sie war ihm schon zigmal in verschiedenen Versionen erzählt worden. Mal war es Liebe auf den ersten Blick, mal anfänglicher Hass, mal ist er ihr erst nach einem Jahr aufgefallen. Obgleich er jede Woche Stoffe lieferte. Oma arbeitete damals in einer kleinen Zittauer Schneiderei, und Opa verdiente sich als Fahrer einer Wollweberei etwas dazu. Hauptberuflich war er Lohnbuchhalter bei den Olbersdorfer Braunkohlewerken. Die zahlten zwar ganz gut, doch Opa hatte viel vor. Schließlich wollte er Oma erobern.

»Und ich war nicht leicht zu haben, Hosebemberle.«

»Das bin ich auch nicht«, versicherte Schwartz.

»Aber du bist sechsunddreißig«, barmte Oma, »es wird Zeit, dass du mal wieder 'ne Freundin mitbringst. Wie hieß sie noch, die letzte?«

Susan. Schwartz dachte mit Grausen an sie zurück. Susan hätte ihn beinahe um den Verstand gebracht. Sie war genauso schön wie zielstrebig und wollte unbedingt in den Westen. Während eines gemeinsamen Urlaubs vor vier Jahren am Balaton war sie über Nacht nach Österreich getürmt. Schwartz kam allein in die DDR zurück. Und musste sich Susans Vater stellen, einem Ostritzer Parteisekretär mit guten Kontakten zum MfS. Der Mann setzte alle Hebel in Bewegung, um Schwartz zu vernichten. Er war der Kerl, der die Tochter nicht zurückbrachte, und das sollte er büßen. Fast hätten sie ihn aus der Volkspolizei geschmissen. Doch die Wende kam dazwischen, und Romeo Schwartz war gerettet.

»Mal wieder was von ihr gehört?«

»Von wem?« Schwartz sah auf. »Susan? – Nee.« Er schüttelte den Kopf. »Nie wieder.«

»Und ihr Vater? Der dir damals so zugesetzt hat?«

»Ist auch in den Westen gegangen«, antwortete Schwartz, »gleich nach dem Mauerfall.«

»Na ja«, Oma wiegte den ergrauten Lockenkopf, »vielleicht hat er seine Tochter vermisst.«

»Ganz bestimmt.« Schwartz schob den Teller von sich. »Ich werde wohl ein paar Tage hierbleiben.«

»Dann beziehe ich dir schon mal das Bett.« Oma erhob sich. »Reicht die Steppdecke, oder willst du schon das Federbett?«

»Ich weiß nicht. Wie kalt ist es denn nachts?«

»Es wird immer kälter, Hosebemberle, das hat der Herbst so an sich.« Sie lächelte ihn gutmütig an, »ich mach dir das Federbett«, und stieg ächzend die Stiege ins Obergeschoss hinauf.

Schwartz rieb sich den Bauch. Er war pappsatt. Und sehr froh, mal wieder einige Tage zu Hause zu sein. Zwar liebte er seine kleine Dresdner Mansardenwohnung am Bassinplatz, aber zu Hause – das war hier. Bei Oma im schönen Dittelsdorf.

Gern hätte er sich jetzt hingelegt. Um anderthalb Stunden später mit selbst gebackenem Pflaumenkuchen und frischem Kaffee geweckt zu werden, einem »Schälchen Heeßen«, wie man in Dresden zu sagen pflegte. Aber er war im Dienst, und das hieß: Ermitteln. De Orbeed rufd, sozusagen.

Die Arbeit ruft?

Och, nö. Schwartz reckte sich. Nööö!

Er war gerade erst angekommen. Und ziemlich müde. Und nach dem Nickerchen sicher wieder hungrig. Auf leckeren Pflaumenkuchen mit süßer Sahne. Dazu ein Käffchen, schwarz, mit ein klein wenig Zucker. Das würde ihn wieder auf die Beine bringen. Aber dann war es bestimmt vier Uhr am Nachmittag. Zu spät für Görlitz.

Und als er vorhin vorm Haus gehalten hatte, war ihm gleich der abgeblätterte Firnis am Balken über der Tür aufgefallen. Das sollte unbedingt gemacht werden, bevor der Winter anbrach. Noch war das Wetter schön, sonnig und trocken. Es war sogar Firnis in der Garage, eine ganze Dose, nicht mal angebrochen.

Schwartz gähnte zufrieden. Genau so würde er es machen. Erst ein Nickerchen und nach dem Kaffee den Balken ausbessern. Abschleifen und neu streichen.

Für Ermittlungen war morgen auch noch Zeit.

7 WIE RIESIGE STÄHLERNE DINOSAURIER fraßen sich Eimerketten- und Schaufelradbagger an das alte Dorf heran. Einer schmalen Halbinsel über einem Abgrund gleich ragte es in den Tagebau hinein. Längst waren die Häuser von ihren Bewohnern verlassen worden. Die Gehöfte verfielen. Wenige Wochen noch, dann würden die Bagger den kleinen Ort verschlungen haben.

Unter einer verdorrten Linde am ausgetrockneten Dorfteich standen die Bau- und Werkstattwagen der Braunkohlekumpel herum. Musik war zu hören. James Browns »Sex Machine«. Sie kam aus einem auffällig umgebauten alten Linienbus, der wie ein Fremdkörper etwas abseits geparkt war. Rote Liebesherzen auf nachtblauem, mit goldenen Sternen verziertem Untergrund, samtrote Plüschvorhänge an den Fenstern. »PURE DREAM« stand in rosaroten Lettern auf den Flanken des Busses und »SEX 'N NIGHTLIFE«.

Stefan Kaemper war Ende vierzig. Ein gescheiterter Reeperbahnlude, den die Flucht vor seinen Gläubigern in die ostdeutsche Provinz getrieben hatte, an den Rand eines gigantischen Tagebaues der Lausitzer Braunkohle AG, kurz LAUBAG genannt. Kaemper lag in einem verschlissenen Liegestuhl, er hatte einen Zigarillo im Mund und ein halb volles Whiskyglas in der Hand. Über dem etwas zu bunten Hawaiihemd trug er ein samtrotes Dinnerjackett, seine weißlichen Beine steckten in Boxershorts. Vor ihm kniete ein Mädchen, Swetlana, das ihm die Zehennägel pedikürte, während er durch seine verspiegelte Sonnenbrille die übrigen Huren beobachtete, die sich lachend und schnatternd an einer Waschrinne für die Tagebaukumpel zurechtmachten. Sie waren unterschiedlicher Nationalität und bedienten sich eines skurrilen Gemisches verschiedener slawischer Sprachen. Kaemper jedenfalls verstand kein Wort, und es war ihm auch egal. Weiber quatschten sowieso den ganzen Tag. Plapper, plapper, plapper – das war das Grundgeräusch seines Arbeitsalltags, wenn es nicht von den Sirenen der Schichtwechsel und dem Gedröhne der Abraummaschinen übertönt wurde. Heute stand der Wind günstig, die Bagger waren nur als fernes mahlendes Gewummer hörbar. An das Vibrieren des Bodens hatte er sich längst gewöhnt und auch an den Staub, der wie ein steter Schleier über dem verlassenen Dorf hing. Es gab angenehmere Orte auf der Welt, sicher, aber Stefan Kaemper verdiente gut mit seinen Mädels an den LAUBAG-Arbeitern. Warum also sollte er sich beklagen?

Wohlwollend betrachtete er die Huren. Da war Marina, eine üppige, kaum volljährige Tschechin, die sich mit einer weißen Creme die Beine einrieb, und Katya, ein rassiges Zigeunermädchen aus Rumänien, das Stunden damit verbringen konnte, sich zu schminken. Annika und Julika, die wasserstoffblonden feurigen Zwillinge aus Ungarn, halfen Szusa, einer umsatzstarken, polnischen Lederdomina, ins krachenge Bustier. Mit ihren knapp fünfundzwanzig Jahren war Szusa die Älteste und Erfahrenste hier und so was wie die Mutter der anderen Mädchen. Eine wertvolle Hilfe. Sie führte die Neulinge behutsam ins Geschäft ein, tröstete, wenn es mal Tränen gab, hatte immer genug Wodka und ein offenes Ohr für Probleme und Sorgen. Außerdem konnte sie kochen. Selbst auf den armseligsten Feuerstellen konnte Szusa die schönsten Gerichte zubereiten.

Gutes Essen ist wichtig. Wer gut arbeitete, sollte auch gut essen. Das hob die Stimmung. Und gute Laune den Umsatz.

Nein, es gab keinen Grund zur Klage. Zwar musste er seinen Gewinn mit Roland Paich teilen, einem jungen Zittauer Spediteur, der für den Bus, die Verpflegung und einen steten Nachschub an Mädchen sorgte, aber es hätte Stefan Kaemper wesentlich schlechter treffen können. Zudem war sein Verhältnis zu dem Kompagnon fast das eines zwischen Vater und Sohn. Der Spediteur war gerade einundzwanzig Jahre jung und, was das Geschäft anging, entsprechend unerfahren.

Einzig diese üblen Russen machten Kaemper zunehmend Sorge. Sie trieben sich immer öfter in der Gegend herum und stellten seltsame Fragen. Auch heute waren sie da, warteten schon seit Stunden in ihrem silbergrauen Mercedes am Rande der Abraumgrube und rauchten stumm eine Marlboro nach der anderen. Was die Kerle genau wollten, war Kaemper nicht klar. Sie wollten mit Roland Paich sprechen. Nur mit ihm.

Kaemper schloss die Augen und lehnte sich in seinem Liegestuhl zurück. Diese Typen würden Ärger machen, das sagte ihm schon sein Instinkt. Russen machten immer Ärger. Die waren fast so schlimm wie die Albaner in Hamburg.

Ein sonores, kraftvolles Motorengeräusch holte ihn aus seinen Gedanken. – Der Junior, na endlich!

»Kommt, kommt, ihr süßen Gänschen!« Stefan Kaemper erhob sich zügig und klatschte auffordernd in die Hände. »Begrüßt euren Chef!«

»Lass mal«, knurrte Roland, »du bist hier der Chef, das reicht.« Er sah sich prüfend um. »Alles in Ordnung?«

Kaemper nickte und holte ein Kuvert aus der Innentasche seines Dinnerjacketts. Die Hälfte der Einnahmen von letzter Nacht. Zweitausendachthundert Mark. »Der Champagner geht zur Neige und der Wodka auch.«

»Ich kümmere mich drum.« Roland steckte das Geld ohne nachzuzählen ein. »Hat jemand nach mir gefragt?«

»Deine neuen Freunde!« Kaemper machte eine Bewegung mit dem Kopf in Richtung Tagebau. »Die warten schon den ganzen Tag auf dich.«

»Und? Haben sie irgendwas gesagt?«

»Nein.« Stefan Kaemper zog unbewegt an seinem Zigarillo. »Die reden nicht mit mir. Für die bin ich nur dein Strohmann.«

»Ach ja?« Roland nahm ihm den Zigarillo ab. »Dann würde ich das rauchen lassen. Stroh brennt leicht.« Er trat die brennende Asche mit der Fußspitze aus.

Stefan Kaemper war wütend. »Du weißt nicht, was die Dinger kosten, oder? Zwo achtzig das Stück!«

»Na klar«, spottete Roland, »wenn du dir was in den Mund steckst, dann nur vom Feinsten.«

»Was wollen die Kerle?« Kaemper sah unbehaglich zum Tagebau hinüber, dahin, wo die Russen in ihrem Mercedes saßen.

»Geschäfte machen.« Roland holte einen Karton mit haltbarer Milch aus dem Porsche, dazu eine Kiste frisches Obst und mehrere Kästen Cola. »Hoffe ich jedenfalls.«

»Ich würde mich mit denen lieber nicht einlassen«, mahnte Kaemper, »von solchen Typen kommt selten etwas Gutes.«

»Keine Vorverurteilungen, klar?« Roland zwang sich zu einem unbekümmerten Lächeln und drückte Kaemper drei Flaschen Whisky in die Hand. »Habt ihr noch Gin?«

»Genug«, nickte Kaemper, »und Tonicwasser auch. – Du, das

meine ich ganz im Ernst«, er sah Roland eindringlich durch seine verspiegelte Sonnenbrille an, »in Hamburg ging das genau so los. Da waren es die Albaner. Irgendwann tauchten sie auf, und keiner nahm sie ernst. Heute gehört ihnen der Kiez.«

»Wir sind beweglich«, Roland klopfte ihm beruhigend auf die Schulter, »schon vergessen?«

»Beweglich genug?«, rief Kaemper ihm nach, bekam aber keine Antwort mehr. Roland hatte sich schon auf den Weg zum Mercedes der Russen gemacht.

Stefan Kaemper seufzte. Dann rief er seine Mädels zusammen. Sie sollten die Milch, das Obst und die Cola kühl stellen.

»Aber nicht wieder in die Tiefkühltruhe, klar?« Beim letzten Mal hatten diese dummen Gänse alles schockgefrostet. Die Milch war nicht mehr zu gebrauchen, die Colaflaschen waren geborsten. Besser, sie lagerten das Zeug in einem der Keller der verlassenen Häuser. Da war es schön kühl, unter zehn Grad. Genau richtig, und Ungeziefer gab es auch keins mehr. Sämtliche Ratten und Mäuse hatten das Dorf bereits verlassen. Zu ungemütlich der Untergrund, zu viel Vibration und zu laut für empfindsame Nagetiere.

Kaemper trank seinen Whisky aus und schlich dann in geduckter Haltung zum Mercedes der Russen hinüber. Seine Neugier war groß und sein Überlebenswille auch. Er musste einfach wissen, was im Wagen besprochen wurde.

Es war eine ältere S-Klasse, gepanzert, mit doppelten Scheiben. Ein schwerer Wagen, aus dem nichts nach draußen gedrungen wäre, hätten sie alle Fenster und Türen verschlossen. Aber es war warm heute, zu warm für Mitte Oktober, und die Sonne brannte aufs Autodach. Der Wagen hatte vermutlich eine Klimaanlage, doch die funktionierte nur bei laufendem Motor. Und deshalb standen die beiden vorderen Türen des Wagens weit offen. Sie ließen frische Luft hinein und Worte heraus.

Auf allen vieren robbte Stefan Kaemper von hinten heran und lauschte. Obwohl er halb unter dem Wagen lag, kam er den geöffneten Türen nicht nah genug, und so konnte er nur bruchstückhaft verstehen, was drinnen gesprochen wurde.

Es redete einer der Russen, man erkannte es am harten Akzent und dem typischen rollenden R, und es ging um eine Ware, die Roland angeblich hatte liefern wollen. Aber er sei nicht erschienen, was schlecht sei, ganz schlecht …

Roland entschuldigte sich. An der Grenze sei Samstag etwas schiefgegangen, er wolle es zum Ende der Woche noch mal versuchen. Doch das ließen die Russen nicht gelten. Ihre Logistik sei termingebunden, man stehe bei diversen Auftraggebern in Brüssel und Amsterdam im Wort. Man könne nicht einfach verschieben.

Man müsse verschieben, entgegnete Roland heftig, die Grenzen würden immer besser gesichert, zudem sei er von den Leuten abhängig, die ihm die Ware lieferten.

Einen Moment lang schwiegen alle. Dann erkundigte sich einer der Russen, was mit dem Bus sei.

Kaemper erstarrte. Ging es um seinen, um *den* Bus? Was wollten die Russen damit? Und noch mehr beunruhigte ihn, was Roland auf die Frage erwiderte. Der Bus sei sein Faustpfand, mit ihm sichere er sich bei seinen Lieferanten ab.

Kaemper stand der Schweiß auf der Stirn. Nein, das klang nicht gut. Das klang alles andere als gut. Sein Bus ein Faustpfand? – Wofür? Auf was für eine dubiose Geschichte hatte sich Roland hier eingelassen?

Sie hätten für die Ware bezahlt, schimpfte einer der Russen so laut, dass Kaemper zusammenzuckte.

Roland beschwichtigte hektisch. Dann stieg er aus und ging.

Kaemper blieb wie erstarrt unter dem Auto liegen. Die Russen im Wagen schwiegen und rauchten. Deutlich sah Kaemper, wie Zigarettenqualm aus dem Wagen stieg und Asche herausgeschnippt wurde.

»Вариант пират«, sagte einer der beiden nach einer Weile leise, und der andere fing lauthals an zu lachen, »понимать Брат, понимать.«

Dann wurde der Motor gestartet.

In letzter Sekunde rollte sich Stefan Kaemper weg, bevor der Mercedes anfuhr und in einer Staubwolke verschwand.

8 OBWOHL ICH DIE AUGEN GEÖFFNET HABE, ist es stockdunkel. Und ich spüre einen bitteren Belag auf der Zunge. Trocken klebt sie in meinem Mund, wie oller filziger Wollstoff.

Zuletzt habe ich nur noch von kalter Coke geträumt, mit klackernden Eiswürfeln drin. Coke in Flaschen, aus Dosen und Hähnen. Ich habe gebadet in Coca-Cola. Aber es war nur ein Traum.

Wo bin ich?

Wenn ich den Kopf etwas drehe, sehe ich ein schwaches Licht, so, als bahne sich der Mondschein durch das dünner werdende Laub des Baumes vor meinem Fenster. Und tatsächlich bin ich zu Hause: Da ist der kaputte Stuhl, der Fernseher, die Spüle.

Ja, ich erinnere mich, Jule hat mich hergefahren, weil ich zu blau war, und sie sah aus wie so 'n Hippiemädchen in ihrer bunt bestickten Lammfellweste und dem vielen Geklimper an den Armen und in den Haaren. Aber wo ist sie?

»Jule?«

Es kostet einige Mühe, mich aufzurichten, fast falle ich von der Couch.

»JULE!«

Keine Antwort.

Auf allen vieren krieche ich zur Spüle. Drehe das Wasser auf, kalt muss es sein, eiskalt. Und dann hänge ich mit meinem Mund unter dem Hahn und trinke. Gierig, wie einer, der tagelang die Sahara durchquert hat, das Wasser läuft mir an den Wangen hinab zum Kinn.

Aah, wie gut das tut, wie die Lebensgeister wieder erwachen. Ich lasse es über den Kopf rieseln, meinen Schädel, meinen Hals. Herrlich!

Jetzt 'ne Zigarette und nachgedacht. Jule – wo kann sie sein?

Ich ziehe mir eine Karo aus der Schachtel, lasse das Feuerzeug aufschnappen und inhaliere tief. Nikotin bringt das Hirn in Gang.

Roland, denke ich, natürlich. Don Rolando hat die Gelegenheit genutzt. Und ich hab sie versaut, wie immer, verdammte Scheiße! Ob die schon in der Heia hocken? Schmusen, ficken, was weiß ich?

Ich hau dem so was von in die Fresse! Das war meine Chance!

Ich gehe vor die Tür, starre in die Nacht. Es ist saukalt, und zwischendurch muss es mal geregnet haben, denn die Sitze in meinem GAZ sind feucht. Hätten ja ruhig mal das Verdeck zuklappen können, diese Penner! Na, wenigstens steckt der Zündschlüssel noch.

Wahrscheinlich hat er sie in seine fette Villa gekarrt, zur Champagnerparty im Whirlpool oder womit der Kerl die Weiber sonst noch so rumkriegt.

Ich starte den Motor, schalte die Scheinwerfer an und fahre los.

Das Anwesen der Paichs liegt vor der Stadt, majestätisch an den Hängen des Zittauer Gebirges thronend, mit weitem Blick über die Landschaft. Es wurde Anfang des Jahrhunderts von Albert Wilhelm Paich, einem frankophilen Braunkohlebaron, im Stile eines Loire-Schlösschens gebaut.

Die Fahrt dorthin führt durch dichten Nebel, der sich über die Niederungen und Senken gelegt hat, teilweise sehe ich kaum bis zum Grill der Motorhaube. Trotzdem gebe ich Gas. Ich kenne den Weg, und um diese Zeit ist ohnehin kein Schwein mehr unterwegs.

Das Schlösschen liegt im Dunkeln, aber es gibt Bewegungsmelder. Kaum stehe ich vor der mit einem aufwendig verzierten Tor verschlossenen Auffahrt, springen sie an. Scheinwerfer wie in einem Fußballstadion. Ein Hund fängt hysterisch an zu bellen. Ich drücke zweimal die Hupe. Einmal kurz, einmal lang. Der Hund jault jetzt, heult wie ein Wolf den Mond an, ansonsten tut sich nichts. Im Haus bleibt es dunkel, das Tor verschlossen.

Seltsam. Wenigstens Rolands Eltern müssten doch da sein. Links oben, das Fenster im ersten Stock unter dem Türmchen, da liegt ihr Schlafzimmer. Ich hupe noch mal, der Hund jault lauter. Spätestens jetzt müsste sich der alte Paich aus dem Bett wälzen, um zu schauen, was los ist. Aber nichts passiert. Das Licht im Haus bleibt aus. Niemand da.

Ich lege den Rückwärtsgang ein, wende und will zurück in die Stadt fahren, als mir auf der schmalen Zufahrtsstraße ein Wagen entgegenkommt. Ein Porsche, das erkenne ich schon an der Scheinwerferstellung. Das muss Roland sein. Ich blende auf, stelle meinen GAZ quer und steige aus.

Roland stoppt, dass die Reifen quietschen.

»Ausgenüchtert?« Er hat die Seitenscheibe heruntergelassen und sieht mich fragend an. »Was machst 'n hier?«

»Weiß nicht.« Ich sehe in den Porsche, aber bis auf Roland sitzt niemand drin. »Vielleicht wollte ich dich besuchen. Oder deine Alten. Aber macht niemand auf.«

»Meine Eltern sind verreist. Überwintern auf Ibiza.«

Sturmfreie Bude also. Den ganzen Winter lang. Wie schön. »Wo hast 'n Jule gelassen?«

»Deswegen tauchst du nachts hier auf«, regt er sich auf, »hast du keine anderen Sorgen?« Wütend springt er aus seinem Auto und baut sich vor mir auf. »Ich versuche hier, unseren Hals zu retten, du Idiot. Du hast meine Mädels verscheucht! Das kann uns Kopf und Kragen kosten!«

Jetzt geht das wieder los, denke ich.

»Weißt du, wo ich gerade war? Bei meinen Kunden! Die wollen die Ware! Wenn ich nicht bald liefere, machen die uns kalt!«

Uns? Wieso uns? Von wessen Geschäften reden wir hier? Wer fährt denn den dicken Porsche? Wer macht die krummen Geschäfte?

»Was hab ich damit zu tun? Das ist allein dein Business, Don Rolando. Also sieh zu, wie du damit fertig wirst.«

»Du steckst mit drin«, bekräftigt Roland, »bis zum Hals in der Scheiße.«

Daran bin ich gewöhnt. »Wo ist Jule?«

»Halt Jule da raus.«

»Damit du wieder mit ihr abschieben kannst?« Mir reicht es. Ich packe ihn am Kragen, drücke ihn hart gegen den Wagen. »Hör zu, Don Rolando. Mit deinen Geschäften hab ich genauso wenig zu tun wie Jule. Also: Wo ist sie?«

»Johannishof«, knurrt Roland, »'ne Pension. Da, wo früher die Eisbar war.«

»Zahlst du oder sie?«

»Ich natürlich.« Er grinst. »Alles wie früher.«

Ich packe ihn fester: »Hast du sie gefickt?«

»Nein, aber …«

»Was?«

»… das kann ja noch kommen, nicht wahr?« Er versucht, sich loszumachen. »Oder willst du mich davon abhalten?«

Es hat keinen Sinn. Ich ramme ihm mein Knie ins Zwerchfell und wende mich dann ab. Roland sackt, nach Luft schnappend, zu Boden.

»Das ist genau der Punkt«, winselt er erstickt und hält sich den Magen. »Zuschlagen ist das Einzige, was du draufhast …«

Flenn doch, du Weichei.

»… aber damit kannst du nichts gewinnen. Nicht bei Jule.«

»Ihr habe ich nichts getan.«

»Wie auch, besoffen, wie du warst.« Roland kommt nur mühsam wieder hoch. »Glaubst du, das findet sie toll? Von einer grölenden Dumpfbacke am Bahnhof abgeholt zu werden? Die noch nicht mal mehr stehen kann? Eine super Vorstellung war das, echt super.«

Immerhin hat sie mich nach Hause gebracht, denke ich. Im Gegensatz zu Roland, der mich am liebsten in der Gosse hätte liegen lassen. So egal kann ich ihr also nicht sein.

»Die hat genau erkannt, was mit dir nicht stimmt«, keucht Roland, noch immer vornübergebeugt nach Luft ringend. »Allein wie du rumläufst: Fascholook, hat sie gesagt. Findet sie ganz schrecklich. Damit kannste bei ihr keinen Lolli gewinnen.«

»Aber dich findet sie ganz toll, oder wie?«

»Das ist nicht der Punkt«, winkt er ab. »Jule hat sich verändert. Ist 'ne linke Westtussi geworden. Umweltbewusst und multikulti. – Weißt du, warum sie hergekommen ist? Um ein Praktikum zu machen. Soziologie! Sie will den Umbruch der Gesellschaft dokumentieren. Am Beispiel unserer schönen Stadt Zittau.« Er richtet sich auf und reibt sich das Zwerchfell. »Jule studiert uns jetzt wie ein Forscher eine seltene Tierart.«

»Aber Männchen machen müssen wir nicht.«

»Wer weiß?« Roland grinst gequält. »Soll ich dir sagen, wo sie ihr Praktikum macht? – Im Podtsch am Töpferberg!«

»Bei den Zecken?« Ich fasse es nicht.

»Bei den Zecken«, nickt Roland. »Politisch korrekt, verstehste? P.C.« Er sagt es englisch, »pi-ßi«, und grinst. »Freiheit für Grönland! Weg mit dem Packeis und Asylrecht für alle, wir haben uns ja so lieb!«

Gott, denke ich entsetzt, das kann echt nicht wahr sein!

»Also vergiss es, Kudella!« Roland steigt wieder in seinen Wagen. »So 'n rechter Schlägerarsch wie du kann bei Jule nicht landen.«

»Klar«, nicke ich, »sie zieht porschefahrende Mädchenhändler vor.«

Er verharrt in der Bewegung. »Davon weiß sie nichts.«

»Sie wird es erfahren, Don Rolando«, erwidere ich leise, »irgendwann.«

»Dir ist alles zuzutrauen, wie?« Roland steigt wieder aus dem Porsche und starrt mich an. »Du würdest mir voll an den Karren pissen, komme, was wolle, nur damit du sie mal stechen kannst. Du würdest mich wegen dieser Frau eiskalt verraten.«

Das muss ich gar nicht, denke ich. Da kommt Jule schon von ganz allein drauf.

»Hör mal!« Roland legt mir kumpelig seinen Arm um die Schulter. »Wir gehen uns zwar häufig mächtig auf den Sack, aber eigentlich sind wir doch Freunde, oder? Und als solcher rate ich dir, zieh dir einfach mal was Nettes an und sei zur Abwechslung charmant. Lade sie schön ein, mach den Smarten, und alles wird gut. Bist doch sonst so clever.« Er drückt mir drei Hundert-Mark-Scheine in die Hand. »Kleidergeld, okay? Mach dich fein, spiel den guten Kumpel, und du wirst dich mit Jule bestens amüsieren. Kein Grund, Schwein zu sein, klar?« Er lässt mich los, will wieder in seinen Porsche steigen, aber ich halte ihn zurück.

»Zimmernummer?«

»Was?«

»Von dieser Pension.«

»Vier«, antwortet Roland, »das Balkonzimmer zur Kirche raus. Du kannst es nicht verfehlen.«

9

OBERKOMMISSAR ROMEO SCHWARTZ hatte schlecht geschlafen. Die Nacht war unruhig gewesen, gegen ein Uhr war er von Stimmen geweckt worden. Männer mit Taschenlampen strichen um Omas Haus herum.

Was war da los?

Er hatte sich seine Dienstpistole gegriffen, weil er Einbrecher vermutete, aber dann waren es nur Leute aus dem Dorf. Von Josch, dem Schlachter, angeführt und bewaffnet mit Schrotflinten, Heugabeln und Luftgewehren stiefelten sie im Garten herum. Angeblich, um zu schauen, ob bei Oma alles in Ordnung sei.

Schwartz hatte Josch gefragt, ob es hackt.

»Na, wenn ich gewusst hätte, dass du hier bist«, war Joschs Erwiderung, »hätten wir uns ja gar keine Sorgen gemacht.«

Aber das war weder eine Antwort auf Schwartz' Frage noch eine Erklärung dafür, warum die anständigen Dittelsdorfer Bürger mit doppelläufigen Flinten durch die Nacht marschierten.

»Du, hier wird viel geklaut, seitdem.«

»Seit wann?«

»Na, seitdem's bei uns auch die ganzen guten Sachen aus dem Westen gibt. Die Polen und Tschechen montieren alles ab.«

»Deshalb bewaffnet ihr euch? Seid ihr irre?« Schwartz war außer sich. »Und wenn ihr einen erwischt? Knallt ihr den dann ab?«

So sei das doch nicht gemeint, hatten ihn Josch und seine Männer zu beruhigen versucht, aber man müsse sein Eigentum doch schützen, nicht wahr?

»Nur zur Abschreckung. Und wenn wir gewusst hätten, dass du zu Hause bist ... Obwohl: Alleine kannst du auch nicht so viel ausrichten gegen das ganze Gangsterpack aus dem Osten.«

»Für so was ist allein die Polizei zuständig!«

Josch und seine Leute hatten gelacht. Die Polizei sei immer da, wo sie gerade nicht gebraucht werde. Die blitzten lieber zu schnelle Autofahrer weg, anstatt sich um die wahren Verbrecher zu kümmern. »Wir sind hier allein auf uns gestellt, das ist reine Notwehr.«

Nichts da! Schwartz hatte die Männer kurzerhand entwaffnet und nach Hause geschickt. Notwehr! Und als Nächstes dann Lynchjustiz und Anarchie, oder was? Nee, nee, nicht mit ihm. Wer sich gut betrage, könne seine Heugabel am Wochenende wieder abholen. Und die Luftgewehre auch. Bei den Schrotflinten allerdings wolle er erst prüfen, ob diese auch registriert und ordentlich angemeldet seien. So hatte er sich um den Schlaf und im Dorf um einige Sympathien gebracht.

Entsprechend gerädert schaukelte er nach dem Frühstück in seiner französischen Sänfte achtundzwanzig Kilometer die Neiße entlang. Durchs idyllische Marienthal, dann Ostritz und Leuba, am Berzdorfer Braunkohletagebau vorbei bis nach Deutsch-Ossig und Görlitz. Knapp vierzig Minuten Fahrt, bevor er vor dem vertrauten, schlichten Ziegelbau der Kriminalpolizeiinspektion in der Gobbinstraße stand. Seiner alten Wirkungsstätte.

Auf den ersten Blick schien sich wenig verändert zu haben. Gut, die Uniformen der Beamten waren andere, sonst aber wirkte alles wie damals, als Schwartz hier seine ersten Dienstjahre als Volkspolizist absolvierte. Grünbeige getünchte Wände, teilweise war die Farbe fleckig geworden und abgeplatzt. Das Linoleum quietschte noch immer unter den Gummisohlen, und hinter dem abgenutzten Empfangstresen der Wache wartete eine etwas gelangweilt wirkende, aber blutjunge Polizeibeamtin in perfekt sitzender Uniformbluse.

»Wollnse sich stellen oder 'ne Anzeige aufgeben?«

»Weder noch«, antwortete Schwartz und zückte seinen Dienstausweis.

Die Polizistin sah ihn ungläubig an. »Und ich hab mich schon gefragt, warum Sie so relativ gut gekleidet sind. Normalerweise treten Typen wie Sie hier abgerissener auf.«

»Für Sie trete ich erst auf«, erwiderte Schwartz mit leichtem Grimm, »wenn Sie abgetreten sind.«

»Und was kann ich für Sie tun?«

»Piontek«, sagte Schwartz und sah sich um, »arbeitet der noch hier?«

»Welchen Piontek meinen Sie denn? Den Alten oder den Junior?«

»Ach, ist sein Sohn inzwischen auch bei der Polizei?« Schwartz grinste. »Sieh einer an.«

Die Polizistin musterte ihn skeptisch. »Haben Sie irgendeine alte Rechnung offen?«

»Seh ich so aus?« Schwartz erwiderte ihren Blick.

»Irgendwie schon«, antwortete die Polizistin und drückte einen Knopf an der Sprechanlage. »Piontek eins und zwo, hier ist ein Neger, der euch sprechen will.«

Und dann erschienen sie: Klaus Piontek, Ex-Oberleutnant der VP und inzwischen leicht ergrauter Kommissar der Görlitzer KPI, sowie sein Sohn, Hauptwachtmeister Tobias Piontek.

»Brauner«, riefen beide unisono, als sie Schwartz erkannten, »was machst du denn hier?«

Sie hatten ihn immer »Brauner« genannt. Was nicht unfreundlich gemeint war. Eher wie ein Spitzname. Andere hießen Klette, Hammer oder Leiche, Schwartz war immer der »Braune« und trotzdem einer von ihnen.

»Ist das 'ne Freude!« Der alte Piontek hatte Tränen in den Augen. »Mensch, dass du dich mal blicken lässt ...«

Sie umarmten sich wie alte Kumpels, und die Polizistin am Tresen seufzte genervt. Sie war nicht involviert. Wie auch, so blutjung, wie sie war. Was konnte sie schon von den alten Zeiten der Görlitzer Volkspolizei wissen? – Nichts. Absolut nichts.

Tobias, der kleine Piontek, den alle Tobi nannten, war ein paar Jahre jünger als Schwartz und zu DDR-Zeiten Punk gewesen, der öfter Ärger mit der Staatsmacht hatte. Umso erstaunlicher war es, dass er nun in die Fußstapfen seines Vaters getreten und auch Polizist geworden war.

»Nun«, lächelte Tobi verlegen, »ich hab mich überzeugen lassen, dass so eine Beamtenlaufbahn im unsicheren Westen nicht das Schlechteste ist.«

»Und man ist fast immer auf der richtigen Seite«, bekräftigte der Alte, »aber nur fast.«

»Optimal kriegst du's nie«, erwiderte Tobi, und sein Vater ergänzte: »Die Frage ist, was man draus macht.«

Er klopfte Schwartz auf die Schulter. »Mensch, Brauner, erzähl: Wie ist es dir ergangen, in den letzten Jahren?«

Wie solle es ihm schon groß ergangen sein, wich Schwartz aus. Da war nichts Besonderes. Er hatte sich geweigert, gegen die Demonstranten am Dresdner Hauptbahnhof vorzugehen, damals, als die Züge mit den Prager Botschaftsflüchtlingen durch die Stadt geleitet worden waren.

»Eine Idiotie war das«, nickte Piontek senior nachdenklich. »Gut, dass du da nicht mitgemacht hast.«

Das und der Umstand, von Susans Vater wegen deren Flucht, und somit von der Stasi, verfolgt worden zu sein, habe ihm die Karriere gerettet. Anders als viele andere Kollegen war er nach der Einheit nicht dienstgradmäßig zurückgestuft worden.

»Eine Sauerei auch das«, fanden die Pionteks. »Warst du nicht auch in Berlin?«

»Nur ein halbes Jahr«, nickte Schwartz, »von Mai bis November 90.« Er lachte. »Ich dachte, da ist wenigstens was los, in unserer alten, neuen Hauptstadt. Aber letztlich war mir Berlin dann doch zu laut und zu unübersichtlich.«

»Ist Dresden besser?«

»Viel besser«, antwortete Schwartz, »optimal eigentlich.«

»Optimal kriegst du's nie«, wiederholte Tobi Piontek.

»Dresden ist in Ordnung«, versicherte Schwartz, »nicht zu groß, nicht zu klein. Eine gemütliche Großstadt irgendwie. Ich bin da wirklich gern.«

»Und was machst du dann hier?« Der alte Piontek hatte nichts von seinem Riecher verloren. Er wusste, dass der Braune nicht nur zu Besuch da war.

»Kuhnt«, sagte Schwartz und hob bedauernd die Hände, »ich ermittle im Fall Jochen Kuhnt.«

»Der BGS-Mann?« Klaus Piontek schüttelte den Kopf. »Der Fall ist abgeschlossen.«

»In Dresden gibt es einige Zweifel«, erwiderte Schwartz, »an der Selbstmordtheorie.«

»Du liebe Güte«, stöhnte Tobi.

»Vicky!«, rief Klaus Piontek der Polizistin am Tresen zu. »Besorgst du uns mal die Kuhnt-Akte?«

»Okay, Chef!« Vicky verschwand im Archiv.

»Und wir«, Klaus Piontek wies einladend den Weg, »machen es uns erst mal in meinem Büro gemütlich.«

Es war ein wahrer Wald aus Gummi- und Affenbrotbäumen. Überall standen sie herum, gewaltige Gewächse mit oberarmdicken Stämmen und fleischigen Blättern, bis unter die Decke hoch zwischen den Schreibtischen, vor Ablagen und am Fenster.

»Ich mag es gerne grün«, erklärte der alte Piontek, »und Hydrokulturen brauchen nur wenig Pflege.« Er warf die Kaffeemaschine an. »Ich hab's mal mit einer Yuccapalme auf Naturerde-Basis versucht, aber die ist eingegangen.«

Schwartz schob sich zwischen zwei ausladenden Gummibäumen durch und setzte sich fast auf zwei Kakteen, weil er die für Hocker hielt.

»Oh! – Kakteen magst du auch?«

»Nee, die war'n ein Geschenk. Sind mächtig gewachsen, was?«

Das konnte Schwartz nicht beurteilen. Dazu hätte er wissen müssen, wie groß sie waren, als sie dem Piontek geschenkt wurden. Trotzdem lobte er: »Prachtvolle Exemplare, das, ganz prachtvoll.«

»Was kümmert die Dresdner eigentlich dieser Fall?« Klaus Piontek balancierte drei Kaffeetassen heran und setzte sich. »Ich meine, was geht euch das an? Wieso bezweifelt ihr den Selbstmord? Ich selbst habe in dem Fall ermittelt, der Kerl hat sich glasklar umgebracht. Mit seiner eigenen Dienstwaffe.«

»Er hatte sie noch in der Hand, als er gefunden wurde«, sekundierte Tobi und setzte sich ebenfalls.

»Ja.« Schwartz lächelte und holte einen Aktenordner aus seiner Tasche. Liliana Petkovic hatte ihm verschiedenes Material zusammengestellt. Ein Dossier, wie sie es nannte. »Das ist ja das Problem. Kuhnt hatte die Waffe in der rechten Hand, nicht wahr?«

»Na und?« Die Pionteks sahen ihn ratlos an. »Was ist daran ein Problem?«

»Ich habe hier«, Schwartz blätterte umständlich seinen Aktenordner durch, »ein ärztliches Attest aus dem Jahre fünfundachtzig. Kuhnt hatte eine Parästhesie. Seit einem Unfall in der Kindheit konnte er die Finger der rechten Hand nicht mehr richtig bewegen. Mit diesem Schreiben hat er damals ein entsprechend umgearbeitetes Holster beantragt.« Er nahm es aus dem Hefter und schob es den beiden Pionteks über den Tisch. »Ein Pistolenholster für Linkshänder. – Das bedeutet«, Schwartz sog geräuschvoll die Luft durch die Nase und ließ sich mangels anderer Sitzgelegenheiten auf dem Drehstuhl hinter Pionteks Schreibtisch nieder, »Kuhnt kann sich nicht selbst erschossen haben. Nicht mit der rechten Hand.«

Die beiden Pionteks starrten auf das Attest und schwiegen einen Moment. Im Hintergrund röchelte die Kaffeemaschine.

»Das beweist gar nichts«, sagte Tobi, »dann hat er sich eben mit links erschossen.«

»Und wieso hatte er die Waffe dann in der rechten Hand, als man ihn fand?«, fragte Schwartz.

»Moment, das haben wir gleich.« Klaus Piontek erhob sich wieder und betätigte die vorsintflutliche Sprechanlage auf seinem Schreibtisch. »Vicky, wo bleibt die Kuhnt-Akte?«

»Bin schon unterwegs«, krähte es aus dem Lautsprecher. »Zwei Sekunden!«

»Schauen wir mal in unseren Unterlagen nach«, sagte Piontek und rieb sich die Hände. »Mal sehen, was da so drinsteht. – Kaffee?«

»Gern.« Schwartz lehnte sich zurück und klopfte unruhig auf die Tischplatte.

Tobi sprang auf und sah nach, wie weit die Maschine mit dem Kaffee war.

»Darf man fragen, woher du deine Informationen hast?« Klaus Piontek versuchte, einen Blick in Schwartz' Aktenordner zu werfen.

»Fragen darf man immer.« Schwartz war etwas unbehaglich zumute. »Nur mit der Antwort könnte es schwierig werden.«

»Wieso?« Klaus Piontek setzte sich wieder. »Vertraust du mir nicht? Ist das hier eine Art interne Ermittlung oder so?«

»Nein, nein.« Schwartz entschied sich zur Offenheit: »Ich habe meine Unterlagen vom Dresdner LKA. Die beschäftigen sich mit dem Schmuggel hier an der Grenze und sind dabei offenbar auf Jochen Kuhnt gestoßen. Mit, wie schon gesagt, erheblichen Zweifeln an der Selbstmordtheorie. Ich soll den Fall noch mal aufrollen.«

An der Tür klopfte es, und Vicky kam mit einer dünnen Aktenmappe herein. »Die Unterlagen zum Fall Kuhnt.«

»Danke, Vicky.« Der alte Piontek nahm ihr die Mappe ab und ließ Schwartz nicht aus den Augen. »Dann ermittelst du also fürs LKA?«

Schwartz schüttelte den Kopf: »Nein, ich bin immer noch bei der Dresdner Polizeidirektion.« Er machte eine verbindliche Geste. »Ich will nur helfen.«

»Mhm«, machte Klaus Piontek und blätterte die Akte durch. »Dann woll'n wir mal schauen, was wir hier haben …«

»Zucker?« Tobi füllte Kaffee in die Tassen. »Milch?«

»Nur etwas Zucker«, antwortete Schwartz, »danke.«

»Ja, rechte Hand«, knurrte der alte Piontek lesend. »Mit einer Heckler & Koch, neun Millimeter … Glatter Kopfschuss mit Eintrittswunde rechte Schläfe, Austrittswunde über dem linken Ohr.« Er sah auf. »Es gibt keinen Zweifel: Kuhnt muss sich mit der rechten Hand erschossen haben.«

»Kuhnt?«, fragte Schwartz zweifelnd. »Oder hat doch eher ein anderer abgedrückt?«

»Warum ein anderer?«, widersprach Piontek. »Dafür gibt es keine Anzeichen.«

»Was ist mit Schmauchspuren?«, erkundigte sich Schwartz.

Doch der alte Piontek winkte ab. »Davon steht hier nichts«, sagte er, »ich weiß nicht, ob die das überhaupt untersucht haben.« Er klappte die Akte zu. »Der Fall schien ja eindeutig.«

Schwartz nickte. »Dann muss das eben jetzt nachträglich gemacht werden.«

»Brauner, wie stellst du dir das vor? Kuhnt wurde schon bestattet.«

»Wir könnten ihn exhumieren lassen.«

»Geht nicht«, Tobi schien zu triumphieren, »das war 'ne Feuerbestattung. Da ist nur noch Asche.«

»Wer hat das veranlasst?«

»Keine Ahnung.« Klaus Piontek hob die Schultern. »Die Leiche war ja freigegeben. Die Ehefrau wahrscheinlich.«

»Mhm«, machte Schwartz und notierte sich etwas in seinen Notizblock. Auf den war er besonders stolz. Schwarzer Ledereinband mit passendem Montblanc-Füllfederhalter, sehr schick und teuer. Nichts, mit dem sich Kriminalbeamte gemeinhin Notizen machten, nein, Schwartz achtete hier wie auch bei seiner Kleidung auf gewissen Stil. Man muss ja nicht immer nur wie ein mittlerer Beamter aussehen. Wenn er schon dunkelhäutig war, wollte er sich auch besonders kleiden und mit etwas Besonderem schreiben.

»Brauner, ich selbst habe die Ermittlungen geführt.« Der alte Piontek seufzte. »Mit aller Sorgfalt, würde ich sagen. Gut, das mit der gelähmten rechten Hand hab ich nicht gewusst ...«

»Wie der Täter«, unterbrach ihn Schwartz, »der hat das auch nicht gewusst. Er wollte einen Selbstmord vortäuschen und drückt dem Opfer die Waffe in die falsche Hand.«

»Für einen Mord müsste es aber ein entsprechendes Motiv gegeben haben.«

»Für einen Selbstmord auch«, sagte Schwartz.

»Er hat einen Abschiedsbrief hinterlassen.« Tobi nahm sich die Akte. »Hier!« Er hielt Schwartz eine aufgeschlagene Seite hin. »›Verzeiht mir!‹«

Schwartz besah sich das Blatt Papier. Tatsächlich. »Verzeiht mir!«, stand da. Mehr nicht. Keine Erklärungen. Und es war mit Schreibmaschine geschrieben. Schwartz gab Tobi die Akte wieder.

»Das kann der Täter gemacht haben.«

»Er muss es aber nicht.« Der alte Piontek war aufgesprungen. »Herrgott, Brauner, du kommst hier mit irgendwelchen aus der Luft gegriffenen Mutmaßungen! Gibt's in Dresden nichts zu tun, oder warum willst du diese längst erledigte Geschichte unbedingt wieder aufrühren?«

»Weil es Zweifel gibt«, antwortete Schwartz leise, aber entschieden. »Weil da draußen möglicherweise ein Mörder frei herumläuft. Und Kuhnt als Bundesgrenzschützer vielleicht jemandem im Wege war.« Er erhob sich ebenfalls. »Schmugglern zum Beispiel.«

»Schmugglern?« Klaus Piontek lachte auf. »Nee, du, das regeln die anders.«

Interessant, dachte Schwartz. »Wie denn?«

»Zum Beispiel mit Geld«, antwortete Klaus Piontek. »Solche Leute regeln alles mit Geld. Du hast doch selbst gesagt, dass dein LKA Kuhnt mit Schmugglern in Verbindung bringt.«

»Das ist nicht mein LKA«, stellte Schwartz klar, »und es handelt sich lediglich um einen Verdacht.«

»Das wundert mich«, meinte Klaus Piontek.

»Was?«

»Na ja.« Klaus Piontek nippte vorsichtig an seinem Kaffee. »Als ich den Fall Kuhnt untersuchte, musste ich feststellen, dass gegen unser Opfer bereits eifrig ermittelt wurde. Intern. Vom BGS. Wegen Korruption.«

»Moment mal!« Schwartz hob erstaunt die Hände. »Der Bundesgrenzschutz hat intern gegen Jochen Kuhnt ermittelt? – Aber dann müsste doch ...«

»... das LKA davon wissen«, nickte Piontek. »Die Frage ist: Warum haben sie es dir nicht erzählt?«

Und warum verschweigen sie mir die Ermittlungsergebnisse dazu, dachte Schwartz irritiert. Die sind doch relevant, da könnte der Schlüssel zum Kuhnt-Mord liegen. Das Motiv, Hinweise auf die Täter und wer weiß was noch alles ... – Seltsam. Sehr seltsam.

»Kuhnt hat nicht nur einmal die Hand aufgehalten«, sagte Piontek. »Du solltest dir mal seine Hütte in Rosenthal ansehen.«

»Mach ich«, versprach Schwartz. »Und weiter?«

»Das Belastungsmaterial gegen ihn war wohl so umfangreich«, antwortete Piontek, »dass er nicht mehr weiterwusste. Der wäre für Jahre in den Bau gegangen. Also hat er diesen gemacht.« Er hielt sich eine imaginäre Waffe an den Kopf und drückte ab. »Peng!«

»Das Problem ist ...« Schwartz zeigte auf Pionteks rechte Hand. »... damit kann er sich nicht erschossen haben.«

»Und wenn doch?«, fragte Piontek: »Wenn die Lähmung so schlimm nicht war? Hier steht«, er deutete auf das ärztliche Attest, das noch immer auf den Tisch lag, »nur etwas von teilweiser Lähmung.«

»Und warum lässt er sich dann ein Holster für die linke Hand anfertigen?«

»Weil er mit links besser ziehen kann.« Piontek machte es vor. »Wenn's mal schnell gehen muss, zum Beispiel. Schießen muss er dann sowieso mit beiden Händen.«

Recht hatte er. »Trotzdem: Warum bemüht Kuhnt die rechte Hand, wenn er's mit links viel besser kann?«

»Für Selbstmord hat's gereicht«, rief Piontek. »Jedenfalls hat Kuhnt ein Motiv. Er weiß nicht mehr ein noch aus und entscheidet sich für die saubere Lösung. Abtreten, und zwar ganz. Dann hat auch die Gattin was davon.«

»Wieso? Was hat sie denn davon?«

»Na, sie behält Haus und Hof.« Klaus Piontek wedelte mit den Armen. »Und das ganze Geld! Wenn Kuhnt verurteilt worden wäre, wäre er womöglich schadensersatzpflichtig geworden. Hätte für den Schaden aufkommen müssen, Strafe zahlen und was weiß ich noch alles. Jetzt, wo er tot ist, kann ihm niemand mehr was. Und die werte Gattin ist versorgt.«

»Na bitte«, nickte Schwartz zufrieden, »da haben wir doch ein Motiv.«

»Sag ich doch«, bekräftigte Piontek.

»Nicht für den Selbstmord.« Schwartz erhob sich und trank seinen Kaffee aus. »Ich rede von einem Mordmotiv.«

»Du meinst ...« Auch Tobi machte große Augen. »Die Ursu... – also die Frau von dem Kuhnt ...?«

»Zum Beispiel.« Schwartz packte seine Unterlagen zusammen.

»So 'n Quatsch!« Klaus Piontek regte sich auf. »Doch nicht die Ursula!«

»Kennst du sie gut?«

»Nur von meinen Ermittlungen.«

»Das«, lächelte Schwartz, »klang gerade etwas anders.«

»Die Ursula hätte doch gewusst, dass ihr Mann mit links schießt«, sagte Tobi und sah seinen Vater unsicher an, »oder?«

»Na, sicher hat sie das«, grummelte der grimmig. »Nee, als Täterin fällt sie aus, das ist völlig unmöglich.«

»Weil sie«, erkundigte sich Schwartz vorsichtig, »ihrem Jochen die Waffe in die richtige Hand gedrückt hätte?«

»Der Mann hat sich selbst erschossen!« Der alte Piontek war wütend. »Um seine Ursula zu schützen!«

Na gut, dachte Schwartz, dann werde ich die trauernde Witwe eben selbst befragen.

»Schön«, sagte er und lächelte. »Dann wisst ihr ja jetzt erst mal Bescheid. Für die nächsten Tage bin ich euer Kollege.«

»Um nicht zu sagen Vorgesetzter«, knurrte Klaus Piontek.

»Aber nein.« Schwartz lachte unsicher. »Das regeln wir geschmeidiger, nicht?« Er ging zur Tür. »Geht noch mal in euch, schreibt alles auf, was euch zu Kuhnt so einfällt. Vielleicht war's ja wirklich nur Selbstmord.« Er nickte den Pionteks versöhnlich zu. »Aber dann wollen wir das auch zweifelsfrei beweisen.« Er lachte wieder. »Damit hinterher keine Klagen kommen, nicht wahr? – Also! Und vielen Dank für den Kaffee.«

Er schloss die Tür und machte, dass er wegkam. Nee, nee, nee, sagte er sich, hier stimmt was nicht. Hier stimmt was ganz und gar nicht.

Die Frage war nur: was?

10 ALS ER DAS GEBÄUDE DER KPI VERLIESS, regnete es. Und so wie es aussah, würde es nicht so schnell wieder aufhören. Das schöne Wetter, die Sonne, der goldene Oktober: Es war vorbei. Jetzt zeigte sich der Herbst von seiner kalten, feuchten Seite. Jetzt begannen die kurzen schummerigen Tage, an denen es nach verbrannter Kohle roch, nach Kachelofenwärme, feuchtem Holz und welkem, matschigem Laub.

Schwartz war froh, dass er den edlen dunkelblauen Cashmere-Pullover übergezogen und seine nagelneue Barbourjacke mitgenommen hatte. So konnte er stilvoll jedem Wetter entgegensehen. Und als er in seine Déesse stieg und die Scheibenwischer majestätisch über die verregnete Windschutzscheibe glitten, fühlte er sich wie ein schottischer Landlord auf dem Weg zu einem geheimnisvollen Castle in den Highlands von Inverness. Und das war ein wesentlich besseres Gefühl als das, gelinkt zu werden.

Denn wenn es tatsächlich eine Korruptionsaffäre beim BGS gab, wenn wirklich gegen Jochen Kuhnt intern ermittelt worden war, dann hätte es Liliana Petkovic wissen müssen. Stattdessen hatte sie nur von Vermutungen gesprochen, vom Verdacht, dass »Kuhnt in etwas verwickelt« sei. Die Frage war, warum sie verschwieg, dass es bereits konkrete Hinweise gegen den BGS-Mann gab? Obgleich sie immer von »Transparenz«, wie sie es nannte, gesprochen hatte, und zwar »vollumfänglich«. Obwohl sie ein »Dossier« angefertigt hatte, seitenweise Informationen, die ihm schon auf den ersten Blick teilweise recht nebensächlich vorgekommen waren. Nebelkerzen, die nur verwirrten. Die Ermittlungsergebnisse des BGS gegen Kuhnt dagegen fehlten in diesem »Dossier«. Und das, da war sich Schwartz sicher, war weder ein Versehen noch ein Zufall.

Spielte Liliana Petkovic mit gezinkten Karten? Wenn ja, warum? Was hatte sie vor? Und welche Rolle hatte sie ihm in ihrem Spiel zugedacht?

Warum war er hier?

Er stoppte bei der nächsten Telefonzelle und wählte das LKA in Dresden an. Er wollte Aufklärung, seinem Ärger und seiner Verwirrung Luft machen. Was tue ich hier, hatte er Liliana Petkovic anschreien wollen, warum bekomme ich die fallrelevanten Informationen nicht?

Aber als er ihre rauchige Stimme durch den Hörer vernahm, zögerte er. Vielleicht war es ja besser, noch ein wenig den Ahnungslosen zu geben. Und so legte er den Hörer wieder auf, ohne auch nur ein Wort gesagt zu haben.

Über die B 99 fuhr er zum Neißetal zurück. Bevor er die Witwe des Jochen Kuhnt, die rätselhafte Ursula, in Rosenthal besuchte, wollte er noch einen Abstecher zur Teufelsnase machen, jenem verwitterten Felsen über dem Fluss, an dem der BGS-Beamte ein so jähes Ende gefunden hatte.

Leider kam man mit dem Wagen an die Teufelsnase nicht heran. Es gab nur einige Trampelpfade durch feuchtes Unterholz. Wasser troff von den welken Bäumen ringsum, ein stürmischer Wind riss am Schirm und fuhr dem Oberkommissar eisig ins Gesicht.

Wie kann in einer normalerweise so idyllischen Gegend ein so verfluchtes Wetter herrschen, dachte Schwartz. Eine Landschaft wie geschaffen für Romantiker, mit uralten Bäumen und bizarren, moosüberzogenen Felsbrocken über einem lieblich verschlafenen Auental. Grüne Wiesen mit Blumen und Störchen im Sommer. Plätschernde Wasserläufe. Seltene Reiherarten und flinke Eichhörnchen. Jetzt versank das alles hinter einem feuchtkalten Schleier. Fröstelnd versenkte Schwartz abwechselnd mal die linke, mal die rechte Hand in den Taschen seiner Barbourjacke, während die jeweils andere den Schirm halten musste und immer klammer wurde.

Handschuhe wären gut gewesen. Aber die hatte er dummerweise in Dresden gelassen. An alles hatte er gedacht, selbst an seine Wollmütze. Nur an die Handschuhe nicht.

Mit zusammengekniffenen Augen sah er an der Teufelsnase hoch. Wie oft war er als Kind hier herumgeklettert? Einmal musste ihn sogar die freiwillige Feuerwehr retten, weil er sich auf einen dieser nackten Felsvorsprünge gewagt hatte, aber von allein nicht wieder herunterkam. Unten standen die Kinder und schrien: »Äffchen, spring! Äffchen, spring!« Aber er sprang nicht. Auch nicht ins aufgespannte Sprungtuch der Feuerwehr. Er war schließlich kein Affe, sondern ein Mensch. Und als solcher wartete er, bis sie ihm eine Drehleiter durchs Unterholz gewuchtet hatten. Über die stieg er dann, zitternd zwar und völlig durchfroren, aber voller Würde hinab. Die »Äffchen«-schreienden Kinder huldigte er keines Blickes. Er ignorierte sie bis heute.

Sein Blick ging vom Felsen weg über das Neißetal, das sich unter ihm ausbreitete. Der Fluss selbst war kaum zu sehen, Nebel stand über den Wiesen und verstärkte die herbstliche Stimmung. Die Melancholie des Abschieds, dachte Schwartz, Tod und Sterben. Wie eine gigantische verwilderte Grabstätte. Es fehlte nur noch ein altes Kreuz.

Na, vielleicht stellen sie ja dem Kuhnt eins auf, überlegte er, ein Beamter, gefallen im Dienst fürs deutsche Volk. Oder so ähnlich.

Und wenn er gar nicht gefallen war? Wenn es wirklich Selbstmord war, ausgeführt mit der gelähmten rechten Hand? Ein Unfall oder eine blutige Auseinandersetzung zwischen Schmugglern und ihrem korrupten Helferlein? Oder ein ganz banaler Gattenmord?

Was hatte Jochen Kuhnt so plötzlich aus dem Leben gerissen? Und was hatte Liliana Petkovic mit dieser Sache zu tun?

Wofür benutzt sie mich, dachte Schwartz verbittert. Das machte ihm zu schaffen. Er fühlte sich betrogen von dieser »Sehen-Sie-mir-auf-den-Hintern«-Tussi. Na warte, du kettenrauchendes Huhn! Ich werde mich schon noch revanchieren. Und das wird dann bitter für dich.

Langsam wandte er sich ab und stiefelte unter triefendem Geäst hindurch zurück zu seinem Wagen.

Das offenbar erst kürzlich fertiggestellte Eigenheim der Kuhnts lag in einem terrassenförmig angelegten Garten über den Hängen von Rosenthal mit Blick auf die Neiße und das dahinterliegende Polen.

Eine protzige Villa in Karminrot, die jede Stilsicherheit vermissen ließ. Das Dach war mit dunkelgrün glasierten Ziegeln gedeckt, dunkelgrün waren auch die Läden an den neobarock anmutenden Bogenfenstern. Und dann der Stuck, überall war eklektischer Zierrat an die Fassade gepappt, asiatische Drachenköpfe, griechische Säulen, Putten und Engel aus Gips. Sie waren teilweise vergoldet wie die Löwenskulpturen links und rechts der Haustür, sodass man meinte, vor dem Eingang eines Chinarestaurants zu stehen.

Grauenvoll fand Schwartz das. Absolut grauenvoll, was Menschen mit ihrem Geld so anrichteten.

Er verharrte einen Moment erschüttert unter seinem Schirm und wollte dann den etwas überdimensionierten Klingelknopf aus poliertem Messing drücken, als sich die Tür unversehens öffnete und eine nicht mehr ganz junge Frau einen großen Umzugskarton vor die Tür stellte.

»Frau Ursula Kuhnt?«

»Ja?«

Schwartz atmete tief durch. So sahen also Leute aus, die ohne jeden Geschmack geboren wurden und zeit ihres Lebens harmlose Mitmenschen mit sündhaft teuren optischen Scheußlichkeiten traktierten. Eine Herrin des Kitsches, etwas zu auffällig geschminkt, ein blondierter Pudelkopf im giftgrünen Kimono.

»Mein Name ist Schwartz«, stellte er sich vor, und natürlich begann der Pudelkopf zu grinsen, »Kripo Dresden. Ich untersuche den Tod Ihres Mannes. Zunächst erlaube ich mir, Ihnen diesbezüglich mein Beileid auszusprechen. Können wir uns irgendwo ungestört unterhalten?«

»Wir sind ungestört.«

Aha. Offenbar dachte diese Ursula Kuhnt trotz des Regens nicht daran, ihn ins Haus zu lassen. Vielleicht war es sogar besser so. Wer weiß, was ihn da drinnen erwartete. Vermutlich Pferdebilder und Hirschgeweihe, putzige Büsten, Windspiele und Setzkästen, klimpernde Spieluhren und plätschernde Zimmerspringbrunnen – lieber Gott, lass die Phantasie an dieser Stelle ruhen.

»Darf ich mal Ihren Dienstausweis sehen?«

»Natürlich«, antwortete Schwartz und reichte ihn ihr. »Wie gesagt, ich …«

»Danke.« Ursula Kuhnt gab ihm den Ausweis zurück. »Ich dachte, der Fall sei abgeschlossen.«

»Nicht, solange die genauen Umstände des Todes Ihres Mannes ungeklärt sind.«

»Es war Selbstmord.«

»Wie kommen Sie darauf?«

»Alle sagen das.« Ursula Kuhnt trat einen Schritt zurück, als wolle sie Schwartz jetzt doch ins Haus lassen. Doch der rührte sich nicht von der Stelle.

»Und Sie«, fragte er stattdessen, »was sagen Sie? Glauben Sie auch, dass es Selbstmord war?«

»Ich …« Sie schien plötzlich unsicher. »Ich weiß nicht, kann schon sein.«

»Wirkte er denn irgendwie depressiv auf Sie?«

»Nicht mehr als sonst. – Wollen Sie nicht doch besser reinkommen?«

»Danke, das wird nicht nötig sein«, sagte Schwartz unter seinem triefenden Schirm, »ich habe ohnehin nur eine Frage an Sie: Wo waren Sie denn zum Zeitpunkt des Todes Ihres Mannes?«

»Beim Friseur«, antwortete sie prompt. »Coiffeur Schwaan in Zittau.«

»Das wissen Sie noch so genau?«

»Aber ja, warum nicht?«

»Nun gut.« Schwartz verabschiedete sich und wollte gehen, doch Ursula Kuhnt rief ihn zurück:

»Ach bitte, wo Sie schon mal hier sind«, sie zeigte auf den Umzugskarton, »könnten Sie die Kiste hier mitnehmen? Ist schwer.«

Schwartz hob die Augenbrauen. »Wohin soll ich denn den Karton bringen?«

»Auf den Sperrmüll«, antwortete Ursula Kuhnt. »Es ist nur alter Kram von meinem Mann. Der Container gleich links die Straße runter.«

Alter Kram von ihrem Mann? Schwartz bückte sich. »Darf ich mal sehen?«

»Wenn Sie's anschließend für mich entsorgen, bitte!«

»Halten Sie mal den Schirm?« Er gab ihn ihr und öffnete umständlich den Karton. Es war wirklich nur Kram. Irgendwelche staubigen Schiffsmodelle und ein alter Deckenventilator, ausgelatschte Schuhe und ein Paar Gummistiefel, zerschlissene Hosen und Pullover, zerfledderte Taschenbücher und abgelaufene Kalender. Ein Dosenöffner für Linkshänder, Marke Fackelmann und gestiftet zum Vierzigsten von einem Klaus, *»damit Du auch in Ursulas Abwesenheit an Dein Corned Beef herankommst«*, so stand es auf der beiliegenden Glückwunschkarte.

Noch seltsamer war ein Fotoalbum. Lauter halb nackte Frauen waren da eingeklebt, in aufreizenden Posen und Spitzenunterwäsche, manche trugen ein Negligee. Unter den Fotos standen die Namen der Frauen: Judith, Maria, Constanze oder Laila, dazu Monatsangaben und Jahreszahlen wie Mai bis September 91 oder Dezember 92 bis März 93 …

»Die Trophäensammlung meines Mannes«, erklärte Ursula Kuhnt ohne einen Anflug von Bitterkeit, »da hat er seine Eroberungen drin verewigt.«

Interessant. »Wussten Sie davon?«

»Natürlich. Wir hatten keine Geheimnisse voreinander.«

»Aber …« Schwartz richtete sich mit dem Album in der Hand wieder auf. »Das schmerzt doch schon, wenn der eigene Ehemann …«

»Ich bitte Sie!« Ursula Kuhnt lachte auf. »Natürlich hatte auch ich meine Affären. Und ich hab sie noch.«

»Verstehe«, murmelte Schwartz. »Dann führten Sie und Ihr Mann so etwas wie eine freie Ehe?«

»Eine ehrliche Ehe«, präzisierte sie. »Wir waren durchaus glücklich miteinander. Im Gegensatz zu vielen sogenannten monogamen Ehen. Und wir haben viel gelacht, wenn wir uns beim Frühstück von unseren neuesten amourösen Bekanntschaften erzählten.«

»Und diese«, Schwartz lächelte schief, »amourösen Bekanntschaften? Fanden die das auch so spaßig?«

»Nicht immer«, gab Ursula Kuhnt zu. »Vor allem Laila«, sie deutete auf das entsprechende Foto, »hatte damit ihre Schwierigkeiten. Eine Polin, katholisch.« Sie schüttelte den Pudelkopf. »Das konnte kein gutes Ende nehmen.«

»Wieso?« Schwartz sah sie fragend an. »Was ist denn passiert?«

»Laila hat immer geglaubt, dass sie eines Tages von meinem Jochen geheiratet würde. Was natürlich völlig absurd war. Aber sie ließ sich einfach nicht davon abbringen. Sie wollte heiraten. Meinen Mann. Sie hat ihn regelrecht erpresst. ›Ich bringe mich um‹, hat sie gesagt, ›wenn du dich nicht scheiden lässt.‹« Ursula Kuhnt seufzte. »Arme kleine Polin. Wollte halt auch was abhaben von unserem Wohlstand.«

»Und«, fragte Schwartz, »hat sie sich umgebracht?«

»Sie hat es versucht.« Ursula Kuhnt sah sich bedauernd das Foto im Album an. »Ein hübsches Mädchen, finden Sie nicht? Jetzt sitzt sie im Rollstuhl.«

»Wo finde ich diese Laila?«

»Irgendwo hinter der Grenze, Zgorzelec, glaube ich, weiß es aber nicht genau.« Ursula Kuhnt hob die Schultern. »Krajewska heißt sie mit Nachnamen, Laila Krajewska. Sie kam zur Trauerfeier für meinen Mann, wollte aber nicht mit mir sprechen. Leider.«

Kann ich verstehen, dachte Schwartz. Ob hierin das Mordmotiv lag? Erst bringt sie ihn um, dann versucht sie's bei sich? – Oder umgekehrt?

»Kann ich das Album behalten?«

»Sie können die ganze Kiste behalten, wenn Sie wollen.« Ursula Kuhnt lachte. »Sie sind wohl ein Sammler, was?«

»Ein Sammler von Hinweisen, ja«, antwortete Schwartz und überlegte, wie er jetzt trocken zum Auto kam. Denn wenn er die Kiste trug, konnte er nicht gleichzeitig den Schirm halten und würde so unweigerlich nass werden. Er hasste es, sich in regenfeuchten Klamotten in seine Déesse setzen zu müssen. Dann beschlugen immer die Scheiben, und für die Polster war es auch nicht gut. Bittend wandte er sich an Frau Kuhnt.

»Könnten Sie vielleicht …«

»Sie wollen nicht nass werden?« Ursula Kuhnt grinste.

»Richtig.«

»Ja, das ist wirklich ein Sauwetter heute.« Sie stieg in zwei Plastikpantoffeln, die genauso giftgrün waren wie ihr Kimono, und kam aus dem Haus. »Dabei war es gestern noch so schön.«

»Irgendwann ist es halt vorbei mit schön«, ächzte Schwartz und hob die Kiste an. »Wir gehen stramm auf den Winter zu. In acht Wochen ist Nikolaustag.«

»Und?« Ursula Kuhnt tippelte neben ihm her und hielt ihm den Schirm. »Schuhe schon geputzt?«

Sieh an, die Herrin des Kitsches hatte sogar Witz.

Schwartz entriegelte die Kofferklappe und stellte den Umzugskarton hinein. »Besonders traurig wirken Sie nicht.«

»Macht mich das verdächtig?« Sie sah zu, wie er sich in den Wagen setzte. »Oder erwarten Sie, dass ich für den Rest meines Lebens heule?«

»Nein. Ich bin sicher, dass Sie sich mit Ihren diversen Affären trösten. Geben Sie mir den Schirm?«

»Ich will genauso wenig nass werden wie Sie, wenn ich zum Haus zurückgehe.« Ursula Kuhnt schüttelte entschieden den Kopf. »Nein, nein, Oberkommissar, da werden Sie sich schon noch mal aus Ihrem übrigens sehr speziellen Wagen bemühen müssen. Was soll sonst aus meiner Frisur werden?« Auffordernd hielt sie ihm den Schirm hin.

»Natürlich.« Schwartz stieg wieder aus dem Auto, nahm den Schirm und zuckte etwas zusammen, als sich die Kuhnt vertraulich bei ihm einhakte.

»Schönes Haus«, sagte er, als sie durch den Garten zurückliefen. »War sicher teuer.«

»Oh ja«, nickte sie, nicht ohne Stolz. »Das war es.«

»Da hat Ihr Mann wohl jeden verdienten Pfennig reingesteckt, nicht?«

»Jochen hat immer sehr darauf geachtet, dass es mir gut geht.«

»Sie vermissen ihn sicher sehr.«

Sie hatten die Haustür erreicht, und Frau Kuhnt entledigte sich ihrer giftgrünen Plastikpantoffeln.

»Warum fragen Sie nicht geradeheraus? Sie wollen doch wissen, womit er sein Geld und das hier ...«, sie deutete aufs Haus, »... verdient hat! Und wie alle anderen glauben Sie, dass es mit kriminellen Geschäften zu tun hat.«

»Vielleicht«, lächelte Schwartz, »hatte er auch nur einen besonders lukrativen Zweitjob?«

»Ein Gewerbe.« Sie zeigte ihm zwei bunte Bienenwagen unterhalb des Hauses am Hang. »Er war Imker.«

»Imker!« Schwartz war einigermaßen baff. »Hat er das Gewerbe angemeldet?

»Aber natürlich«. Jetzt lächelte sie. »Unser Honig hat sich prächtig verkauft. Wollen Sie ein Glas?«

»Nein, danke, ich ...« Er lief zügig zu seinem Wagen zurück. »Selbst wenn ich wollte, ich dürfte das nicht, verstehen Sie?«

»Korruption«, nickte sie bitter. »Immer wieder die Korruption.«

»Wiedersehen«, rief er, klappte den Schirm zusammen und stieg in seinen Wagen.

Dann fuhr er, etwas zu viel Gas gebend, davon.

11 ROLAND STAND AM FENSTER seines Büros und starrte auf den Hof. Dicht an dicht standen da die Laster mit vom Regen feuchten Planen, dunkelblau mit weißem Schriftzug: »PAICH – TRANSPORT-LOGISTIK« – der Name der Familie sollte so in die Lande getragen werden, auf Fernstraßen und Autobahnen durch ganz Europa. Werben für eine kleine Zittauer Firma, die es seit fast achtzig Jahren gab. Die zwei Weltkriege überstanden hatte, russische Besatzung, das kommunistische Joch. Und ausgerechnet in der Marktwirtschaft, in der Freiheit bundesdeutschen Seins, hielt Roland, dem das Unternehmen vor einem Jahr feierlich von seinem Vater übergeben worden war, die ganze Chose nur noch mit einem Trick über Wasser. Ein einziger Bus sorgte für Gewinn, nicht die nagelneuen Lastzüge, nein, nur ein einziger alter Bus mit einer Ladung, die jede andere Fracht in den Schatten stellte: Mädchen, jung, schön und käuflich. Damit hatte er die Firma vor dem Konkurs gerettet, damit ließ sich richtig Geld verdienen. Mädels aus dem Osten.

Julia würde das nie verstehen. Dass es hier um ein Erbe ging, um das Lebenswerk mehrerer Generationen – nie würde das in ihren Kopf gehen, sie stammte ja aus einer Künstlerfamilie! Idealistisch bis zum Abwinken, naiv, ohne Bezug zur harten, manchmal grausamen Realität.

Früher hatte ihn das fasziniert. Julia war anders als die anderen Mädchen, die sich entweder für Klamotten, Schmuck und Musik interessierten oder mit fast religiöser Inbrunst an die Formbarkeit des Menschen durch den Kommunismus glaubten. Roland hatte sie alle gehabt. Ob Schickimickitussi oder FDJ-Bluse – er bekam sie ins Bett, selbst Margots Frisurendouble hatte er schon flachgelegt.

Julia dagegen hatte er nie richtig zu knacken vermocht. Die diskutierte lieber stundenlang dialektisch über Gott und Teufel und schwärmte von der Melancholie der Einsamkeit. Ein bisschen Schmusen und Knutschen im Kino oder beim Tanzen, das war's. Sobald es ernster wurde, entzog sie sich ihm und versteckte sich rasch hinter Kudellas breiter Schulter.

Die seltsame Beziehung zwischen den beiden hatte er ohnehin nie verstanden. Völlig asexuell, ein Paar wie Tarzan und Jane, wie King Kong und die weiße Frau. Julia hing an Kudella wie an einem Haustier; ein großer, kräftiger Hund, den man knuddeln kann und der stark genug ist, das zarte Frauchen vor bösen Jungs und anderen Widrigkeiten des Lebens zu beschützen.

Als vor ein paar Tagen die Postkarte kam, mit der sie ihren Besuch in Zittau ankündigte, hatte sich Roland sehr gefreut. Er war total gespannt, was aus ihr geworden war. Denn schon mit fünfzehn war Julia das, was man einen ziemlich steilen Feger nannte, total sexy, ohne dass sie sich ihrer Wirkung auf Männer bewusst war. Ein scheues, sommersprossiges Mädchen mit herrlich langen Haaren und voller Anmut. Gerade ihre Unsicherheit, ihr etwas wackeliger Gang und ihr schüchternes Lächeln hatten eine ungeheure Anziehungskraft auf ihn ausgeübt. Und ja, natürlich wollte er mit ihr ins Bett, nichts sehnlicher als das, er wollte diesen Rohdiamanten schleifen und polieren – aber er war einfach nicht zum Zuge gekommen.

Das, so hatte er gehofft, würde sich jetzt ändern. Ein nettes Liebesnest in der Innenstadt, dachte er, im frisch renovierten »Johannishof«, wäre genau das Richtige. Und dann Auftritt im Porsche und perfektem Outfit, mit Blumen und allem Drum und Dran – vermutlich wäre das auch alles ganz prima gelaufen, wenn Kudella mit seiner Unfähigkeit, sich einfach wie ein normaler Mensch zu benehmen, nicht jede Aufmerksamkeit auf sich gelenkt hätte. Der Hund brauchte Pflege, und Frauchen hatte sich sofort gekümmert. Roland dagegen war der Böse, weil er den Wauwau so vernachlässigt hatte – ehrlich, verstehe einer die Weiber!

Und jetzt durfte er ein Jahr lang den Zahlhansl spielen für ein Zimmer, das er nicht wie geplant nutzen konnte, und musste sich ausgerechnet um einen Deal kümmern, der, hätte Kudella nicht idiotisch Ballermann an der Grenze gespielt, längst über die Bühne gegangen wäre.

Tja. Rolands Hände zitterten ein wenig, als er sich eine Zigarette ansteckte. Unruhig sah er hinaus in den Regen. Eine Harley-Davidson stoppte mit ihrem charakteristischen Motorblubbern vor der Einfahrt. Ein Mann in schwarzer Lederkombi stieg ab: Tom! Na endlich.

Mit Mitte dreißig war er etwa fünfzehn Jahre älter als Roland und ein ganz anderer Frauentyp. Mehr »Born to be wild«, ein cooler Abenteurer, der irgendwie an eine Mischung aus Harrison Ford und dem jungen Clint Eastwood erinnerte. Jetzt stand er in Rolands Büro, mit strubbeligen blonden Haaren, den Motorradhelm in der linken, eine Sporttasche in der rechten Hand.

»Die Russen machen Druck?«

»Ja.« Roland wandte sich vom Fenster ab. »Die setzen uns knallhart die Pistole auf die Brust. Wir müssen liefern. Irgendwie. Und zwar sofort.«

»Was heißt sofort?« Tom setzte sich und öffnete den Reißverschluss seiner Kombi. »Die wissen doch, dass ein ›Sofort‹ unmöglich ist.«

Roland nickte. »Und das ist für sie eine prima Gelegenheit, uns aus dem Geschäft zu drängen.«

»Nein«, sagte Tom grimmig, »nicht mit uns.«

»Wir haben keine Wahl, Tom.« Roland drückte fahrig seine Zigarette aus. »Wir müssen die Mädels über die Neiße holen. Besser heute als morgen. Egal wie.«

»Geht aber nicht.« Tom deutete hinaus. »Die Schlepper weigern sich. Der Regen.«

»Der Regen?« Roland verstand nicht.

»Ja, die Wasserstände der Neiße steigen an«, erklärte Tom, »weil's nicht nur hier, sondern auch im Gebirge regnet. Seit zwei Tagen schon. Inzwischen ist die Strömung zu stark. Sagen zumindest die Erfahreneren unter den Schleppern.«

»Bist du sicher? Vielleicht wollen die nur mit ihren Preisen rauf.«

»Glaube ich nicht. Bei Drausendorf sollen gestern Nacht ein paar Libanesen ersoffen sein. Am Freitag kam man da noch mit hochgekrempelten Hosen durch.«

»Und wie lange soll das dauern?«

Tom hob die Schultern. »Frag doch mal den Wetterfrosch.«

Roland sank ratlos hinter seinen Schreibtisch. »Was ist mit Tschechien?«, erkundigte er sich schließlich.

»Durchs Gebirge?« Tom winkte ab. »Nein, ich hab eine andere Idee.« Er griff in seine Reisetasche und holte eine nagelneue grüne Adidasjacke heraus. »Deshalb bin ich hier.« Er legte die Jacke auf Rolands Schreibtisch und breitete sie aus. Auf ihre Rückseite war ein weißer Schriftzug gedruckt: »KSK JELENIA GÓRA«. »Na, was sagst du dazu?«

»Mhm«, machte Roland verständnislos, »was hast du damit vor?«

»Der KSK ist ein Volleyballclub«, grinste Tom. »Klingelt's?«

»Nee. Gar nicht.«

»Mann, wir tarnen die Mädchen einfach als Volleyballmannschaft«, Tom strahlte, »und bringen sie ganz offiziell im Teambus nach Deutschland. Klingt das gut?«

»Das klingt vor allem nach einer deiner völlig verrückten Ideen.« Roland lächelte. Verrückt, aber nicht schlecht.

Und sehr typisch für Tom. Er war noch von Rolands Vater eingestellt worden. Tom sollte in der Spedition eine Lehre als Automechaniker machen, hatte aber damals schon, wie es Vater ausdrückte, »vor allem Kirschen im Kopp«. Seine Lehre schaffte er nur mit Ach und Krach, doch er wurde ein guter Trucker. Bis zur Wiedervereinigung machte er Touren bis weit nach Russland hinein. Erst durch die Einführung der Westmark verlor man Marktanteile. Polnische und tschechische Spediteure fuhren die gleiche Fracht zum halben Preis. Ausgerechnet die Grenznähe des Unternehmens, früher ein enormer Wettbewerbsvorteil, wurde jetzt zum Problem. Hinzu kam, dass der Fuhrpark an westdeutsche Sicherheitsstandards angepasst werden musste, damit man die Betriebsgenehmigung nicht verlor. Gleichzeitig brachen immer mehr Aufträge weg, Banken kürzten die Kreditlinien, und dann wurde das Betriebsgelände der Spedition auch noch unter Denkmalschutz gestellt. Schon vor über zweihundert Jahren wurden hier, auf dem alten Packhof an der Äußeren Weberstraße, Pferde- und Ochsenkarren mit Waren beladen, um sie durch die Lande zu transportieren. Für die Stadt Grund genug, die alten Lagerhäuser und Stallungen nach strengen Richtlinien von den heutigen Besitzern sanieren zu lassen, um den ursprünglichen Zustand wiederherzustellen. Wahnsinn war das, total irre. Vater gab entnervt auf, doch Roland kämpfte weiter. Die juristischen Gefechte mit der Stadt und die drohenden Kosten der Sanierung gaben der Spedition dann den Rest.

Tom hatte die Idee, wie man sie vor dem Konkurs retten konnte. Auf seinen Touren durch Osteuropa hatte er viele hübsche Mädchen kennengelernt, Mädchen, die nur vom Leben im reichen Westen träumten. So wurde eine neue Geschäftsidee geboren. Nicht ganz legal, aber das Unternehmen blühte wieder auf. So sehr, dass es Begehrlichkeiten weckte. Bei straff organisierten Banden, die ihre Geschäftsfelder ausweiten und den Markt unter ihre Kontrolle bringen wollten.

Kaemper hatte recht, dachte Roland, wir hätten uns nie mit denen einlassen dürfen. Nachdenklich hielt er die Trainingsjacke in den Händen. KSK Jelenia Góra, mhm …

»Sechs Mädchen«, erläuterte Tom und packte den Rest seiner Sporttasche aus, »und sechs Trainingsanzüge für sechs Spielerinnen. Das macht genau: eine Volleyballmannschaft.«

»Ja gut, schon verstanden«, nickte Roland und sah fragend auf. »Und dann? Wie weiter? Ich meine, auch eine Volleyballmannschaft braucht gültige Papiere für die Einreise. – Papiere, die wir nicht haben.«

»Eine Volleyballmannschaft braucht vor allem eine Einladung.« Tom griff in seine Lederkombi und holte ein Kuvert hervor. »Eine Einladung aus Deutschland für ein völkerverständigendes Freundschaftsspiel zum Beispiel.«

Roland nahm das Kuvert und öffnete es. Der Gütersloher Frauenvolleyballverein lud die Spielerinnen des KSK Jelenia Góra zu einem Freundschaftsspiel am 15. Oktober ein. Ganz offiziell. Beglaubigt und abgestempelt war das Schreiben von der Gütersloher Sportförderung, unterzeichnet hatte es der Oberbürgermeister der Stadt persönlich.

»Ist das echt?«

»Natürlich ist das echt.« Tom grinste. »Nur hat der KSK in Jelenia Góra diese Einladung leider nie bekommen. Aber dafür kommen unsere Mädchen sicher über die Grenze, und die Russen kriegen ihre Ware. Auf dass sie uns fortan in Ruhe lassen, nicht wahr?«

Ja, dachte Roland, so könnte es klappen. Mit so einem amtlichen Schreiben würden die Mädchen an der Grenze kaum genauer kontrolliert werden. Eine polnische Volleyballmannschaft mit offizieller Einladung. Nicht schlecht. Obwohl ein Restrisiko blieb, aber das gab es bei den nächtlichen Schleusungen der Mädchen über die Neiße auch. Zumal die Schlepper mit ihren Forderungen immer unverschämter wurden, denn inzwischen mischten auch in diesem Geschäft immer mehr Russen mit.

»Okay«, sagte er schließlich. »So machen wir's.«

»Bestens«, fand das Tom und stellte zwei Flaschen polnisches Zywiec-Bier auf den Schreibtisch. »Darauf trinken wir jetzt erst mal einen!«

Er köpfte die Flaschen mit einem Feuerzeug, die Männer stießen an und tranken.

»Dann brauchen wir nur noch ein geeignetes Fahrzeug für unsere Volleyballerinnen«, sagte Roland, nachdem er seine Flasche wieder abgesetzt hatte.

»Ich dachte an den Barkas«, Tom wischte sich über den Mund, »der hinten im alten Packhaus steht.«

»Der liegt seit 89 still«, Roland winkte ab, »der hat noch nie TÜV gehabt.«

»In Polen brauchen wir auch keinen TÜV«, erwiderte Tom. »Der Barkas wird schön in den Farben des KSK Jelenia Góra lackiert und muss es nur einmal aus eigener Kraft über die Grenze schaffen. Das kriegen wir schon hin.«

»Gut.« Roland sah in seinen Auftragsbüchern nach. »Der große Unimog ist frei. Da passt der Barkas hinten auf die Ladefläche.«

»Okay«, nickte Tom. »Wann?«

»Wie schon gesagt«, Roland trank sein Bier aus, »besser heute als morgen.«

Und so passierte noch an diesem Tag ein Unimog-Abschleppwagen der Paich-Transportlogistik GmbH mit einem alten Kleinbus der Marke Barkas B 1000 den Grenzübergang Chopinstraße nach Polen.

12 DIE TÜRGLOCKE LÄUTET, als ich eintrete. Früher war das hier die »PGH Brüning«, ein Schneidereigeschäft, in dem man Hosen und Jacken ändern lassen konnte oder auch mal etwas anfertigen. PGH hieß »Produktionsgenossenschaft Handwerk«. Ähnlich wie die Bauern zu landwirtschaftlichen Produktionsgenossenschaften zusammengeführt wurden, wurde auch das private Handwerk angewiesen, sich zu kollektivieren.

Der alte Brüning hatte das Geschäft von seinen Vater übernommen, der im Krieg gefallen war. Er wehrte sich nicht gegen die Umwandlung zur PGH und blieb dem Laden treu. Angestellt als Schneider in jener Genossenschaft, die seinen Namen trug. Bis die DDR lautlos zusammenbrach. Seitdem ist Brüning wieder Herr im eigenen Haus. Vor Kurzem hat er ein neues Schild über dem Laden anbringen lassen: »BRÜNING – HERRENAUSSTATTER – KONFEKTION UND MASSANZÜGE SEIT 1920«.

Aus dem hinteren Teil des Geschäftes kommt er auf mich zu. Ein gealterter Meister Nadelöhr. Weit über siebzig, aber voller Akkuratesse.

»Guten Tag, junger Mann. Wie kann ich Ihnen behilflich sein?«

»Ich brauch 'nen Anzug«, antworte ich und schaue mir die ausgestellten Teile an. Die wenigsten hat der alte Brüning selbst geschneidert, das meiste sind westliche Edelmarken von der Stange, Boss, Armani, Gaultier …

»Für welchen Anlass?« Brüning lächelt despektierlich. »Abendgarderobe, Gesellschafts- oder Geschäftskleidung?«

»Geschäftskleidung klingt gut.«

»Kommen Sie bitte hier entlang.« Der alte Schneider stolziert etwas steif voraus und dirigiert mich mit ausladenden Handbewegungen durch die Reihen verschiedenster Anzüge. Plötzlich stoppt er und mustert mich von oben bis unten. Lange. Sehr lange.

»Ich würde sagen«, sagt er schließlich und kratzt sich nachdenklich am Kinn, »bei Ihrer kräftigen Statur wäre ein Zweireiher nicht schlecht.« Flugs hat er einen anthrazitfarbenen Anzug in der Hand und hält ihn mir hin. »So was zum Beispiel.«

Ja, sehr edel. Der dürfte Eindruck auf Jule machen. Vorsichtig riskiere ich einen Blick aufs Preisschild. – Aua!

»Mann, achthundert Ecken«, maule ich vorwurfsvoll. »Geht's nicht billiger?«

Brüning hebt fragend die buschigen Augenbrauen. »Ähm, was für eine Preisvorstellung hatten Sie denn?«

Ich rechne kurz nach. Dreihundert hat mir Roland gegeben. Mindestens fünfzig davon wollte ich in Blumen für Jule investieren. In einen ganz großen Strauß, größer jedenfalls als der von Roland gestern. Na, und dann will ich sie ja noch zu irgendwas einladen, zu einem Bier oder so, vielleicht auch zum Essen …

»Zweihundert«, sage ich schließlich. »Maximum.«

»Zweihundert, mhm«, nickt der alte Mann bedauernd. »Das reduziert natürlich etwas die Auswahl, aber …« Er lächelt mich milde an. »Wir haben sicher etwas Passendes im Lager für Sie. Wenn Sie mir bitte folgen würden!«

Als ich nach circa anderthalb Stunden den Laden verlasse, komme ich mir vor wie Theo Kojak. Der Zweireiher ist bestimmt aus den siebziger Jahren und auffällig gestreift, aber er passt wie maßgeschneidert.

»Ein Meisterstück«, hat der alte Brüning immer wieder behauptet und mir ein Einstecktuch unters breite Revers gesteckt. »Englische Schurwolle und zu seiner Zeit gut tausend Mark wert. Aber heute wissen die Leute ja gar nicht mehr, was Qualität ist.«

Und deshalb überließ er ihn mir für meine zweihundert Märker. Krawatte und Hemd gab's gratis dazu. Ebenso einen Hut, weil man, wie der alte Brüning fand, »dieses Stück einfach mit Hut tragen muss. Das gehört sich so.«

Ich besah mich im Spiegel und grinste. Telly Savalas ließ grüßen. Fehlte nur noch der Lolli.

In einem kleinen Blumenladen am Markt kaufe ich für fünfzig Mark ein mächtiges Gebinde aus verschiedenen Herbstblumen. Eigentlich will ich es in den Nationalfarben der deutschen Republik haben, Schwarz, Rot und Gold, um Jule zu beweisen, dass ich durchaus Demokrat bin – aber es gibt eben keine schwarzen Blumen. Nicht mal im Herbst. Der Verkäufer schlägt mir stattdessen eine entsprechende Schleife vor, doch damit wirkt das Ganze dann wie ein Grabstrauß. Schließlich entscheide ich mich für dunkelrote Rosen, dazu rotgelbe Dahlien und grünes Gemüse drum herum, so wird die Sache dann doch ganz nett.

Mit dem Strauß in der Hand marschiere ich zum Johannisplatz. Es regnet zwar, doch es sind nur wenige Meter, und ich erreiche den »Johannishof« noch recht trocken.

Das Problem ist, dass Jule nicht auf ihrem Zimmer zu sein scheint und mir die schrullige Portiersfrau mit dem seltsamen Namen Rouché partout nicht sagen will, wo sie steckt.

Erst als ich mich lautstark darüber beschwere, dass ich nicht über vier Jahre auf die Frau meines Herzens gewartet habe, nur um jetzt von übereifrigen Hotelkräften abgewiesen zu werden, hat der schon ziemlich klapperig wirkende Gatte der Portiersfrau, Herr Rouché, ein Einsehen.

»Haben Sie wirklich vier Jahre auf das Fräulein Latte gewartet?«

»Vier lange Jahre«, beteuere ich mit leidendem Blick, »in denen meine Seele zerbrach.«

»Davon hat sie uns nichts gesagt«, meckert die Rouché. »Und der Herr Paich auch nicht. Das Fräulein wirkte insgesamt auch nicht so, als erwarte sie noch einen Liebhaber.«

»Aber er hat doch Blumen dabei«, zischt Herr Rouché und wendet sich dann wieder an mich.

»Diskretion wird in unseren Hause normalerweise großgeschrieben«, entschuldigt er sich, »aber da es sich hier wohl um eine ernste Herzensangelegenheit handelt ...«

»Das können Sie laut sagen.«

»... will ich mal eine Ausnahme machen.« Er beugt sich vor und raunt geheimnisvoll: »Sie macht ein Praktikum. Am Töpferberg. Sie kennen den Verein? Podtsch?«

»Zecken«, nicke ich, »na, logo doch.«

»Zecken?« Verblüfft sieht er mich an. »Gibt's die um diese Zeit denn noch?«

»Zecken gibt's immer, Herr Rouché.« Ich lüfte meinen Hut zum Abschied und gehe. »Schönen Tag noch!«

Mein GAZ ist nur eine Querstraße weiter geparkt. Es regnet noch immer, das Verdeck glänzt nass. Ich lege den Blumenstrauß neben mich auf den Beifahrersitz und starte den Wagen. Verdammte Zecken. Wie ich diese linke Plage hasse. Dauernd wollen sie dir erzählen, wie du dich zu verhalten hast, damit das Leben nachhaltiger und das Miteinander besser wird. Multikulti trallala. Also was mich angeht, ist mein Leben nachhaltig genug, dafür brauche ich keinen Podtsch.

Klar ist, dass ich Jule da rausholen muss. Ich frage mich allmählich, was die mit ihr in Düsseldorf so alles angestellt haben müssen, dass sie so schräg tickt. Sie hat doch erlebt, wie es ist, wenn diese linken Romantiker an der Macht sind. Das ist alles andere als lustig, die machen dann einen auf Harten. Von wegen miteinander. Davon haben die Düsseldorfer keine Ahnung, die hatten ja nie den Kommunismus. Eigentlich hätte Jule im Westen Aufklärungsarbeit leisten müssen. Stattdessen kommt sie noch linksgespülter zurück, als sie es zu DDR-Zeiten war. Nee, ehrlich, das geht mir irgendwie nicht in den Kopf!

Ich stoppe den GAZ am Töpferberg und gehe alles noch mal durch. Eigentlich dürfte ich gar nicht hier sein, aber das ist jetzt egal. Kreidefressen ist das Gebot der Stunde, lieb sein und charmant. Den ganzen Tag schon habe ich mir die Worte zurechtgelegt, die ich ihr sagen werde.

Liebste Jule, oh nein, das ist zu fett, liebe Jule muss reichen. Also: Liebe Jule, es tut mir leid, dass ich mich gestern so scheiße benommen habe, äh, beziehungsweise so schlecht benommen habe. Aber das ging nicht gegen dich, ich war einfach nur ziemlich von der Rolle, weil wir uns ja so lange nicht gesehen haben. Ich habe mich so auf dich gefreut, das habe ich kaum ausgehalten, und deshalb ging das gestern schief, und das tut mir unendlich leid. Ich will es wiedergutmachen, und deshalb dachte ich, wir unternehmen was zusammen. Gehen mal einen saufen – nein, saufen nicht, trinken muss es heißen –, gehen schön was trinken, wie früher. Rauchen, trinken, reden. Ist ja viel passiert in der langen Zeit, oder? Gibt sicher viel zu erzählen. Also, nix für ungut, liebe Jule, ich bin weiterhin dein Freund und ...

- Ja, was und?

Egal, wird sich zeigen. Bloß nicht vor ihr rumstottern. Klare Kante zeigen, sich nicht verbiegen lassen und trotzdem charmant und menschlich sein.

Keine leichte Aufgabe. Aber was ist schon leicht im Leben? Nichts. Ich hab schon ganz andere Dinger gewuppt, das kriege ich hin. Und wie ich das hinkriege!

Schwungvoll stoße ich die Tür zum Podtsch auf, und sofort schlagen die Zecken Alarm.

»Scheiße, es gibt Ärger«, schreien sie hysterisch durcheinander. »Ruft die Bullen! Die Faschos sind da!«

Haben die 'n Arsch offen? Ich hab doch noch gar nichts getan!

»Was willst du hier?«, kreischt ‘ne halbe Portion mit Punkfrisur und Fistelstimme. »Raus, raus, raus!«

»Keine Gewalt!« Irgendeine Psychotussi wedelt mir beschwichtigend mit den Armen vor der Nase rum, »keine Gewalt«, und quatscht ununterbrochen auf mich ein: »Alles ist gut, keine Gewalt, alles ist gut, okay? Wir reden, ja? Alles okay! Wir werden einfach reden. Man kann auch reden. Gewalt regelt nichts, wir müssen reden, okay?«

Ich würde ja reden, du Null, wenn du mich mal zu Wort kommen lassen würdest. Aber die Psychotante labert und labert.

»Alles ist gut, nicht wahr? Unser Haus steht grundsätzlich allen offen, die Probleme haben. Bist du allein? Oder sind draußen noch Freunde von dir, die auch reden wollen? Unser Ausstiegsprogramm steht allen offen. Raus aus der Szene, rein ins Leben. Wir können alles friedlich miteinander regeln.«

Mann, ich bin friedlich. Und wenn du endlich mal die Klappe hältst, bleib ich es auch.

»Wichtig ist, dass wir uns ernst nehmen und respektieren. Ich nehme dich ernst, verstehst du? Ich nehme dich und deine Freunde ernst. Ich nehme deine Probleme ernst. Vielleicht brauchst du ja Hilfe oder psychologische Betreuung …«

Gott, die Tussi ist ja völlig drüber. Es hilft nichts, ich muss diese Quatschtante stoppen, und deshalb schnappe ich sie mir, und ziehe sie dicht zu mir heran.

»Okay, Schnatterinchen, aufgemerkt! Ich will zu Julia Latte!«

»Keine Gewalt«, sie flackert hektisch mit den Augen, »bitte, keine Gewalt! Gewalt führt nie zum Ziel …«

»Herrgott!« Ich schüttele das Weib. »Würdest du mir einfach mal zuhören? Also: Julia Latte – wo ist sie?«

»Julia Latte?«, wiederholt die Frau in meinen Händen und schlottert wie ein halb toter Fisch.

»Die neue Praktikantin«, werde ich deutlicher und stelle die Tussi wieder auf ihre Füße. »Ich bin ein Freund.«

»Freund«, legt die Quasselstrippe wieder los. »Freund ist gut. Der richtige Weg. Ich bin auch deine Freundin, verstehst du, lass mich deine Freundin sein!«

Was soll das denn, denke ich verwirrt. Die ist irre, macht die mich jetzt an, oder was?

»Wir alle hier sind Freunde«, strahlt sie wie Oda-Gebbine Holze-Stäblein beim Wort zum Sonntag, »wir verstehen und respektieren einander. Und weil wir das tun, leben wir miteinander ganz ohne Hass und Gewalt!«

Von wegen! Plötzlich werde ich gepackt und zu Boden gerissen. Überall sind Bullen. Sie reißen mir den Blumenstrauß aus der Hand und zerfleddern ihn, als hätte ich darin eine Granate versteckt. Ich versuche mich zu wehren, aber es sind einfach zu viele. Mindestens fünf Mann zerren an mir herum. Ich spüre, wie mein neuer Anzug an den Ärmeln reißt, und ich verliere den Hut.

Wenig später sitze ich in einem Polizeiwagen. Blaulichter flackern, der Fahrer gibt Gas. Das Letzte, was ich sehe, ist Jule. Aufgelöst und mit wehenden Haaren kommt sie aus dem Gebäude des Podtsch e.V. gerannt, wird aber von zwei Zecken festgehalten. Mit Tränen in den Augen starrt sie mir nach.

13 SCHWARTZ KAM SICH VOR wie früher. Er stand unter im Wind knatternden Fahnen. Damals wurden noch Hymnen dazu gespielt, und Chöre sangen Loblieder auf den Arbeiter- und Bauernstaat. Na ja, nicht immer. Nur wenn etwas Besonderes war, 7. Oktober zum Beispiel, oder wenn sich hochrangige Parteikader angesagt hatten.

Heute war weder ein Feiertag, noch erwartete man den Besuch irgendwelcher Politiker, und die DDR gab's auch nicht mehr. Nur die Fahnen knatterten noch. Drei Stück. Eine rot-weiße, eine schwarz-rot-goldene und eine blaue mit zwölf goldenen Sternen, denn immerhin befand sich Schwartz nicht nur am Grenzübergang zu Polen, hier endete auch die Europäische Union.

Er stand neben dem diensthabenden Leiter der Grenzkontrollstelle Görlitz-Stadtbrücke/Zgorzelec unter einem Wellblechvordach, auf das der Regen prasselte. Es gehörte zur Grenzbaracke direkt neben dem Übergang. Autos hupten, Lastzüge stauten sich kilometerweit stadteinwärts, hektische Zöllner rannten herum. Mit dick gepackten Taschen und Einkaufstüten passierten Fußgänger unter feuchten Schirmen und Radfahrer in Plastikponchos die Brücke über die Neiße.

»Der Jochen, der gehörte ja eigentlich nicht mehr so richtig zu uns«, sagte der Bundesgrenzschützer und schob seine Mütze etwas nach hinten, »der war ja was Besseres inzwischen.«

Schwartz überlegte, ob Hohn oder Neid in den Worten mitschwang. Oder war es einfach eine nüchterne Feststellung?

»Inwiefern?«, fragte er.

»Wiesbaden. Da hat er eine Fortbildung gemacht.« Der Bundesgrenzschützer winkte ab. »Danach musste man ihn siezen.«

Der Mann spricht in Rätseln, dachte Schwartz. Meinte er, dass Jochen Kuhnt hochnäsig geworden war? Arrogant? Überheblich?

»Was für eine Fortbildung war das denn?«, erkundigte er sich.

»Also ich kannte den Jochen«, sagte der BGS-Mann gedehnt, »seitdem er hier angefangen hat. Anfang der Achtziger muss das gewesen sein ...« Er überlegte: »Als wir hier dichtgemacht hatten wegen der Solidarnosc drüben.«

»Einundachtzig«, nickte Schwartz und sah über die Grenze. Schön, dass sie wieder offen war.

»Wir haben so manchen Dienst gemeinsam geschoben, der Jochen und ich.« Der Grenzschützer lächelte in sich hinein. »Wir haben so manches erlebt. Obwohl wir hier ja eine recht ruhige Kugel geschoben haben. Viel los war nie.«

Widersprüchlicher ging's nimmer. Schwartz entschied sich, nicht genauer nachzufragen. »Kuhnts Fortbildung in Wiesbaden«, erinnerte er den BGS-Mann, »worum ging's da?«

»Das hat er nicht erzählt. Aber plötzlich ist er ehrgeizig geworden. Wollte hoch hinaus. Und dann tat er so geheimnisvoll. Fand ich schon eigenartig. Der hat die Nase sehr hoch getragen, zum Schluss, der Jochen. Sehr hoch.«

»Aber es wurde doch gegen ihn ermittelt«, wandte Schwartz ein, »wegen Korruption?«

»Ja.« Der Grenzschützer kickte ein Steinchen mit dem Fuß weg. Es sprang über die Fahrbahn und wurde von einem Lastzug überrollt. »Aber er hat's nicht so ernst genommen.«

»Nicht?« Das wunderte Schwartz. »Immerhin hat er sich das Leben genommen.«

»Deswegen?« Der BGS-Mann schüttelte den Kopf. »Bestimmt nicht.«

»Was glauben Sie?«

»Nichts. Manche trifft's früher, andere später. Irgendwann sind wir alle dran.«

Aber wir bringen uns nicht alle um, überlegte Schwartz, oder werden erschossen.

»Na ja, ich muss jetzt.« Der BGS-Mann gab ihm die Hand und verabschiedete sich. »Hoffe, geholfen zu haben.«

»Geht so«, antwortete Schwartz und spürte, als ihn der Grenzschützer wieder losgelassen hatte, eine schmale Visitenkarte in seiner Hand.

Sieh einer an, dachte Schwartz und steckte sie sich unauffällig in die Tasche. Dann lief er geduckt durch Regen und Wind zu seiner neben der Baracke am Neißeufer geparkten Déesse zurück und setzte sich rasch hinein.

Puh, was für 'n Wetter! Gut, dass er den Balken gestern noch gestrichen hatte, als es schön und sonnig war. Man sollte halt immer seinem Bauchgefühl vertrauen. Uralten archaischen Instinkten. Früher, als der Mensch sich noch gegen die Wildnis behaupten musste, waren sie überlebenswichtig. Warum also sollten sie uns heute nicht auch weiterhelfen?

Schwartz öffnete seine Hand und besah sich verstohlen die Visitenkarte. Sie gehörte einem Caesar Goldenbaum vom Bundesgrenzschutzamt in Pirna. Interessant. Es war eine Telefonnummer vermerkt, doch sicher besser, nicht gleich von hier aus anzurufen.

Außerdem wollte er zunächst auf die polnische Seite von Görlitz, nach Zgorzelec, schauen, ob er etwas über diese selbstmörderische Liebschaft von Jochen Kuhnt herausbekommen konnte, wie hieß sie noch? Schwartz sah in seinem edlen Notizblock nach. Richtig, Laila Krajewska. Die hatte wenigstens ein Motiv: enttäuschte Liebe. Großartig!

Schwartz startete den Motor, wartete, bis die Hydropneumatik den Wagen aufs Betriebsniveau gehoben hatte, und fuhr dann hupend an den sich stauenden Lastzügen vorbei über die Brücke hinüber nach Polen.

Man sah Zgorzelec nicht unbedingt an, dass es einst zu Görlitz gehörte. Überhaupt kam sich Schwartz plötzlich vor, als habe er nicht nur das Land, sondern gleich einen ganzen Kontinent gewechselt. Überall Straßennamen in einer unaussprechlichen Sprache, die er nicht verstand: *ulica Marszalka Pielsudskiego* etwa, oder *ulica Tadeusza Kosciuszki.* Überall warnten Schilder *»Uwaga!«*, warben für eine *»msza«* mit dem *»papiez«* und *»bielizna«* von Calvin Klein.

Aufregend war das für Schwartz, sehr aufregend, denn er war noch nie in Polen gewesen, obwohl er in unmittelbarer Grenznähe aufgewachsen war. Aber die Polen, hieß es immer, seien Diebe und faul obendrein. Wenn du einen Polen arbeiten lässt, musst du dich danebenstellen, pflegte Oma zu sagen, sonst legt er sich schlafen. Zudem seien sie allesamt katholische Rassisten. Nein, Junge, lass mal, da drüben gibt es nichts für dich.

Schwartz hatte keine Ahnung, ob und inwiefern Oma schlechte Erfahrungen mit Polen gemacht hatte oder ob sie einfach nur nachplapperte, was gängige Meinung war. Die Polen waren eben nicht sonderlich beliebt, was einerseits damit zusammenhing, dass sie seit dem Krieg in Häusern lebten, die einst Deutschen gehörten, und andererseits mit der Propaganda der Sozialistischen Einheitspartei, die nach dem Aufkommen der Solidarnosc in der Volksrepublik ganz eifrig die üblichen Vorurteile bediente und das Lied vom faulen Polacken sang, damit sich in der DDR ja niemand ein Beispiel an Lech Walesa und seiner freien Danziger Gewerkschaft nahm.

Immerhin erkannte man an den vielen Häusern aus der Gründerzeit, dass dieser Teil der Stadt einst den Offizieren und ihren Familien vorbehalten gewesen war. Zu Kaisers Zeiten war Görlitz Garnison. Die roten Klinkerbauten der Kasernen standen noch, und in der ehemaligen Ruhmeshalle befand sich jetzt das Miejski Dom Kultury, das Kulturzentrum von Zgorzelec. Davor gab es einen Markt, auf dem man neben günstigen polnischen Naturalien wie Wurst und Fleisch auch billig Wodka und Zigaretten erstehen konnte und auch sonst jeder Plunder seinen Käufer fand.

Vor allem die unzähligen jungen Leute fielen auf. In Zgorzelec schien kaum jemand älter als dreißig zu sein. Überall junge Mütter mit Kindern, Taxifahrer, die kaum im Führerscheinalter waren, Polizisten, die man bestenfalls in einer Verkehrsschule vermutet hätte, und geschäftig unter Schirmen umhereilende Mädchen in flotten Business-Kostümen. Alte Menschen dagegen sah man kaum.

Schwartz stoppte den Wagen am Straßenrand und erkundigte sich in einem radebrechenden Mischmasch aus Deutsch, Englisch und Russisch bei einem jungen Mann, wo er das Einwohnermeldeamt finden könne. Der junge Mann wusste nicht recht, was der schwarze Deutsche von ihm wollte, und zog einen zweiten Mann zurate. Wenig später standen Dutzende von Polen im strömenden Regen um den verwirrten Oberkommissar herum und beratschlagten gestikulierend, was zu tun sei.

»Laila Krajewska«, rief er mehrmals in die Menge. Vielleicht kannte sie ja einer. Und tatsächlich, mehrere Leute fragten nach.

»Laila Krajewska?«

»Laila Krajewska«, nickte Schwartz eifrig und bedeutete mit einer Hand über den Augen, dass er sie suche.

»Ah.« Die Polen schienen verstanden zu haben. Oder auch nicht, denn sie setzten sich plötzlich alle in die Déesse.

Schwartz fiel das Herz in die Hosentasche, denn galten die Polen nicht als ein Volk von Autodieben? Wurde sein Wagen nun gehijackt? War es womöglich ein furchtbarer Fehler gewesen, mit dem kostbaren Wagen hierhergefahren zu sein? Die Polen hatten auf der Rückbank und dem Beifahrersitz Platz genommen und bedeuteten ihm, endlich auch einzusteigen.

»Laila Krajewska«, riefen sie immer wieder und noch andere Dinge, die er nicht verstand. Aber schließlich war er wegen Laila Krajewska hier, und da auch einige sehr freundlich aussehende Mädchen in sein Auto geklettert waren, setzte er sich hinters Steuer und fuhr, vielstimmig mal *»na prawo«* oder *»na lewo«* geleitet, durch die regennassen Straßen von Zgorzelec, bis es *»prosto«* zum *»biuro meldunkowe«* ging, zum Einwohnermeldeamt.

Schwartz dankte seinen Helfern mit großen Gesten, doch die winkten ab. Hilfe sei in Polen selbstverständlich. Und zwei der Mädchen führten ihn auch zur richtigen Stelle im *»biuro meldunkowe«* und redeten dort auf einen blutjungen Beamten ein, der aufmerksam zuhörte und dann in einem Karteikartenregister nachsah.

»Krajewska«, murmelte er nachdenklich, »Laila. – Aha!« Er hatte es, zog eine Karteikarte hervor. *»Brzozowa czternaście.«* Dann folgte eine wortreiche Wegbeschreibung, in der mehrmals das deutsche Wort »Gartenstadt« vorkam, sonst aber nichts zu verstehen war.

Polnisch, dachte Schwartz. Wenn ich mit diesem Fall durch bin, werde ich Polnisch lernen. Es ist eine Schande, wenn man den nächsten Nachbarn nicht versteht.

Er folgte den Mädchen wieder hinunter auf die Straße, wo die anderen gespannt in der Déesse gewartet hatten. Die Mädchen erzählten, dass man diese Laila Krajewska ausfindig gemacht habe, und alle freuten sich, klatschten in die Hände und waren zufrieden.

Wieder ging es durch die Stadt, diesmal in ein Viertel, das seinen deutschen Namen beibehalten hatte: Die Gartenstadt. Kleinere, in den zwanziger und dreißiger Jahren erbaute Mehrfamilienhäuser unter alten Bäumen in hübschen, schon sehr herbstlichen Gärten.

Laila Krajewska wohnte im ersten Stock der Hausnummer vierzehn, in einer kleinen Wohnung, die sie, da es keinen Fahrstuhl gab, seit ihrem missglückten Selbstmordversuch nur mit fremder Hilfe verlassen konnte.

Eine kleine, verlorene Frau im Rollstuhl von etwa vierundzwanzig Jahren. Sie trug Trauer und musste einmal sehr hübsch gewesen sein. Man sah es an ihrem Gesicht. Feine Züge voller Anmut, fast klassisch. Und sie hatte große, traurige Augen.

»Warum hätte ich ihn ermorden sollen?«, fragte sie in einwandfreiem Deutsch. »Ich habe Jochen geliebt.«

»Vielleicht, weil er Sie verletzt hat? Weil er sich nicht von seiner Frau trennen wollte?«

»Dann hätte ich seine Frau ermorden müssen.« Laila Krajewska lächelte schmerzlich. »Könnten Sie jemanden umbringen, den Sie lieben? Ist es nicht eher so, dass man, wenn man liebt, sich jede Verletzung gefallen lässt?«

»Und was ist«, fragte Schwartz, »wenn der Schmerz so groß wird, dass die Liebe in Hass umkippt?«

»Vorher wollte ich sterben.« Laila sah bitter auf ihren zerschmetterten, vom Hals ab gelähmten Körper. »Sie sehen ja.«

»Wann ist das passiert?«

»Eine Woche vor seinem Tod.« Sie sah ihn herausfordernd an. »Ich lag noch im Koma, als er getötet wurde. Ich kann es also nicht gewesen sein.«

Ja, ganz sicher nicht. Ob sie inzwischen den Selbstmordversuch bereute? Sie war noch so jung. Hatte das ganze Leben vor sich. Ein Leben im Rollstuhl. Sie tat ihm leid.

»Haben Sie jemanden, der Ihnen hilft?«

»Ja.« Laila Krajewska nickte. »Ein Freund.«

Ein Freund. Sicher. Natürlich hatte ein hübsches Mädchen wie diese Laila Freunde. Vor allem, als sie noch gesund war. Da müssen sich die Jungs doch um sie gerissen haben. Da gab es sicher den einen oder anderen, der unsterblich in sie verliebt war. Und dann versucht sie, sich umzubringen. Wegen einem anderen Mann.

Schwartz massierte sich nachdenklich den Nacken.

War Laila der Grund für einen Mord?

Gab es einen unglücklichen Liebhaber, der nicht mit ansehen konnte, was mit seiner Angebeteten geschah – und sich dafür bitter an Jochen Kuhnt rächte?

»Sie müssen Jochens Mörder in Deutschland suchen«, sagte Laila leise. »Sie haben keine andere Alternative.«

»Hab ich die nicht?«

»Nein.« Laila Krajewska zeigte ihm die Tür. »Als deutscher Beamter dürfen Sie hier nicht ermitteln, also gehen Sie! Finden Sie Jochens Mörder in Deutschland!«

Klare Worte, dachte Schwartz. Und sie hat recht. Er bedankte sich, wünschte gute Besserung und ging.

14 DAS POLIZEIREVIER ZITTAU befindet sich am Haberkornplatz, nur wenige Gehminuten vom Töpferberg entfernt, in einem wuchtigen Ziegelbau der Jahrhundertwende. Das Amtsgericht ist gleich nebenan.

Seit drei Stunden hocke ich in einer Zelle zum Hof hinaus und warte. Kojak nach einer Actionszene. Brünings Meisterstück ist hin, das Hemd zerrissen, der Hut fehlt.

Irgendwann wird die Zellentür entriegelt, und Thomas Leutner kommt herein, mein schlaksiger Bewährungshelfer. Er hat die langen, früh ergrauten Haare zu einem Pferdeschwanz gebunden und trägt seinen üblichen Wollpullover unter der Jeansjacke. Mit traurigen wasserblauen Augen sieht er mich an.

»Was sollte das, Andreas?«

»Ich hab's den Bullen schon gesagt«, erkläre ich, »ich wollte nur jemanden besuchen.«

»Du hast gegen deine Bewährungsauflagen verstoßen.«

»Ich wollte nur jemanden besuchen«, wiederhole ich genervt, »geht das in dein Hirn?«

»Stell dich nicht dümmer, als du bist«, sagt Leutner, »du weißt, was ich meine.«

Ja, ja! Ich darf mich dem Podtsch e.V. bis auf fünfzig Meter nicht nähern. Alles klar.

»Aber ich wollte doch wirklich nur jemanden besuchen. Und ich war allein«, versuche ich es noch mal. »Mann, sieh mich doch mal an! Sieht so einer aus, der Zecken klatschen will?«

»Ich weiß nicht, wie so jemand aussieht«, erwidert Thomas Leutner, »und es interessiert mich auch nicht.«

»Ich hatte Blumen dabei«, rege ich mich auf. »Ich bin da ganz freundlich reinspaziert, und die drehen voll durch!«

»Weil du da eben nicht reinspazieren darfst.« Leutner seufzt. »Versuch doch mal, dich in die Leute dort hineinzuversetzen. Es ist gerade mal ein Jahr her, da seid ihr dort mit Baseballschlägern aufgetaucht und habt den Laden kurz und klein gehauen. Vier Verletzte, einer davon schwer.«

»Die hatten uns provoziert.«

»Und jetzt hast du sie provoziert.« Er greift in seine Jeansjacke und bietet mir ein Päckchen Zigaretten an. Guter Mann, raucht auch Karo.

»Und jetzt?«, frage ich, nachdem ich mir eine Zigarette gezogen habe. »Gehe ich jetzt in den Knast, weil ich 'ner Freundin Blumen schenken wollte?«

»Nicht, weil du Blumen schenken wolltest.« Leutner gibt mir Feuer. »Sondern weil du gegen deine Bewährungsauflagen verstoßen hast.« Er nimmt sich selbst eine Zigarette, steckt sie sich ebenfalls an. »Ich hab's dir hundertmal erklärt: Du bist vor Gericht mit Bewährung davongekommen, weil ich mich für dich eingesetzt habe. Weil ich an dich geglaubt habe. Weil du dich reuevoll gezeigt und Besserung gelobt hast. Und wir haben eine zusätzliche Sicherung eingebaut. Die Auflage, dich dem Verein nicht mehr zu nähern.« Er inhaliert und schüttelt den Kopf. »Aber dir ist das egal. Es interessiert dich nicht. Du spazierst trotzdem da rein, der großartige Andreas Kudella. Hoppla, hier komm ich! Und wunderst dich noch, dass die in Angst und Schrecken verfallen.«

»Die haben echt 'n Knall, die Zecken!«

»Fehlt es dir wirklich so an Empathie? Geht das nicht in deinen Kopf rein? Da sind Menschen brutal überfallen und verletzt worden, die nichts anderes wollten als ein besseres Leben. Die sich gesellschaftlich einsetzen und nur ihren Job machen. Die niemandem was getan haben. Und dann ihr: betrunken, grölend, gewalttätig. Stürmt da rein, nur so aus *Fun*. Mal den Zecken eins aufs Maul geben, zeigen, wo der Hammer hängt. Noch heute sind Betroffene traumatisiert, aber für dich sind das ja nur Weicheier, nicht wahr? Müssen eben härter werden, das Leben ist Kampf, oder? – Nur, dass Kampf und Kampf zwei unterschiedliche Dinge sind, Andreas. Die einen versuchen es zivil, die anderen mit Gewalt.«

Gott, was labert der mich jetzt voll, denke ich, das hatten wir doch schon alles. Mir tut ja leid, was damals passiert ist, aber wir waren halt alle besoffen. Und wir haben gebüßt dafür. Speiche sitzt heute noch im Knast.

»Wen wolltest du da überhaupt besuchen?«

»Jule«, antworte ich, »'ne alte Freundin von mir. War vier Jahre in Düsseldorf.«

»Ich glaube, du hast mal von ihr erzählt«, nickt Leutner und streift seine Asche ab. »Ist das die, mit der du den Tanzkurs gemacht hast?«

»*Óla, la chica salsissima*. Das war'n noch Zeiten!«

»Und«, erkundigt er sich, »willst du wieder mit ihr tanzen gehen?«

»Erst mal wollte ich ihr nur Blumen schenken.«

»Mhm ...« Leutner streicht sich nachdenklich über den Kopf und raucht. Nach einer Weile erhebt er sich.

»In Ordnung, gehen wir!«

Ich starre ihn an. Hat der »Gehen wir« gesagt?

»Na los!« Leutner klopft an die Zellentür, damit sie von außen entriegelt wird. »Der Podtsch e.V. verzichtet vorläufig auf eine Anzeige gegen dich.«

Ein Uniformierter lässt uns raus.

»Und das«, sagt Leutner weiter, »hast du womöglich deiner hübschen Tanzpartnerin zu verdanken.«

Und wie hübsch sie ist!

Jule wartet im Regen vor dem Polizeirevier auf mich und sieht nicht mehr ganz so hippiemäßig aus. Sie trägt heute enge, ausgeblichene Jeans und statt ihrer blumenbestickten Weste einen braunen

Anorak, so ein abgestepptes Teil mit Fell an der Kapuze. Und sie hat meinen Hut auf dem Kopf.

»Hey, Conchitababy!«

Mann, wie ich mich freue. Meine Süße holt mich aus dem Knast. Und sie lässt sich, zugegeben etwas widerspenstig, sogar von mir in den Arm nehmen. Wie weich sie sich anfühlt, wie gut sie riecht, wie schön sie ist. Ich sehe sie an.

»Alles klar?«

»Mal sehen«, antwortet sie und drückt mir meinen Hut auf die Glatze. »Hast du Hunger?«

»Und wie!«

»Auf geht's«, sagt sie und wendet sich zur Seite, »ich spendiere uns 'ne Bratwurst.«

Im »Imbiss am Ring« gibt es die besten Bratwürste von ganz Zittau. Das war schon früher so, und so ist es noch heute. Nur die Preise haben sich verzehnfacht. Die Würste kosten jetzt harte Westmark.

Wir trinken Bier aus Pappbechern dazu, mein Herz läuft Galopp, und ich kriege mein Gesicht einfach nicht unter Kontrolle. Es strahlt Jule unverwandt an. Total peinlich, aber es geht einfach nicht anders.

Wir sagen kein Wort, kauen unsere Würste, trinken Bier und lächeln uns zu. Seelenverwandte müssen nicht reden, denke ich, sie verstehen sich auch so.

Über uns pladdert der Regen aufs Vordach des Imbissstandes, über den Ring spritzen die Autos, und ich bin glücklich. Am liebsten würde ich den Moment festhalten, ausdehnen bis in die Ewigkeit. Von mir aus könnte die Welt jetzt stoppen, ein angehaltener Augenblick wie auf einer Fotografie: Jule und ich am Imbissstand.

»Wieso?«, fragt sie nach einer Weile.

Ich verstehe nicht. »Wieso was?«

»Wieso bist du so voller Hass?« Sie sieht mich an, prüfend und fürsorglich wie eine Krankenschwester den Patienten. »Was haben sie dir getan?«

»Wer?«

»Ja, eben«, nickt Jule traurig, »es gibt keinen Grund.«

Ich bin ratlos. Was will sie von mir hören? Vermutlich haben ihr die Zecken erzählt, was vor einem Jahr passiert ist. Haben hysterisch rumgeflennt, was für ein Böser ich bin, weil sie Jule ja irgendwie erklären mussten, warum sie die Bullen gerufen haben. Dabei habe ich mich längst entschuldigt. Vor Gericht, laut und deutlich, damit es alle hören konnten. Und es war ernst gemeint. Durchaus. Ich lass die Zecken in Ruhe, und sie lassen mich in Ruhe. Friedliche Koexistenz. Das war der Pakt. Ich habe dreihundert Arbeitsstunden Kies geschippt bei der Renaturierung alter Tagebaugruben, und der Erlös dafür ging an den Podtsch e.V., damit sie sich irgendwelche antifaschistischen Faxgeräte kaufen konnten, Che-Guevara-Poster oder politisch korrekten Kaffee für ihre endlosen Diskussionsrunden. Egal. Ich habe Buße getan, wie ein Katholik. Es gab also keinen Grund, in Panik zu verfallen. Zumal ich mich ja wirklich fein gemacht hatte und einen Riesenblumenstrauß vor mir hergetragen hab.

»Kannst du dich noch an den alten Katenbach erinnern?«, frage ich Jule nach einer Weile.

»Unseren Schwimmlehrer?«

»Genau«, nicke ich, »das beschissene Arschloch, wie ich ihn nenne. Macht jetzt groß einen auf Politik. Deutsche Volksunion und so.«

»Nazis«, entfährt es Jule erschrocken.

»Ach«, winke ich ab, »denen geht's nur darum, irgendwie einen Fuß in die Politik zu bekommen und Diäten abzugreifen.«

»Mit nationalistisch-rassistischen Parolen.« Jule rümpft angewidert die Nase. »Ausgerechnet Katenbach: War der nicht Reservist bei der NVA?«

»Das waren doch fast alle. Jedenfalls kam er zu uns«, erzähle ich weiter, »machte einen auf scheißfreundlich und wollte uns werben. Für seine DVU-Truppe.«

»Und ihr habt ›nein‹ gesagt?« Hoffnungsvoll sieht sie mich an.

»Natürlich«, erwidere ich, denn ich steh absolut nicht auf Politik. »Ich hab gesagt, er soll sich verpissen mit seinen Plakaten. Und plötzlich blitzt es auf. Foto, verstehste?« Ich mache eine entsprechende Handbewegung. »Utta Piotrowski hatte uns fotografiert.«

»Margots Frisurendouble?« Jule macht große Augen.

»Unsere alte Ober-FDJlerin«, nicke ich, »macht jetzt aber einen auf Punk. Mit kurzen grünen Haaren.«

»Ich weiß.« Jule nippt gespannt an ihrem Pappbecher. »Und weiter?«

»Zwei Tage später verteilen die Zecken überall in der Stadt ihre linke Antifapostille ›Gegenwehr‹. Titelstory: ›Katenbachs rechte Schläger‹. Mit dem Foto von uns.« Ich bestelle noch zwei große Bier. »Das konnten wir natürlich nicht auf uns sitzen lassen. Also sind wir hin zum Podtsch.«

»Und habt den Laden mal ordentlich aufgemischt.« Jule seufzt.

»Wir wollten eigentlich nur die Sache klarstellen«, erkläre ich, »mit den Zecken reden und so. Die wollten aber nicht mit uns reden. Na ja, wir sind in die Kneipe, haben gesoffen und waren ziemlich wütend deswegen. Also sind wir noch mal hin zum Podtsch. Und dann ist die Sache etwas außer Kontrolle geraten.«

»Ich kann es mir lebhaft vorstellen.« Jule wischt sich den Bierschaum vom Mund und schüttelt sich. »Was hast du eigentlich gegen die ...«, fast hätte sie »Zecken« gesagt, aber sie kriegt noch die politisch korrekte Kurve, »... gegen die Linken? Ich meine, die haben dir nichts getan. Gut, das mit dem Foto war blöd, aber ...«

»Das war absolut daneben«, unterbreche ich sie. »Eigentlich hätte man die wegen ...« Wie hieß dieses Scheißwort noch mal? »... Verleumdung? Genau! Die hätte man wegen Verleumdung anzeigen müssen! Dann hätten die vor Gericht gestanden und nicht wir.«

»Und warum habt ihr's nicht getan?« Jules Augen blitzen.

Ich liebe es, wenn sie sich so aufregt.

»Warum habt ihr sie nicht angezeigt? Stattdessen prügelt ihr sie krankenhausreif – echt!« Sie tippt sich gegen die Stirn. »Intelligenz geht anders!«

Das ist genau der Punkt, denke ich. Jule quatscht schon genau wie diese ganzen alternativen Arschlöcher.

»Ich bin eben ein emotionaler Mensch«, gebe ich zu, »keine Intelligenzbestie. Muss man das heute sein?«

»Es ist besser, vorher nachzudenken«, antwortet Jule. »Das war es schon immer.«

»Was ich an diesen ganzen linken Zecken hasse, ist, dass sie sich für was Besseres halten! Die haben die Weisheit mit Löffeln gefressen, die müssen immer missionieren, agitieren und wollen einen zum besseren Menschen erziehen.« Wie früher! In der DDR hat dir auch Hinz und Kunz gesagt, was du zu tun und zu lassen hast. Schrecklich. Hat das nie ein Ende? Ich sehe Jule an und hoffe, dass sie mich versteht. »Weißt du, ich will mich nicht dauernd erziehen lassen.

Nicht mehr. Ich bin einundzwanzig, warum darf ich nicht einfach sein, wie ich bin? Was wollen die immer alle von mir? Ich will einfach nur meine Ruhe. Und vielleicht auch mal ernst genommen werden.«

Jule lächelt schwach. Irgendwie mitfühlend, aber sie lächelt mich an. Mit ihren herrlichen grün-braun gesprenkelten Augen.

»Sind die wieder okay?«, frage ich. »Du trägst gar keine Brille mehr.«

»Kontaktlinsen.« Julia trinkt ihr Bier aus. »Die sind viel billiger als Brillen.«

»Du hast deine Brille sowieso immer gehasst.«

»Die sah ja auch bescheuert aus.« Jule lächelt breiter. »Weißt du noch, wie du dich damals vor mich hingestellt und mir die Haare geöffnet und die Brille abgenommen hast?« Sie macht vor, wie ich wohl damals gestanden hab. »Und dann hast du so geguckt und gesagt: ›Na, da ist noch Hoffnung. Mit ein bisschen Glück wird aus dir später vielleicht doch noch ein ganz scharfes Gerät.‹« Sie lacht, und es ist dasselbe helle Lachen wie früher. »Oh Mann! Du warst schon damals ein totaler Idiot!«

Wieso? Ich hatte doch recht. Sie ist doch ein oberrattenscharfes Gerät geworden.

»Und trotzdem habe ich dich gemocht.« Sie beißt sich auf die Unterlippe, sieht mich versonnen an und wiederholt. »Sehr gemocht. Obwohl du immer Mist gebaut hast.« Sie schüttelt den Kopf. »Kudella, Kudella, Kudella! Mein alter, bester Freund …«

Mir wird ganz warm ums Herz. Es explodiert fast. Am liebsten würde ich sie packen, zu Boden werfen und küssen. Knutschen, wie ich sie noch nie geknutscht hab.

Aber wir sind noch ganz am Anfang. Die Liebe keimt erst auf bei ihr. Und ich kann dieses zarte Pflänzchen jetzt nicht einfach zerdrücken, nur weil ich mich »emotional nicht unter Kontrolle habe«, wie mein Bewährungshelfer immer zu sagen pflegt.

Dabei hab ich mich gerade so dermaßen voll in der Gewalt, auch wenn's schwerfällt. Ganz still stehe ich und lausche gebannt Jules wärmenden Worten.

»Ich bring dich jetzt nach Hause, okay?« Sie nimmt meinen Arm und hakt sich sanft bei mir ein. »Bevor du noch mehr Mist baust. – Schicker Anzug, übrigens.«

»Den haben mir die Zecken kaputt gemacht.«

»Wenn, dann waren das die Bullen«, widerspricht Julia und setzt sich die Kapuze ihres Anoraks auf. »Da sind nur die Nähte geplatzt, das kann man wieder nähen.«

Und so schwatzend ziehen wir durch den strömenden Regen davon.

15 BIS AUF DIE GRENZE, die Görlitz von seinem östlichen, heute auf der polnischen Seite gelegenen Stadtteil Zgorzelec trennte, war die Stadt vom Krieg verschont geblieben. Ein begehbares Museum aus fünfhundert Jahren europäischer Baugeschichte: gotische Kirchen, Renaissancepaläste, barocke Stadthäuser. Hotels im Jugendstil, Bankhäuser aus der Gründerzeit, spätmittelalterliche Patrizier-Villen. Oft waren die herrlichen Bauten in den langen Jahren finanziell chronisch klammer SED-Herrschaft heruntergekommen, einige sogar einsturzgefährdet, doch dank großzügig fließender westdeutscher Fördermittel für den Aufbau Ost kamen zahlreiche Investoren. Steuerlich absetzbar wurde an allen Ecken und Enden gebaut, restauriert und renoviert, es herrschte Goldgräberstimmung. Der alten Stadt an der Nahtstelle zwischen Ost und West wurde eine große Zukunft vorhergesagt.

Na, mal sehen, dachte Schwartz, stoppte den Wagen zwischen Bauzäunen am Untermarkt und suchte ein paar Münzen aus seinem Portemonnaie. Dann nahm er die Visitenkarte, die ihm der Grenzbeamte vom Übergang Stadtbrücke am Morgen so verstohlen in die Hand gedrückt hatte, und rief von einer Telefonzelle aus das Bundesgrenzschutzamt in Pirna an.

»Schön, dass Sie sich melden«, sagte Caesar Goldenbaum am anderen Ende der Leitung, kaum dass Schwartz sein Begehr erklärt hatte, »können wir uns sofort treffen?«

»Ähm«, machte Schwartz, »sofort wird etwas schwierig, ich bin ja hier in Görlitz.«

»Dann treffen wir uns auf halber Strecke«, sagte Goldenbaum. »Nehmen Sie die A 4 ab Weißenberg nach Bautzen. Dreiviertelstunde?«

Dieser Goldenbaum schien ein ganz Schneller zu sein.

»Wo in Bautzen?«, fragte Schwartz, während die Groschen fielen und er schnell welche nachwarf, damit die Verbindung nicht unterbrochen wurde.

»›Schnitzelparadies‹ am Veilchenberg«, antwortete Goldenbaum, »Abfahrt Bautzen-West, rechts die B96 runter und die erste links. Können Sie nicht verfehlen.«

»In Ordnung«, Schwartz notierte es sich, »also bis gleich.«

Dann war die Verbindung tot und er seine Münzen los. Von wegen, Aluchips seien nichts wert gewesen. Früher konnte man mit nur zwanzig Ostpfennigen, die im Übrigen eine Messinglegierung waren, wesentlich länger telefonieren, auch außerorts. Aber egal, Schwartz wusste, was er wissen musste, und machte sich auf den Weg.

Der Veilchenberg war eine Wohnsiedlung, nicht weit von der Autobahn. Man konnte sie hören. Kleinere, grau verputzte Mehrfamilien- und Reihenhäuser hinter liebevoll gepflegten Vorgärten säumten die Straße.

Auch das ›Schnitzelparadies‹ befand sich in einem dieser Häuser. Offenbar hatte eine Familie ihr Eigenheim zum Lokal umfunktioniert. In dem mit einem Jägerzaun begrenzten kleinen Garten standen ein paar Tische und Stühle, aber die waren aufgrund des schlechten Wetters heute nicht nutzbar. Vorsichtig öffnete Schwartz die Haustür und linste hinein.

»'tschuldigung«, rief er und »Kundschaft!«, dann trat er, gelockt von Küchendüften, ein und setzte sich an einen der vier Tische in dem kleinen Gastraum, der früher einmal das Wohnzimmer gewesen war.

»Von irgendwas müssen wir ja leben«, sagte die Wirtin, nachdem Schwartz gefragt hatte. »Wir sind beide kurz nacheinander arbeitslos geworden. Erst mein Mann, dann ich. Und dabei hatten wir gerade erst das Haus hier gekauft. Da wollen die Raten gezahlt und Kinder versorgt werden und, und, und ...« Sie legte ihm eine mit Schreibmaschine getippte Speisekarte in einer Klarsichthülle auf den Tisch. »Also haben wir uns kurzerhand selbstständig gemacht.« Sie grinste. »Seitdem arbeiten wir wieder. Selbst und ständig. – Bier?«

»Wasser, bitte«, antwortete Schwartz und studierte die Karte.

»Ist schon unterwegs.« Die Wirtin verschwand im Durchgang zur Küche.

Schwartz sah sich um. An einem der Tische saßen vier Handwerker in Latzhosen bei der Mittagspause und redeten davon, dass irgendein Aufmaß nicht stimme, was großer Mist sei, ganz großer Mist, aber es wäre ja was Neues, wenn einfach mal was reibungslos klappte.

Einen Tisch weiter saß sich ein älteres Ehepaar gegenüber, ohne vom jeweils anderen Notiz zu nehmen. Beide sahen desinteressiert und gedankenverloren aus dem Fenster, zwischen sich zwei angefangene Tassen Kaffee, und sagten kein Wort. Vermutlich waren sie nur noch aus Gewohnheit zusammen.

Plötzlich öffnete sich die Tür, und ein hochgewachsener, hagerer Mann in Zivil kam herein und sah sich prüfend um. Auffällig waren die tief liegenden Augen und die enorme Hakennase. Ein Gesicht wie ein Adler. Er marschierte zum einzig freien Tisch, setzte sich und schlug eine Zeitung auf, um darin zu lesen.

Schwartz überlegte. Ob das Goldenbaum war? Er hatte einen Mann in BGS-Uniform erwartet.

»Ein Glas Wasser, bitte sehr!« Die Wirtin stellte es dem Oberkommissar auf den Tisch. »Wissen Sie schon, was Sie essen wollen?«

»Ja, ich nehme das Cordon bleu.«

»Pommes oder Kroketten dazu?«

»Ähm …« Schwartz hob die Schultern. »Kroketten.«

»Alles klar.« Die Wirtin nahm die Speisekarte und legte sie dem Adlergesicht vor. »Fanta, wie immer?«

»Gern«, knurrte der Hagere und schob die Karte von sich. »Bestellung kommt später, ich erwarte noch jemanden.«

Schwartz erhob sich und nahm sein Wasserglas mit. »Verzeihen Sie. Herr Goldenbaum?«

Der Hagere sah skeptisch auf. »Und Sie?«

»Schwartz, Polizeidirektion Dresden. Wir hatten telefoniert.«

»V-verzeihen Sie!« Der Hagere deutete verblüfft auf einen Stuhl. »Aber ich hatte gewiss keinen …«

»… Neger vermutet, ich weiß.« Schwartz setzte sich lächelnd.

»So drastisch hätte ich das nicht ausgedrückt«, sagte der Hagere und redete flüssig englisch weiter. »Goldenbaum! *Nice to meet you, Mr. Schwartz. I think, it's better …*«

»Oh, bitte nicht«, wehrte Schwartz mit erhobenen Händen ab, »wir sollten uns ruhig auf Deutsch unterhalten.«

Goldenbaum beugte sich vor und sah Schwartz aus seinen tief liegenden Augen an. »Aber Englisch ist ideal.« Er nickte zu den anderen Tischen rüber. »Versteht keiner von den Ossis. Falls doch jemand lauscht.«

»Dann sollten wir Russisch sprechen«, lächelte Schwartz, »das beherrsche ich besser als Englisch.«

»Nicht doch! Im Ernst?« Goldenbaum lehnte sich erstaunt zurück. »Spezialausbildung, was? Schon länger in Deutschland?«

»Hier geboren.« Schwartz trank von seinem Wasser. »Ich bin Deutscher wie Sie.«

»Gibt's doch nicht!« Goldenbaum strich sich über die Hakennase und schüttelte den Kopf. »Bei Ihrem Aussehen hätte ich Sie glatt für einen Amerikaner gehalten. – Wie auch immer.« Er sah in die Karte. »Haben Sie schon gewählt? Ich warne Sie vor, ist alles Bofrost, aber Preise wie bei uns. Die können den Hals nicht vollkriegen, diese Ossis.«

»Mit Verlaub«, Schwartz rang mit aufkommendem Ärger, »ich bin auch einer.«

»Wiener Art!« Goldenbaum hörte nicht zu und sah noch immer skeptisch in die Karte. »Woher wollen die schon wissen, was Wiener Art ist? Wer von denen war schon groß in Wien, was?« Er lachte und strahlte die Wirtin an, die ihm die Fanta brachte. »Na, versuchen wir's mal. Einmal Schnitzel Wiener Art.« Er grinste Schwartz zu. »Die halten hier Zucchini immer noch für Gurken.«

»Hören Sie, Goldenbaum«, Schwartz sortierte das Besteck auf dem Tisch, »ich bin in Dresden geboren, und vielleicht kriege auch ich den Hals nicht voll. Eines aber ist gewiss: Die Schnauze habe ich voll.« Er sah auf. »Und zwar von Typen wie Ihnen.«

Goldenbaum erbleichte. Dann atmete er tief durch und faltete die Hände. »Du lieber Himmel! Ich wollte Ihnen weiß Gott nicht zu nahe treten, Schwartz, und bitte aus tiefstem Herzen um Verzeihung.« Er beugte sich vor. »Aber woher soll ich wissen, dass es im Osten sogar Schwarze gibt! Ossi und auch noch schwarz, also ehrlich: Schlimmer geht's nicht, oder?«

»Wo kommen Sie eigentlich her?«

»Koblenz«, antwortete Goldenbaum und lächelte entschuldigend, »ich hatte eben Glück.«

Wie man's nimmt. Schwartz riss sich mit Mühe zusammen. Solche Typen nahm man besser sportlich. »Und was hat Sie hierher verschlagen«, fragte er so gelassen wie möglich, »in die Bofrostküchen des Ostens?«

»Keine Ahnung. Die schöne Gegend, neue Herausforderungen, oder ...« Goldenbaum senkte die Stimme. »... der schnöde Mammon? – Was meinen Sie?«

»Ich tippe auf eine Frau«, sagte Schwartz. »Vielleicht die Liebe zu einer schönen Sächsin?«

»Sie sind ein Romantiker, was?« Goldenbaum lächelte erneut. »Kommen wir zur Sache. Ich baue die Innenrevision im Pirnaer BGS-Präsidium auf.«

»Und dabei sind Sie auf Abgründe gestoßen?«

»Der Mensch ist fehlbar, in der Tat.« Goldenbaum roch an seiner Fanta, und für einen Augenblick sah es so aus, als wolle er die Brause mit seiner langen Hakennase in sich hineinsaugen. »Wissen Sie, Abgründe sind mir nicht fremd. Grenzkriminalität, also Schmuggel, Menschen- und Rauschgifthandel, hat es immer gegeben. Genau wie die Korruption.« Er trank dann doch lieber mit dem Mund. »Ich habe schon in Koblenz Innenrevision und mir bestimmt keine Freunde damit gemacht.«

»So!« Die Wirtin kam und stellte zwei dampfende Teller auf den Tisch. »Einmal Cordon bleu, einmal Wiener Art.«

»Direkt aus der Mikrowelle«, knurrte Goldenbaum. »Guten Appetit.«

»Danke.« Schwartz griff zum Besteck und langte zu. Er hatte Hunger, und das Essen war – Mikrowelle hin oder her – okay. Nichts Besonderes, aber okay.

»Die Geschichte des BGS«, dozierte Goldenbaum, während er an seinem Schnitzel herumsäbelte, »ist immer auch eine Geschichte der Verführung anständiger Beamter durch skrupellose Kriminelle gewesen. Plötzlich gab es Geld für kleine Gefälligkeiten. Ein paarmal die Augen zudrücken, und schon konnte man sich einen modernen Geschirrspüler leisten für die Frau, Reitstunden für die Tochter oder einfach nur einen neuen Fernseher. Aber irgendwann will man ein schickes Auto, ein Eigenheim, und mit den Ansprüchen steigt der Druck.«

»So wie bei Kuhnt?«, fragte Schwartz kauend.

»Ja.« Goldenbaum besah sich forschend das Stück Fleisch an seiner Gabel. »Wie bei Kuhnt.«

»Was haben Sie ihm vorgeworfen?«

»Das Übliche.« Goldenbaum verschlang das Fleischstück wie ein Raubtier. »Zunächst sah alles nach einer Routinesache aus«, nuschelte er kauend, »ein mittlerer Beamter, der plötzlich einen Lebensstandard wie ein Mafioso pflegte. Dazu eine drastische Zunahme der Schmugglerkriminalität in seinem Gebiet. Der Fall schien klar. Also haben wir angefangen, gegen Kuhnt intern zu ermitteln.«

»Und? Was ist dabei herausgekommen?«

»Er pflegte Kontakte nach Bogatynia, ein kleiner Ort in Polen.«

Ich weiß, dachte Schwartz, das Braunkohlekaff gleich hinter der Grenze. Wenn der Wind ungünstig steht und den Staub des polnischen Tagebaus herüberträgt, spricht man in Dittelsdorf vom Bogatyniadreck.

»Das ist ein Schleppertreff«, sagte Goldenbaum, »die letzte Station vor dem goldenen Europa. Wenn die Flüchtlinge aus Osteuropa oder sonst wo in Bogatynia gelandet sind, glauben sie, sie haben es fast geschafft. Tatsächlich aber geht da das wahre Elend erst los. Familien werden getrennt, die Kinder zum Diebstahl in Deutschland gezwungen, Frauen und Töchter als Prostituierte verkauft.« Goldenbaums Adlergesicht sah plötzlich sehr abgespannt aus. »Fahren Sie mal nach Bogatynia«, forderte er Schwartz auf, »sehen Sie sich um. Das ist ein moderner Sklavenmarkt. Junge Männer und Mädchen erzielen da Höchstpreise. Sie werden einfach verkauft, als Arbeitskräfte oder Prostituierte, sogenanntes Menschenmaterial. Die Betroffenen selbst merken das erst, wenn es zu spät ist.«

»Welche Rolle hat Kuhnt da gespielt?«, erkundigte sich Schwartz.

»Er hat dafür gesorgt, dass der Transport über die Grenze reibungslos verlief«, antwortete Goldenbaum, »hat Kollegen geschmiert, damit sie wegsahen, für Weitertransporte ins Landesinnere gesorgt. Und sich dabei dumm und dämlich verdient. Wir wollten ihn unbedingt drankriegen, aber dann ...«

»... hat er sich erschossen«, nickte Schwartz.

»Hat er das?« Goldenbaum schien es zu bezweifeln. »Sonst wären Sie doch nicht hier.«

»Was glauben Sie?«

»Es steckt mehr dahinter, als Sie ahnen«, sagte Goldenbaum. »Denn dass wir Kuhnt nicht vor Gericht stellen konnten, lag weniger an seinem«, er machte mit den Händen zwei Anführungszeichen, »Selbstmord. Sondern an seinen guten Kontakten.«

»Was wollen Sie damit sagen?«

»Kuhnt wurde gedeckt.« Goldenbaums Zeigefinger zeigte gen Himmel. »Von ganz oben. Irgendwer mit Macht und Einfluss hielt seine schützende Hand über ihn. Wir konnten nicht weiter gegen ihn ermitteln. Er war sozusagen unantastbar.«

»Was meinen Sie genau?«

»Er hatte innerhalb des BGS eine Sonderstellung«, antwortete Goldenbaum. »War sozusagen übergreifend verantwortlich. Kein Mensch weiß, wie es dazu kam. Aber Kuhnt pendelte. War sowohl für die GÜG Zittau als auch die GÜG Görlitz zuständig – und das Gebiet dazwischen.«

»Wo lag das Problem?«

»Zittau gehört zu Sachsen, zum Bereich des Grenzschutzamtes Pirna, Görlitz gehört zwar ebenfalls zu Sachsen, ist von Grenzschutzseite aber dem Amt in Frankfurt an der Oder zugeordnet. Zwei verschiedene Bereiche sozusagen.«

»Und Sie sind für Pirna zuständig.«

»Grenzschutzpräsidium Süd«, nickte Goldenbaum. »Görlitz gehört zum Präsidium Mitte. Da komme ich nicht ran. Das ist nicht meine Zuständigkeit, und damit war der Fall erledigt. Ich musste die Ermittlungen gegen Kuhnt einstellen.«

Oh Mann, das klang wieder nach typischem Kompetenzgerangel. Zwei Bereiche, zwei Chefs, von denen keiner mit dem anderen kann. Der Verbrecher muss nur die Seite wechseln, um seine Verfolger abzuhängen. Denn bis die geklärt haben, wer ihn jetzt einfangen darf, ist er längst über alle Berge.

»Die Frage ist«, sinnierte Goldenbaum, »wer hat Kuhnt diese Sonderstellung verschafft?«

»Er hat doch eine Fortbildung gemacht«, sagte Schwartz, »in Wiesbaden.«

»Ja«, nickte Goldenbaum und schüttelte dann den Kopf, »absurd, nicht wahr?«

»Wieso?«

»Na, weil wir unsere Beamten nach Koblenz zur Fortbildung

schicken«, antwortete Goldenbaum, »oder in unser neues Grenzschutzausbildungszentrum nach Neustrelitz.«

»Das heißt?« Schwartz sah fragend auf.

»Das heißt: Was immer Kuhnt in Wiesbaden gemacht hat, eine Fortbildung kann es nicht gewesen sein.«

»Aber …«

»Ja«, nickte Goldenbaum bitter. »›Aber‹! Über dieses ›Aber‹ bin ich auch nie hinausgekommen.«

16 IRGENDWER HAT EINMAL GESAGT, dass es nur einen Engel braucht, um selbst die Höhle des Fürsten der Finsternis zum Paradies zu erhellen. Der Kerl hatte recht. Jule macht sogar meine von wildem Wein überwucherte alte Laube zum Platz an der Sonne, obwohl das Wetter draußen scheiße ist und ich nicht aufgeräumt habe.

In meinem GAZ waren noch ein paar Dosen Bier, die köpfen wir jetzt und reden. Von alten Zeiten und wie sie sich verändert haben.

Julia erzählt von Düsseldorf, jener Stadt am fernen Rhein, in der sie die letzten vier Jahre verbracht hat, und es kommt mir vor wie ein orientalisches Märchen. Angeblich gibt es sogar Minarette in Düsseldorf, wegen der vielen türkischen Einwanderer – ich kann es kaum glauben. Wie halten die Leute das aus? Nachbarn zu haben, die zigmal am Tag Allah anrufen und bei Familienfesten blutig Lämmer schächten. In einer Stadt zu leben, in der ein Viertel der Frauen verschleiert rumläuft, in der es türkische Teestuben und Gemüseläden gibt, türkische Reisebüros, Banken und Imbissketten.

»Du solltest so ‘n Döner Kebab mal versuchen«, meint Jule, »viel Fleisch, scharfe Sauce und Salat in knusprigem Fladenbrot – das wäre genau dein Ding, nehme ich an. Du würdest nichts anderes mehr essen wollen.«

Na, ich weiß nicht. »Sprechen die überhaupt Deutsch, oder muss man in Düsseldorf Türkisch lernen, um verstanden zu werden?«

»Die verstehen dich schon.« Jule lächelt. »Viele von denen sind ja in Deutschland geboren. Und untereinander sprechen sie so ein komisches Mischmasch aus Deutsch und Türkisch …« Sie macht es vor: »Yallah, Alter, güle güle! Treffen wir uns bei Özgida?«

Mir wird angst und bange. Kommt das jetzt auch auf uns zu? Immerhin ist die Mauer weg, der Weg frei für die türkischen Horden.

»Nun guck nicht so entgeistert!« Jule lacht. »Die sind eigentlich ganz nett. Nur die Männer sind manchmal ziemlich machomäßig drauf, echt nervig – aber du würdest mit denen bestens klarkommen, bist ja selber so ‘n Typ.«

Ich? Nervig wie ein Türke? »Nun mach mal halblang, Jule!«

»Doch, doch!« Und wieder ihr helles Lachen. »Stärke, Kraft, Durchsetzungsvermögen, Respekt – diese ganzen Sachen sind für türkische Männer genauso wichtig wie für dich.«

»Und warum sind die nicht in der Türkei geblieben?« Das ist doch die entscheidende Frage. Was machen die in Deutschland? Was wollen die hier?

»Sie wurden geholt«, sagt Jule und wird wieder ernst. »Die türkischen Einwanderer haben Deutschland aufgebaut nach dem Krieg. Sie haben die Jobs gemacht, für die sich Deutsche zu schade waren oder die Deutsche nicht machen konnten – zum Beispiel, weil es ja viel zu wenig Männer gab. Die waren ja alle im Krieg geblieben. Und deshalb holte man die Türken ins Land, Anfang der sechziger Jahre.«

Na bitte, sie beschönigt das. Von wegen die Türken haben Deutschland aufgebaut – Anfang der sechziger Jahre war das Gröbste doch längst getan! Und Männer waren bis dahin auch wieder nachgewachsen. Na ja, vielleicht nicht ganz, die müssen da so fünfzehn, sechzehn Jahre alt gewesen sein, aber egal, arbeiten kann man in dem Alter schon ganz ordentlich. Trotzdem, Jule bleibt dabei.

»Das viel beschworene deutsche Wirtschaftswunder«, erklärt sie pathetisch und mit funkelnden Augen, »wurde zum großen Teil von den Türken geschaffen.«

Oh je, denke ich. Die hat's vielleicht erwischt. Das klingt nach einer Gehirnwäsche der ganz besonderen Art, und die Frage ist, wie man Jules Kopf wieder gerade rücken kann. Vorsichtig sein, überlege ich, nur nicht mit der Tür ins Haus fallen. Kommt Zeit, kommt Rat.

»Rauchen wir erst mal eine«, sage ich deshalb und ziehe meine Schachtel Karo hervor.

»Ich hab schon lange nicht mehr geraucht«, zögert Jule, greift dann aber doch zu. »Wusste gar nicht, dass es Karo noch gibt.«

»Gutes setzt sich eben durch.« Ich lasse mein Feuerzeug aufschnappen und halte es ihr hin.

Sie streicht sich die Haare aus dem Gesicht, steckt die Zigarette vorsichtig zwischen die Lippen und führt sie an die Flamme heran. Die Glut leuchtet auf – und Jule beginnt zu husten.

»Gott«, sagt sie krächzend und schüttelt sich, »waren die schon immer so stark?«

»Stärker«, antworte ich, denn das ist meine feste Überzeugung. Nach der Wiedervereinigung haben sie selbst der guten alten Karozigarette Aromastoffe beigemischt. Sozusagen zur Erschließung neuer Märkte. Damit auch die Weicheier aus dem Westen mal was Richtiges rauchen.

»Puh«, stöhnt Jule, »ich kann gar nicht glauben, dass ich das mit vierzehn schon vertragen hab.«

Ich grinse. »Du hast noch ganz andere Sachen vertragen, Baby.«

»Ich glaub, mir wird schlecht!« Tatsächlich ist sie bleich geworden. Und das wäre wirklich Mist, denn dann wäre der Abend rasch vorbei.

»Lass es, Süße!« Ich nehme ihr die Zigarette wieder ab und drücke sie im Ascher aus. »Du musst nicht rauchen, okay?«

»Ich muss ohnehin nichts, was ich nicht will«, erwidert sie entschieden und trinkt von ihrem Bier. »Und sag nicht immer Süße zu mir. Oder Baby, wir sind nicht mehr in den Achtzigern.«

»Und wie soll ich dich dann nennen? Jule?« Ich singe den alten Neigel-Hit an: *»Ist mir egal, ob du mein Eis zerstörst – ich will in deiner Hand zergeh'n – ist mir egal, ich will mit Haut und Haaren unterge h'n ...«*

Jule fällt kichernd ein, *»ohohoh, ich sehe Schatten an der Wand – ohohoh, sie erzählen mir aus einem neuen Land«*, bevor sie die Hände vors Gesicht schlägt und heftig die langen Haare schüttelt. »Auweia, du hast wirklich nichts vergessen, was?«

»Warum sollte ich?« War doch 'ne schöne Zeit damals. Wie oft hab ich gedacht, warum kann man sie nicht einfach zurückdrehen? Alles auf Anfang, noch mal von vorn.

Andererseits, sie hat recht. Wir sind nicht mehr in den Achtzigern. Wir haben 1993, und dies ist auch ein Anfang. Vielleicht sogar der Bessere.

»Also: Wie soll ich dich nennen? Jule oder Julia, Chérie, Schatz, Schnuckelchen?«

»Schnuckelchen? Bist du bekloppt?« Sie wiehert drauflos. »Andreas Kudella, der kahle, große Mann mit Bomberjacke, sagt Schnuckelchen zu mir, ist das krass!«

»Wie dann?« Auch ich muss lachen. »Verdammt noch mal!«

»In Düsseldorf sagen sie Lia zu mir.«

Wie jetzt? »Lia?«

»Na ja. Von Ju-Lia. Lia eben.« Sie steht auf und geht zu meinem Kassettenrekorder, um zu sehen, was ich so für Musik höre.

»Du hast ihn noch, den alten Sternrekorder?«

»Klar, warum nicht.« Zügig lasse ich ein paar Kassetten verschwinden, weil ich nicht glaube, das Bands wie »Störkraft« oder die »Onkelz« ihrem Musikgeschmack entsprechen. Die würden mich nur wieder in politische Diskussionen verwickeln, und davon habe ich heute genug.

»Ich hab sogar noch alte Musik«, sage ich und lege rasch ein Tape von Astor Piazzolla ein, dem berühmten argentinischen Tangobarden.

»Weißt du noch«, frage ich, als das Bandoneon erklingt, »die Tanzschule in Görlitz? Das ›La Habanera‹?«

»Klar weiß ich das noch.« Jule hat plötzlich so einen rätselhaften Ausdruck in den Augen. »Das ist ›Vuelvo Al Sur‹.«

»Damit haben wir den Tangowettbewerb der sächsischen Tanzschulen gewonnen und dem ›La Habanera‹ Ruhm und Ehre gebracht.« Ich breite die Arme aus. »Schauen wir mal, ob wir's noch draufhaben. Darf ich bitten? – Lia?«

Sie erhebt sich und lässt sich von mir in die Arme nehmen. »Trotzdem bist du mir immer auf die Füße getreten.«

»Manchmal gehört der Schmerz einfach dazu«, antworte ich leise und leite eine Quebrada ein. Und dann tanzen wir den langsamen Tango Nuevo.

»Vuelvo al Sur,
como se vuelve siempre al amor,
vuelvo a vos,
con mi deseo, con mi temor.«

Wie leicht sie sich führen lässt. Wie sanft sie in meinen Armen ruht, mit geschlossenen Augen, voller Vertrauen. Im Tanz, denke ich, gibt sie sich mir hin. Das hat sie immer getan. – Warum nicht auch im Leben?

»Quiero al Sur,
su buena gente, su dignidad,
siento el Sur,
como tu cuerpo en la intimidad.«

Den Gancho führe ich ruckartig aus, fast brutal, damit sie endlich erwacht. Hey, Jule, ich bin's, verdammt noch mal! Und ich liebe dich abgöttisch! Wir stoßen dabei den Stuhl um, die ohnehin kaputte Lehne bricht, Jeans und Bomberjacke, die drübergehängt waren, gehen zu Boden, und irgendwas Schweres schlittert über das fleckige Linoleum. Egal. Ich begehre dich, Jule, oder meinetwegen Lia, merkst du das nicht? Und ich habe schon wieder einen Steifen …

»Te quiero Sur,
Sur, te quiero,
te quiero …«

»Was ist das?« Plötzlich stockt sie mitten im Tanz und starrt auf den Boden.

Direkt vor uns, zu unseren Füßen, liegt Rolands tschechische Armeepistole. Jene Waffe, die ich ihm an der Neiße abgenommen hatte, als er mich damit bedrohte. Sie lag die ganze Zeit unter einem schmutzigen T-Shirt auf dem Stuhl, und ich hatte sie völlig vergessen.

»Scheiße«, ruft Jule lauter, »was ist das, Kudella?«

»Eine Waffe«, antworte ich ruhig, »neun Millimeter Parabellum, so 'ne Art Luger-Nachbau. Wird von der tschechischen Armee benutzt.«

»Und wofür benutzt du sie?« Jule starrt mich entsetzt an. »Sag's mir: Wozu brauchst du eine Waffe?«

Ich brauche keine Waffe, könnte ich ihr sagen. Doch das würde nicht erklären, warum das Teil überhaupt hier ist. Und ich könnte ihr sagen, dass es Rolands Pistole ist. Die ich beschlagnahmt habe, konfisziert sozusagen, damit er niemandem damit etwas antun kann. Aber das war eine Sache zwischen Männern. Selbst wenn ich sie Jule erzählen würde, wer garantiert denn, dass sie mir glaubt?

»Wozu brauchst du eine Waffe?«, wiederholt Jule mit unverkennbarer Hysterie in der Stimme.

»Keine Ahnung«, ich hebe die Schultern, »vielleicht Sport?«

»Sport?« Jule schüttelt den Kopf. »Damit macht man keinen Sport, Kudella. Damit tötet man.«

Sie nimmt ihren Anorak und stolpert vor das Haus. Dort höre ich sie kotzen.

Ich stehe wie angewurzelt. Mein Kopf ist wie leer. Eben lief alles noch so gut. Und jetzt? Alles aus?

»Jule!« Ich gehe vor die Tür, sehe sie durchs Gartentor verschwinden. »Jule, warte doch mal!« Ich renne ihr nach, packe sie an den Schultern und drehe sie zu mir herum. »Ich habe dieses Scheißteil noch nie benutzt. Ehrlich!«

»Mag sein.« Sie sieht so traurig aus. »Aber wer eine Waffe besitzt, weiß im Allgemeinen, warum. Und er wird sie benutzen, wenn es drauf ankommt. – Er wird töten.«

»Ach ja?« Allmählich werde ich auch sauer. »Sind das die Erkenntnisse der Soziologie, oder haben dir das die Zecken erzählt?«

»Weder noch«, haucht Jule kalt, »ich finde nur, dass Waffen so ziemlich das Letzte sind. Ich hasse Waffen. Ich hasse das Töten!« Sie macht sich los. »Und ich hasse dich.«

Und damit läuft sie durch den Regen davon und hinterlässt ein seltsames Stechen in meiner Brust.

»Aber …« Hilflos hebe ich die Arme. »Jule!«

Es hat keinen Sinn. Sie dreht sich ja nicht mal mehr nach mir um.

Ich habe sie verloren.

Wegen einer beschissenen Pistole, die eigentlich Roland gehört.

17 FEIERABEND! Schwartz kochte innerlich. Er war wütend, und das machte sich auch an seinem Fahrstil bemerkbar. Mit überhöhter Geschwindigkeit fuhr er die B 99 nach Zittau runter, bis es blitzte.

Schwartz bremste scharf, wendete auf der Stelle und fuhr wieder zurück, um noch mal Anlauf zu nehmen. Na wartet, dachte er und gab Gas.

Mit gut hundertvierzig Stundenkilometern bretterte er auf den blitzenden Starenkasten zu und machte hinter seiner Windschutzscheibe einen dicken Stinkefinger.

Wieder blitzte es. Ein hübsches Foto, damit die taffe Dame vom LKA mal erfuhr, was er von ihr hielt. Fuck up, Liliana Petkovic!

Und gleich noch mal. Schwartz wendete erneut und raste zurück. Das Gaspedal bis zum Anschlag durchtretend hielt er auf den Blitzer zu. Bergab brachte es die Déesse auf gut hundertsechzig Kilometer die Stunde. Gebannt sah er auf den Tacho. Hundertfünfzig, hundertfünfundfünfzig, hundertsechzig, na also! Und einmal lächeln, bitte. Er zog eine Grimasse, streckte die Zunge heraus und dann – der Blitz. Fein, fein!

Aller guten Dinge sind drei, und so wiederholte er die Prozedur ein letztes Mal. Diesmal kam er sogar auf hundertdreiundsechzig Stundenkilometer. Rekord!

»Yeah«, brüllte er und tippte sich ausdauernd gegen die Stirn, bis es blitzte. Blöde Kuh! Glaubte wohl, er sei doof. Aber nicht mit ihm. Dann lieber bei Habersaath Akten sichten, als sich von so einer arroganten, schwäbisch-kroatischen Wessinuss für blöd verkaufen zu lassen. Gleich morgen früh wollte er zurück nach Dresden fahren und dieser Petkovic die Akten auf den Tisch knallen. Sollte sie ihren Mist doch selbst machen. Schluss, aus und vorbei.

Tanken müsste er auch mal bei Gelegenheit. Die Anzeige stand schon länger auf Reserve. Aber er war ja schon fast in Dittelsdorf, und eine Tankstelle konnte er morgen immer noch ansteuern.

Als er die Einfahrt zum großmütterlichen Haus einbog, stutzte er. Da stand ein Citroën 2CV vor der Tür, jene Autolegende, die dem Volksmund besser als »Ente« bekannt ist.

Schwartz stoppte seine Déesse und stieg aus. Er hatte ein ungutes Gefühl, denn er kannte niemanden, der eine Ente fuhr. Diese hier hatte ein Reutlinger Kennzeichen und war wie ein Polizeiwagen grünweiß gespritzt. Auch einen entsprechenden Schriftzug gab es an den Seiten: »POLENTE«.

Er überlegte noch, ob er das nun witzig finden wollte oder nicht, da öffnete sich die Tür zu seiner Großmutter Haus, und Liliana Petkovic strahlte ihn lachend an.

»Sie sollten Ihr Gesicht sehen«, schwäbelte sie heiser und mit der obligatorischen Zigarette in der Hand.

Unglaublich, dass Oma ihr gestattet hatte, im Haus zu rauchen!

»Verblüffend, nicht wahr? Das ist mir gleich aufgefallen«, fügte sie aufgeräumt und mit Blick auf die beiden Wagen hinzu, »wir fahren dieselbe Automarke.«

Schwartz sah sie finster an. Erstens war ein 2CV nicht vergleichbar mit der Déesse. Zwar stammten beide Wagen aus dem Hause Citroën, doch das eine war eine herrliche, unverwechselbare Göttin, und das andere, verflucht noch mal, nur eine klapperige Ente. Ohne jeden Komfort!

Zweitens: »Was machen Sie hier?«, fragte er düster.

Noch bevor Liliana Petkovic antworten konnte, erschien auch Oma in der Haustür.

»Na, Hosebemberle«, freute sie sich, »ist das eine Überraschung? Deine kroatische Freundin ist zu Besuch!«

»Das ist nicht meine kroatische Freundin«, knurrte Schwartz grimmig. »Das ist nur eine ...« verfluchte, dachte er, hinterhältige und verachtungswürdige »... Kollegin«, brachte er schließlich heraus, und auch das klang wie ein Schimpfwort.

»Was ist los mit Ihnen, Schwartz?« Liliana Petkovic hatte die Hände in die Seiten gestemmt und sah ihn mit geneigtem Kopf kritisch an. »Haben Sie schlecht geschlafen?«

»Das auch«, maulte Schwartz. Er nahm seine Aktentasche aus dem Wagen und packte Liliana Petkovic am Arm. »Kommen Sie!« Dann zog er sie unmissverständlich ins Haus.

»Ich fang schon mal mit dem Essen an«, rief Oma, »ich dachte, ich mache uns dreien ein schönes ...«

»Oma!« Schwartz rief es mit schneidender Stimme. »Würdest du uns bitte allein lassen?«

»Aber sicher, Hosebemberle, wenn ihr noch arbeiten müsst ...« Oma verzog sich eilig nach oben, aber es war sicher, dass sie von dort aus lauschen würde.

Liliana Petkovic kicherte. »Sagt sie immer Hosebemberle zu Ihnen? Das ist ja süß!«

»Ich werde gleich noch süßer!« Schwartz zog die Petkovic zur rustikalen Essecke, zwang sie dort – »Setzen Sie sich!« – auf einen der geschnitzten Bauernstühle und baute sich vor ihr auf. »Jetzt reden wir mal Tacheles!«

»Herrgott, was ist denn in Sie gefahren?« Liliana Petkovic machte ein erstaunt-belustigtes Gesicht.

»Machen Sie nicht auf unschuldig.« Schwartz öffnete seine Tasche und warf ihr die Akte hin, die sie für ihn zusammengestellt hatte. »Ihr sogenanntes Dossier ist das Papier nicht wert, auf dem es steht.«

»Aha«, machte Liliana Petkovic verwundert. »Und wie kommen Sie darauf?«

»Ach, hören Sie doch auf, so ahnungslos zu tun!« Er stützte beide Hände auf den Tisch, beugte sich zu Liliana Petkovic vor und sah sie eindringlich an. »Ich weiß nicht, was hier gespielt wird, aber eines ist sicher: Ich bin draußen!«

»Gratuliere!« Liliana Petkovic lehnte sich zurück. »Dann sind Sie bei Ihren Ermittlungen vermutlich ein ganzes Stück weitergekommen.« Sie wollte ihre Zigarette auf einer offenbar von Oma bereitgestellten Untertasse ausdrücken, doch Schwartz nahm ihr – »In diesem Hause wird nicht geraucht.« – sowohl die Zigarette als auch die Untertasse ab und warf beides aus dem geöffneten Fenster.

»Mein Gott«, entfuhr es der Petkovic, »Sie sind ja richtig auf hundertachtzig.«

»Auf zweihundertachtzig, wenn Sie's genau wissen wollen.« Schwartz setzte sich schnaufend. »Der BGS«, sagte er ruhiger, »hat monatelang gegen Jochen Kuhnt intern ermittelt. Dieser Kerl war in der Menschenhändler- und Schmugglerszene aktiv, da muss es umfangreiche Akten geben. Die Frage ist, warum mir diese Ermittlungsergebnisse vorenthalten werden.«

»Weil man dem Kuhnt am Ende nichts nachweisen konnte!« Liliana Petkovic hob die Hände. »Das Einzige, was wir sicher hatten, waren Kuhnts ungewöhnlich großen Einkünfte. Aber die hat er mit einem Gewerbe erklärt, und so blieb es bei Vermutungen.«

»Herrgott, er war Imker! Das können Sie doch nicht ernst nehmen!«

»Warum nicht?« Liliana Petkovic suchte in ihrer Tasche und legte eine Steuererklärung auf den Tisch. »Angeblich hat er laut Finanzamt allein mit seinen Bienenkörben im vergangenen Jahr über zweihundertfünfzigtausend Mark verdient.«

»Der hat sein Geld mit Honig gewaschen«, nickte Schwartz, »aber das ist nicht der Grund dafür, dass man ihm nichts nachweisen konnte. Der Grund war, dass er für die intern gegen ihn ermittelnde Stelle nicht mehr greifbar war. Wegen einer Fortbildung in Wiesbaden. Danach war er für die Innenrevision in Pirna sozusagen unantastbar geworden. Kuhnt arbeitete jetzt bereichsübergreifend.« Schwartz ließ die Petkovic nicht aus den Augen. »Die Frage ist, für wen? – Für den BGS, wie seine Uniform nahelegt? Wohl kaum. Denn der Bundesgrenzschutz bildet seine Leute in Koblenz oder Neustrelitz aus. In Wiesbaden dagegen sitzt nur das BKA.« Er atmete aus. »So! Und jetzt will ich was von Ihnen hören!«

Liliana Petkovic seufzte. »Na gut«, sagte sie nach einer Weile, obwohl für Schwartz gar nichts gut war. Im Gegenteil!

»Sie haben recht«, gab sie zu. »Kuhnt war unser Mann. Das Bundeskriminalamt hatte ihn in Wiesbaden zum verdeckten Ermittler ausgebildet. Er sollte in seiner Funktion beim BGS die Entwicklung der organisierten Schlepperkriminalität an der Grenze beobachten.«

»Aber Kuhnt war selbst daran beteiligt«, regte sich Schwartz wieder auf, »der hat für die Schlepper die Logistik über die Neiße gemacht. Ist er Ihnen entglitten?«

»Ganz und gar nicht«, erwiderte Liliana Petkovic, »das war sein Auftrag.«

»Das heißt«, Schwarz konnte es kaum fassen, »er sollte als V-Mann den korrupten Grenzschützer spielen?«

»Wenn man einen Sumpf trockenlegen will, muss man gelegentlich im Schlamm wühlen«, erwiderte Liliana Petkovic abgeklärt, »das gehört zum Spiel.«

»Ich fürchte, das ist kein Spiel mehr«, entgegnete Schwartz, »denn Ihre kleine Schachfigur ist verloren gegangen. Kuhnt musste sterben«, wurde er deutlicher, »weil er womöglich enttarnt wurde.«

»Das herauszufinden ist Ihr Job«, sagte Liliana Petkovic.

»Nicht mehr.« Schwartz schüttelte den Kopf. »Ich bin draußen.«

»Schwartz«, Liliana Petkovic hob die Hände, »das können Sie nicht machen.«

»Natürlich kann ich.« Schwartz erhob sich wieder. »Das Vertrauen zwischen uns ist elementar gestört. Sie haben sich mir als Beamtin des LKA vorgestellt. Aufbauteam. Stattdessen sitzen Sie fürs Bundeskriminalamt in Dresden. Und ich soll den Tod eines BGS-Mannes aufklären, der möglicherweise in Schmuggelaktivitäten verwickelt war, sich aber dann als Ihr V-Mann herausstellt! Was soll ich davon halten? Wie soll ich Ihnen noch glauben? Geht doch gar nicht. Unter solchen Umständen«, fügte er dramatisch hinzu, »ist jede weitere Beziehung zwischen uns unmöglich.«

»Sie reden, als wären wir verheiratet.«

»Ich lass mich gerade scheiden, richtig.«

Liliana Petkovic stand ebenfalls auf und ging ans Fenster. Wehmütig sah sie auf die Untertasse, die ihr als Ascher gedient hatte. Sie lag neben einem gemauerten Blumenkübel im Gras und war zerbrochen.

»Es ging hier immerhin um eine verdeckte Ermittlung«, sagte sie leise. »Wir können unsere Quellen nicht einfach preisgeben, selbst wenn sie tot sind. Und da wir nicht genau wissen, ob Kuhnt enttarnt wurde und deshalb ermordet worden ist, konnte ich Ihnen nichts sagen. Selbst wenn ich gewollt hätte.«

Sie drehte sich vom Fenster weg und ging zur kleinen, vor einiger Zeit von Schwartz zeitaufwendig restaurierten Bauernkommode neben der Tür. Darauf stand ihre Umhängetasche, und als sie sich daran zu schaffen machte, nahm er an, dass sie schon wieder rauchen wollte und ihre Zigaretten suchte. Aber Liliana Petkovic holte nur einen Umschlag hervor und legte zwei Fotos auf den Tisch.

»Igor und Valentin Gussinski«, sagte sie.

Schwartz trat heran und besah sich die Bilder. Zwei grobkörnige Schwarz-Weiß-Aufnahmen, beide aus derselben Perspektive und einiger Entfernung mit starkem Zoom fotografiert. Sie zeigten zwei unauffällige Männer in hellen Leinenanzügen an einem Bistrotisch auf dem Trottoir vor einem Café. Vor sich die Reste eines Frühstücks. Einer der Männer trug eine Brille mit dickem schwarzem Rand, das Gesicht des anderen war von einer aufgeschlagenen Zeitung verdeckt. Erst auf dem zweiten Foto war es zu erkennen. Da hatte er die Zeitung sinken lassen, und die Ähnlichkeit mit dem ersten Mann war unverkennbar. Er schien etwas jünger zu sein, trug keine Brille, dafür aber einen schmalen Schnauzbart.

»Wer sind die zwei?«, fragte Schwartz.

»Brüder aus Rostow am Don«, erläuterte Liliana Petkovic. »Sie sind in Wien gemeldet und waren bis zum Balkankrieg an der österreichisch-jugoslawischen Grenze im Schmuggel aktiv. Interpol ist seit Jahren an ihnen dran. Gefährliche Männer. Haben einiges auf dem Kerbholz.«

Dabei sehen sie ganz harmlos aus, dachte Schwartz, unauffällig wie zwei Außendienstler in der Mittagspause.

»Und die haben ihr Geschäft jetzt an die Neiße verlegt?«

»Davon gehen wir aus«, nickte Liliana Petzkovic. »Deshalb hatten wir Kuhnt auf sie angesetzt.«

»Mit welchen Ergebnissen?«

»Nichts Gerichtsfestes«, winkte Liliana Petkovic ab, »aber die Masche ist immer dieselbe. Sie übernehmen nach und nach die kleinen Schmugglerringe vor Ort und lassen die ansässigen Gauner und Ganoven für sich arbeiten. Und irgendwann kontrollieren sie das Geschäft. Ihnen selbst kann man selten etwas nachweisen. Obwohl es heißt, dass sie sich für die Drecksarbeit durchaus nicht zu schade sind. Die Wiener Behörden bringen sie mit mehreren brutalen Morden in Verbindung, aber wie gesagt …« Schulterzuckend hob sie die Arme und setzte sich wieder. »… die Brüder sind schwer zu knacken.«

»Vorbestraft?«, erkundigte sich Schwartz.

»In Russland, ja«, nickte Liliana Petkovic und lachte spöttisch auf, »wegen sogenannter Fahnenflucht.«

Die gab's in der DDR auch, dachte Schwartz.

»Igor und Valentin Gussinski dienten als mittlere Offiziere in der Sowjetarmee und waren in Afghanistan eingesetzt. Mitte der achtziger Jahre verschwanden sie von dort. Und als russische Deserteure haben sie in Wien problemlos politisches Asyl bekommen.«

Dann können sie sich auch in Deutschland frei bewegen, überlegte Schwartz, und sitzen möglicherweise ganz in der Nähe in einem netten Hotel.

»Hatte Kuhnt schon Kontakt zu den beiden?«, fragte er.

Liliana Petkovic schüttelte den Kopf. »Ehrlich gesagt haben wir ihre Spur verloren.« Sie nahm ein weiteres Foto aus dem Umschlag. »Stefan Kaemper.«

»Wer ist das?«

»Ein heruntergekommener Lude aus Hamburg«, erklärte Liliana Petkovic. »Er hatte dort ziemlichen Ärger mit Albanern. Die Hamburger Behörden hatten ihm gewissermaßen das Leben gerettet, indem sie ihn wegen kleinerer Vergehen verhafteten. Seitdem arbeitet er für uns als Informant.«

»Noch einer«, Schwartz verschränkte die Arme, »der für Sie im Schlamm wühlt?«

»Zusammen mit einem Spediteur aus Zittau«, sie sah in ihren Unterlagen nach, »Roland Paich, betreibt Stefan Kaemper den Hurenbus im Berzdorfer Tagebau der Lausitzer Braunkohle AG.«

»Ein Hurenbus bei der LAUBAG?« Unglaublich, Sachen gab's …

»Eine Art fahrbares Bordell.« Liliana Petkovic schob ein weiteres Foto nach, das den Bus zeigte. »Von dort aus beobachtet Kaemper die Lage.«

»Und? Was sieht er?«

»Es sind zwei Russen aufgetaucht«, antwortete Liliana Petkovic. »Aber ob es sich dabei wirklich um die gesuchten Gussinski-Brüder handelt, wissen wir nicht.«

»Sehen Sie, genau das ist das Problem.« Schwartz hob bedauernd die Hände. »Obwohl Sie kopfüber im Schlamm stecken, sehen Sie nichts. Trotz Ihrer ganzen verdeckten Ermittler und Informanten.«

»Vielleicht weil es im Schlamm so dreckig ist?« Liliana Petkovic packte ihre Unterlagen wieder zusammen. »So. Jetzt wissen Sie alles.«

»Und was fange ich damit an? Ich habe wenig Lust, auch im Dreck zu wühlen.«

»Schwartz, bitte! Wir brauchen Ihre Hilfe.«

»Weil Sie inoffiziell nicht weiterkommen?«

»Weil wir offiziell nicht ermitteln können. Ganz im Gegensatz zu Ihnen.« Sie sah ihn prüfend an: »Also? Sind Sie weiterhin im Boot?«

»Aber natürlich ist er das!« Oma kam eilig die Treppe herunter. »Nun lass dich doch nicht so bitten, Hosebemberle!« Entrüstet sah sie ihn an. »Man schlägt einem Mädchen keine Hilfe ab, wo bleibt deine Erziehung?«

»Ja, Oma.« Schwartz verdrehte genervt die Augen.

»Wo sie dir doch extra ein Telefon mitgebracht hat!«

»Was hat sie?«

»Ein Funktelefon«, erklärte Liliana Petkovic und holte ein brikettgroßes schwarzes Teil mit Tasten aus ihrer Tasche. »Damit ich Sie und Sie mich besser erreichen können.«

»Stell dir vor«, Oma war begeistert, »das funktioniert ohne Schnur!«

»Seit wann interessierst du dich für Telefone?« Schwartz rang um Fassung. »Bislang wolltest du nie eins haben.«

»Das ist ja auch für dich, Hosebemberle! Nun freu dich doch mal!«

»Ich hab Telefon.«

»Aber nicht für unterwegs«, sagte Liliana Petkovic und schaltete das Funktelefon an. Ein grünes Display leuchtete auf. »Das ist das

Neueste vom Neuen. Funktioniert praktisch überall.« Sie zog eine Antenne heraus und schwenkte das Telefon langsam hin und her. »Na ja, hier unten ist kein Empfang. Aber oben geht's.«

»Das haben wir schon ausprobiert«, sagte Oma, und ihre Augen glänzten. »Kommt!«

Kurz darauf standen sie in Omas Schlafzimmer und hielten das Funktelefon aus dem Fenster.

»Na also«, sagte Liliana Petkovic zufrieden und sah auf das Display, »nicht viel, aber es reicht. – Hier!« Sie hielt Schwartz das Funktelefon hin. »Rufen Sie jemanden an!«

»Aber …« Schwartz zögerte. »Wen denn?«

»Wen Sie wollen. Zahlt schließlich die Staatskasse.«

»Das ist ganz schön schwer.« Schwarz wog das Funktelefon prüfend in der Hand. »Lange Gespräche kann man damit nicht führen. Da fällt einem ja der Arm ab.«

»Das Gewicht kommt von den Batterien«, erklärte Liliana Petkovic. »Sie reichen für maximal vierundzwanzig Stunden *stand by* und etwa anderthalb Stunden Gesprächszeit. Danach müssen Sie's wieder aufladen. Ich habe Ihnen ein entsprechendes Kabel mitgebracht.« Aufmunternd sah sie ihn an. »Wissen Sie endlich, wen Sie anrufen wollen?«

»Nein.«

»Geben Sie her!« Die Petkovic nahm ihm das Funktelefon wieder ab und gab über die leuchtenden Tasten eine Nummer ein. Es piepte jedes Mal in unterschiedlichen Tönen.

Alle warteten gespannt, Liliana Petkovic lauschte in den Hörer.

»Jetzt!« Rasch hielt sie Schwartz das Telefon ans Ohr. »Reden Sie!«

»Mit wem denn?«, stammelte Schwartz verwirrt. »Wer ist denn dran?«

»Ja, haben Sie mich angerufen oder ich Sie?«, kam die verärgerte Stimme von Kriminaldirektor Habersaath aus dem Hörer. »Sie müssen doch wissen, welche Nummer Sie gewählt haben, oder? Also haben nicht Sie zu fragen, sondern ich. Also: Wer sind Sie?«

»Verdammt noch mal, wie legt man bei dem Ding wieder auf?«, flüsterte Schwartz erschrocken und starrte ängstlich auf das Funktelefon.

»Einfach die Taste mit dem roten Hörer hier drücken.« Liliana Petkovic tat es für ihn und strahlte. »Super, was?«

»Na, ich weiß nicht. Warum haben Sie ausgerechnet meinen Chef angerufen? Auch noch privat, wollen Sie mich völlig unmöglich bei ihm machen? Damit ich nie wieder zu ihm zurückkann?«

»Schwartz, vergessen Sie's!« Liliana Petkovic schob die Antenne zusammen. »Ich wollte Ihnen lediglich demonstrieren, wie das Ding hier funktioniert. Eigentlich genau wie ein Autotelefon.«

»Nur ohne Auto«, folgerte Oma, »das nennt man Fortschritt.«

»Ja, ab sofort können auch Fußgänger telefonieren«, sagte Schwartz und seufzte. »Ich weiß nicht, ob mir das gefällt.«

»Überlegen Sie doch mal!« Liliana Petkovic schwärmte: »Nie wieder Ärger wegen kaputter Telefonzellen. Sie haben das Ding einfach in der Tasche und können telefonieren, wann und wo Sie wollen.«

»Oder angerufen werden«, sagte Schwartz, »ob ich nun will oder nicht.«

»Sie können es ja ausschalten«, erwiderte die Petkovic und drückte ihm das Funktelefon in die Hand. »Außerdem haben Sie nicht überall Empfang. Jedenfalls nicht hier im wilden Osten.«

»Es sei denn, ich klettere aufs Dach«, sagte Schwartz spöttisch und besah sich das Funktelefon. »Wirklich eine tolle Sache, vielen Dank. Ich weiß gar nicht, womit ich mich revanchieren soll.«

»Sorgen Sie sich nicht, Sie haben das Ding nur leihweise. Machen Sie einfach einen guten Job.«

»Genau«, pflichtete Oma bei und rieb sich ungeduldig die Hände. »Und jetzt wird endlich gegessen!«

Es gab die versprochenen Schweinelendchen, außen knusprig und innen wunderbar zart. Dazu Kartoffelbrei, Pilzsauce und Buttergemüse aus dem Garten. Herrlich. Und als hätte das noch nicht gereicht, servierte Oma zum Abschluss Schokopudding mit Vanillecreme und Apfelmus. Danach fühlten sie sich wie gemästet.

»Noch 'ne klare Zwetschge zur Verdauung?« Oma wartete die Antwort nicht ab und verteilte Schnapsgläser. »Übrigens: Josch lässt fragen, wann er seinen Doppelläufer wiederbekommt. Sonst wird's mit dem Wildschweinbraten nichts. Er wollte Sonntag zur Jagd.«

»Dann muss er wohl mit der Hand jagen gehen«, erwiderte

Schwartz. »Die Waffe ist eingezogen, bis er wieder zur Vernunft kommt.«

»Ehrlich?« Verwundert goss Oma ein. »Warum bist du denn so streng mit ihm?«

»Weil er mit seinem Doppelläufer eben nicht nur Wildschweine jagen geht.« Schwartz wandte sich an die Petkovic. »Josch spielt ganz gerne mal den Hobbypolizisten und streicht hier nachts mit seiner Bürgerwehr um die Häuser. Ich musste ihm die Flinte abnehmen. – Zum Wohle!«

»Prost!« Ohne mit der Wimper zu zucken, trank Liliana Petkovic ihren Schnaps auf ex. »Lecker! Wie nannte sich das?«

»Klare Zwetschge«, antwortete Oma stolz, »aus eigener Ernte selbst gebrannt.«

»Achtunddreißig Umdrehungen«, fügte Schwartz im Hinblick auf die Promillezahl hinzu.

»Na denn!« Liliana Petkovic ließ sich nachschenken. »Erhöhen wir auf sechsundsiebzig.«

»Ich mach euch dann mal das große Bett im Gästezimmer«, sagte Oma und räumte den Tisch ab. »Oder schlaft ihr noch getrennt?«

Schwartz rieb sich angespannt die Stirn und schwieg. Wenn Oma unbedingt Schicksal spielen wollte …

»Wir schlafen getrennt«, ließ sich die Petkovic vernehmen, und Schwartz überlegte, ob er das nun bedauern sollte oder nicht. Vermutlich war es besser so.

»Ich bin katholisch«, setzte Liliana Petkovic hinzu und rauchte schon wieder.

»Richtig, Kindchen, nur nichts überstürzen«, tröstete sie Oma augenzwinkernd, »das wird schon.«

Schwartz wartete, bis Oma die Treppe raufgegangen war, und beugte sich dann zur Petkovic rüber. »Für wie lange wollen Sie denn hier einziehen?«

»Beruhigen Sie sich. Ich bin morgen wieder weg.« Sie sah ihn an. »Vorausgesetzt, Sie ermitteln weiter.«

»Und wenn nicht?«

»Dann wachse ich hier fest.«

Bloß nicht, dachte Schwartz und trank noch einen Schnaps.

18 DER BAGGERSEE ist eine aufgegebene Tagebaugrube am Rande von Zittau, die sich im Laufe der Jahre mit Wasser gefüllt hat. Das verrostete Gerippe eines halb versunkenen Eimerkettenschauflers reflektiert sich in den trüben Fluten. Am Rande steht ein alter Bauwagen. Die Farbe ist abgeblättert, die Fenster vernagelt, ebenso die Tür. Irgendwer hat mit unbeholfener Kinderschrift »Kudella liebt Jule« an den Bauwagen gemalt. Ein anderer hat »Kudella« durchgestrichen und stattdessen »Roland« drübergeschrieben. Es ist lange her.

Ich hocke, in meine Bomberjacke gehüllt, auf einer vergessenen Braunkohlelore, deren Gleise irgendwo im Modder verschwinden. Der Regen hat viele Pfützen hinterlassen, an meinen Doc Martens klebt lehmiger Matsch.

»Vuelvo al Sur«. Ich kriege den Tango nicht mehr aus dem Kopf. Und Jule. Lia, wie sie sich jetzt nennt. Wie oft bin ich mit ihr hier unten am Baggersee gewesen. Vor allem im Sommer, wenn das Wasser warm ist und man darin baden kann, obwohl es nicht besonders sauber aussieht. Im Winter waren wir hier eislaufen. Aber da war Roland schon mit dabei, dieser blöde Idiot.

Einmal ist Jule im Eis eingebrochen. Roland rannte erschrocken am Ufer hin und her und wusste nicht, was er machen sollte. In seiner Panik hätte er Jule fast ersaufen lassen. Ich war es, der ein Seil am Gerüst des Eimerkettenbaggers festgemacht hat und vorsichtig zu ihr hinaus aufs Eis gerobbt ist. Aber als ich an der Einbruchstelle ankam, war sie schon untergegangen. Ich musste in die eisigen Fluten tauchen, um sie wieder rauszuholen.

»Ohne dich bin ich verloren«, hat sie später gesagt. »Ich werde dich nie verlassen, denn du rettest mir immer das Leben.« – Lachhaft!

Ich sehe auf die tschechische Armeepistole in meiner Hand. Eigentlich wollte ich sie im Baggersee versenken, aber das Magazin ist voll, acht Schuss, und ich hab Lust, die Patronen zu verballern. Also ziele ich auf den alten Fahrstand des Baggers. Er hat kleine engmaschige Fenster, und ein paar Scheiben sind noch ganz. Ganz links etwa, die kleine Glasscheibe in der Ecke. Ich entsichere die Pistole, ziele mit beiden Händen und drücke ab. Treffer. Glasscherben rieseln ins Wasser.

Ich konnte schon immer gut schießen. Das war mir wichtig. Mein

Vater hat es mir beigebracht, bevor er sich umbrachte. Er war bei der Feuerwehr, zuständig für das Entschärfen alter Fliegerbomben aus dem Weltkrieg. Blindgänger sozusagen. In Dresden gibt es noch Tausende davon. Bis heute unbemerkt, irgendwo versteckt im Erdreich, bis sie bei Bauarbeiten zufällig gefunden werden. Dann musste immer mein Vater ran, und nie war klar, ob er den Einsatz überleben würde. Mit dem Stress kam er irgendwann nicht mehr zurecht. Er fing erst an zu trinken, und dann hat er sich erschossen. Ich fand ihn in der Küche. Da war ich zehn. Mutter hat das nicht überwunden. Die sitzt seit Jahren in der Klapsmühle und erkennt niemanden mehr. Nur ich blieb übrig und musste ins Heim. Aber da kamen sie mit mir auch nicht klar. Ich war froh, als ich mit achtzehn endlich wegkonnte, und zog in die Laube. Sie hatte einem Zahnarzt gehört, der nach dem Mauerfall in den Westen gegangen war. Auf dem Hängeboden fand ich ein altes Luftgewehr, total verzogen, aber es funktionierte. So hatte ich was zu tun. Tage- und wochenlang machte ich Zielübungen, bis ich selbst mit dem alten Teil jede Fliege traf.

Vater hatte recht: Wer einmal richtig schießen kann, verlernt es nie.

»Alter! Was geht?«

Piet kommt heran und ist sichtlich froh, mich hier zu finden. Ein spindeldürrer Typ, siebzehn Jahre alt, mit großen Kinderaugen und spitzer Nase, doch immerhin schon kahl geschoren, weil er auch gerne mal ein richtig großer Skinhead werden will. Noch allerdings fehlt es ihm etwas an Statur, aber das kann ja noch kommen. Ab und zu trainieren wir zusammen, und ich erkläre ihm dann was über den richtigen Muskelaufbau und worauf es sonst noch so ankommt. Wir haben zusammen eine eigene Kampftechnik entwickelt, eine Mischung aus Judo, Taekwondo und Jiu-Jitsu. Ziel dabei ist, das Beste aus den verschiedenen Kampftechniken miteinander zu verbinden, Schnelligkeit, Überraschungsmomente und die Kunst des Nachgebens, um die Kraft des Gegners gegen ihn selbst zu verwenden. Eine Philosophie des Kampfes, die stets verbessert werden kann.

Ich mag Piet gerne. Er ist manchmal etwas verpeilt, doch kein Idiot. Und er gehört zu jener Sorte Menschen, die immer gern dazugehören möchten und es doch nie tun. Wohl deshalb fühle ich mich ihm nahe.

»Was hast 'n da?« Natürlich hat er die Waffe entdeckt. »Ist die echt?«

»Klar«, sage ich, denn für Spielzeuge bin ich zu alt, und gebe ihm die Waffe. »Vorsicht! Ist geladen und entsichert.«

»Irre«, findet Piet und visiert umständlich den Bagger an.

»Was willst 'n treffen?«

»Den ollen Scheinwerfer da oben am Führerhaus«, antwortet Piet und macht ein Gesicht wie Terence Hill. Dann drückt er ab. Der Schuss hallt über dem See wider, die Querschläger sirren. Aber die Lampe hat er nicht getroffen.

»Mist«, meint Piet und besieht sich die Waffe. »Aber da ist echt Power hinter, was?«

Kann man so sagen, denke ich.

»Wo hast 'n die her?«

»Von Roland.«

Piet zielt erneut auf den Bagger. »Wozu braucht die alte Ludensau so 'n Schießeisen?«

»Das habe ich mich auch gefragt und sie ihm besser abgenommen«, antworte ich und stelle mich neben Piet. »Du weißt nicht zufällig, wo sein Nuttenbus steht, oder?«

»Keine Ahnung«, erwidert Piet und lässt die Waffe sinken. »Am Berzdorfer Tagebau, glaube ich.« Er grinst. »Dicke Eier?«

»Seh ich so aus?«

»Irgendwie schon«, nickt Piet und feixt, »aber Natascha wird's richten.«

»Vergiss es!« Ich brauche keine von Rolands Nataschas. »Ich hab dir doch mal von Jule erzählt, oder?«

»Die da?« Piet zeigt auf den Bauwagen mit der Kinderschrift. »Deine alte Liebe? Die Hübsche trotz Brille?«

»Jetzt hat sie Kontaktlinsen.« Und dann erzähle ich ihm alles. Von meinem missglückten Auftritt bei Jules Ankunft in Dresden über den noch missglückteren Besuch im Podtsch bis hin zum total verunglückten Tango in meiner Laube. »Jetzt hasst sie mich«, beende ich meinen Bericht, »wegen dieser Knarre, die noch nicht mal mir gehört.«

»Da ging was komplett in die Hose«, bekräftigt Piet mitfühlend. »Und was willste jetzt machen?«

Wenn ich das wüsste, denke ich.

»Roland braucht einfach mal was aufs Maul. Polier ihm die Fresse«, schlägt Piet vor, »aber kräftig. Solche Typen müssen ein für alle Mal ausgebremst werden, verstehste? Die Ludensau braucht 'n Schuss vor den Bug. Aber einen, der trifft!«

Davon krieg ich Jule auch nicht wieder, denke ich.

Piet hat die Pistole in der ausgestreckten rechten Hand und nimmt den Bagger wieder ins Visier.

»Nee, nee, so wird das nichts!« Ich zeige ihm, wie man die Waffe richtig hält. »Du musst sie in beide Hände nehmen. Einhändig siehst du nur im Film, da triffst du nichts. – Okay, und jetzt die Beine etwas gespreizt, leicht anwinkeln und schön locker bleiben.« Ich lasse ihn los, gucke, wie Piet den Scheinwerfer anvisiert. »Ganz langsam einatmen«, sage ich, »Luft anhalten. Ruhig ausatmen. – Und jetzt hol ihn runter!«

Piet schießt und trifft zwar nicht den Scheinwerfer, doch immerhin eine der kleinen Fensterscheiben am Fahrstand. Sie zerspringt klirrend, die Scherben fallen ins Wasser.

»Schon besser«, lobe ich und nehme ihm die Waffe wieder ab. »Pass mal auf!« Jetzt zeige ich ihm mal, wie man das macht: Waffe in beide Hände und schön locker über die Kimme den Scheinwerfer aufs Korn genommen. Dann einatmen, Luft anhalten und kurz anspannen, ruhig ausatmen. Peng! Der Scheinwerfer klatscht in die schlammigen Fluten, und Piet ist entsprechend beeindruckt.

»Wenn du in meinem Alter bist«, klopfe ich ihm tröstend wie ein Vater auf die Schulter, »schaffste das auch. Reine Übungssache. – Los, komm!«

Ich wende mich ab und steige in meinen GAZ.

»Wohin denn?«, fragt Piet und steigt ebenfalls ein.

»Wir machen uns 'n kleinen Spaß«, antworte ich und starte den Wagen.

Eine Dreiviertelstunde später erreichen wir den Berzdorfer Tagebau. Eine gigantische Matschwüste aus Lehm und Schlamm.

Auch der Hurenbus oben in dem kleinen verlassenen Dorf ist von riesigen Pfützen umgeben, die Nutten stapfen in bunten Gummistiefeln herum, kreischen und fluchen.

Doch wir bringen die Sonne mit. Als ich den GAZ neben dem Bus stoppe, reißt die Wolkendecke auf und hüllt diesen armseligen Platz der käuflichen Liebe gnädig in einen Schimmer warmen Abendlichts.

Ein gekonnter Auftritt, finde ich und steige breitbeinig aus dem Wagen. Die Huren starren mich an, einige kichern. Ich ziehe eine Zigarette aus meiner Bomberjacke und sehe mich um.

»Hat hier jemand Feuer?«

»Ah!« Rolands Puffmutter, dieser erbärmliche Wicht Stefan Kaemper, klettert aus dem Bus und strahlt mich an. »Der Buddelkastenfreund des Chefs. Wie schön!«

Offenbar muss Roland gequatscht haben. Woher sonst kann diese Schwuchtel wissen, dass wir einst im Sandkasten gespielt haben?

»Swetlana«, ruft Kaemper und sieht sich nach einem seiner Mädchen um, »Swjeta, Süße, sei so lieb und gib unserem Gast Feuer!«

Eine hübsche Siebzehnjährige in rotem Lackjäckchen, Hotpants und kniehohen Stulpenstiefeln kommt langbeinig heran und nimmt mir die Zigarette aus der Hand. Dann steckt sie sie sich zwischen die dunkelrot geschminkten Lippen, lässt ein schmales vergoldetes Feuerzeug aufschnappen und inhaliert tief. Es scheint ihr nichts auszumachen, dass es 'ne Karo ist – diese Russinnen sind echt hart im Nehmen. Schließlich schiebt sie mir die angerauchte Fluppe wieder in den Mund und pustet mir kühl lächelnd den Rauch ins Gesicht. Ich bin einigermaßen verblüfft.

»Deine Mädels werden immer frecher!«

»Du sagst es, Andreas, du sagst es«, pflichtet mir Kaemper bekümmert bei. »Vor allem Swjeta! Mal hetzt sie die anderen auf, dann wieder beißt sie einem Kunden in den Schwanz, weil er schlecht riecht, und schon dreimal hat sie versucht abzuhauen.« Er macht eine tragische Miene. »Ja, es ist nicht einfach. In diesem Gänsestall weiß man manchmal nicht, wo einem der Kopf steht.«

»Trommel die Süßen zusammen«, sage ich und ziehe betont kühl an meiner Karo, »die Siesta hier ist beendet.«

Kaemper grinst. »Welches von den Mädchen darf's denn sein?«

»Alle«, präzisiere ich, »der ganze Bus!«

»Oha!« Kaemper prustet amüsiert los. »Da habt ihr euch ja viel vorgenommen, Jungs! Ich hoffe, ihr habt genug Geld dabei.«

»Hör mal!« Ich packe ihn hart an der Schulter. »Bevor wir uns falsch verstehen: Der Bus soll nach Zittau, direkt auf den Johannisplatz. Anordnung vom Chef, klar?«

»Sicher?« Kaemper klimpert ungläubig mit den Augen. »Eigentlich machen wir hier ein sehr gutes Geschäft …«

»Wir wechseln den Standort«, werde ich deutlicher, *»capito, compañero?«*

»Aber«, bleibt Kaemper störrisch, »in einer halben Stunde ist Schichtwechsel im Tagebau. Da kommen unsere Kunden. Wir können hier nicht einfach weg!«

»Wir müssen hier weg«, insistiere ich. »Und zwar jetzt!«

Kaemper sieht mich nachdenklich an. »Verrätst du mir auch, wieso?«

»Später vielleicht«, erwidere ich ruhig. »Und nun mach hin, ich will nicht den ganzen Abend mit dir verbringen.«

»Schade«, seufzt Kaemper spöttisch, »wo ich doch so auf Glatzköpfe stehe!«

Piet hält es kaum noch auf dem Beifahrersitz. »Schwule Sau«, faucht er mit knallrotem Gesicht. »Ich bomb dich gleich weg, ich mach dich kalt …«

»Halt die Klappe, Piet.« Ich steige wieder in den GAZ. »Wir fahren vor!«

»Was läuft hier eigentlich?« Piet ist vollkommen außer sich.

»Kleine Abrechnung unter Freunden«, beruhige ich ihn. »Keine Gefahr, das gibt einen Mordsspaß!«

Kaemper scheucht händeklatschend seine Mädels zusammen. »Also gut, ihr süßen Gänschen, packt rasch eure Sachen, wir ziehen um.« Dann sieht er mich an. »Eigentlich konnte ich dieses Drecksnest ja nie leiden, aber die Geschäfte liefen super.« Und mit einem besorgten Unterton fügt er hinzu: »Liegt es an den Russen?«

Was für Russen?, denke ich.

»Oder warum ist Roland nicht selbst gekommen?«

»Der hat eben zu tun«, antworte ich.

»Aha«, macht Kaemper, »und deshalb schickt er dich? Und wenn er pfeift, springst du?«

»Genau wie du«, erwidere ich, »richtig?«

»Ja.« Kaemper nickt wehmütig. »Genau wie ich.«

19 WAFFENBESITZ IST STRAFBAR. Jedenfalls, wenn man keine Berechtigung zum Tragen einer Waffe hat. Weil man, zum Beispiel, Mitglied in einem Schützenverein oder Jäger oder so was ist. Außerdem, das hatte Julia irgendwo gelesen, kriegen nur Leute einen Waffenschein, die ein makelloses polizeiliches Führungszeugnis vorweisen können, mithin nicht vorbestraft sind.

Nichts davon traf auf Kudella zu. Er war weder Jäger noch Mitglied einer Schützengilde, und er war vorbestraft. Zudem gehörte Kudella nicht zu den Leuten, die sich groß um Gesetze scherten, kurz: Seine Waffe war illegal. Was sonst? Etwas anderes hatte Julia auch nicht erwartet.

Sie hatte sich sehr geärgert deswegen, war wütend und enttäuscht, und ihr erster Impuls war, zur Polizei zu gehen. Anzeigen, den Kerl, bevor er mit seiner Waffe Mist bauen konnte. Und das würde er, Kudella baute immer Mist.

Andererseits würde eine solche Anzeige für ihn ganz sicher eine Haftstrafe bedeuten. Er war auf Bewährung auf freiem Fuß. Er wäre ja schon für seinen Besuch im Podtsch ins Gefängnis gekommen, wenn Julia nicht stundenlang auf die Leute dort eingeredet hätte. Sie war eben der Meinung, dass Gefängnisstrafen alles nur schlimmer machten. Einem Typen wie Kudella half man nicht damit, dass man ihn einbuchtete. So einer brauchte Zuwendung, jemanden, der sich um ihn kümmerte und ihm den rechten Weg wies. Denn eigentlich war er ja kein schlechter Kerl, oder?

Julia kaute nachdenklich auf einer Haarspitze herum und seufzte schwer. Vermutlich war es ein Fehler gewesen, einfach wegzurennen. Sie hätte ihm die Waffe abnehmen müssen. Und dann das Ding in die Neiße schmeißen oder so. Und sie hätte ihm in aller Ruhe klarmachen müssen, dass Waffen absoluter Mist waren. Dass er sie mit so was nicht beeindrucken konnte. Obgleich es nicht so aussah, als hätte er sie damit überhaupt beeindrucken wollen. Aber was wollte er dann mit der Waffe?

Schießen. So viel war klar. Wer eine Waffe hat, will damit schießen. Und er wird es tun, wenn er ein Ziel hat, auf das er schießen kann. Was aber war Kudellas Ziel?

»Julia Latte, bitte! – Hallo? – Haaallooo! – Ich fürchte, unser Düsseldorfer Gast scheint mit seinen Gedanken derzeit ganz weit weg.«

Das Gelächter riss Julia aus ihren Gedanken. Erschrocken richtete sie sich auf und starrte auf das Transparent über der Bühne in der alten Zittauer Stadthalle. »FREMDHEIT ÜBERWINDEN – GRENZEN ÜBERSCHREITEN – IDEEN FÜR EINE EUROREGION NEISSE« stand da. Sie befand sich auf einer Podiumsdiskussion des Podtsch mit Vertretern gleichgesinnter Vereine aus Polen und der Tschechischen Republik, und es ging um die Frage, wie man die Sprachbarriere und die grenzüberschreitende Kommunikation in der Region verbessern könne, um die aus der jüngeren Geschichte resultierenden Vorbelastungen und Vorbehalte zwischen den Völkern zu überwinden.

Da Julia aus Düsseldorf kam, einer Stadt, die, wie man hier annahm, ähnliche Probleme haben könnte, weil sie sich in ähnlich grenznaher Situation zu Holland und Belgien befand, sollte die neue Praktikantin nun schildern, wie die Dinge im Westen angegangen wurden. Aber sie schlief offenbar.

»Nein, ich ...«, verteidigte sich Julia stammelnd und erhob sich, »... ich, ähm ... Ich habe nur darüber nachgedacht, dass man die Kooperation zwischen den verschiedenen Ländern institutionalisieren müsste. Die Probleme hier«, führte sie weiter aus, »neben der Sprachbarriere sehe ich da vor allem auch die desolate Infrastruktur, sind grenzüberschreitend verzahnt und können auch nur grenzüberschreitend gelöst werden. Aber es sollte eine Koordinationsstelle geben, einen zentralen Punkt, an dem die Kommunikation zusammenfließt.«

»Und wir sollten, meine ich, die Räumlichkeiten unseres Engagements genauer definieren«, mischte sich ein tschechischer Vertreter ein. Makellose Grammatik, aber starker Akzent. »Was ist das für ein Gebiet«, fragte er, »von dem wir hier reden? Wie groß ist es? – Denn wir, meine ich, können nicht die ganze Welt verbessern, wir müssen uns auf unsere Sache hier konzentrieren und brauchen dafür Grenzen.«

»Grenzen« sei der völlig falsche Ausdruck, fand Utta Piotrowski, der grüne Bürstenschnitt. Schließlich wolle man ja Grenzen abbauen und nicht neue errichten.

Dennoch sei eine Definition des Gebietes, in dem die hier zu besprechenden Maßnahmen künftig gelten sollten, zwingend notwendig, darauf beharrte der Tscheche, und Julia versuchte, sich auf den weiteren Verlauf der Debatte zu konzentrieren. Hier ging es immerhin um das große Ganze. Europäische Luftschlösser, die zur Realität werden sollten. Nach dem Zusammenbruch des Kommunismus lagen Städte wie Zittau, Liberec und Jelenia Góra in der Mitte des Kontinents, nicht mehr Bonn, Köln oder Brüssel. Hier wurde die Zukunft aufgebaut, hier war der Kern eines politisch-gesellschaftlichen Experiments, das Menschen aus unterschiedlichsten Kulturen und Sprachräumen zu einer neuen innereuropäischen Identität zusammenführen wollte. Große Visionen also, und Julia dachte trotzdem nur an Kudella.

Aber was wollte sie von ihm? Ihn erziehen? War sie seine Mutter? Natürlich nicht. Trotzdem fühlte sie sich verantwortlich. Weil sie ihn mochte, weil er irgendwie immer noch ihr Freund war. Und weil sie es rührend fand, wie er sich an alles erinnerte, was damals war. Da hatte er sie aus ihrer Isolation geholt, hatte sie nicht nur einmal gerettet, sowohl physisch als auch psychisch. Damals war sie schwach und konnte nichts für ihn tun. Heute schien er, trotz seiner körperlich-männlich protzenden Präsenz, der Schwache zu sein. Frustriert, einsam und verletzt. Er brauchte Hilfe, so viel war klar.

Doch war Julia überhaupt die Richtige, um ihm zu helfen? Und was sollte sie tun? Wie konnte sie ihm helfen? War es nicht doch besser, wenn sie sich einfach nur auf sich konzentrierte, um später einen guten Start ins Studium zu finden? Wenn sie Beobachterin blieb und alles mitschrieb, um das gesellschaftliche Leben hier zu analysieren, statt sich aktiv einzumischen? Selbst wenn sie dabei zusehen musste, wie andere den Bach runtergingen?

Nein! Julia stand auf, entschuldigte sich leise bei ihren Sitznachbarn und verließ den Saal, als müsse sie mal auf die Toilette.

Wenig später stand sie vor seiner Laube in der zugewachsenen Kleingartenanlage an der Chopinstraße, und Kudella war nicht da. Auch sein Jeep fehlte. – Mist!

Da die Laube nicht abgeschlossen war – wieso auch, zu holen gab es hier eh nichts –, trat sie ein. Puh, wie es hier roch! Die Waffe war nicht zu sehen. Entweder hatte Kudella sie mitgenommen oder irgendwo versteckt.

Langsam öffnete Julia den Reißverschluss ihres Anoraks und zog ihn aus. Hier gab es einiges zu tun, das hieß Ärmel hochkrempeln, wie ihre Mutter immer sagte.

Als Erstes entfernte Julia die Reichskriegsflagge über dem Bett. Die konnte man noch als Wischlappen benutzen. Dann sah sie nach, ob es irgendwo Putzmittel gab, denn die Laube brauchte so eine Art Grundreinigung. Im Klo stank es fürchterlich, aber es gab ein paar chemische Bomben, mit denen man die gröbsten Keime vernichten konnte. Als Nächstes war der schimmelige Abwasch dran. Und dann der ganze schmuddelige Rest. Sauberkeit war ein Anfang. Und vielleicht fand sie ja beim Putzen auch die Waffe.

20 DIE NÄCHTE KOMMEN früher jetzt. Es ist bereits dunkel, als wir den Johannisplatz erreichen, obgleich es gerade mal Viertel nach sechs ist. Die Pension »Johannishof« hat ihr kleines Restaurant im Parterre geöffnet, und so hole ich Piet und mir erst mal was zu trinken.

Die alte Rouché steht am Tresen, ihr Mann klimpert am Klavier vor sich hin. Ein Stück, das ich noch aus der Tanzschule kenne. »The Girl from Ipanema«. Jule fand es immer zu langsam. Bossa Nova, hatte sie immer gemeint, sei ein fiebriger, nervöser Rhythmus, den müsse man schnell tanzen.

Ich bestelle zwei große Bier und sehe mich im Raum um. Wenn der Alte Bossa Nova spielt, ist es durchaus möglich, dass auch Julia in der Nähe ist, oder? Aber ich sehe sie nicht. Nur ein Tisch ist mit mehreren Männern in Anzügen besetzt, die einen Vertragsabschluss oder so was feiern. Sie heben ihre Sektgläser und prosten sich geschäftig zu. »Meine Herren: Auf gutes Gelingen!«

»Ist sie da?«, frage ich die Rouché, doch die schiebt mir geistesabwesend die zwei Gläser Bier über den Tresen und starrt durch die großen Fenster des Restaurants zur Straße hinaus.

»Was, um Himmels willen, ist denn da los?«

Stimmung, denke ich grinsend, denn soeben ist der Hurenbus mit viel Trara auf den Johannisplatz gerollt. Blinkende Lichtgirlanden zu beiden Seiten der rosa lackierten »Sex Machine« versprechen »Heiße Abenteuer der besonderen Art«, und aus den großen, auf das Dach montierten Boxen schmachten die Platters, dass es von den umliegenden Häuserwänden widerhallt: *»Only you – can make this world seem right – o-hon-ly you – can make the darkness bright ...«*

Kaemper dreht eine Ehrenrunde und stoppt den Bus direkt vor der Kirche.

»Only you and you alone – can thrill me like you do – and fill my heart with love for o-on-ly you-hou-hou.«

Die Türen des Busses öffnen sich, die Mädchen stolzieren heraus und stellen sich verführerisch in Pose.

»Das gibt's ja nicht.« Frau Rouché ist fassungslos. »Und so was direkt vor der Kirche! Eine Unverschämtheit.«

Ihr Mann reckt den Hals, wechselt dann auf dem Klavier die Melodie und beginnt, mit lauter, erstaunlich stimmsicherer Stimme »Pigalle, Pigalle – das ist die große Mausefalle mitten in Paris« zu singen.

Ich lege einen Fünfer auf den Tresen und trete mit dem Bier vor die Tür.

Neugierig kommen immer mehr Anwohner und Schaulustige heran und diskutieren über Sinn und Unsinn fahrbarer Bordelle. Auch die Runde der sekttrinkenden Geschäftsleute aus dem »Johannishof« ist auf den Platz getreten und überlegt laut, ob man vielleicht einfach mit den Mädels weiterfeiern solle.

»Hier!« Ich drücke Piet ein Bier in die Hand und setze mich zu ihm in den GAZ. Wir stoßen an und beobachten, was passiert.

Swetlana, das Mädchen, das mir vorhin im Tagebau die Zigarette anzünden musste, stolziert in ihren kniehohen Stulpenstiefeln und dem roten Lackjäckchen herum. Ein älterer Herr im Lodenmantel interessiert sich für sie.

»Machen wir's woanders? Ich leg fünfzig drauf.«

»Ich kann hier nicht weg«, antwortet Swetlana mit russischem Akzent, »aber in unserem Bus ist es sehr diskret. Und es gibt auch was zu trinken.«

»Du sprichst aber gut Deutsch.« Der alte Mann knautscht verlegen seinen Tirolerhut. »Kommst du aus Russland? Warst da auf einer deutschen Schule, was?«

Swetlana sieht ihn spöttisch an: »Wollen Sie mich adoptieren?«

»Komm«, säftelt der Alte erregt, »ich leg hundert drauf und wir treiben's auf dem Kirchhof. Gut?«

»Auf dem Kirchhof?« Swetlana fängt schallend an zu lachen. »Großväterchen! Da kommen Sie früh genug hin!« Sie hakt sich amüsiert bei dem alten Herrn unter und verschwindet mit ihm im Dunkel der Wacholderbüsche auf dem Friedhof hinter der Kirche.

»Na bitte, flutscht doch wie in El Paso, was?« Ich sehe Piet an. Der nippt verwirrt an seinem Bier und ist knallrot im Gesicht. Armer Junge! Muss noch viel lernen.

Ich schaue rüber zum »Johannishof«, aber von Jule ist nichts zu sehen. Das Licht in ihrem Zimmer ist aus, wenn es wirklich das Balkonzimmer ist, von dem Roland gesprochen hat. Aber auch an den anderen Fenstern der Pension sehe ich sie nicht. Vielleicht hat sie noch im Podtsch zu tun, bei den Zecken, und kommt erst später nach Hause.

Die Geschäftsleute aus dem Restaurant knobeln laut lachend aus, wer die Mädels zahlen soll, und Stefan Kaemper macht es sich in einem Liegestuhl neben dem Bus bequem. Eines der Mädels bringt ihm ein Glas Whisky mit Eis. Doch er kommt nicht mehr dazu, es zu trinken ...

... denn plötzlich rasen mehrere Autos auf den Platz. Kleinere Opels und Golfs, genau kann ich es nicht erkennen, weil es fast gleichzeitig mehrmals dumpf knallt und gleißendes Licht blitzartig den Platz erhellt.

»Blendgranaten«, brülle ich und drücke Piets Kopf herunter, »Deckung!« Wir schließen hastig die Augen und rutschen in den Fußraum des GAZ. Reifen quietschen um uns herum auf, die Mädchen kreischen, außerdem hören wir martialisches Geschrei und Stiefelgetrappel – was, verdammt, passiert hier?

Vorsichtig komme ich wieder hoch, schiele durch die Windschutzscheibe meines Jeeps, kann aber nichts erkennen, denn noch immer bin ich geblendet, und es tanzen weiße und rote Flocken vor meinen Augen herum.

»Ich bin blind«, ruft neben mir Piet entsetzt, »auweia, ich kann nichts mehr sehen!«

»Halt die Klappe«, schreie ich ihn an, »das geht gleich vorbei!«

Tatsächlich lässt das Flackern in den Augen nach einer Weile nach, allmählich erkenne ich Konturen. Überall rennen maskierte Typen in Bomberjacken herum. Mehrere Autos haben den Bus eingekeilt. Von einem alten dunkelgrünen Kampfgruppen-Robur werden Benzinkanister gewuchtet, der Inhalt um den und gegen den Hurenbus geschüttet. Verdammt! Die wollen das Teil abfackeln! Aber wer?

Wer?!

Skinheads? – Katenbachs Neonazitruppe?

Johlend treiben sie die verängstigen Huren auf die Ladefläche des Robur. Irgendjemand wirft ein Streichholz. Ein lautes Verpuffen, Feuer, Schreie! Zustände wie im Krieg!

Die Tür des brennenden Busses wird aufgestoßen, Annika und Julika, die ungarischen Zwillinge, springen spärlich bekleidet heraus, werden aber sofort von den maskierten Typen abgegriffen. Die Mädchen weinen und wehren sich verzweifelt – ohne Erfolg, denn auch sie werden in den Robur gedrängt.

Ich fasse es nicht! Was geht hier vor?

»Warte hier«, flüstere ich Piet zu und lasse mich seitlich aus dem Wagen gleiten. Geduckt renne ich in Richtung Kirchhof, verstecke mich zwischen zwei Säulenwacholdern und beobachte von hier aus weiter, was passiert. Nicht weit von mir lehnen zwei Typen mit Walkie-Talkies an einem schwarz lackierten Opel Vectra mit dem Münchner Kennzeichen M–SX 909. Offenbar koordinieren sie die Aktion, aber ich kann nicht verstehen, was sie sagen. Reden die überhaupt deutsch?

Ich versuche, mir die Autonummer zu merken, und höre hinter mir den alten Mann im Lodenmantel schreien: »Ja, du kannst doch jetzt nicht einfach mittendrin abhauen!«

»Und ob ich kann«, faucht Swetlana. Im Widerschein des Feuers vom Platz sehe ich, wie sie sich losreißt und flüchtet.

»Ich hab für dich bezahlt«, brüllt ihr der Alte nach. Aber Swetlana ist schon zwischen Grabsteinen und alten Bäumen verschwunden.

Mit einer Agilität, die man dem Alten nie zugetraut hätte, stürmt er auf den Platz und greift sich einen der Maskierten.

»Blödmänner, verdammte«, brüllt er wütend, »ich krieg hundertfünfzig von euch! Los! Schließlich hab ich für die Hure bezahlt!«

Der Maskierte versetzt ihm einen Kinnhaken, dass der alte Mann zu Boden geht, und springt in eines der anrollenden Fahrzeuge. Kurz darauf ist auch der Kampfgruppen-Robur mit den gekidnappten Huren verschwunden.

Ich bin sprachlos. Verblüffend ist auch, dass ich immer noch mein Bier in der Hand und kaum etwas verschüttet habe. Also trinke ich erst mal einen Schluck. M–SX 909, überlege ich, das war auf jeden Fall 'ne Münchner Autonummer. Aber wie kriegt man jetzt den Besitzer des schwarzen Opel Vectra raus?

»Ohgottogottogott, ist das eine verdammte Scheiße!« Stefan Kaemper torkelt mit einem Feuerlöscher um den brennenden Bus herum und versucht zu retten, was zu retten ist. »Den ganzen Tag schon habe ich so ein beschissenes Gefühl. Oh Gott, was für eine Scheiße …«

Ich laufe zurück zu meinem GAZ, der den Angriff unbeschadet überstanden hat. Nur Piet hockt noch immer schlotternd im Fußraum und hat sich vor Schiss eingepisst.

»Alles gut, Junge«, beruhige ich ihn. »Die Typen sind weg.«

Dafür kommt Roland in seinem Porsche herangerast.

Zu spät, Don Rolando, denke ich, die Sache ist gelaufen.

Fassungslos springt er aus dem Wagen, starrt auf seinen brennenden Bus und faucht den Kaemper an:

»Was ist passiert? Wieso seid ihr nicht in Berzdorf bei der LAUBAG?«

»Weil uns dein Buddelkastenfreund hierhergelockt hat«, greint Kaemper weinerlich und sieht mich hasserfüllt an. »Du hast uns diesen ganzen Scheiß eingebrockt!«

Roland starrt mich an. »Stimmt das?«

Was soll ich darauf antworten? Also nicke ich langsam und trinke von meinem Bier.

»Wär doch total praktisch gewesen«, sage ich nach einer Weile und zeige zum »Johannishof« rüber. »Hättste Jule in ihrer feinen Pension flachlegen können und nebenher nach dem Geschäft sehen. Ich dachte, das gefällt dir.«

Roland steht kurz vor der Explosion. Wütend will er mir in die Fresse schlagen, doch ich fange seine Faust locker ab.

»Ganz ruhig, Freund. Ich hab den Bus zwar hier abgestellt, aber ich habe ihn nicht angesteckt.«

Roland lässt von mir ab und wirkt plötzlich sehr müde und abgespannt. »Was ist mit den Mädels?«

»Die haben die mitgenommen«, erwidert Piet, am ganzen Leibe schlotternd.

»Wer?«

»Wissen wir nicht«, antworte ich, »könnte Katenbachs Truppe gewesen sein, aber die Typen waren maskiert.«

»Katenbachs Truppe?« Roland versteht es nicht. »Wieso? Was haben die gegen meinen Bus? Und wieso nehmen die die Mädels mit?«

Ich hebe die Schultern. Woher soll ich das wissen?

»Bringt sie wieder her«, fordert Roland.

Wie jetzt? Sind wir seine Eintreiber, oder was?

»Mit deiner Ludenscheiße haben wir nichts zu tun«, findet auch der schlotternde Piet und wischt mit einem Taschentuch an seiner nassen Hose rum. »Verdammte Kacke, ey!«

Um uns und den Bus herum hat sich eine dichte Menschentraube gebildet. Aber kaum jemand spricht. Alle gaffen nur.

Der alte Mann im Lodenmantel rappelt sich ächzend wieder auf und flucht vor sich hin. Als er die vielen Leute bemerkt, schreit er: »Ich komm gleich mit 'm Teller!« Dann befühlt er seine blutende Unterlippe. »Diese Schweine haben mir fast den Unterkiefer gebrochen.«

Ja, denke ich, kleine Sünden bestraft der Herr sofort.

Von ferne hört man Sirenen und Martinshörner. Feuerwehr und Polizei sind im Anmarsch. Das heißt für mich: abhauen, und zwar schnell. Wenn man nur auf Bewährung draußen ist, sollte man nicht von den Bullen an irgendwelchen Tatorten angetroffen werden. Auch wenn man mit dem Tathergang nichts zu tun hat. Na ja, fast nichts.

»Piet«, rufe ich und starte den GAZ, »Abflug! Wir verpissen uns.«

21 PUH, WAR JULIA FERTIG. Erschöpft hockte sie auf Kudellas Schlafcouch und sah sich um. Drei Stunden hatte sie geputzt und geschrubbt und Sachen aussortiert, und jetzt war es gut. Man kann aus einer Bruchbude keinen Palast machen. Immerhin war die Laube jetzt sauber und einigermaßen aufgeräumt.

Vor der Eingangstür stapelten sich drei große schwarze Müllsäcke. In den einen hatte Julia alles geschmissen, was klassischer Müll war: abgelaufene und verdorbene Lebensmittel, uralte Zeitschriften, leere Zigarettenschachteln und Bierdosen, eingerotzte Tempotaschentücher, der Inhalt von mindestens drei übervollen Aschenbechern, Schnapsflaschen und Verpackungen, verdreckte Staub- und Scheuertücher, Unterhosen und T-Shirts, die niemand mehr waschen wollte, und so weiter.

Im zweiten Sack befand sich der ganze Faschokram, die zum Putzlappen missbrauchte kaiserliche Reichskriegsflagge zum Beispiel und stapelweise Landser-Heftchen, aber auch Lonsdale-Shirts und Thor-Steinar-Käppis. Dann gab es noch diverse Waffenkataloge, eine pseudowissenschaftliche »Anleitung zum Kriegführen« und irgendwelche Wehrmachtsmilitaria wie Eiserne Kreuze und andere Orden aus dem Weltkrieg. Zum geistigen Müll zählte Julia einen Volksbrockhaus aus dem Jahre 1942, alte Zigarettenalben über Zeppeline und Kampfflugzeuge, eine englische Ausgabe von Hitlers »Mein Kampf« und eine Rudolf-Heß-Biografie sowie ein rassistisches Machwerk über die »Sitten und Gebräuche der Neger«.

Sack drei war der Heikelste, denn natürlich war diese tschechische Armeepistole – die sie übrigens nicht gefunden hatte, weil Kudella sie offenkundig bei sich trug – nicht die einzige Waffe im Haus. Auf dem Hängeboden hatte sie noch eine Flinte entdeckt und drei kleine Schachteln mit sogenannter Luftgewehrmunition. Dazu eine schwere Pistole mit beängstigend großem Lauf, offenbar aus Beständen der Sowjetarmee, und eine weitere Munitionskiste, die dreißig Raketen enthielt, die wie überdimensionierte Silvesterknaller und ziemlich gefährlich aussahen. Alles aus russischer Produktion. Genau wie das Fernglas, aber das ließ sie ihm. Mit einem Fernglas kann man niemandem etwas tun. Anders als mit Schlagringen und Wurfsternen, die landeten auch im Müllsack, genau wie die zwei Baseballschläger.

Lange überlegt hatte Julia bei den Messern. Jeder Mensch braucht ein Küchenmesser, und natürlich kann man auch damit jemanden verletzen oder töten. Kudella aber besaß kein klassisches Küchenmesser, sondern nur mehrere höllisch scharfe Klapp- und Springmesser. Julia warf am Ende alle in den Müllsack. Ein ordentliches Messerset für die Küche konnte sie ihm immer noch kaufen.

Zuvor aber musste dieser ganze Waffenmüll entsorgt werden, und zwar gleich, bevor Kudella in seine Laube zurückkam. Julia hatte wenig Lust, mit ihm über Sinn oder Unsinn von Waffen zu diskutieren. Was weg war, war weg, dann konnte man damit auch nichts mehr anrichten.

Aber wohin damit? Julia zwirbelte nachdenklich eine ihrer langen Haarsträhnen. Die Neiße war nicht weit von hier, einfach die Chopinstraße hinunter, und dann kam der Grenzübergang, das waren keine fünf Minuten zu Fuß.

Natürlich konnte Julia den Sack nicht einfach an der Brücke in den Fluss werfen. Da würden die Grenzpolizisten einem nur unangenehme Fragen stellen. Trotzdem war die Neiße ein gutes Endlager für blöde Waffen, und etwas Besseres fiel Julia auf die Schnelle ohnehin nicht ein.

Kurzerhand zog sie sich den Anorak über und lief hinaus in den Garten. Hinter der Laube hatte sie einen alten Handwagen entdeckt, einen morschen Karren aus Holz, aber für ihre Zwecke mochte er reichen. Sie belud ihn mit den drei Müllsäcken und machte sich auf den Weg. Den klassischen und den geistigen Müll konnte sie gleich vorn an der Chopinstraße lassen, denn da standen vier große Abfallcontainer, die direkt für die Kleingartenanlage bestimmt und schon nach dem dualen System zur Mülltrennung geordnet waren. Was Julia schließlich zur Frage veranlasste, ob Naziliteratur wiederverwertbar war?

Niemals, entschied sie sich und warf alles in die Restmülltonne. Verbrennen das Zeug, hat eh keinen grünen Punkt.

Mit dem letzten, dem heiklen Waffensack auf dem klapprigen Handwagen lief sie die Chopinstraße hinunter und kam sich vor wie ein Kriegsflüchtling. Nur, dass die vor achtundvierzig Jahren in die umgekehrte Richtung nach Westen marschiert waren. Auf der Flucht vor den Russen.

Nichts gelernt aus der Geschichte, dachte Julia, denn noch immer gab es Idioten, die gerne Krieg spielten. Aber nicht mehr lange. Kudella zumindest würde ab sofort ohne seine Waffen auskommen müssen. Und die tschechische Armeepistole würde sie ihm auch noch abnehmen.

Kurz vor dem hell erleuchteten, aber um diese Zeit kaum befahrenen Grenzübergang nach Polen bog sie rechts zur Neumühle ab. Eine schmale Straße, die zu einem ungenutzten Gewerbegebiet führte. Laternen verbreiteten trübes Neonlicht, die großen Hallen standen leer und verfielen allmählich. Dahinter führte ein mit groben Betonplatten befestigter Weg direkt an der Neiße entlang. Auf einer Art Deich, mit steiler Böschung zum Wasser hinab. Vermutlich war das der Postenweg, den auch die Grenzer benutzten.

Unruhig sah sich Julia um. Der Handwagen machte einen höllischen Lärm und klapperte bei jeder Bodenwelle. Je schneller sie ihn los war, desto besser, denn Julia wollte nicht riskieren, mit Kudellas Waffenarsenal einer Streife zu begegnen.

Also los! Sie suchte eine Stelle, an der die Böschung weniger bewachsen war, sodass sie den Wagen mit dem Müllsack einfach in den Fluss rollen lassen konnte. Das wenigstens war der Plan. Er berücksichtigte nicht, dass der Deich am Fuße mit groben Betonklötzen gegen Unterspülungen befestigt war. Betonklötzen und Feldsteinen, in denen der Karren krachend hängen blieb, noch bevor er im Wasser versinken konnte.

Mist, dachte Julia, so ein verdammter Mist! Nervös trieselte sie ihre Haarsträhne.

Der Handwagen mit dem Müllsack lag schief im Wasser, ohne dass etwas passierte.

Julia sah sich um. Noch schien sie niemand bemerkt zu haben. Nirgendwo rührte sich etwas, und außer dem Plätschern des Flusses war nichts zu hören. Er war hier höchstens zwanzig Meter breit, hatte aber eine starke Strömung, und, so schien es wenigstens Julia, der Pegel schien etwas höher als normal zu liegen. Was vermutlich an den Regenfällen der letzten Tage lag. Vor allem wenn die Wolken im Gebirge weiter südlich hängen blieben und dort abregneten. Dann konnte aus der normalerweise kaum als Fluss zu bezeichnenden Neiße schnell ein reißender Strom werden. Schon mehrmals hatte es in Zittau und Görlitz verheerende Hochwasser gegeben, da nutzten auch die kleinen Deiche nichts.

Wenn wenigstens der Müllsack weg wäre. Aber er lag fest im Karren und konnte da unmöglich bleiben. Doch um ihn da rauszuholen und endgültig den Fluten zu überantworten, musste Julia ins Wasser waten. Und sie hasste das Wasser. Sie konnte nicht schwimmen, weil sie es wegen ihrer Chlorallergie nie richtig gelernt hatte. Wasser machte ihr Angst. Am liebsten wäre sie einfach weggelaufen.

Und dann? Was, wenn jemand die Waffen fand? Um damit irgendeinen Blödsinn zu machen? Um sie *einzusetzen*?

Nein. Julia schüttelte unwillkürlich den Kopf. Sie konnte jetzt nicht einfach kneifen. Das bisschen Wasser, sie würde sich höchstens nasse Schuhe holen. Der Sack musste verschwinden, deshalb war sie hier.

Julia biss sich auf die Lippen und kletterte langsam die Böschung hinunter. Im schwachen Licht, das vom Gewerbegebiet herüberdrang, glitzerten die Fluten. Schnell strömend flossen und gurgelten sie um die Befestigungssteine herum, an denen der Karren hing. Vorsichtig setzte Julia einen Fuß ins Wasser, schloss genervt die Augen.

Was tat sie hier? Was hatte sie überhaupt hierhergetrieben? War das Verantwortung oder doch eher Idiotie?

Sich innerlich verfluchend und mühsam über die Betonsteine balancierend tappte sie weiter. Wasser drang ihr durch die Schuhe, zerrte an den Beinen und durchnässte die Jeans bis zu den Oberschenkeln. Dann hatte sie den Karren erreicht. Beherzt griff sie nach dem Müllsack. Doch als sie ihn herausziehen wollte, trieb der Karren durch die veränderte Gewichtslage auf und begann, sich zu drehen. Julia schwankte, verlor das Gleichgewicht und stürzte, noch immer den Müllsack in beiden Händen, rücklings in die Fluten.

Ah, war das kalt! Die Strömung riss an ihr, und Julia schluckte Wasser. Eisig drang es durch Anorak und Wollpullover bis auf die Haut. Von allen Seiten, wie Tausende kleiner Nadeln. Entsetzt wollte sie sich wieder aufrichten, doch die hölzerne Zuggabel des davontreibenden Karrens knallte ihr so hart gegen den Kopf, dass sie das Bewusstsein verlor und zurück in den eiskalten Fluss klatschte.

22 AUSREICHEND SCHLAF ist wichtig. Im Schlaf schöpft der Körper neue Kraft, und es regeneriert sich der Geist. Während wir dahinschlummern, schaltet unser Hirn nicht ab, im Gegenteil, es verarbeitet das Erlebte, die Eindrücke des Tages, sortiert die Gedanken und kommt, wenn es gut läuft, auch zu völlig neuen Schlussfolgerungen.

Schwartz mochte den Schlaf deshalb sehr, gerade nach anstrengenden Tagen. Wenn nichts mehr ging, legte er sich hin. Um nach dem Aufwachen nicht nur neue Energie, sondern vor allem auch völlig neue Erkenntnisse zu haben. Diesmal war in seinem Kopf etwas über Ursula Kuhnt herangereift, und es hatte nichts mit all diesem verdeckten Ermittlerkram der Liliana Petkovic zu tun. Im Gegenteil, es war eine ganz einfache Sache – wie üblich, denn grundsätzlich neigt der Mensch ja zu komplizierten Überlegungen und übersieht dabei das Naheliegende. Plötzlich aber war die Sache sonnenklar. Schwartz schien kurz vor der Lösung seines Falles zu stehen, doch dann schwand alles dahin. Wegen eines seltsamen Geräusches. Ein eigenartig elektronisches Düdeldüdeldü riss ihn aus dem Schlaf mit seinen so überzeugend einfachen Ideen.

Düdeldüdeldü – düdeldüdeldü …

Verdammt, was war das?

Schwartz hatte sich erhoben und stieß im Dunkeln schmerzhaft gegen einen Stuhl. Und dann spürte er seine Aktentasche. Kam das Düdeldüdeldü tatsächlich aus seiner Aktentasche?

Vorsichtig bückte er sich und machte die Tasche auf. Düdeldüdeldü, piepste es, und ein Display leuchtete ihn giftgrün an: »Anruf!«

Das Funktelefon, na, das ging ja prima los! Wer, verflucht noch mal, rief jetzt an? Mitten in der Nacht? Auf einem Funktelefon, das Schwartz noch nicht mal sechs Stunden besaß? Er nahm es aus der Tasche, etwas ratlos, und überlegte.

Düdeldüdeldü, meckerte das Funktelefon, und die Anzeige drängte »Anruf, Anruf« – ja doch, verdammt! Schwartz musste nur noch kurz herausbekommen, wie man bei dem Ding abnahm. Die Petkovic hatte zuerst die Antenne herausgezogen. Dann nahm man wohl mit der Taste mit dem grünen Hörer ein Gespräch an. Oder?

»Petkovic, es gibt Probleme mit dem Hurenbus«, knarzte es aus dem Funktelefon. »Kaemper hat einen Notruf abgesetzt. Offenbar hat es einen Anschlag gegeben. Hören Sie mich?«

Schlagartig war Schwartz hellwach. »Wo?«, fragte er knapp und versuchte, seiner Stimme ein rauchiges, petkovicähnliches Timbre zu geben.

»Zittauer Altstadt, Johannisplatz«, kam es aus dem Funktelefon, »kann sich Ihr Mann vor Ort darum kümmern?«

»Klar«, antwortete Schwartz, »bin schon unterwegs.« Dann drückte er die rote Taste und schob die Antenne des Telefons wieder zusammen.

Na, jetzt geht's ja los, dachte er, Anschlag auf Hurenbus am Johannisplatz. Das hörte sich spannend an. Denn offenkundig kam Liliana Petkovic gerade der zweite V-Mann abhanden. – Sollte er sie wecken?

Nein, entschied er, denn schließlich war er vom Funktelefon aus dem Schlaf gerissen worden und nicht sie. Außerdem sollte sich »der Mann vor Ort« darum kümmern. Also er.

Hastig zog Schwartz sich an, steckte das Funktelefon ein und schlich leise die Treppe hinunter.

Wenig später saß er in seiner Déesse. Normalerweise brauchte man nur knapp zwanzig Minuten bis in die Zittauer Altstadt, aber es war sehr neblig und die Straßen feucht und glitschig vom Herbstlaub. In solchen Nächten kamen die Flüchtlinge über die Grenze. Manchmal waren ganze Gruppen von ihnen auf der Bundesstraße unterwegs. Konzentriert sah Schwartz durch die Windschutzscheibe. Die Sicht war gleich null. Vorsichtig fahren, dachte er. Das fehlte noch, dass er im Nebel einen illegalen Einwanderer über den Haufen fuhr.

Plötzlich stotterte der Motor und ging aus. Schwartz fluchte innerlich und klopfte hektisch gegen die Tankfüllstandsanzeige. Aber der Zeiger rührte sich nicht. Seine Göttin hatte kein Benzin mehr.

Er ließ den Wagen am Straßenrand ausrollen und schaltete die Warnblinkanlage an. Dann holte er aus dem Kofferraum einen Fünf-Liter-Reservekanister, aber auch der war leer.

»Herrgott noch mal!« Schwartz schlug wütend die Kofferklappe zu und den Kragen seiner Barbourjacke hoch.

Was jetzt? Nachdenklich sah er die Straße hinunter. Kein Mensch, kein Licht, kein Auto weit und breit. Aber irgendwo da vorn, das wusste er, war eine Tankstelle, die die ganze Nacht geöffnet war.

23 »ICH HAB NICHT EINGEPISST«, beteuert Piet zum x-ten Male, »das ist nur Bier, verdammt! Ich hab's verschüttet, als wir so plötzlich in Deckung gehen mussten. Ich mach mir doch nicht in die Hose, Mann!«

Aber ich hätte mir beinahe in die Hose gemacht, denke ich, als da plötzlich dieses Rollkommando auftauchte. Was waren das für Typen? Die waren gut organisiert, das war handstreichartig, wie von langer Hand geplant. Und Roland hatte ganz recht mit seiner Frage: Warum haben die die Mädels mitgenommen?

Ich muss rausfinden, wem das Münchner Autokennzeichen gehört. Dann hätte ich die Typen am Arsch und könnte sie mir einzeln vornehmen.

»Wenn's Pisse wäre, würde es riechen«, erklärt Piet. »Aber das ist nur Bier. Willste mal an meiner Hose riechen?«

»Bin ich schwul, oder was?« Mensch, mir ist völlig egal, ob Piet nun Bier in der Hose hat oder sonst was. Damit muss er allein klarkommen.

»Katenbachs Leute können das nicht gewesen sein«, überlege ich laut und sehe mir das Angebot von Alkoholika in den Regalen an. »Es ging nicht um den Bus. Die wollten die Mädels.«

»Na ja, vielleicht wollen sie eine Party feiern«, mutmaßt Piet, »eine wilde DVU-Sexorgie.«

»Mit Russenweibern?« Ich schüttele den Kopf. »Nicht Katenbach. Der lässt nur arische Frauen in sein teutonisches Schlafgemach.« Ich nehme eine Flasche aus dem Regal. Nach all der Aufregung wäre ein Cognac nicht schlecht. Das Problem ist, dass das Zeug an Tankstellen immer so wahnsinnig teuer ist. Fast vierzig Märker die Pulle, die haben hier echt ein Rad ab.

»Wie viel Kohle hast 'n noch?«, frage ich Piet.

»Zwanzig«, antwortet der, »wieso?«

Ich zeige ihm die Flasche Cognac. »Teilen wir uns die?«

»Alter!« Piet strahlt. »Nur vom Feinsten, was?«

»Die haben wir uns verdient«, finde ich und trete an den Tresen.

»Haben Sie auch getankt?«, fragt der Tankstellenangestellte, obgleich er es wissen müsste, denn neuerdings werden diese modernen Tanken alle videoüberwacht. Benzinklau ist verdammt schwierig geworden. Früher bei Minol war das kein Problem. Aber heute gucken sie nur auf ihren Monitor und spulen das Band zurück – zack, das war's. Kaum eine Stunde später hast du die Bullen am Hals, weil die Kameras so eingerichtet sind, dass sie immer auch die Nummern der Autos an den Zapfsäulen filmen.

Das Einzige, was noch geht, ist Benzinklau mit einem Kanister. Damit marschierst du an die Zapfsäule, schon tief die Kapuze im Gesicht, und machst das Ding in Ruhe voll. Bevor es hektisch wird. Denn flüchte mal mit einem Vierzig-Liter-Kanister vor einem wild gewordenen Tankstellenpächter, der sein Geld haben will. Das klappt nur, wenn dein Auto schön schattig außerhalb der Videoüberwachung in der Nähe geparkt ist.

»Haben Sie nun getankt oder nicht?«, wiederholt die angestellte Tresenkraft ihre Frage.

»Wir tanken Cognac«, antworte ich und reiche die Flasche rüber. »Und vier Päckchen Karo, bitte.«

»Karokarokaro ...« Der Angestellte steht vor dem riesigen Zigarettenregal und guckt ratlos.

Ja, das Angebot ist unübersichtlich geworden in der westlichen Marktwirtschaft, gerade für zigarettenverkaufende Nichtraucher.

»Ganz links unten«, helfe ich ihm auf die Sprünge, »die kleinen Schachbretter mit rotem Schriftzug.«

»Das sind ja wirklich kleine schwarze Karos«, freut sich der Tankstellenangestellte, als hätte er noch nie so eine Schachtel gesehen, und schiebt mir vier davon über den Tresen. »Das macht dann ...«

Er will seine Kasse bedienen, als plötzlich ein – ich fasse es kaum – Neger mit einem kleinen roten Fünf-Liter-Plastikkanister hereinstürmt.

»Verzeihung, aber mein Wagen ...« Er packt einen Geldschein auf den Tresen und ignoriert uns. »Säule drei, bitte!«

Piet und ich sehen uns an. Kann es sein, dass der Nigger sich hier eben ziemlich dreist vordrängelt?

»Ich habe es sehr eilig«, erklärt er.

»Wir auch, Bimbo«, mache ich klar und schiebe ihn entschieden beiseite, bevor ich mich der irritierten Tresenkraft zuwende. »Zahlen, bitte.«

»Moment mal, Freundchen«, regt sich der Neger auf, »was hast du zu mir gesagt?«

»Bimbo«, wiederhole ich ruhig und sehe ihm provozierend in die dunklen afrikanischen Augen. »Was dagegen, Bimbo?«

Piet feixt. Er freut sich schon, denn es sieht ganz danach aus, als bekomme der Nigger gleich sein Fett weg.

Doch der wendet sich von uns ab und wieder dem Angestellten am Tresen zu. »Ich muss dringend zum Johannisplatz, also bitte ...«

»Zum Johannisplatz will er«, ruft Piet und schnappt sich den verdutzten Neger, »der Bimbo. Sieh an, sieh an.«

»Hey, Jungs. Macht keinen Ärger, ja«, mahnt die nichtrauchende Null am Tresen und geht etwas in Deckung.

»I wo«, sage ich, packe den Nigger an seiner schicken Barbourjacke und ziehe ihn dicht zu mir heran. »Es ist nur so: Der Bimbo will zum Johannisplatz, nicht wahr? Und da soll er auch hin. Es gibt dort nämlich einen netten kleinen Friedhof.« Dann ramme ich ihm mein Knie in die Weichteile und meine Faust ins braune Arschgesicht. – Erziehung muss sein! Man drängelt sich nicht vor in Deutschland.

Der Neger taumelt nach hinten und reißt dabei krachend ein Regal mit Chipstüten um.

»Ts, ts«, mache ich grinsend zur Tresenkraft, »nun sehen Sie sich das an. Kann sich einfach nicht benehmen, der Bimbo. Tut glatt so, als wäre er daheim in Afrika.«

»Ein weit gereister Mann«, höhnt Piet wiehernd und drischt dem Neger mit dem Fuß so brutal in die Magengrube, dass er aufjault, »muss sich erst mal ausruhen, was?«

»Ja, aber erst nachdem er sich entschuldigt hat.« Ich schnappe mir den Bimbo und ziehe ihn wieder hoch. Blut läuft ihm aus der Nase. Schöner dunkelroter und dickflüssiger Saft.

»Oh«, mache ich spöttisch, »mir wird schlecht. Ich kann kein Blut sehen.« Ich will ihm mit einem zweiten Faustschlag den Rest geben, doch plötzlich zeigt der Nigger ungeahnte Qualitäten und dreht mir blitzschnell und schmerzhaft den Arm auf den Rücken.

Oh, *shit*, denke ich erschrocken, während mein Kopf zwischen Süßigkeiten und Schokoriegeln am Tresen landet. Nicht dass der Kerl irgend so ein bürgerkriegserprobter Söldner aus dem Kongo ist oder ein arbeitsloser haitianischer Killer von Baby Docs Tonton Macoutes.

Während er mich im Griff hat, hält er Piet einen aufklappbaren Ausweis hin und brüllt: »Oberkommissar Romeo Schwartz, Kripo Dresden! Ihr könnt wählen.« Er holt keuchend Luft und spricht ruhiger weiter. »Entweder ich verhafte euch Idioten wegen Angriffs und Widerstandes gegen die sächsische Staatsgewalt, oder wir alle vergessen, dass ich Beamter bin. – Also?« Er knallt mir sein Knie in den Rücken, dass ich fast aufschreie vor Schmerz. Scheiße, tut das weh! Aber eine Verhaftung wäre das Ende. Damit würde ich todsicher im Knast landen.

»Vergessen wir«, krächze ich deshalb gepresst, »dass Sie Beamter sind, okay?«

»Liebend gerne!« Der Polizeineger zieht mich vom Tresen weg und verpasst mir mit der Faust – links, rechts, links – drei kräftige Schläge, die mich rotieren lassen wie einen betrunkenen Kreisel. Zum Schluss gibt's noch einen Handkantenschlag ins Genick und einen furchtbaren Tritt in die Magengrube.

Heilige Scheiße! Mir wird abwechselnd schwarz und weiß vor Augen, und Luft kriege ich auch keine mehr. Zusammengekrümmt lande ich auf dem gewienerten Boden des Tankstellenshops.

»Als Bulle darf ich das nämlich nicht«, keucht der Neger und tritt noch mal nach. »Du Arschloch!« Dann sieht er Piet an, der sich verängstigt zwischen zwei Regale mit Autopolitur und Scheibenwischerblättern geflüchtet hat.

»Und du? Solltest du nicht besser im Bett bei Mutti sein?«

»I-ich hab ein eigenes Zimmer«, stammelt Piet und tritt hastig den Rückzug an. »Ich g-geh dann mal, o-okay?«

»Nacht«, knurrt der Negerbulle, und Piet flieht, als sei der Teufel hinter ihm her.

Aus den Augenwinkeln und immer noch am Boden liegend beobachte ich, wie der Neger sich hinter dem Tresen am Videorekorder der Tankstelle zu schaffen macht. Vermutlich nimmt er das Band heraus, dass das Geschehen im Tankstellenshop aufgenommen hat.

»Beschlagnahmt«, erklärt er knapp. »Kann ich jetzt zahlen?«

»Sechs siebzig.« Der Tankstellenangestellte entriegelt eilig die Kasse.

»Stimmt so.« Der Neger lässt ein paar Münzen auf den Kassenteller klingeln, vermutlich sieben Mark, und wischt sich mit einem Taschentuch das Blut aus dem Gesicht. Dann steigt er über mich drüber und verlässt mit seinem roten Benzinkanister den Shop.

Mann, hatte der Kerl einen Schlag. Mir tut alles weh. Ich kann kaum aufstehen und schmecke Blut im Mund. Mit der Zunge teste ich, ob noch alle Zähne da sind. Aber er hat mir keinen ausgeschlagen. Gott sei Dank.

Der Angestellte sieht mich mitfühlend an. Oder ist es Schadenfreude?

»Ich zahl dann auch mal«, bringe ich nur mit äußerster Mühe hervor und lege einen Fünfziger auf den Tresen.

Was ist bloß aus Deutschland geworden?

Ich zähle mein Wechselgeld, viel ist es nicht. Verdammte Tankstellenwucherpreise. Aber immerhin habe ich jetzt Cognac. Den brauche ich heute nötiger denn je.

»Schönen Abend noch«, verabschiede ich mich und verlasse als geschlagener Krieger mein persönliches Waterloo.

Aber echt, wer kann schon ahnen, dass der Besuch einer Zittauer Nachttanke so dermaßen in die Hose gehen kann. Neger bei der Polizei! Unglaublich.

Wo soll das nur enden?

24 »Что случилось?«

Ein junges, von blonden, weichen Haarlocken umrahmtes Gesicht beugte sich über sie. Es sah besorgt aus. Und es war stark geschminkt, mit dunkelrotem Mund und langen, schwarz getuschten Wimpern. Der Kajalstrich war etwas verlaufen und hatte einen verwaschenen schwarzen Streifen auf die Wangen gemalt. Als hätte das Mädchen geweint. Aber jetzt lächelte es erleichtert.

»Как ты себя чувствуешь?«

Julia spürte, wie sie fror. Wo bin ich, dachte sie, und ihr Kopf dröhnte, als befände er sich im Innern einer Basstrommel, die unaufhörlich geschlagen wurde.

»Ты говоришь по-русски?«

Julia überlegte. Natürlich hatte auch sie in der Schule früher Russisch gehabt. Aber es war alles weg.

»Nemjetzki«, antwortete sie schließlich mit einer kraftlosen Stimme, über die sie selbst erschrak, *»and english.«*

»Dann sprechen wir Deutsch, gut?« Das Mädchen zog sich die langen Stulpenstiefel von den Beinen, um sie auszugießen. Wasser floss heraus. »Alle Mädchen, die nach Deutschland wollen, lernen Deutsch.« Sie lachte aufmunternd. »Du hast es geschafft. Knapp, aber geschafft, weißt du? Ich hab dich aus dem Fluss gezogen.«

»Aus dem Fluss …« Julia erinnerte sich. Sie wollte den Müllsack mit Kudellas Waffen entsorgen.

»Du hast zwischen den Steinen im Wasser gelegen«, erzählte das Mädchen. »Du warst …« Sie überlegte. »… wie sagt man, ohnmächtig?«

Ja, dachte Julia bibbernd, das war ich wohl. Sie richtete sich etwas auf. Jeans, Wollpullover und Anorak waren völlig durchnässt und klebten schwer und kalt an ihrem Körper. Ekelhaft! Zitternd sah sie sich um. Offenbar war sie von dem Mädchen bis hoch in das ungenutzte Gewerbegebiet geschleppt worden, denn sie befand sich in einer hohen, zugigen Halle, von deren Wänden die Farbe abblätterte. Durch die offenen Tore drang schwaches Neonlicht von draußen herein.

Oder war es der Mond?

»Ich heiße Swetlana«, sagte das Mädchen und hockte sich neben sie. »Und du?«

»Julia.«

»Julia …« Swetlana seufzte. »Ja, das ist schön. Und woher kommst du, Julia?«

»Aus Düsseldorf.«

»Düsseldorf?« Swetlana riss verblüfft die Augen auf. »Aber das ist Deutschland! Ich dachte, du bist durch den Fluss gekommen?«

»Nein«, Julia schüttelte den Kopf, »nur reingefallen. Das war ein Unfall.«

»Und was machst du dann … hier?«

»Praktikum.« Julia strich sich mit zittrigen Händen ein paar nasse Haarsträhnen aus dem Gesicht. »Ich will studieren.«

»Ja«, nickte Swetlana versonnen, »das will ich auch. Irgendwann.«

»Und wo kommst du her?«

»Minsk.« Swetlana legte den Kopf in den Nacken und schloss die Augen. »Das ist Weißrussland. Ich hätte nie hierherkommen sollen.

»Aber du bist doch eben erst angekommen?«

»Nein.« Swetlana sah Julia an. »Du warst im Wasser. Ich habe es nur in den Stiefeln.«

»Weil du mich rausgezogen hast.« Julia lächelte schwach. »Vielen Dank, Swetlana.«

»Du holst dir den Tod.« Swetlana erhob sich und reichte Julia die Hand. »Du musst aus den nassen Sachen raus. Weißt du, wo du dich umziehen kannst?«

»Ich habe ein Zimmer in der Altstadt.« Julia kam mit Swetlanas Hilfe hoch, musste sich aber an der Wand abstützen, um nicht wieder umzufallen.

»Warte, leg deinen Arm um mich, das geht besser …« Swetlana nahm ihre Stiefel in die linke Hand und half der schlotternden Julia dann auf bloßen Füßen aus der Halle hinaus.

Die Nacht war sternenklar und kalt. Richtig frostig, stellte Julia entsetzt fest, während sie, von Swetlana gestützt, durch das leere Gewerbegebiet zurück zur Chopinstraße wankte. Vielleicht werde ich nicht gleich sterben, dachte sie, aber eine Lungenentzündung ist sicher drin, wenn ich nicht bald ins Trockene komme. Oder eine handfeste Grippe. Bei Frost in nassen Klamotten rumlaufen, nee, das hält kein Immunsystem aus.

»In der Nähe gibt es eine kleine Datscha«, sagte sie zähneklappernd zu Swetlana, »von einem Freund. Da können wir uns erst mal aufwärmen, okay?«

»Okay«, nickte Swetlana, denn auch sie begann allmählich zu frieren.

Zitternd liefen sie die Chopinstraße hinunter.

»Was wolltest du am Fluss?«, fragte Julia, nur um etwas zu sagen. Reden lenkte ab, auch von der Kälte. »Hast du auf jemanden gewartet? Jemanden, der durchs Wasser nachkommt?« Sie versuchte ein Lächeln. »Vielleicht einen Freund?«

Swetlana schwieg.

»Komm schon«, blieb Julia hartnäckig, »ich sag's niemandem weiter, okay?«

»Ich habe keinen Freund«, stieß Swetlana plötzlich wütend hervor, »nicht hier, verstehst du? Nicht in Deutschland!«

»Aber zu Hause?« Julia sagte es zaghaft und vom plötzlichen Ausbruch Swetlanas irritiert. »In Minsk?«

»Nein!« Swetlana schüttelte heftig den Kopf. »Ich wollte zu meiner Schwester.«

Julia sah sie an. Offenbar kämpfte Swetlana mit den Tränen. Irgendwas war, irgendein Problem. Julia hätte sie gern getröstet. Wo Swetlana ihr doch quasi das Leben gerettet hatte.

Wie oft wäre ich schon gestorben, schoss es ihr plötzlich durch den Kopf, wenn nicht immer jemand da gewesen wäre, der …

Oh, mein Gott! Für einen Augenblick wurde ihr ganz mulmig. Warum immer ich, dachte sie, warum passiert immer mir so was? Weil ich dazu bestimmt bin, früh zu sterben? Irgendein dummer Unfalltod oder so?

Unsinn, schalt sie sich, bislang bist du ja immer davongekommen.

Sie war eben ein Pechvogel, etwas chaotisch, etwas gedankenverloren, und dann passierte es halt, dass man bei helllichtem Tag gegen eine Laterne rannte oder fast vom Auto überfahren wurde, weil irgendwas auf der anderen Straßenseite ihr Interesse geweckt und sie deshalb nicht auf den Verkehr geachtet hatte. So was war Schicksal. Kein Einzelfall. Es gab eben Leute wie Julia, die verunglückten mit dem Fahrrad, brachen im Winter im Eis ein oder fielen grundlos in die Neiße. Und es gab Leute, denen passierte das alles nicht. Oder nur einmal, und dann waren sie tot. Julia jedenfalls hatte bislang jede Katastrophe überstanden. Glück im Unglück nannte man das wohl. Was besser war, als gar kein Glück zu haben.

Und Swetlana? Was war mir ihr? Offenbar gehörte sie zu jenen

Mädchen aus Osteuropa, die sich prostituierten. Das sah man schon an ihrem Äußeren. Netzstrumpfhosen und hohe Stiefel. Zu dick geschminkt und ein knappes Lackjäckchen über dem engen Bustier. Und jung war sie, viel zu jung. Julia schätzte sie auf höchstens siebzehn. War es das Geld wert? Harte Westmark? Ging es den Mädchen in ihren Heimatländern so schlecht, dass sie, nicht mal volljährig, ihre Körper verkaufen mussten, um zu überleben? Oder steckte noch was anderes dahinter? Swetlana jedenfalls litt, das sah ein Blinder. Sie brach fast in Tränen aus und wollte dringend zu ihrer Schwester. Trotzdem hatte sie Julia geholfen. Und jetzt wollte Julia Swetlana helfen.

»Was ist mit deiner Schwester?«, fragte sie mitfühlend. »Ist sie noch in Russland?«

»Irgendwo hinter der Grenze. In Polen, ich weiß nicht genau.« Swetlana hatte jetzt wirklich Tränen in den Augen. »Ein Freier von mir hat sie dort in einem Hotel gesehen. Zufällig. Ihm war aufgefallen, wie ähnlich sie mir ist. Wir sind …«, Swetlana überlegte, »… Zweilinge?«

»Zwillinge.«

»Der Freier hat Jelena von mir erzählt. Und da hat sie ihm den Brief mitgegeben. Damit ich weiß, wo sie ist. Damit sie aufhören, uns zu erpressen.«

»Sie erpressen euch?«

»Ja. Und heute kam der Freier zu mir und gab mir heimlich den Brief. – Sieh!« Sie zeigte Julia eine Tasche an ihrem roten Lackjäckchen, die ausgerissen war. »Da habe ich ihn hineingesteckt.« Sie fing an zu weinen. »Und jetzt habe ich ihn verloren!«

Das ist schlimm, dachte Julia betroffen. »Hast du ihn verloren, als du mich aus dem Wasser gezogen hast?«

»Nein.« Swetlana hob hilflos die Schultern. »Da war er schon weg. Ich kam an den Fluss und wollte den Brief so zwischen die Zähne nehmen, siehst du?« Sie zeigte Julia ihre schönen, makellosen Schneidezähne. »Damit er nicht nass wird, wenn ich durchs Wasser muss. – Aber er war nicht mehr da.«

Brrr, überlegte Julia, mich würde niemand freiwillig in den Fluss kriegen. Und dieses Mädchen tut's für ihre Schwester …

Sie hatten jetzt die Kleingartenanlage fast erreicht.

»Von wem werdet ihr denn erpresst?« Julia wollte den Hauptweg zu den einzelnen Parzellen einschlagen, als sie von Swetlana erschrocken zurückgehalten wurde.

»Nicht!«

»Was ist?« Julia verstand nicht.

»Das Auto!« Swetlana zeigte auf Kudellas Jeep, der mit hochgeklappten Verdeck unter einem alten, knorrigen Kirschbaum stand. »Nicht gut.«

»Nicht gut?« Kudellas Jeep? Wieso? – Himmel noch mal! Julia war furchtbar kalt, sie erfror fast, und Kudellas warme Hütte war in Sichtweite. »Was ist nicht gut?«

»Lass uns gehen! BITTE!« Swetlanas letztes Wort klang wie ein panischer Hilfeschrei, und so ließ sich Julia mitziehen. Zurück auf die frostkalte Straße. Weg vom Warmen, vom Trockenen, von Kudellas frisch aufgeräumter Laube. Mist!

»Vielleicht sagst du mir mal, was überhaupt los ist«, verlangte Julia zähneklappernd, als sie weiter Richtung Altstadt liefen. »Vielleicht kann ich dir ja helfen. Aber dazu müsste ich wissen, was dein Problem ist. Bevor ich auf offener Straße den Kältetod sterbe.«

Also erzählte Swetlana es ihr. Erzählte, wie sie sich vor vier Monaten mit ihrer Schwester auf den Weg nach Deutschland gemacht hatte, zweier charmanter junger Deutscher wegen. Heiraten wollten sie die hübschen Schwestern aus Minsk und mit ihnen in schönen Villen leben, ganz so wie es Swetlana und Jelena aus den amerikanischen Fernsehserien kannten, die seit ein paar Jahren auch in Weißrussland zu sehen waren. Dass beide noch zur Schule gingen, fanden die Deutschen nicht so schlimm. Auch in Deutschland gebe es Schulen, hatten sie beteuert, bessere als in Minsk, und anschließend könnten die Mädchen studieren, was sie wollten.

»Sie haben uns einen Traum versprochen«, sagte Swetlana düster, »und wir sind in einem Alptraum gelandet. Weil wir ihnen geglaubt haben.«

Da die Mädchen keine gültigen Papiere hatten, sollten sie nachts zunächst über die Grenze nach Polen geschleust werden. Doch so eine Schleusung kostete Geld. Geld, das die Schwestern nicht hatten, ihnen die Deutschen aber großzügig liehen. Wenn sie erst in Deutschland seien, könnten es die Mädchen rasch abarbeiten. Das sei gar kein Problem.

»Nie war etwas ein Problem«, stieß Swetlana wütend hervor. »Alles war leicht, so unglaublich einfach, weil wir so naiv waren.«

An der deutschen Grenze war dann die nächste Schleusung, und es wurde noch teurer, weil Deutschland besser gesichert war, wie es hieß. Am Ende hatten die Schwestern fast zehntausend Mark Schulden. Kein Problem, alles kein Problem, denn auf der anderen Seite wartete ja schon der Hurenbus. Erst da wurde ihnen klar, wie sie das Geld abarbeiten sollten. Sie weigerten sich, versuchten wegzulaufen, aber das machte die Sache nur noch schlimmer. Denn zur Strafe wurden die Schwestern getrennt.

»Seitdem erpressen sie uns«, flüsterte Swetlana hilflos, »mich mit dem Leben von Jelena und Jelena mit meinem.«

Deshalb habe sie im Liebesbus gearbeitet, eine illegale Hure in einem fahrbaren Bordell. Ohne Papiere, ohne Geld, ohne Hoffnung. Und ohne zu wissen, wie es ihrer Zwillingsschwester auf der anderen Seite der Grenze erging.

Was für Schweine, dachte Julia betroffen. In was für einer schrecklichen Welt leben wir eigentlich? Das ist ja furchtbar, das kann doch nicht wahr sein!

»Und die deutschen Männer«, fragte sie, »die euch das alles eingebrockt haben? Wo sind die?«

»Einem gehört der Liebesbus, der ist manchmal da«, antwortete Swetlana und wischte sich die Tränen aus dem Gesicht. »Den anderen habe ich nicht mehr gesehen.« Aber heute, erzählte sie weiter, seien zwei Kerle aufgetaucht. Mit diesem Jeep. Zwei Kerle in Bomberjacken. Sie hätten den Bus nach Zittau geführt, wo er wenig später von anderen Kerlen in Bomberjacken überfallen und angesteckt wurde.

Kudella! Julia war fassungslos. Auch das noch! In was für eine Nazischeiße war er jetzt wieder verwickelt? Als gäbe es nicht ohnehin schon genug Elend. Aber klar, das passte zu ihm. Ein fahrbares Bordell geht schließlich gar nicht. Nicht in Deutschland, nicht mit ausländischen Mädchen. Also fackelt man es ab! – Dieser Vollidiot, diese total bescheuerte Dumpfbacke, oh Mann!

Plötzlich fielen ihr die vielen Menschen auf, die alle über die Rosa-Luxemburg-Straße dem Theaterring zustrebten. Was Julia peinlich war, immerhin lief sie in klitschnassen Klamotten rum, und Swetlana war noch immer barfuß und hatte ihre riesigen Stulpenstiefel in der Hand.

»Alle Mädchen sind weg«, schluchzte sie hilflos, »sie haben sie mitgenommen. Nur ich bin noch da.«

»Sie haben die Mädchen mitgenommen?« Julia konnte es kaum glauben. »Die Nazis? – Wohin?«

»Ich weiß nicht, wohin.« Swetlana schüttelte den Kopf. »Sie wurden alle auf einen Laster getrieben und weggefahren.«

Wie bei den Judentransporten früher, dachte Julia entsetzt. Wie pervers sind diese Naziidioten eigentlich? Nachher haben sie sich noch private KZs gebaut, oder was? – Schrecklich!

»Mich haben sie nicht gefunden«, flüsterte Swetlana leise, »weil ich auf dem Kirchhof war.«

Sie hatten die Altstadt fast erreicht, und auf dem Theaterring hatte sich eine Lichterkette gebildet. Tausende Zittauer mit flackernden Kerzen in den Händen. Und alle marschierten auf den Markt und den Johannisplatz zu.

Auch Swetlana zeigte auf den mächtigen Turm der Johanniskirche. »Dort ist es passiert! Der Freier wollte mich festhalten, aber ich bin trotzdem weggelaufen. Vielleicht habe ich den Brief dabei verloren …« Sie knautschte drei Fünfzig-Mark-Scheine in ihren Händen. »Siehst du? Das Geld hab ich noch.«

Kämpferisch begannen die Demonstranten um Julia und Swetlana herum das Lied der amerikanischen Bürgerrechtsbewegung zu singen:

»We shall overcome,
We shall overcome,
We shall overcome some day …«

Das kannten alle. Der Song war Pflicht an den Schulen in der DDR gewesen, im Musikunterricht, wenn es um Gospel ging, in Geschichte, wo Martin Luther King und die Unterdrückung der Schwarzen in Amerika ein Thema waren, und natürlich auch im Englischunterricht, aber der war fakultativ. Julia fand es schön, dass so viele Leute mitsangen. Es war ein beruhigendes Gefühl, sich unter Gleichgesinnten zu finden. Aufrechten Demokraten, die diesen ganzen Nazischeiß satthatten. Es gab ihr Kraft, und es war verwirrend. Denn obwohl so viele Menschen im wiedervereinten Deutschland dagegen waren, passierten sie eben doch, die rassistischen Anschläge. Man konnte nicht laut genug dagegen ansingen.

»Oh-ho deep in my heart
I do believe,
We shall overcome same day.«

Sie sang ergriffen mit und versuchte, das Durcheinander in ihrem Kopf zu ordnen. Okay, dass Kudella ein Schwein war, das russische Huren entführte, war eine furchtbare Erkenntnis, doch zunächst musste das Problem von Swetlana geklärt werden. Immerhin hatte die ihr das Leben gerettet. Swetlana suchte den Brief ihrer Schwester, und wenn sie ihn wirklich auf dem Kirchhof verloren hatte, sollte er dort auch zu finden sein.

Man kann alles wiederfinden, dachte Julia. Wenn man weiß, wo man suchen muss.

Sie hatte völlig vergessen, wie kalt ihr war.

25 DIE TELEFONKETTE FUNKTIONIERTE. Sie war von einem parteiübergreifenden Bündnis, dem Podtsch e.V. und der Zittauer Mittelstandsvereinigung gegründet worden, um, wie es der Bürgermeister versprochen hatte, »Negativschlagzeilen und Rufschädigung als Folge fremdenfeindlicher Randale von der Stadt fernzuzuhalten«. Jeder Bürger, der über einen Telefonanschluss verfügte und sich eintragen ließ, konnte in kürzester Zeit mobilisiert werden, um gegen drohende rechtsradikale Übergriffe wirkungsvoll zu demonstrieren.

Wenige Minuten nach Mitternacht kam Oberkommissar Romeo Schwartz mit seiner Déesse trotz Blaulicht und Hupe kaum noch voran. Die ganze Stadt schien auf den Beinen. Singende Bürger mit Kerzen blockierten die Altstadt, die Glocken von Sankt Johannis läuteten einen Fürbittgottesdienst ein, Transparente, die »Nazis raus aus Zittau!« forderten, versperrten Schwartz die Sicht. Als er schließlich entnervt am Markt den Wagen stehen ließ, war der Hurenbus bereits gelöscht worden. Ein verkohltes Stahlskelett, an dem mehrere Feuerwehren Brandwache hielten. Streifenwagen standen blaulichternd daneben, die Beamten hatten den gesamten Tatort um die Kirche herum mit rot-weißen Bändern abgesperrt.

»Morgen.« Schwartz trat auf die beiden Pionteks zu, die zwischen all den Demonstranten in ihrem zivilen Dienstgolf saßen und herzerweichend gähnten. »War die Spusi schon da?«

»Äh, was?«

»Spurensicherung«, wurde Schwartz deutlicher, doch Tobi und sein Vater starrten ihn nur erstaunt an.

»Du kommst«, fragte Tobi mitleidig, »mit deinen Ermittlungen vorwärts?«

»Sieht man mir das an?« Schwartz lächelte. Sein verwundetes Gesicht schmerzte, und natürlich sah er etwas derangiert aus. »Aber keine Sorge! Die anderen sehen schlimmer aus.«

»Voller Körpereinsatz, wie?«

»Ja, manchmal kommt man nicht drum herum.« Schwartz sah auf den ausgebrannten Bus. »Und was haben wir hier?«

»Die Reste eines alten Linienbusses«, antwortete Klaus Piontek und stieg ächzend aus dem Wagen. »War früher im Personennahverkehr eingesetzt.« Er legte seine Arme verschränkt auf das Dach des Dienstgolfs und grinste Schwartz an. »Zuletzt diente er als Etablissement der käuflichen Liebe. Wurde vor allem von Braunkohlekumpels frequentiert und stand bis vor ein paar Stunden noch im Berzdorfer Tagebau der LAUBAG.«

»Der Wechsel nach Zittau hat ihm offenbar nicht gutgetan«, setzte Tobi lauter hinzu, denn über Lautsprecher wurde nun die Predigt des Pfarrers nach draußen übertragen. Die Kirche war längst überfüllt, Tausende von Kerzenträgern drängten sich davor auf dem Platz.

»Wir beten für ein Ende der Gewalt gegen unsere Mitbürger aus anderen Ländern. Sie bringen uns Vielfalt, ein Mehr an Erfahrungen und Chancen. Ein Mehr an Liebe und an Zuversicht. Deshalb beten wir für die Einsicht derer, die Angst haben. Die das Fremde fürchten und das Unbekannte. Lasst euch nicht beherrschen von den Geistern der Intoleranz! Öffnet eure Herzen für das Neue und lasst ab von eurem Hass!«

»Das ist 'ne Sache für den Staatsschutz«, winkte der alte Piontek ab.

»Staatsschutz? Wieso?«

»Na, politische Hintergründe. Der Bus wurde von Rechtsradikalen angegriffen.«

»Zeugen?«, erkundigte sich Schwartz.

»Jede Menge.« Klaus Piontek nahm eine Kladde aus dem Golf

und setzte seine Lesebrille auf. »Also: Der Bus kam hier zwischen achtzehn und neunzehn Uhr an. Der Angriff erfolgte kurz darauf. Alle Zeugen sprechen übereinstimmend von militanten Skinheads oder Neonazis. Die sind mit mehreren Pkws gekommen und einem Laster, haben Benzin über den Bus gekippt und angesteckt. Ging blitzschnell, wie generalstabsmäßig geplant.«

»Dann müssen sie gewusst haben, dass der Bus hierherkommt«, folgerte Schwartz.

»Nicht unbedingt.« Piontek schüttelte den Kopf. »Wenn die Sache von langer Hand geplant worden ist, werden sie den Bus schon länger beobachtet haben.« Er packte die Kladde wieder ins Auto. »Vielleicht sind sie ihm einfach gefolgt.«

»Um hier zuzuschlagen?« Schwartz betastete Nase und Mund. Aber da blutete nichts mehr. Da war nur noch Schorf. »Mitten in der Stadt?«

»Ja, siehste doch.« Piontek hob fröstelnd die Schultern. »Vielleicht um ein Exempel zu statuieren oder so. Soll sich der Staatsschutz drum kümmern.«

»Und die Prostituierten«, fragte Schwartz, »wo sind die?«

»Die haben die angeblich mitgenommen«, sagte Tobi mit ernster Miene und seufzte. »Die armen Mädchen, was?«

»Mhm«, machte Schwartz und sah sich um. Zwischen den Demonstranten fiel ihm eine junge Frau auf, die im Schatten der Kirche versuchte, an der Absperrung und den Polizisten vorbei auf den Kirchhof zu gelangen. Vergebens, denn ein uniformierter Beamter stellte sich ihr in den Weg.

»Wo wollen wir denn hin, Bürgerin?«

»Wo Sie hinwollen, weiß ich nicht«, erwiderte die junge Frau spitz, »ich wollte nur mal kurz gucken.«

Schwartz wunderte sich, dass ihr Anorak so feucht aussah. Obgleich es gar nicht regnete. Oder war das nur ein besonders glänzender Nylonstoff?

»Hier gibt es nichts zu gucken.« Der Polizist wollte die junge Frau am Arm nehmen und beiseiteführen, doch sie protestierte sofort scharf.

»Fassen Sie mich nicht an!«

Der Polizist hob erschrocken die Arme. »Ich bitte Sie, Bürgerin. Es ist nachts um eins, wir sind alle müde und betroffen von den Geschehnissen hier. Seien Sie also vernünftig. Vielleicht gehen Sie einfach schlafen, ja?«

»Nichts anderes hatte ich vor.« Die junge Frau drehte sich abrupt weg und drängelte sich zwischen den Menschen hindurch zu einem Haus, an dem »JOHANNISHOF« stand, »PENSION & RESTAURATION«.

»Mhm«, machte Schwartz noch mal und wandte sich dann wieder den beiden Pionteks zu.

»Warum haben die die Prostituierten mitgenommen?«

»Warum nimmt Mann 'ne Prostituierte mit?« Klaus Piontek hob spöttisch die Hände. »Weil er 'n Skatbruder braucht?«

Alle lachten. Auch Schwartz, weil er ja ein so irre freundlicher Mensch war und sich über jeden noch so beknackten Witz freute. Haha, wie lustig. Schlagartig wurde er wieder ernst. »Und der Betreiber des Busses? Wo steckt der?«

»Wissen wir nicht«, antwortete Tobi, »eine Frau hat gesagt, der Mann, der den Bus gefahren habe, habe noch versucht, zu löschen, aber dann ...« Er sah unsicher zu seinem Vater hinüber.

»Ja, was?« Schwartz wurde ungeduldig. »Was dann?«

»Dann sei er von einem silbergrauen Mercedes abgeholt worden«, setzte der alte Piontek hinzu. »Angeblich hatte da die Feuerwehr schon die Löscharbeiten übernommen.«

»Kennzeichen?«

»Von der Feuerwehr?«

»Vom Mercedes.«

»Fehlanzeige.« Piontek sah wieder in seiner Kladde nach. »Aber die Aussage stammt von einer Rouché, Dietlinde.« Er nickte in Richtung »Johannishof«. »Die Wirtin der Pension da drüben. Vielleicht weiß die was.«

»Immerhin haben wir das Kennzeichen des Busses«, meinte Tobi stolz. »Das ist ja auch was wert, oder?«

»Stimmt«, fand Schwartz. »Und?«

»Der Bus ist noch immer auf die Spedition zugelassen, die ihn schon betrieb, als er noch im Linienverkehr fuhr«, erklärte Piontek mit Blick in seine Kladde. »Paich – Transportlogistik. In der Äußeren Weberstraße, aber ...« Er sah Schwartz über den Rand seiner Lesebrille hinweg an. »... wollen wir das nicht doch lieber dem Staatsschutz ...?«

»Wollen wir nicht lieber der Staatsanwaltschaft überlassen«, unterbrach ihn Schwartz, »wer hier zu ermitteln hat? – Und solange die sich nicht eingeschaltet hat, um klare Vorgaben zu machen, tragen wir die Fakten zusammen. Ganz normal, ganz einfach.«

»Früher«, maulte Klaus Piontek, »als du noch bei mir gelernt hast, habe ich dich nie so zusammengestaucht.«

»Ich will dich doch gar nicht zusammenstauchen«, rief Schwartz, »aber Herrgott noch mal! Hast du keine Lust mehr, Polizist zu sein? Bist du ausgebrannt, oder wie erklärt sich, dass du so luschig deine Arbeit machst?«

»Nun mal halblang, Brauner!«

»Was ist, wenn zum Beispiel diese Sache hier«, Schwartz zeigte auf den ausgebrannten Bus, »mit Kuhnts Tod zusammenhängt?«

»Wieso sollte das mit Kuhnts Ableben zusammenhängen?«

»Wieso nicht?«

»Glaub mir, Brauner. Das ist hier 'ne völlig andere Baustelle.«

»So sicher wäre ich mir da nicht.« widersprach Schwartz. »Im Prinzip hängt doch sowieso alles mit allem zusammen.«

»Wie kommst 'n darauf?« Tobi starrte ihn mit großen Augen an.

»Ach, das ist doch ein uraltes Gesetz«, winkte Schwartz ab und wandte sich von den beiden ab. »Alle Dinge stehen untereinander in Beziehung. Ununterbrochen. Das Gesetz des Universums.«

Verblüfft sahen ihm die beiden Pionteks nach. Dann wedelte sich der Alte verständnislos mit der Hand vorm Gesicht herum und machte es sich wieder im Dienstgolf bequem.

Die Eingangstür der Pension »Johannishof« war abgeschlossen, aber im Restaurant brannte noch das Licht, und ein älterer Herr klimperte am Klavier herum.

Schwartz kannte die Melodie, aber ihm fiel nicht ein, was es war. Energisch klopfte er an die Scheibe.

Der alte Herr unterbrach sein Spiel, schlurfte heran und sah skeptisch durch die Scheibe. Dann öffnete er die Tür. »Brauchen Sie Hilfe?«

»Wie man's nimmt«, erwiderte der Oberkommissar und zeigte seinen Dienstausweis. »Schwartz, Kripo Dresden. Sie haben den Vorfall hier auf dem Platz beobachtet?«

»Ja«, nickte der ältere Herr und bat Schwartz herein. »Haben Sie die Kerle schon verhaftet?«

»Leider nicht«, antwortete Schwartz.

»Aber Sie waren nahe dran, nicht wahr?« Der alte Mann bot ihm einen Platz an den Tischen an. »Warten Sie, ich hole Ihnen etwas Verbandszeug.«

So schlimm, dachte Schwartz verwundert. Statt sich zu setzen, ging er zum Tresen rüber und suchte sich in den Spiegeln an der Rückwand. Zwischen Verpoorten-, Doornkaat- und Asbach-Uralt-Flaschen fand er sein blutig geschlagenes Gesicht. Es sah wirklich furchtbar aus. Fast hätte er sich nicht erkannt.

Ich hätte die Kerle auch blutig schlagen müssen, dachte er, immer ins Gesicht, auf Nase, Mund und Augen, damit alle sehen, dass Nazis auch ordentlich vertrimmt werden können. Aber egal, man trifft sich immer zweimal im Leben.

»Hier, kommen Sie!« Der alte Herr hatte einen Verbandskasten mitgebracht. »Erst müssen wir die Wunden reinigen.« Er griff nach einer Flasche im Regal. »Am besten mit Alkohol. Das desinfiziert. Nun setzen Sie sich schon!«

Schwartz sank auf einen Stuhl und ließ sich verarzten.

»Ich war Sanitäter im Weltkrieg, wissen Sie?«

Nee, dachte Schwartz, woher sollte ich? – Au! Er verzog das Gesicht, denn der Alkohol brannte höllisch in den Wunden.

»Ostfront«, erklärte der Mann, »Kursker Bogen, die Panzerschlacht, da habe ich ganz andere Kandidaten zusammengeflickt.« Er versorgte Schwartz mit einer Mullkompresse und Heftpflaster. »Mir tun ja nur die Mädels leid«, wechselte er unvermittelt das Thema. »Hoffentlich tun die denen nichts Böses an. Junge Dinger dabei, wirklich. Die gehören eigentlich noch in die Schule. – So!« Er betrachtete den Oberkommissar. »Das sieht doch schon viel besser aus.«

Schwartz stand wieder auf und guckte sich erneut in den Spiegeln hinter dem Tresen an. Der alte Herr verstand sein Werk. Schwartz sah aus, als wäre er lediglich gegen einen Türpfosten gerannt. Eine Mullkompresse zierte die Stirn, sonst war alles wieder schön. Kein blutverschmiertes Gesicht mehr, die Nase gerade, die Lippen unversehrt. Nicht mal ein blaues Auge hatte er. Sehr gut!

»Glauben Sie, dass der Überfall den Mädchen gegolten hat?«

»Das war wie beim Raub der Sabinerinnen«, erklärte der Mann. »Die haben die sich einfach geschnappt und ab durch die Mitte. Mistkerle, verdammte!«

»Einer von denen war kürzlich noch hier«, erklang eine Frauenstimme mit unverkennbar rheinischem Akzent.

Westler! Inzwischen waren sie überall. Schwartz sah auf. In der Tür stand eine ältere Dame im Morgenmantel. Offenbar hatte sie schon geschlafen.

»Tut mir leid, dass wir Sie geweckt haben. Sind Sie Frau Rouché?«

»Und Sie?« Frau Rouché guckte skeptisch. »Sind Sie wirklich bei der Polizei?«

»Aber ja«, erklärte ihr Mann, »er hat mir doch seinen Ausweis gezeigt ...«

Schwartz hörte plötzlich wieder ein Düdeldüdeldü. Das Funktelefon, na, so was! Er zog es aus der Innentasche seiner Barbourjacke und starrte auf das Display. »Anruf«, stand da. Düdeldüdeldü.

»Entschuldigen Sie.« Er drückte die grüne Taste und hielt sich das Telefon ans Ohr. Aber es war nur ein Rauschen zu hören, dann kam ein höllisches Fiepen, dass es Schwartz fast die Trommelfelle zerriss. Hastig nahm er das Telefon vom Ohr. »Kein Empfang«, stand jetzt auf dem Display. Dennoch begann das Telefon erneut mit seinem Düdeldüdeldü, und dann stand auf dem Display wieder »Anruf« und »Kein Empfang« und wieder »Anruf«. Düdeldüdeldü.

Ja, was denn nun, dachte Schwartz verwirrt. Gottverdammte Westtechnik! Hilflos lächelte er die Rouchés an.

»Ähm ... Kann ich bei Ihnen mal aufs Dach? Vielleicht reicht auch ein Obergeschoss, der Empfang hier ist ...«

»Kein Problem, kommen Sie.« Der alte Herr marschierte vor, und die Rouché lief ihm nach. »Nun kommen Sie schon!«

26 OKAY, DIE SIND BESCHÄFTIGT, dachte Julia, als sie Herrn und Frau Rouché sowie den Schwarzen die schmale Stiege zum Dachboden hochklettern sah.

Zweimal schon hatte sie versucht, Swetlana unauffällig ins Haus zu holen, und jedes Mal war ihr die neugierige Wirtin dazwischengekommen.

Nun aber war der Weg frei. Hastig lief Julia hinunter ins Restaurant und von da aus in die Küche. Nach hinten raus gab es ein Fenster, das hatte sie mit Swetlana schon von draußen aus recherchiert. Julia öffnete es vorsichtig und spähte in den nachtdunklen Garten.

»Swetlana?«

Nichts rührte sich. Hatte die Weißrussin etwa die Nerven verloren und war abgehauen?

»Swetlana!«

Endlich! Zwischen zwei aus der Form geratenen Buchsbäumen ragte ihr bleiches Gesicht auf.

Julia winkte hektisch. »Beeil dich!« Das fehlte noch, dass die Rouché sie hier entdeckte. Die hatte vorhin schon so komisch geguckt.

»Du lieber Gott, Fräulein Latte, Sie sind ja ganz nass. Hat es denn geregnet?«

»Nein, Frau Rouché, ich war nur baden.«

Das hatte die Wirtin zwar enorm verwundert, war aber dreimal besser, als zu erzählen, was wirklich los war. Dafür schätzte Julia Frau Rouché als zu geschwätzig ein. Wenn die von Swetlana erfahren würde, wüsste morgen ganz Zittau, dass einem der Mädchen aus dem Bus die Flucht gelungen war. Das fehlte noch, dass Kudella und seine Truppe dann eine Hatz auf Swetlana veranstalteten. Nur weil die Rouché ihren Mund nicht halten konnte. Es gab solche redseligen Leute auch in Düsseldorf. Die meinten es oft gar nicht böse, die waren einfach so. Die konnten nicht anders, die erzählten völlig unbekümmert jedem alles und allen jedes, Datenschutz hin oder her.

Swetlana kam heran, sah sich vorsichtig um und enterte übers Fensterbrett. »Und jetzt?«

»Zu mir!« Julia lächelte triumphierend und zog Swetlana eilig durch Küche und Flur die Treppe hinauf in ihr Zimmer.

»Geschafft!« Die Mädchen fielen erschöpft aufs Bett.

Julia hatte sich wenigstens schon umziehen können und trug einen gestreiften Pyjama.

Swetlana dagegen hatte noch immer ihr rotes Lackjäckchen an und war inzwischen völlig durchgefroren.

Julia wickelte sie in ihre Bettdecke ein und lief dann unruhig im Zimmer umher.

»Also, auf den Kirchhof kommt man jetzt nicht rauf. Ich hab's versucht, aber da ist alles voller Bullen.«

Swetlana sah besorgt aus. »Was werden sie mit Jelena machen, wenn sie merken, dass ich weg bin?«

»Alle sind weg«, erwiderte Julia, »und das ist in gewisser Weise ein Vorteil. Denn wenn die Leute, die deine Schwester festhalten, denken, dass du auch von Neonazis entführt wurdest, lassen sie Jelena vielleicht in Ruhe.« Sie sah aus dem Fenster hinunter auf den Platz. »Trotzdem müssen wir den Brief natürlich finden. Je früher, desto besser.« Sie wandte sich wieder Swetlana zu. »Hast du ihn schon gelesen? Weißt du ungefähr, was drinsteht?«

»Nein.« Swetlana schüttelte den Kopf. »Kaemper passt immer wie ein Wachhund auf uns auf. Ich wollte warten, bis er schläft ...«

Plötzlich klopfte es an der Tür. »Fräulein Latte, haben Sie Besuch?«

Die Rouché! Julia erstarrte. Hatte die Wirtin etwas gemerkt? Oder gar gesehen?

Julia tippte sich mit dem Zeigefinger an den Mund und bedeutete Swetlana so, ganz still zu sein. Dann öffnete sie vorsichtig die Tür. Nur einen Spalt, damit Frau Rouché nicht ins Zimmer sehen konnte.

»Wie kommen Sie darauf? Es ist mitten in der Nacht.«

»Nun, mir war, als hätte ich Stimmen gehört«, sagte Frau Rouché und versuchte neugierig, einen Blick ins Zimmer zu erhaschen, doch Julia trat schnell zu ihr hinaus in den Gang und zog die Tür hinter sich zu.

»Ist es Ihren Gästen etwa verboten, Besuch zu haben?«

»Nun«, Frau Rouché lächelte schief, »wenn sie über Nacht bleiben, sollten sie bezahlen wie normale Gäste auch und ...« Sie hob unentschlossen die Hände. »... außerdem wissen wir gern, *wen* wir bei uns im Hause haben, auch wenn es nur ein Besucher unserer Gäste ist.«

»Ja, das verstehe ich«, nickte Julia, »das verstehe ich gut, Frau Rouché.« Sie lächelte. »Aber Sie brauchen sich nicht zu beunruhigen. Ich empfange grundsätzlich keine Besucher in meinem Schlafzimmer. Nicht einmal den Herrn Paich.«

»Und diesen anderen Herrn«, fragte Frau Rouché skeptisch, »diesen Großen im gestreiften Anzug?«

Kudella, dachte Julia, du lieber Gott, den kennt sie auch schon.

»Ich sagte doch«, stellte sie schärfer klar, »ich empfange grundsätzlich niemanden.«

»Na, dann ist's ja gut«, beeilte sich Frau Rouché beschwichtigend, »es war ja auch nur so ein Gefühl, wissen Sie.«

»Gute Nacht«, sagte Julia.

»Ja. Ihnen auch eine gute Nacht.«

Julia wartete, doch Frau Rouché machte keine Anstalten, zu gehen. Und so standen sich die beiden Frauen gegenüber, etwas verlegen, aber unbeugsam. Frau Rouché hoffte offensichtlich darauf, dass sie – wenn Julia in ihr Zimmer ging – vielleicht doch noch einen kontrollierenden Blick hineinwerfen konnte, doch genau dies suchte Julia zu verhindern. Sie wartete darauf, dass sich die Wirtin verdünnisierte. – Vergeblich.

»Haben Sie nicht noch Wäsche?«, fragte Frau Rouché nach einer Weile. »Da Sie ja offenbar bekleidet zu baden pflegen«, fügte sie spitz hinzu, »könnte ich die Sachen in den Trockner geben?«

»Gern«, erwiderte Julia ungerührt. »Ich bringe sie Ihnen gleich runter.«

»Ich könnte die nassen Sachen schon jetzt mitnehmen«, insistierte Frau Rouché und beugte sich etwas vor. »Wo ich doch schon mal hier bin ...«

»Ich bringe sie Ihnen runter!« Julia schrie es fast.

Und endlich bewegte sich die Wirtin. Sie wich etwas zurück und kletterte dann wieder die Stiege zum Dachboden hinauf, nicht ohne sich vorher noch einmal beleidigt umzusehen.

Puh, dachte Julia, das war ziemlich knapp. Rasch ging sie zurück ins Zimmer und verriegelte die Tür.

»Wir müssen leiser sein«, flüsterte sie, »vielleicht hat die Rouché etwas bemerkt.«

Swetlana stand sofort auf. »Ich gehe besser.«

»Quatsch, du bleibst hier!« Julia drückte sie entschieden wieder aufs Bett zurück. »Du kannst doch nirgendwohin, und hier bist du sicher.«

»Und wenn jemand reinkommt?«

»Hier kommt niemand rein«, sagte Julia, »solange ich hier wohne, ist das sozusagen mein Zuhause. Wir sind in Deutschland, da sind Wohnungen gesetzlich geschützt. Ohne meine Zustimmung darf hier niemand rein. Das wäre Hausfriedensbruch.«

Eine der wenigen Sachen, die ihr Vater am Westen schätzte: die

Unverletzlichkeit der Wohnung, der Schutz der Privatsphäre. Und Julia hoffte sehr, dass dies auch für Pensionszimmer galt.

»Ohne richterlichen Beschluss wird die Rouché nichts machen können.« Sie lächelte beruhigend. »Trotzdem sollte niemand davon erfahren, dass du hier bist, okay?«

»Okay«, nickte Swetlana und sah plötzlich aus wie ein kleines, verzagtes Mädchen. »Ob ich Jelena jemals wiedersehen werde?«

»Aber sicher«, antwortete Julia, obwohl sie sich dessen überhaupt nicht sicher war. Jelena konnte überall sein, und ohne den verlorenen Brief hatten sie keine Chance.

»Morgen, wenn die Bullen weg sind«, versprach sie, »gehe ich noch mal auf den Kirchhof. Wenn du den Brief tatsächlich da verloren hast, werde ich ihn finden. Ganz bestimmt!«

Sie kroch zu Swetlana unter die Bettdecke und machte das Licht auf dem Nachttisch aus.

27 DIE EMPFANGSLAGE hatte sich nicht verändert. Obwohl der Oberkommissar die Hand mit dem Funktelefon, so weit er nur konnte, aus dem kleinen Dachfenster in den Nachthimmel hielt, zeigte das Display abwechselnd »Anruf!« und »Kein Empfang!« an. Dazu fiepte es scharf oder düdelte eindringlich vor sich hin.

»Sinnlos«, ächzte Schwartz, dem allmählich der Arm lahm wurde, »das verdammte Ding funktioniert hier einfach nicht!«

»Vielleicht brauchen wir eine Antenne.« Herr Rouché hatte eine alte Fernsehantenne auf dem Dachboden gefunden und kam damit heran. »Früher funktionierten Funkgeräte nur mit Antenne.«

»Sie haben recht.« Schwartz zog seinen Arm ein und die Teleskopantenne an seinem Funktelefon heraus. »Die hatte ich ganz vergessen.«

Und siehe da. Es ging. »Anruf«. Düdeldüdeldü. Und kein schmerzendes Fiepen mehr. Er musste nicht mal mehr das Telefon zum Fenster raushalten.

»Nun gehen Sie schon ran«, drängte Herr Rouché gespannt.

Schwarz drückte auf die grüne Annahmetaste und hielt sich das Funktelefon ans Ohr.

»Mannomann, Schwartz, was treiben Sie nur?«, knarzte die rauchige Stimme der Petkovic an seinem Ohr. »Verschwinden Sie immer einfach in der Nacht?«

»Sie haben mich vermisst«, stellte Schwartz fest, »das geht allen Frauen so, die im Nebenzimmer schlafen müssen.«

»Sparen Sie sich die Witze«, knurrte die Petkovic, »Sie haben mein Telefon.«

»Moment«, entgegnete Schwartz, »wenn ich mich recht entsinne, haben Sie mir Ihr Funktelefon geliehen, nicht wahr? Damit ich immer schön für Sie erreichbar bin.«

»Richtig«, antwortete Liliana Petkovic, »nur dass ich Ihnen versehentlich mein Funktelefon gegeben habe und nicht das, was ich für Sie vorgesehen hatte.«

»Ach«, machte Schwartz, »dann haben Sie sogar zwei dieser großartigen technischen Neuheiten dabei?«

»Raten Sie mal, womit ich telefoniere?«

»Mit meinem Funktelefon?«

»Richtig.« Man hörte, wie sich die Petkovic eine Zigarette anzündete.

Hoffentlich raucht sie nicht im Bett, dachte Schwartz.

»Also«, fragte sie, »wo tauschen wir die Dinger aus?«

»Ja, ähm, pff ...« Schwartz überlegte.

»Wo stecken Sie überhaupt?«

»Johannisplatz«, erwiderte Schwartz. »Hier ist vorhin Ihr verdeckter Hurenbus in Flammen aufgegangen.«

»WAS?«

»Da staunen Sie, was? Selbstverständlich habe ich sofort die Ermittlungen aufgenommen.«

»Was ist mit Kaemper?«

»Meinen Sie Ihren Zuhälter? – Tja, so wie es aussieht, ist er in einen silbergrauen Mercedes eingestiegen ...«

»Eingestiegen?« Frau Rouché, die herangekommen war und das Gespräch neugierig verfolgte, lachte auf. »Reingezerrt haben sie den Mann. Hat ja keiner mehr drauf geachtet, weil alle mit dem Löschen des Busses beschäftigt waren, nicht wahr. Aber ich hab's genau gesehen. Zack, war er drin im silbernen Daimler. Der wusste gar nicht, wie ihm geschah!«

»Ihr Informant wurde gezwungen«, verbesserte sich Schwartz

am Telefon, »vermutlich ist er mit einem silbernen Mercedes entführt worden wie zuvor seine Huren.«

Liliana Petkovic war fassungslos. Zumindest nahm Schwartz das an, denn sie schwieg für einen Moment.

»Wissen Sie zufällig«, flüsterte er Frau Rouché zu, »das Kennzeichen des Mercedes?«

Die schüttelte den Kopf. »Oder doch«, sagte sie dann, »die Autonummer fing – warten Sie – mit D an.«

»Dresdner Kennzeichen«, meldete Schwartz durchs Funktelefon. »Sagt Ihnen das was? – Petkovic, sind Sie noch dran?«

»Ja«, murmelte Liliana Petkovic. »Das sind schlechte Nachrichten. Ganz übel. Ein silberner Mercedes mit Dresdner Kennzeichen?«

»Korrekt«, machte Schwartz.

»Kaemper hatte so einen Wagen mal erwähnt«, überlegte Liliana Petkovic, »silbergrau. Und er hat dabei, glaube ich, auch die Autonummer durchgegeben. – Schwartz?«

»Ja?«

»Ich rufe wieder an. Bleiben Sie am Telefon!« Damit war die Verbindung unterbrochen, und Schwartz steckte das Funktelefon in seine Jacke.

»Was ist?«, fragten die Rouchés gleichzeitig und starrten ihn gespannt an.

»Sie ruft wieder an«, sagte Schwartz. »Tja, das wär's dann hier oben.«

Gemeinsam stiegen sie die Stiege vom Dachboden hinab und liefen den Gang im Obergeschoss entlang. Schwartz fiel auf, dass die Rouché an einer der Zimmertüren lauschte, bevor sie ihm und ihrem Göttergatten zur Treppe folgte, die runter an die Rezeption und ins Restaurant führte.

»Frau Rouché«, sagte Schwartz gedehnt, »Sie hatten vorhin einen Mann erwähnt, den Sie den Tätern zurechneten und der mal hier zu Gast gewesen ist?«

»Na ja, er hat zwei Bier bestellt«, erwiderte die Wirtin, »bevor dieser …«, sie räusperte sich, »… dieser unmögliche Bus da draußen überfallen wurde.«

»Und war dieser Mann bei dem Überfall aktiv dabei?«

»Ich bin nicht sicher.« Frau Rouché sah unsicher ihren Gatten an. »Er war ähnlich gekleidet wie die Täter. Nicht maskiert, aber er hatte auch Armeestiefel an und so eine dicke grüne Blousonjacke.«

»Bomberjacke nennt man so was«, berichtigte Herr Rouché seine Frau, »oder Fliegerblouson.«

»Sag ich doch.« Frau Rouché beugte sich verschwörerisch vor. »Das war ganz sicher ein Skinhead. Hatte auch eine Glatze. Und er war gestern schon mal hier.« Sie nickte zufrieden. »Da hatte er sich schick gemacht und Blumen dabei, weil er …«

»Dietlinde«, mahnte ihr Mann, »das geht uns nichts an!«

»Er hat es uns doch freimütig erzählt«, widersprach Frau Rouché, »uns was von seiner großen Liebe vorgeheult …«

»Aber nicht, damit wir es jetzt allen möglichen Leuten weitererzählen.«

»Der Herr ist von der Polizei, Kurt.«

Richtig, dachte Schwartz.

»Ich glaube nicht, dass dieser Mann einer von den Tätern war.« Herr Rouché blickte Schwartz fest ins Gesicht. »Es stimmt, er war ähnlich gekleidet wie die Mistkerle vorhin. Aber, wie meine Frau schon sagte, er war nicht maskiert. Ein wichtiger Hinweis auf seine Unschuld, denke ich.«

»Ach was.« Frau Rouché winkte ab. »Der hat die Maske abgenommen, weil er sonst kein Bier bekommen hätte. Oder würden Sie«, wandte sie sich mit ihrem kölschen Dialekt an Schwartz, »jemanden bedienen, der sein Gesicht verstecken muss? Da rücken Sie doch eher vor Schreck die Kasse raus.«

»Haben Sie eine Ahnung, was er gestern hier wollte«, fragte Schwartz, »als er die Blumen dabeihatte?«

»Wozu hat man gewöhnlich Blumen dabei?«, rief Herr Rouché. »Man will sie verschenken. Mehr können wir dazu nicht sagen.«

»Aber natürlich können wir«, rief seine Frau, »der wollte zu einer jungen Dame, die bei uns logiert. Aber die war nicht da, und da ist er wieder gegangen. Also, wenn Sie mich fragen, dann …«

»Dietlinde!« Allmählich wurde Herr Rouché sichtlich ungehalten. »Das sind private Angelegenheiten unserer Gäste. Die haben uns nichts anzugehen!«

»Aber wenn wir damit das Verbrechen aufklären können?«

»Unfug!« Herr Rouché brachte Schwartz zur Tür. »Verzeihen

Sie, Herr Oberkommissar, aber Diskretion ist ein Markenzeichen unseres Hauses. Und ich bin nicht gewillt und auch nicht in der Lage, hier über Dinge zu mutmaßen, die die Privatangelegenheiten unserer Gäste betreffen. Ich nehme an, Sie verstehen das.«

»Nun«, erwiderte Schwartz nachdenklich, »immerhin wurden mehrere Mädchen entführt. Sie sind möglicherweise in Lebensgefahr, und Ihrer Frau zufolge war einer der mutmaßlichen Täter zweimal hier. Das ist durchaus von Interesse für die Polizei.«

»Meine Frau hat eine blühende Phantasie, Herr Kommissar. Sie sollten sich auf die Fakten konzentrieren.«

»Üblicherweise tun wir das«, sagte Schwartz, »doch bevor wir Hinweise faktisch überprüfen können, müssen wir sie erst mal haben. Wenn Sie also einfach meine Fragen beantworten würden ...«

»Tut mir leid«, wiegelte Herr Rouché ab, »wir können nichts weiter für Sie tun.«

»Ich kann Sie auch als Zeugen vorladen lassen«, drohte Schwartz.

»Dann tun Sie das.« Herr Rouché schob ihn unmissverständlich vor die Tür. »Entschuldigen Sie uns.«

Tja, und damit war Schwartz draußen.

»Du solltest dich schämen«, hörte er noch die Vorhaltungen des Herrn Rouché gegenüber seiner Frau. »Unsere Gäste derartig bei der Polizei zu denunzieren! Was wissen wir denn? – Nichts!«

Und dann war die Tür zu. Schwartz sah, wie die beiden heftig streitend und gestikulierend im hinteren Teil ihrer Pension verschwanden, und blickte an der Fassade des »Johannishof« hoch.

Was war das für ein Mann, von dem die Wirtin gesprochen hatte? Was für eine junge Dame wollte er hier besuchen? Und was hatte das alles mit dem Überfall auf den Hurenbus zu tun?

Der Gottesdienst war vorbei, und die Menschen strömten aus der Kirche auf den Platz. Von einem Lautsprecherwagen des Podtsch e.V. dröhnten jetzt die Toten Hosen:

»Ja, der Sascha, der ist Deutscher – und deutsch sein, das ist schwer – wer so deutsch wie der Sascha ist – der ist sonst gar nichts mehr ...«

Mädchen liefen mit Listen und Spendendosen herum. Sie sammelten Unterschriften für »ein Asylrecht für alle« und Geld für die maroden Flüchtlingsheime am Rande der Stadt.

Eine junge Frau mit grünem Bürstenschnitt lächelte den Oberkommissar beruhigend an. Mach dir keine Sorgen, schienen ihre Augen zu sagen, wir geben Zittau nicht auf. Solange wir hier sind, sind Schwarze wie du in dieser Stadt immer willkommen.

Düdeldüdeldü, riss ihn das Funktelefon aus seinen Gedanken, düdeldüdeldü …

Schnell griff er in seine Tasche. »Anruf«, meldete das Display, doch kaum hatte er die grüne Taste gedrückt, fiepte es schon wieder: »Kein Empfang«.

Ach so! Schwartz fiel die Antenne ein, und er zog sie hastig heraus. Dann hatte er erneut Liliana Petkovic am Ohr.

»Setzen Sie sich sofort ins Auto«, forderte sie, »und geben Sie Gas! Wir haben den Halter des silbergrauen Mercedes. Die beiden Russen sind damit mehrmals am Standort des Hurenbusses im Tagebau aufgetaucht. Kaemper hatte das Kennzeichen schon vor einigen Tagen an uns weitergeleitet.«

»Und das haben Sie jetzt erst gemerkt?«

»Wir haben es jetzt erst überprüfen können«, gab Liliana Petkovic zu, »da waren uns die Ereignisse etwas voraus.«

»Dann sollten wir sie zügig wieder einholen«, fand Schwartz.

»Richtig«, knurrte die Petkovic. »Wir treffen uns in genau zwei Stunden an der Schillerstraße neun in Dresden-Loschwitz, schaffen Sie das? Das ist am ›Blauen Wunder‹.«

Ich weiß, wo die Schillerstraße ist, dachte Schwartz und fragte: »Was soll ich da?«

»Die Russen festnehmen«, antwortete Liliana Petkovic lakonisch, »was sonst? Ich besorge uns ein SEK, Sie leiten die Aktion.«

»Ich?« Schwartz war entsetzt. »Wieso ich?«

»Weil ich dazu nicht befugt bin«, schnauzte die Petkovic. »Herrgott, machen Sie's doch nicht immer so kompliziert!«

»Ich bin auch nicht befugt.«

»Doch, das sind Sie«, widersprach die Petkovic. »Als Beamter der Dresdner Polizeidirektion sind sogar nur Sie befugt. Ich habe den zuständigen Staatsanwalt diesbezüglich bereits unterrichtet.« Sie atmete geräuschvoll durch den Hörer, und Schwartz konnte ihren Zigarettenrauch fast riechen.

»Na, das haben Sie sich ja prima ausgedacht«, schimpfte er. »Sie bleiben schön im Hintergrund, und ich muss den Kopf hinhalten.«

»Wollen Sie noch länger weiterdiskutieren? Oder können Sie sich entschließen, jetzt einfach mal zu handeln?« Auch die Petkovic wurde sauer. »Uns rennt die Zeit davon, Schwartz! Diese Typen haben Kaemper! Und wahrscheinlich auch die Mädchen. Also sehen Sie zu, dass Sie endlich in die Puschen kommen!«

Die habe ich schon an, dachte Schwartz und hörte, wie die Petkovic den Hörer auf die Gabel knallte. Oder auch nicht, denn so ein Funktelefon hatte ja keine Gabel mehr, auf die man wirkungsvoll einen Hörer knallen konnte. Man drückte lediglich eine Taste. Nicht sehr spektakulär.

Armseligen Zeiten gehen wir entgegen, ahnte Schwartz. Ohne jede Dramatik. Statt großer Gesten gibt's jetzt nur noch Düdeldü.

Zunächst musste er tanken. Mit fünf Litern aus dem Reservetank kam man in einer Déesse nicht weit. Jedenfalls nicht bis Dresden.

Also fuhr Schwartz zurück zu jener Nachttanke an der Bundesstraße 99, die ihm durchaus noch schmerzlich in Erinnerung war. Aber der Neonazi war übler weggekommen. Wenn er überhaupt weggekommen war, dem hatte er es ja ordentlich gegeben. Und wenn nicht, dann gab's jetzt gleich noch einen drauf.

Grimmig stoppte Schwartz den Wagen an einer der Zapfsäulen und tankte voll. Im Shop sah es ruhig aus, der Verkäufer schlief über einem Comic hinter seinem Tresen und hatte den einsamen Kunden draußen noch nicht mal bemerkt.

»Morgen!« Betont munter betrat Schwartz den Tankstellenshop und sah sich um. Immerhin hatte der Verkäufer den Laden wieder aufgeräumt, bevor er in tiefen Schlummer gefallen war. Der Boden war gewischt, nirgendwo eine Blutspur, die Regale standen ordentlich aufgeräumt an ihrem Platz.

»Hallo!« Er rüttelte den Verkäufer wach. »Kundschaft!«

»Ah, Sie schon wieder!« Der Verkäufer streckte sich. »Diesmal voll?«

»Der Tank, ja.« Schwartz seufzte. Ewigkeiten war es her, seit er seinen letzten Vollrausch hatte. Vermutlich arbeitete er zu viel. Nach dieser Geschichte, so nahm er sich vor, würde er Urlaub machen. In ferne Länder reisen, nach Übersee, sechs Wochen lang Karibik oder so. Die Tage im Müßiggang am Strand vergeuden und abends unter Palmen bis zum Umfallen Daiquiri trinken. Ja, das könnte ihm gefallen.

»Tut mir übrigens leid«, sagte der Verkäufer, »was passiert ist.«

»Ja«, nickte Schwartz und schob einen Geldschein über den Tresen. »Mir auch.«

»Die lungern öfter hier rum«, erzählte der Verkäufer, »vor allem nachts, wenn nichts mehr aufhat in der Stadt. Da kann man nichts machen.«

»Kann man nicht?«

»Nun«, der Verkäufer lächelte verlegen, »ich kann ja nicht einfach sagen: Hört zu, Jungs, ihr kriegt nichts mehr bei mir.«

»Doch, doch«, antwortete Schwartz und lächelte aufmunternd zurück, »das können Sie. Versuchen Sie's mal! Wiederschaun.«

28 MEIN ERSTER GEDANKE IST: Einbrecher! In meiner Laube! Wahrscheinlich Katenbachs DVU-Idioten, denn sie haben meine Seekriegsflagge mitgenommen. Ein Original, über neunzig Jahre alt.

Die Flagge des Kleinen Kreuzers SMS »Dresden« – einfach gestohlen!

Der alte Hausmeister vom Kinder- und Jugendheim »A.S. Makarenko« hatte sie mir geschenkt. Ein alter Seebär, der früher selbst bei der Marine gewesen war und stundenlang von längst vergessenen Seeschlachten erzählen konnte. Sie lenkten mich ab vom tristen Alltag im Heim und ließen mich träumen.

Dereinst würde ich, dachte ich damals, auch zur See fahren, feindliche Panzerschiffe besiegen und den härtesten Stürmen trotzen. Mit siebzehn fuhr ich zur Flottenschule »Walter Steffens« nach Parow an die Ostsee, um als Rekrut bei der Volksmarine anzuheuern. Ein Offizier thronte hinter einem riesigen Schreibtisch, auf dem eine beeindruckende blank polierte Schiffsgranate aus Messing stand, mindestens fünfzig Zentimeter hoch und, wie der Offizier grinsend betonte, noch immer scharf. Er fragte mich, wie ich denn zum gesetzmäßig bevorstehenden weltweiten Sieg des Kommunismus über die Menschheit stünde, und ich begann, mich um Kopf und Kragen zu reden:

Denn schon rein militärisch gesehen sind Siege niemals gesetzmäßig. Jede Schlacht birgt immer auch das Risiko der Niederlage, gute Vorbereitung hin oder her. Und der Kommunismus ist ein Irrtum, eine gesellschaftsphilosophische Geisteskrankheit sozusagen, genau wie das Gequatsche im Staatsbürgerkundeunterricht. »Jeder nach seinen Bedürfnissen, jeder nach seinen Fähigkeiten« – blanker Unsinn. Denn von sich aus hat der Mensch weder besondere Fähigkeiten noch Bedürfnisse. Nur wenn er sich am anderen messen kann, aufsehen zu jenen, die mehr haben, besser und erfolgreicher sind, wachsen der eigene Ehrgeiz und der Mensch über sich hinaus. Neid ist der Motor jeden Fortschritts. Insofern ist die kapitalistische Marktwirtschaft die dem Menschen gemäßere Gesellschaftsform. Folgt man dagegen den Hirngespinsten des Kommunismus, landet man irgendwann wieder bei Faustkeilen und Lagerfeuer wie die Urmenschen.

So sprach ich und brachte mich um den begehrten Dienst bei der Volksmarine der DDR.

»Scheitern muss man als Chance begreifen«, tröstete mich der alte Hausmeister, als ich wieder daheim im »A. S. Makarenko« saß.

Er erzählte mir von der legendären Odyssee der SMS »Dresden« während des Ersten Weltkrieges. Damals, im Jahre 1914, hatte sein Vater, Fregattenkapitän zur See Fritz Emil Lüdecke, das Kommando auf dem Schiff. Bei einer verheerenden Niederlage vor den Falklandinseln verlor Vizeadmiral Graf Spee sein gesamtes Geschwader, einzig die SMS »Dresden« entkam. Diese Flucht begründete den Ruhm des Kreuzers. Er wurde von der gesamten englischen Flotte gejagt und blieb dennoch unbesiegt. Monatelang konnte sich die SMS »Dresden« vor ihren Verfolgern im Labyrinth der Fjorde Feuerlands verstecken, bevor sie in den Pazifik aufbrach, wo sie sich in der Cumberland Bay selbst versenkte, um nicht dem Feind in die Hände zu fallen. Die Flagge des Schiffes aber brachte der Vater mit nach Hause und schenkte sie seinem Sohn.

Und dieser gab sie Jahrzehnte später mir, als ich endlich, mit achtzehn Jahren volljährig, das Heim verlassen durfte.

»Die ›Dresden‹ ist ein Mythos«, hatte der alte Hausmeister mit feuchten Augen zum Abschied gesagt, »der aus einer Niederlage geboren wurde. Und diese Flagge ist ein Symbol dafür, dass unser Scheitern nur der Anfang von etwas Neuem ist. Du darfst nie die Hoffnung verlieren, Andreas. Niemals.«

Und jetzt ist die Flagge weg. Wie gelähmt starre ich auf die kahle Wand über meinem Schlafsofa und kann es nicht fassen. Diese verdammten Schweine! Was haben die sonst noch geklaut?

Unruhig sehe ich mich um. Seltsam. Wie aufgeräumt es ist. Irgendjemand hat den Boden gewischt, das Geschirr abgewaschen und, wie der alte Seebär sagen würde, Reinschiff gemacht. Selbst Klo und Fenster sind geputzt.

Träume ich? Oder hat mir der Nigger vorhin so dermaßen die Birne weich geklopft, dass ich jetzt Wahnvorstellungen habe? Halluzinationen?

Auf dem Tisch neben dem Fernseher liegt ein Zettel. *»Ich wollte noch mal mit Dir über die Pistole reden«*, stand da in Jules schöner, leicht nach links gekippter Schrift, *»aber Du bist nicht da. Was vielleicht gut ist, denn so kann ich das Ding gleich wegschmeißen – ohne Diskussion.«*

Spinnt die? Wieso will sie das gute Schießeisen wegschmeißen? Kann sie doch gar nicht, ich hab die Knarre bei mir ... Und das scheint auch Jule gemerkt zu haben, denn auf dem Zettel heißt es: *»Scheiße, ich hab die blöde Waffe nicht gefunden. Hoffentlich tust Du damit niemandem was an ...«*

Ja, klar, denke ich spöttisch, ich latsche ja auch nur so durch die Gegend, um irgendwelche Leute umzulegen. Wäre ich so drauf, hätte ich den Niggerbullen vorhin einfach abgeknallt. Stattdessen ließ ich mich von dem windelweich prügeln. Julchen, Julchen, du musst noch viel lernen.

»... Dein restliches Waffenarsenal werde ich jedenfalls entsorgen, genau wie den ganzen Faschokram, vielleicht springt Dein Kopf ja doch irgendwann wieder an. Übrigens eignet sich die Nazifahne super zum Putzen ...«

Nazifahne? Schätzchen, das ist keine Nazifahne, sondern die Seekriegsflagge der kaiserlichen Marine von 1914! Da gab's noch gar keine Nazis, capito?

Und putzen, was heißt »putzen«?

Moment mal, durchfährt es mich eiskalt, hat diese Irre etwa die teure Flagge der SMS »Dresden« als Scheuertuch missbraucht? – Die hat doch echt nicht mehr alle Tassen im Schrank!

»Das Ding musste weg«, steht auf ihrem Zettel, *»denn ich werde mich ganz sicher nicht mit Dir unter diesen rassistischen Lappen legen. Falls Du das je geglaubt hast.«*

Nie im Leben, Baby, aber jetzt machst du mir völlig neue Hoffnungen. Denn im Umkehrschluss muss das heißen, jetzt, wo die Flagge der »Dresden« nicht mehr hängt, legst du dich durchaus zu mir auf die Couch ... Oder wie oder was?

Mann, mir wird ganz heiß in Kopf und Brust. Unter diesen Umständen relativiert sich natürlich der Verlust der Seekriegsflagge etwas. Wenn ich Jule dafür auf mein Sofa kriege ...

Ich schaue im Kühlschrank nach, aber es ist kein Bier mehr da. Ich habe nur noch den Cognac aus der Tankstelle. Hastig öffne ich den Verschluss und trinke einen großen Schluck. Und dann noch einen. Danach bin ich bereit.

Conchitababy, ich komme! Der Fall muss ausdiskutiert werden, und zwar sofort!

Mit dem GAZ brettere ich zurück in Richtung Altstadt und stoppe scharf, denn auf dem Johannisplatz sind immer noch verdammt viele Bullen unterwegs. Überall wehen rot-weiße Absperrbänder, und um das Gerippe des ausgebrannten Busses kriechen irgendwelche Typen in grauen Overalls mit Pinzetten und Taschenlampen auf dem Kopfsteinpflaster herum – offenbar suchen sie Spuren. Etwas abseits hat der Podtsch e.V. eine Mahnwache eingerichtet. Margots Frisurendouble mit Gleichgesinnten zwischen Teelichtern und Antifa-Plakaten – toll!

Ich lege den Rückwärtsgang ein und parke den GAZ etwas abseits. Nach wie vor habe ich wenig Lust, von den Bullen abgegriffen zu werden. Zumal ich zwar nichts mit dem Brandanschlag zu tun habe, wohl aber damit, wie der Bus auf den Johannisplatz kam.

Und jetzt?

Jules Pension liegt vis-à-vis der Kirche, im Schatten der dunklen Türme. Die Leuchtreklame des Restaurants ist um diese Zeit abgeschaltet. Alles duster. Wenn ich nah genug an den Häusern bleibe, bin ich quasi unsichtbar. Zumindest wenn man nicht so genau darauf achtet.

Angespannt beobachte ich das Treiben auf dem Platz. Ein paar Grüppchen von Demonstranten stehen noch herum und diskutieren, der Pfarrer schließt seine Kirche ab, an der Mahnwache haben sie die Gitarren rausgeholt und klampfen leise melancholische Protestsongs. Kehrmaschinen fegen Wachsreste und Kippen vom Platz, die Spurensicherer sind mit ihrer Krabbelei beschäftigt, zwei Zivilbullen hängen laut schnarchend in einem Golf, zwei andere Uniformierte unterhalten sich leise und rauchen. Dann sind da noch die Feuerwehrmänner. Aber auch die sind müde und lehnen schläfrig an ihren Fahrzeugen.

Also los. Leise und geduckt laufe ich im Schatten der Häuser auf den »Johannishof« zu. Die Tür unten ist abgeschlossen, also drücke ich vorsichtig den Klingelknopf. Glücklicherweise ist die Türglocke von draußen kaum zu hören. Ich klingle noch mal nachdrücklicher. Es dauert, bis drinnen Licht gemacht wird. Kurz darauf kommt der alte Rouché angelatscht, hinter ihm seine Frau.

»Was wollen Sie denn? Mitten in der Nacht, wissen Sie, wie spät es mpfff …«

Ich drücke dem alten Herrn die Hand auf den Mund, bevor er weiterquatschen kann und die Bullen doch noch auf mich aufmerksam werden, und schiebe ihn ins Haus zurück. Frau Rouché will drauflosschreien, doch ich zeige ihr unmissverständlich die tschechische Armeepistole, und schon ist auch sie mucksmäuschenstill. Irre, was man mit so einer Knarre alles richten kann. Leise ziehe ich die Tür hinter mir zu und lasse den Alten los.

»Keine Panik«, raune ich dem verängstigten Ehepaar beruhigend zu, »ich komme in friedlicher Absicht, will nichts klauen und nichts rauben, sondern nur einen Ihrer Gäste besuchen, klar?«

»Das Fräulein Latte, nehme ich an«, knurrt Herr Rouché verärgert.

»Genau«, nicke ich und deute durch die Fenster nach draußen, »und ich möchte nicht, dass die Bullen da draußen das spitzkriegen.«

»Weil die Sie sonst verhaften?«

»Warum sollten sie«, gebe ich zurück, »ich habe nichts getan.«

»Wer's glaubt …« Frau Rouché verdreht die Augen.

»Sie gehen jetzt rauf«, sage ich zu ihr, »und holen Jule, also … das Fräulein Latte, klar? Und falls Sie irgendwie auf den dummen Gedanken kommen sollten, ein Telefon zu benutzen oder Zeter und Mordio zu schreien, sollten Sie nicht vergessen, dass Ihr werter Gatte bei mir hier unten ist. Haben Sie mich verstanden?«

»Verbrecher«, schnaubt die Rouché und steigt missmutig die Treppe hinauf.

»Würden Sie mir wirklich etwas antun?« Herr Rouché macht sich hinter dem Tresen zu schaffen. »Ich meine, an sich machen Sie doch einen ganz netten Eindruck.«

»Der täuscht«, erwidere ich, »denn nett war ich noch nie. Trotzdem muss ich nicht automatisch ein schlechter Mensch sein.«

»Eben.« Herr Rouchè zapft sich ein Bier. »Wollen Sie auch eins? Geht aufs Haus. Und packen Sie bloß ihre dämliche Waffe weg. Damit kommen Sie beim Fräulein Latte nicht weit.«

Recht hat er, denke ich und stecke die Pistole ein. Obwohl ich ohnehin nichts zu gewinnen habe, das sehe ich gleich, als Jule hinter der alten Rouché die Treppe herunterkommt. Dabei sieht sie so sexy aus in ihrem gestreiften Seidenpyjama, und das lange Haar flutet ihr weich über die schmalen Schultern. Doch ihre Augen starren mich wütend und hasserfüllt an, was mir einen gewaltigen Stich ins Herz gibt. Es stimmt, dass Blicke töten können. Jedenfalls fast.

»Hey, Con…, äh, Jule … ähm, Lia«, versuche ich sie mit korrekter Ansprache zu versöhnen und halte den von ihr geschriebenen Zettel hoch. »Du wolltest doch mit mir reden, oder? Tut mir leid, dass ich nicht da war vorhin …«

»Wo sind die Mädchen?«

Was für Mädchen? Wovon redet sie, verdammt noch mal? Ich dachte, hier ginge es um Waffen, Faschokram oder meine Seekriegsflagge …

»Wohin habt ihr sie verschleppt?«

»Ju… ähm, Lia, ich weiß gerade nicht …« Doch dann ahne ich es. Meint Julchen etwa die Mädels aus dem Bus? Glaubt sie, ich hätte bei dem Anschlag mitgemacht?

»Moment mal«, sage ich, »mit der Scheiße habe ich echt nichts zu tun!«

Die Rouché lacht spitz auf.

»Ehrlich«, beteuere ich, »ich hab den Bus nicht angesteckt, ich … ich … ich …«

Ja, was? Soll ich ihr erzählen, dass ich diesen Scheißbus hierhergelotst habe, um Roland eins auszuwischen? Wie soll ich ihr überhaupt erklären, dass ich den Bus hierherlotsen *konnte*? Ich meine, das würde wahnsinnig viele Fragen aufwerfen. Völlig zu Recht!

Mir wird abwechselnd heiß und kalt. Andreas Kudella, denke ich, du hast dich mal wieder total in die Scheiße geritten. Und ich habe keine Ahnung, wie ich mich da herauswinden soll.

»Wir haben nur dagestanden und geguckt«, sage ich schließlich, »wir waren genauso überrascht wie alle anderen, als da plötzlich die

Typen gekommen sind und Randale gemacht haben. Aber wir hatten nichts mit denen zu tun.« Ich hebe die Hand. »Das schwöre ich dir, Jule, ganz ehrlich!«

»Hau ab«, sagt sie nur kalt und wendet sich ab. »Hau einfach ab, okay? Lass mich in Ruhe!«

»Aber Jule, wieso denn?«, rufe ich mit zunehmender Verzweiflung. »Ich habe nichts getan! Ich habe die Mädchen nicht entführt, was glaubst du denn? Ich bin doch nicht pervers oder so. Das waren andere!«

Aber sie hört mir nicht zu. Sie verschwindet einfach im Obergeschoss und lässt mich stehen.

Hilflos sehe ich die Rouchés an. »Helfen Sie mir! Sie wissen doch, dass ich vorher da war. Ich habe doch hier zwei Bier gekauft und ...«

»Sie haben gehört, was Fräulein Latte gesagt hat«, unterbricht mich Herr Rouché ruhig und nimmt mich am Arm. »Und jetzt gehen Sie, bitte.«

»Aber ...«

»Seien Sie ruhig«, zischt er und bringt mich zur Tür, »das bringt doch nichts. Nicht um diese Zeit.«

»Kann ich morgen noch mal wiederkommen?«

Herr Rouché seufzt. »Ich weiß es nicht«, sagt er nach einer Weile. »Ich kann ja mal versuchen, mit ihr zu reden. Aber jetzt gehen Sie!« Er öffnet die Tür, sieht sich vorsichtig um. »Schnell! Die Luft ist rein.« Und damit schiebt er mich hinaus.

Nachtfrost empfängt mich. Die Spurensicherer kriechen noch immer um den ausgebrannten Bus herum, Feuerwehrleute und Bullen gähnen übermüdet. Nur ich bin hellwach. Ich kann es nicht fassen! Warum traut mir Jule so etwas zu? So eine durchgeknallte Scheiße würde ich doch nie ... Ich bin doch kein Arschloch, verdammt! Jedenfalls nicht so eines. Und das werde ich ihr, verdammt noch mal, beweisen.

29 LOSCHWITZ IST EIN IDYLLISCHES Villenviertel. Tagsüber jedenfalls. Am rechten Elbufer gelegen und mit den Hängen nach Westen ausgerichtet, bietet es einen grandiosen Panoramablick auf eine der schönsten Städte der Welt. Fand jedenfalls Schwartz.

Und er war mit seiner Ansicht nicht allein, denn schon immer zog es Adelige und reiche Dresdner Bürger nach Loschwitz. Berühmte Künstler und Geistesgrößen hatten hier gelebt und sich prächtige Sommerhäuser und Villen in parkartigen Gärten gebaut. Dann kamen die Nazis und vertrieben die Juden, um sich selbst in deren Häusern breitzumachen, und nach dem Krieg war es mit der Loschwitzer Pracht ohnehin erst mal vorbei. Die Villen wurden unter russischer Besatzung enteignet und verstaatlicht. In den ehemals herrschaftlichen Häusern wurden Ausgebombte einquartiert, die großzügigen Wohnungen wurden mehrfach geteilt und später von den DDR-Behörden Bedürftigen oder Begünstigten zugewiesen. Nur wenige der alten Loschwitzer Bürger durften bleiben. Sie hatten sich entweder mit der SED-Führung arrangiert oder waren selbst stramme Parteigänger geworden.

Seit der Wende fand nun erneut ein Wechsel der Bewohner statt. Alte Reiche kamen zurück, Neureiche kauften sich ein. Denn noch immer war Loschwitz eine der begehrtesten Lagen Dresdens und auch sonst ein herrlicher Ort.

Obgleich man im Augenblick nicht viel davon sah, denn es war tiefe Nacht. Über der Elbe stand dichter Nebel, hüllte die alte Loschwitzer Stahlbrücke, das berühmte »Blaue Wunder«, ein und waberte die Hänge hinauf, dass man sich fühlte wie in einer alten Edgar-Wallace-Verfilmung.

Schwartz kam von Osten her die Grundstraße hinuntergefahren und bog erst rechts in die Pillnitzer Landstraße, dann in die Schillerstraße ein. Doch schon in Höhe der Plattleite war die Straße von Polizeifahrzeugen gesperrt. Ein Beamter bedeutete ihm, anzuhalten.

Schwartz kurbelte die Scheibe herunter, stellte sich vor und hielt seinen Dienstausweis hinaus.

»Ah, Sie übernehmen die Einsatzleitung«, stellte der Beamte fest.

»Gezwungenermaßen«, gab Schwartz zu. »Wo muss ich hin?«

»Hier rechts hoch«, der Beamte wies den Weg, »der schwarze Bulli. Sie werden schon erwartet.«

Schwartz dankte und fuhr vorsichtig die schmale Plattleite hoch. Die ganze linke Straßenseite war zugeparkt, und der Oberkommissar fragte sich, ob das alles Fahrzeuge des Sondereinsatzkommandos waren, das Liliana Petkovic für ihn bereitstellen wollte. Wo war sie überhaupt? Er hielt Ausschau nach ihrer grün-weißen Polente, konnte den

2CV aber nirgendwo entdecken. Dafür sah er den schwarzen Bulli der Einsatzleitung, stoppte und stieg aus seiner Déesse.

»Oberkommissar Romeo Schwartz!« Ein drahtig-durchtrainierter Hüne in der schwarzen Kluft des SEK kam breitbeinig auf ihn zu und streckte ihm zackig die Hand entgegen. »Mein Name ist Kloppke, schön, dass Sie da sind. Wir haben das Objekt bereits gecheckt und umstellt. Scharfschützen wurden auf den umliegenden Dächern postiert – eigentlich kann nichts schiefgehen.«

»Prima«, fand das Schwartz, »dann sind Sie der Chef hier?«

»Der Chef sind Sie«, stellte Kloppke klar und lachte abgehackt, »ohne Sie passiert hier gar nichts.«

Genau das war das Problem. Schwartz spürte plötzlich die ungeheure Last der Verantwortung auf seinen Schultern. Wenn hier doch etwas schiefging, war er fällig. Ende der Karriere. So viel war klar.

Mit etwas weichen Knien folgte er dem drahtigen, hünenhaften Herrn Kloppke in den schwarzen Bulli. An einem Pult überwachte ein Beamter mehrere Videomonitore, die Bilder von ferngesteuerten Infrarotkameras übertrugen.

Was für ein Aufwand. Und alles wegen zwei Russen. Irre!

»Irgendwelche Vorkommnisse?«, erkundigte sich Kloppke bei dem Beamten.

»Null«, antwortete der und gähnte, »alles wie gehabt.«

Schwartz betrachtete die Monitore. Sie zeigten aus verschiedenen Perspektiven eine hübsche Villa im sächsischen Landhausstil. Netter Garten drum herum. Und der gesuchte Mercedes in der Einfahrt.

»Die Schillerstraße neun?«

»Korrekt«, nickte Kloppke und stellte sich neben Schwartz. »Das Objekt ist zur Straße hin von einer Feldsteinmauer umgeben, dort kommen wir nicht so ohne Weiteres ran. Deshalb sichern da die Scharfschützen. Der Zugriff erfolgt über die Gartenseite. Sie liegt relativ frei, und meine Männer haben sich bis auf zwanzig Meter dem Haus genähert.«

Schwartz überlegte. Wenn der Mercedes da war, waren auch die ominösen Russen da. Und vermutlich dieser Kaemper und seine Huren.

»Wie viele Personen befinden sich in dem Haus?«

»Mindestens vier«, antwortete der Beamte vor den Monitoren, »im Obergeschoss zwei und unten zwei.«

»Männer?«

»Eine Frau, drei Männer.« Kloppke sah auf einen Notizblock. »Alexander Salnik ist der Eigentümer des Objekts. Er und seine Frau schlafen oben. Wer die zwei Männer im Untergeschoss sind, haben wir bislang nicht eruieren können. Der Fernseher läuft, sie haben sich nicht groß bewegt, seit wir das Haus im Visier haben.«

Dann ahnen sie nicht, dass wir hier sind, dachte Schwartz. Gut, gut.

»Sind noch weitere Menschen im Haus?«

»Das können wir nicht ausschließen«, erwiderte der Beamte vor den Monitoren und reichte Schwartz, ohne sich nach ihm umzusehen, einen Pappbecher. »Kaffee?«

»Nein, vielen Dank.« Sein Herzschlag war ohnehin viel zu hoch. Schwartz sah sich um. Wo steckte bloß die Petkovic? Wollte die sich nicht hier mit ihm treffen?

»Also, wir haben die Lage im Griff«, Kloppke rieb sich angriffslustig die Hände, »wir können sofort zuschlagen.«

Toll! »Und Sie erwarten jetzt, dass ich den Befehl dafür gebe?«

»Absolut«, nickte Kloppke. »Jede Verzögerung könnte eine Verschlechterung der Lage bedeuten, und im Augenblick sind wir gut aufgestellt, um die Situation, so wie sie sich uns jetzt darstellt, erfolgreich parieren zu können.«

»Was haben Sie vor?«

Kloppke schaltete einen Overheadprojektor ein, der einen Grundriss des Hauses zeigte. »Wir gehen über die Terrasse rein. Vier meiner Leute schalten die Männer im Wohnzimmer aus, vier weitere gehen nach oben und übernehmen den Salnik und seine Frau. Das war's. Eine Sache von Sekunden.«

»Aber Sie sagten doch, es könnten sich noch mehr Leute im Haus befinden?«

»Wenn, dann nur im Keller oder auf dem Dachboden. Dafür habe ich weitere Beamte abgestellt. Sobald wir drin sind, wird das ganze Haus durchsucht.«

»Und wenn die sich wehren?« Vor seinem geistigen Auge sah Schwartz eine furchtbare Schießerei, Tote, Verletzte, das Haus in Flammen. Ein entsetzliches Gemetzel. Und er hatte die Verantwortung. Du lieber Gott!

»Ich meine«, setzte er mit etwas zittriger Stimme hinzu, »die werden doch nicht untätig zusehen, wenn Sie mit Ihren Leuten da einfach reinmarschieren. Die werden sich ganz sicher zur Wehr setzen. Mit allen Mitteln. Und dann gibt es ein Blutbad, was ich …«, er seufzte eindringlich, »… unbedingt vermeiden möchte.«

»Wer badet schon gern in Blut, Oberkommissar?« Über Kloppkes betonharte Miene zog sich ein kriegerisches Lächeln. »Aber keine Sorge, meine Leute sind schnell und vor allem topfit. Wir haben das hundertmal trainiert. Bevor der Gegner realisiert hat, was passiert, haben wir ihm schon den Arsch aufgerissen.«

»Versprochen?«

»Versprochen.« Kloppke hielt ihm die Hand hin. »Mein Ehrenwort drauf.«

Schwartz zögerte dennoch. Wo blieb bloß die Petkovic? Die kannte sich mit solchen Aktionen doch viel besser aus als er. Na, vielleicht auch nicht. Vielleicht war das genau der Grund, warum sie nicht hier war. Sie kniff!

Der drahtige SEK-Mann Kloppke dagegen schien sein Geschäft zu verstehen. Ein knallharter Profi, für den war das hier Routinesache. Der hatte alles im Griff. Hoffte Schwartz jedenfalls.

»Zugriff?« Kloppke hielt ihm noch immer die Hand entgegen und sah ihn fragend an.

Schwartz seufzte und zählte innerlich bis zehn. Dann noch mal. Jetzt waren es zwanzig. Verdammt!

Also gut, dachte er, ich komm ja doch nicht drum herum. Lass die Sache einfach laufen.

Er schlug ein und sagte das entscheidende Wort: »Zugriff!«

30 ICH BIN KEIN ROMANTIKER. Ich weiß, dass das Leben alles andere als fair ist. Aber ein bisschen Gerechtigkeit muss drin sein. Sogar für Typen wie mich. Dafür werde ich sorgen. Schon wegen Jule.

M-SX 909 – so lautete die Autonummer des schwarzen Opel Vectra. Da muss ich ansetzen. Denn diese Autonummer wird mich zu den Kerlen führen, die den Bus überfallen haben und für den ganzen Mist verantwortlich sind. Hoffe ich jedenfalls. Und dann klopfe ich mir die so lange weich, bis sie öffentlich und vor meiner Jule gestehen, dass ich mit diesem brandschatzenden und nuttenfressenden Rollkommando heute Nacht nichts zu tun hatte.

Fragt sich nur, wie man anhand der Autonummer den Besitzer des Wagens herausbekommt.

Der Typ von der Nachttanke müsste es wissen, überlege ich und starte den GAZ.

Fünf Minuten später bin ich da und bremse scharf. Denn an der Tankstelle steht ein Streifenwagen.

Mann, was wollen denn die Scheißbullen hier? Nehmen die 'ne Anzeige auf? Wegen dem Nigger? Aber der hatte doch versprochen, die Sache zugunsten von ein paar tüchtigen Fausthieben ruhen zu lassen.

Vorsichtig sehe ich durch die großen Schaufenster in den Tankstellenshop. Die Bullen sehen jedenfalls nicht so aus, als würden sie arbeiten. Sie lehnen an einem der Stehtische und trinken aus Pappbechern Kaffee. Einer gähnt wie ein Nilpferd, der andere beißt hungrig in ein belegtes Brötchen.

Also gut, denke ich, wer nicht wagt, der nicht gewinnt. Zügig öffne ich die Tür und trete ein. Die Schnarchnase am Tresen reißt erschrocken die Augen auf, als er mich erkennt. Die Bullen reagieren nicht.

Ich nehme eine Packung Tic Tac aus dem Regal und lege eine Mark auf den Kassenteller.

»Alles?«, fragt der Verkäufer.

»Alles«, antworte ich.

Der Verkäufer nimmt die Mark und gibt mir zwei Pfennige wieder. Ein Wahnsinn: Achtundneunzig Pfennige für 'ne Packung Tic Tac! Die spinnen hier echt. Aber ich habe keine Wahl, muss die Cognacfahne wegbekommen, bevor ich die Bullen anspreche, und kippe mir daher den gesamten Inhalt der kleinen Schachtel in den Mund. – Lecker!

Kauend wende ich mich den beiden kaffeetrinkenden Ordnungshütern zu.

»'tschuldigung, die Herren, aber ich hätte mal 'ne Frage: Wenn Sie 'ne Autonummer haben – wie kriegen Sie dann raus, wer der Besitzer ist?«

»Also erstens«, beginnt der brötchenkauende Beamte, »heißt das nicht Autonummer, sondern Kennzeichen, und dazu gibt es, zweitens, einen Halter.«

»Schön«, nicke ich, »und weiter?«

»Was Sie meinen, nennt man also folglich korrekt Halterbestimmung.«

»Und wie macht man das?«

»Wie man das macht, weiß ich auch nicht«, der brötchenfressende Bulle grient feist. »Ich weiß aber, wie wir das machen.«

Na los, Laberbacke, erzähl schon, denke ich.

»Wir geben das Kennzeichen per Funk an die Zentrale durch, und die fragen dann das Kraftfahrtbundesamt an. Da sind alle in Deutschland registrierten Fahrzeuge erfasst. Na, und nach einer gefühlten Ewigkeit bekommen wir dann die halterbezogenen Daten zurück.«

Hört sich ja ziemlich kompliziert an, überlege ich. Aber egal. »Haben Sie zufällig die Telefonnummer von diesem ...« – Wie hieß es gleich? – »... Amt?«

»Sie können da nicht einfach nach einem Halter fragen«, belehrt mich Old Labertasche, »das geht nur im Rahmen der Verfolgung rechtlicher Ansprüche im Zusammenhang mit der Teilnahme am Straßenverkehr. Schon aus Datenschutzgründen, verstehen Sie?«

So halb, denke ich. Geht schon.

»Was haben Sie denn genau für ein Problem?«, mischt sich nun der andere Bulle ein.

»Kein Problem«, antworte ich, »nur 'ne Nummer: M Strich SX neunhundertneun.«

»München«, weiß der zweite Bulle sofort, »Sixt.«

»Bitte?«

»Die Autovermietung. Sixt hat immer München und ein SX nach dem Strich«, präzisiert der Bulle und wendet sich an seinen brötchenvertilgenden Kollegen. »Unsere Besserwessis sind doch auch immer mit Sixtautos rumgefahren, erinnerste dich? Als sie die Leitung unserer Dienststelle übernahmen?«

»Stimmt«, die Laberbacke nickt kauend, »da waren die mit schicken, fetten Mietwagen unterwegs. Bis sie ihre neuen Dienstautos bekommen haben.«

Okay, denke ich, dann war der Vectra also ein Rent-a-Car. Jetzt muss ich nur noch rauskriegen, wer die Kiste gemietet hat.

»Gibt's hier 'n Telefonbuch?«, wende ich mich an den Tankstellenangestellten.

»Nur von Görlitz und Dresden«, antwortet der und packt beide auf den Tisch.

»Sixt hat einen Vierundzwanzig-Stunden-Service«, weiß der Brötchenesser und deutet auf einen der ausgestellten Faltstraßenpläne. Da ist quer eine Sixtwerbung drauf – mit Telefonnummer.

»Telefon?«, fragt der Angestellte zuvorkommend und hält es mir über den Tresen.

»Gracias.« Sieh an, so langsam wird was aus der Servicewüste. Ich wähle die Nummer vom Faltplan und lande in einer Warteschleife. Richard Clayderman spielt »Pour Elise«, und eine sexy Frauenstimme rät mir, dranzubleiben, ein Mitarbeiter sei gleich für mich da.

»Willkommenbeisixtwaskannichfürsietun?«

»Kudella hier«, melde ich mich, »eine Frage: Können Sie mir sagen, wer bei Ihnen das Fahrzeug mit dem Kennzeichen M Strich SX neun null neun gemietet hat?«

»Moment.« Wieder Ricard Clayderman. Dann: »Hören Sie?«

»Ja?«

»Der Wagen ist am 8. Oktober vermietet worden. Flughafen Dresden-Klotzsche.«

»Und an wen?«

»Das kann ich Ihnen von hier aus nicht sagen. Da müssten Sie sich direkt an unsere Zweigstelle in Dresden wenden.«

»Mach ich«, sage ich, »vielen Dank«, und lege auf.

»Konnte Ihnen geholfen werden?«, erkundigt sich der Bulle und packt ein zweites Brötchen aus.

»Sehr«, nicke ich und greife mir das Dresdner Telefonbuch, um die Nummer der Sixtstation in Dresden-Klotzsche rauszusuchen.

Doch dort geht nur ein Anrufbeantworter ran. Telefonisch sei die Station nur während der Öffnungszeiten von sieben bis dreiundzwanzig Uhr zu erreichen, es könne aber gerne eine Nachricht hinterlassen werden, man rufe dann schnellstmöglich zurück.

Ich nehme mir einen der Werbekugelschreiber auf dem Tresen und notiere mir die Nummer auf meinem Kassenzettel für die Tic Tacs. Dann gebe ich dem Tankstellenangestellten das Telefon zurück und nicke den beiden Bullen zu.

»Schöne Nacht noch, die Herren!«

31 ES WAR WIRKLICH eine Sache von Sekunden. Und es war eine Katastrophe.

Kurz nach dem Zugriffsbefehl waren im Haus mehrere Blendgranaten aufgeblitzt, man hörte martialisches Geschrei, Scheiben splitterten. Dann flammten gigantische Scheinwerferbatterien auf und hüllten das Anwesen in taghelles Licht. Wenig später führten Kloppkes SEK-Männer die völlig überraschten Bewohner gefesselt aus dem Haus. Der Besitzer, Prof. Dr. Alexander Salnik, ein angesehener Wissenschaftler am Manfred-von-Ardenne-Institut und Dozent an der TU Dresden, erlitt vor Schreck einen Herzinfarkt, seine Frau bekam einen hysterischen Schreianfall, sodass beide notversorgt und mit dem Rettungshubschrauber in ein Krankenhaus ausgeflogen werden mussten. Die Söhne des Ehepaares, der achtzehnjährige Volker Salnik und sein anderthalb Jahre älterer Bruder Markus, saßen, von Panikattacken geschüttelt, in einem Polizeibus und heulten wie zwei Dreijährige.

Russen dagegen waren keine im Haus, und auch von Kaemper und seinen Huren fehlte jede Spur, kurz: Die Sache war ein totaler Reinfall.

Entsprechend fertig mit sich und der Welt hockte Oberkommissar Romeo Schwartz in seiner Déesse und sog, obwohl überzeugter Nichtraucher, an einer Zigarette, die ihm Liliana Petkovic angeboten hatte.

»Sie haben mich total auflaufen lassen«, beklagte er sich vorwurfsvoll zwischen zwei Hustenanfällen, »wo, zum Teufel noch mal, haben Sie gesteckt?«

»Ich hab mich verfahren«, auch die Petkovic rauchte, »kein Wunder bei dem Nebel überall. Am Ende bin ich irgendwo im Elbsandsteingebirge gelandet.«

»Wie sind Sie überhaupt darauf gekommen, dass hier die Russen sein sollen?« Schwartz war außer sich. »Ich denke, Sie haben das Kennzeichen des Mercedes gecheckt?«

»Das hatten wir auch.« Liliana Petkovic seufzte. »Uns war völlig klar, dass der Wagen auf diesen Professor Salnik zugelassen ist. Seit Jahren schon. Aber genau mit diesem Wagen sind eben auch unsere beiden Russen durch die Oberlausitz gefahren.«

»Unmöglich. Der Wagen wurde seit August nicht mehr bewegt«, mischte sich der drahtige Kloppke in das Gespräch ein und baute sich breitbeinig neben der Déesse auf. »Das haben die beiden heulenden Jungs ausgesagt. Der Vater benutzt das Auto nur noch für Urlaubsfahrten. Seitdem steht er da. Auf dem Grundstück. Ungenutzt.«

»Das kann doch nicht sein«, rief Schwartz und starrte die Petkovic an. »Wie erklären Sie sich das?«

»Es muss eine Dublette geben«, knurrte sie und steckte sich an der Glut der alten eine neue Zigarette an.

»Eine was?«

»Eine Dublette«, erläuterte Kloppke. »Sie suchen sich ein unauffälliges Auto, das auf einen noch unauffälligeren, unbescholtenen Bürger zugelassen ist – und stehlen dann einen Wagen desselben Typs in derselben Farbe. Dann brauchen Sie nur noch die entsprechenden Kennzeichen zu fälschen, und schon gibt es dieses Auto zweimal. Eine Dublette. Terroristen, Bankräuber und sonstige Gangster nutzen so was gern, und der unbescholtene Bürger ahnt nichts. Es sei denn, er bekommt einen Strafzettel aus einer Gegend, in der er mit seinem Wagen hundertprozentig noch nie war …«

»… oder er wird von einem SEK urplötzlich und mitten in der Nacht zu Tode erschreckt«, beendete Schwartz den Satz des drahtigen Hünen. »Danke für die Aufklärung.«

Er warf die Zigarette aus dem Wagen und seufzte. Gott, was für eine Nacht. Aber sie war bald vorbei, im Osten zeichnete sich bereits ein schwacher rötlicher Streifen am Himmel ab. Die Morgendämmerung brach an.

»Die ganze Vorgehensweise passt zu den Gussinskis«, sagte Liliana Petkovic nach einer Weile heiser und formte mit den Lippen Ringe aus Zigarettenrauch. »Wir sind so nah dran!« Sie zeigte mit Daumen und Zeigefinger, wie nah, aber Schwartz konnte das nicht nachvollziehen.

Diese Wessis! Sie waren sich immer so sicher. Auch wenn sie völlig im Dunkeln tappten.

»Die mischen hier die Szene auf«, sprach Liliana Petkovic weiter, »und haben sich diesen kleinen Hurenbus geschnappt, um ein *example* zu statuieren.«

Sie sagte tatsächlich *example* statt Exempel, mit langem a, was auch so eine typische Westmacke war. Dauernd benutzten sie englische Wörter, obwohl es dafür auch deutsche Begriffe gab, die obendrein verständlicher waren.

Damit kaschieren sie ihre Beliebigkeit, pflegte Oma zu sagen. Sprich Englisch, und alle halten dich für Cary Grant.

»Was glauben Sie, wo haben die die Mädchen hingebracht?«, wandte er sich wieder an die Petkovic. »Zurück über die Grenze nach Bogatynia?«

»Kaum.« Sie schüttelte den Kopf. »Eher weiter nach Westen, auf den internationalen Markt. Brüssel, Rotterdam ... Und dann raus aus Europa. Die werden weiterverkauft bis nach Südamerika. Manche landen auch im Harem irgendeines arabischen Scheichs.«

Furchtbar, Mädchenhandel wie im Mittelalter. Und seine schöne Heimat an der Neiße wurde zur Drehscheibe für diese Machenschaften.

»Okay«, Schwartz straffte sich, »wir geben eine Fahndung nach den Russen raus.«

»Wie wollen Sie das anstellen?« Die Petkovic spielte mit ihrem Feuerzeug.

»Wir stellen Salniks Wagen sicher«, antwortete er, »und suchen die Dublette.«

»Die Russen werden den Wagen wechseln«, erwiderte Liliana Petkovic, »schneller, als Sie ahnen.«

»Nur, wenn sie von dem Desaster hier erfahren.« Schwartz schloss müde die Augen. »Und das müssen sie nicht. Wenn wir schön den Mund halten.«

»Nachrichtensperre?«

»Wenn Sie das für mich hinbekommen?« Er lächelte schwach. »Dann haben wir alle was davon.«

»Hey«, sie legte ihm behutsam ihre Hand auf den Arm, »es tut mir leid, dass es so schiefgelaufen ist.«

»Die Nummer haben Sie versaubeutelt, Petkovic.«

»Wieso ich? Sie hatten die Verantwortung.«

»Ach ja?« Schwartz war fassungslos. »Ich wollte die Verantwortung aber nicht. Sie haben mich doch quasi gezwungen! Was wäre denn gewesen, wenn ich gesagt hätte, stopp, Schluss, wir blasen die Aktion ab?«

»Dann hätte die Aktion nicht stattgefunden«, antwortete Liliana Petkovic ungerührt und stieg aus dem Wagen. »Aber sie fand statt, insofern: Ihre Verantwortung, Schwartz.«

»Wäre ich von Anfang an korrekt informiert worden, wäre das alles doch gar nicht passiert«, schimpfte er. »Sie und Ihre dämliche Geheimnistuerei!«

»Ach, hören Sie doch auf mit Ihrem ›wenn‹ und ›wäre‹!« Liliana Petkovic winkte heftig ab und regte sich nun ebenfalls auf. »Kaemper ist verschwunden. Unser Informant, verschleppt und entführt, genau wie die Mädchen. Tun Sie doch nicht so, als hätten wir eine Wahl gehabt!« Sie hielt ihm ein schwarzes Funktelefon hin und setzte ruhiger hinzu: »Wir mussten auf Verdacht zuschlagen, und das wissen Sie! Da war Gefahr im Verzug.«

»Na, eben nicht. Das ist ja das Problem.« Schwartz starrte auf das Telefon. »Ich hab schon eins, danke.«

»Sie haben meins«, erinnerte ihn die Petkovic.

»Ja, bitte, dann hier!« Er gab ihr seins. »Und behalten Sie das andere auch, ich kann mit den Dingern ohnehin nicht umgehen.«

»Sie werden es lernen.« Sie legte ihm das Telefon auf den Beifahrersitz. »Ich veranlasse die Nachrichtensperre. Sie hören von mir.«

»Ja«, seufzte Schwartz, »leider.«

Gott, hatte er die Schnauze voll! *Ihre Verantwortung, Schwartz!* Na prima, wenn er gewusst hätte, wie die Dinge lagen, hätte er die Sache doch ganz anders angepackt. Ganz abgesehen davon, dass er diesen Einsatz hier ohnehin nicht leiten wollte. Das war überhaupt nicht sein Ding! Seine Aufgabe war, den Tod von Jochen Kuhnt aufzuklären, verdammt noch mal! Und nicht, hier irgendwelche SEKs zu befehligen, weil die Petkovic ihre Informanten nicht mehr unter Kontrolle hatte.

Und genau darum würde er sich jetzt auch kümmern. Um Kuhnts Ableben. Ausschließlich. Basta!

32 ALS ROLAND AM FRÜHEN MORGEN im Porsche auf das Gelände seiner Spedition an der Äußeren Weberstraße fuhr, wartete dort bereits die Polizei auf ihn. Zwei zivile Beamte im Golf, die sich ihm als »Piontek eins und zwo« vorstellten, »KPI Görlitz. Wir hätten ein paar Fragen an Sie.«

»Natürlich«, nickte Roland, führte die beiden Herren in den ersten Stock des kürzlich so kostspielig im Sinne der Denkmalpflege sanierten Speichers und bat sie in sein Büro. »Worum geht's?«

»Das wissen Sie nicht?« Der ältere Piontek setzte sich, der jüngere lehnte am Fenster. »Ganz Zittau spricht davon.«

»Ich wohne etwas außerhalb in Olbersdorf«, erklärte Roland und schichtete geschäftig ein paar Unterlagen auf seinem Schreibtisch um. »Wenn Sie jetzt bitte zur Sache kommen würden, ich habe zu tun.«

»Wir auch.« Der alte Piontek blätterte umständlich in seiner Kladde. »Sie sind Herr Paich, Roland, und der Geschäftsführer dieser Firma?«

»Ja.«

»Der Paich-Transportlogistik GmbH?«

»Einen anderen Betrieb haben wir nicht.«

»Ich wollte nur sichergehen«, antwortete Piontek und warf seine Kladde auf den Schreibtisch. »Denn auf die Paich-Transportlogistik GmbH ist ein Bus registriert, der ähm … sozusagen als mobiler Puff die Gegend unsicher macht. Oder besser gemacht hat.«

»Damit haben wir hier nichts zu tun«, erwiderte Roland und hängte sein Sakko über die Rückenlehne des Schreibtischstuhls. »Unser Unternehmen hat den Bus lediglich verchartert. Wie die Charterer diesen Bus seitdem nutzen, ist allein deren Sache.«

»Sicher«, nickte Piontek, »sicher. Trotzdem wird es Sie interessieren, dass dieser Bus heute Nacht einem Brandanschlag zum Opfer gefallen ist.«

Roland hob fragend die Augenbrauen.

»Hier in Zittau«, setzte der junge Piontek hinzu, »auf dem Johannisplatz.«

»Tatsache?« Roland sank auf den Stuhl hinter seinem Schreibtisch.

»Tatsache.« Der alte Piontek seufzte. »Tatsache ist auch, dass Sie am Tatort gesehen worden sind. Von mehreren Zeugen. Insofern wundert mich ein wenig, Herr Paich, dass Sie so erstaunt tun.«

»Aber ich bin erstaunt«, versicherte Roland und hob entschuldigend die Hände. »Sie haben recht, zufällig habe ich diesen entsetzlichen Anschlag auf den Bus mit ansehen müssen. Dass es sich dabei aber um einen von uns vercharterten Bus handelte, war mir nicht bewusst.«

»Na, dann wissen Sie das ja jetzt.« Piontek nahm wieder seine Kladde und zog einen Kugelschreiber heraus. »Was wollten Sie denn gestern Abend so zufällig am Johannisplatz?«

»Eine Freundin besuchen«, sagte Roland. »Julia Latte, sie wohnt in einer kleinen Pension am Platz, dem »Johannishof«. Das können Sie gerne nachprüfen.«

»Das werden wir.« Piontek notierte es sich. »Und? Haben Sie sie besucht oder …?«

»Sie war nicht da«, antwortete Roland, »leider. Ich hatte mich nicht angemeldet, wollte nur spontan auf einen Sprung bei ihr vorbeischauen.«

»War sonst noch was?« Piontek sah auf.

»Nein.« Roland schüttelte den Kopf. »Nicht, dass Sie mich falsch verstehen, meine Herren. Natürlich war der Anschlag auf den Bus erst mal ein Schock für mich. Und er ist es noch, erst recht jetzt, wo ich weiß, dass es sich dabei um unseren Bus gehandelt hat. Das muss ich erst mal verarbeiten.«

»Tun Sie das.« Der alte Piontek erhob sich ächzend. »Ich nehme an, das Fahrzeug war versichert.«

»Nur Haftpflicht«, antwortete Roland, »der Bus war alt.«

»Stimmt«, nickte Piontek, »so was versichert niemand mehr. Schade eigentlich.« Er wandte sich mit seinem Sohn zur Tür. »Sie hören von uns.«

Roland sah am Fenster zu, bis die beiden Beamten in ihren Golf gestiegen und vom Hof gerollt waren. Dann griff er zum Telefon, zögerte einen Moment, bevor er eine Nummer wählte, wartete.

»Na, komm schon«, sagte er zu sich, »wach auf, geh ran!«

Endlich hörte er Toms verschlafene Stimme am anderen Ende der Leitung.

»Ich bin's«, sagte Roland, »es gibt Probleme.«

»Bist du verrückt, hier anzurufen?« Tom war entsetzt.

»Reg dich ab, mein Telefon wird nicht abgehört«, beruhigte ihn Roland und setzte aber einschränkend hinzu: »Noch nicht jedenfalls. – Die Bullen waren hier.«

»Klar.« Man hörte Tom durch den Hörer gähnen. »Nach dem, was heute Nacht passiert ist. Gibt's schon Hinweise auf die Täter?«

»Eher nicht.« Roland sah, während er telefonierte, immer wieder aus dem Fenster. »Aber die werden mich im Auge behalten, fürchte ich.«

»Verdächtigen sie dich?«

»Keine Ahnung. Ich hab mich verhalten wie geplant, aber …« Er holte tief Luft. »Kaemper ist verschwunden. Ich hab die ganze Nacht versucht, herauszufinden, wo er steckt.«

»Der hat die Fliege gemacht«, sagte Tom, als würde ihn das wenig wundern. »Verräter.«

»Hör zu«, sagte Roland eindringlich, »das Problem sind die Mädels. Keiner weiß, wo sie sind. Und wenn auch nur eine von denen bei den Bullen petzt, sind wir dran.«

»Hört sich nach Zweifrontenkrieg an«, pflichtete Tom ihm bei, »links die Bullen, rechts die Russen.«

»Ja, könnte ziemlich eng werden.« Roland sah erneut aus dem Fenster. »Also sollten wir zumindest eine Seite befrieden. Bevor wir nicht mehr voll handlungsfähig sind. Wie weit bist du mit unseren Volleyballerinnen?«

»Wir warten nur auf den Barkas«, antwortete Tom. »Steht in der Lackiererei. Müsste heute fertig werden.«

»Gut.« Roland ließ seine Hofeinfahrt nicht aus den Augen. »Dann holen wir die Mädels noch heute Nacht über die Grenze.«

»Morgen früh«, widersprach Tom, »nachts ist es zu auffällig. Wieso sollte eine Volleyballmannschaft sich die Nacht um die Ohren schlagen?«

»Weil sie früh in Gütersloh ankommen wollen«, antwortete Roland. »Stadtbesichtigung, Begrüßung durch den Bürgermeister, Training.«

»Sportlerinnen wollen aber fit sein«, wandte Tom ein.

»Das Spiel ist erst übermorgen«, entgegnete Roland, »bis dahin wären sie fit.«

»Na gut«, lenkte Tom ein. »Drei Uhr an der Grenze?«

»In Ordnung. Drei Uhr.« Roland legte auf und verharrte einen Moment lang nachdenklich. Dann nahm er sein Sakko vom Stuhl, zog es sich über und verließ eilig das Büro.

Er hatte sich gerade in seinen Porsche gesetzt, als der silbergraue S-Klasse-Mercedes auf den Hof gefahren kam. Die Gussinski-Brüder. Sie stoppten ihren Wagen und stiegen aus. Gemächlich gingen sie auf den Porsche zu.

»Aussteigen, Paich!«

Roland tat, wie ihm geheißen. »Hört mal, Jungs«, sagte er nervös,

»eure Mädchen ... Die Sache geht noch heute Nacht über die Bühne. Ehrlich, ich ...«

Er stockte, denn die Brüder packten ihn am Kragen und sahen ihn lange an. Stumm und unbeweglich.

»Ja, was«, fragte Roland unbehaglich, »wollt ihr mir Angst machen? Ich sage doch, ihr kriegt die Mädchen ...«

»Falls du geglaubt hast«, unterbrach ihn Valentin Gussinski mit leiser, sehr drohend klingender Stimme, »du könntest uns entgehen, indem du deinen Bus einfach ins Stadtzentrum stellst, wo viele Menschen drum herum sind, dann hast du dich geirrt.« Er sprach mit dem typischen russischen Akzent, der aus jedem »h« ein »ch« machte und die Umlaute ignorierte.

»Ich hab den Bus nicht auf den Johannisplatz gestellt«, rief Roland erschrocken, und seine Stimme überschlug sich fast. »Um Gottes willen, wie kommt ihr darauf? Das war ein Versehen!«

»Ein Versehen!« Die Gussinskis sahen sich spöttisch an.

»Ja«, bekräftigte Roland, »und ich hätte ihn noch in der Nacht wieder in den Tagebau zurückgebracht, wenn ...«

Igor ließ ihn nicht ausreden. »Wo ist Swetlana?«, fragte er scharf.

»Swetlana?« Roland verstand nicht gleich.

»Ja, Swetlana«, nickte Igor. Er ließ Roland los und schnippte sich eine Wollfaser vom Jackett. »Das Mädchen aus deinem Bus.«

»Moment mal!« Allmählich begriff Roland. »Steckt ihr etwa dahinter?«

»Wir haben dir nur einen Gefallen getan«, lächelte Valentin kühl, »denn was glaubst du, wie lange der Bus dort gestanden hätte? Auf dem Platz mitten in der Stadt? Keine Stunde. Dann wären gekommen die Bullen und *finito*, verstehst du? Aus. Ende. Wir mussten eingreifen.«

»Wo habt ihr sie hingebracht«, wollte Roland empört wissen, »wo sind die Mädchen?«

»In Sicherheit«, antwortete Igor ruhig. »Wir haben dir gesagt, wir können nicht warten. Wir haben bezahlt, aber du kannst die Ware nicht liefern. Nun haben wir uns die Ware geholt.«

»Es gibt nur ein Problem«, setzte Valentin hinzu, »wir haben für sechs Mädchen bezahlt.«

»Aber in meinem Bus waren sechs«, rief Roland.

»Eins fehlt«, beklagte Igor, »eine hübsche kleine Weißrussin.«

»Swetlana«, nickte Valentin.

Roland spürte, wie ihm der Schweiß am Körper herunterrann. »Ich weiß nicht, wo Swetlana steckt«, beteuerte er. »Warum fragt ihr nicht Kaemper?«

»Das haben wir bereits getan.« Die Gussinski-Brüder nahmen Roland in die Mitte und führten ihn zum Mercedes.

»Seine Antwort war, sagen wir, wenig befriedigend.« Die Russen öffneten die Heckklappe, und Roland prallte zurück.

Denn Kaemper lag im Kofferraum. Eigenartig verdreht, mit einem klaffenden Loch in der Stirn. Er war tot. Sie hatten ihn erschossen.

»Auch er wollte uns partout nicht sagen, wo die kleine Swetlana ist«, sagte Valentin mit bedauerndem Unterton.

Und Igor fügte hinzu: »Du hast Zeit bis morgen Mittag. Wenn Swetlana bis dann nicht an uns übergeben ist …« Er deutete unmissverständlich auf den toten Stefan Kaemper und stieg mit seinem Bruder in Rolands schwarzen Porsche.

Roland starrte wie gelähmt auf die Leiche und rang um Fassung. Das konnte doch nicht … Das durfte nicht wahr sein!

Hinter ihm heulte der Porsche auf und fuhr mit durchdrehenden Reifen an.

»Aber ich weiß nicht, wo sie ist!« Verzweifelt rannte Roland seinem Porsche nach. »Verdammt, ich weiß es nicht!«

Keuchend stand er auf der Straße und zitterte am ganzen Körper. In Angstschweiß gebadet, mit nassem, kalt auf der Haut klebendem Hemd.

Ein herankommender Linienbus hupte laut. Roland zuckte zusammen, lief zurück auf den Fußsteig und stieß dort fast mit einem radfahrenden Schulkind zusammen. Dann fiel sein Blick auf den im Hof stehenden Mercedes. Die Kofferklappe stand noch immer auf.

»Scheiße«, flüsterte Roland entsetzt, »Scheißescheißescheiße …«

Hastig schlug er die Kofferklappe zu.

33

ICH LIEGE IM UNTERHOLZ, reglos wie ein Panther auf der Lauer, und spähe durch mein Fernglas. Das Einzige, was Jule mir gelassen hat, diese dumme Nuss! Aber egal, ich habe ja noch meine tschechische Armeepistole. Und ich werde sie einsetzen, falls es hart auf hart kommt. Denn ich muss Jule unter allen Umständen beweisen, dass ich mit dem Überfall auf Rolands Hurenbus nichts, aber auch gar nichts zu tun habe. Nur deshalb bin ich hier.

Punkt sieben Uhr hatte ich von einer Telefonzelle aus die Autovermietung am Dresdner Flughafen angerufen und prompt erfahren, wer den Vectra gemietet hatte. Bodo Kleinlich – ein echt bescheuerter Name. Die Dame am Telefon war sogar so nett, mir seine Adresse zu geben. Ich hatte ihr nämlich erzählt, von ebendiesem Vectra blöd zugeparkt worden zu sein, weshalb man ja nicht gleich einen Abschleppwagen rufen muss. Viel lieber wolle ich den Fahrer des Fahrzeugs ausfindig machen, damit er seinen Wagen etwas beiseitefährt.

Jetzt liege ich hier und warte. In einem schmalen Waldstück an der Weißenberger Straße am Ortsrand von Reichenbach. Das Gehöft des Bodo Kleinlich liegt etwas abseits. Es ist nach vorn von der Straße, nach hinten von einem Acker begrenzt. Die Gebäude bilden von oben gesehen ein U. Links ein Stall oder eine Scheune, rechts ein größerer Geräteschuppen, mittig das Wohnhaus. Alles in den sechziger oder siebziger Jahren erbaut, Rauputz und Wellasbestdächer, vieles improvisiert und typisch für die DDR. Der schwarze Opel Vectra steht vor der Einfahrt.

Noch ist es sehr neblig, und ein feiner Sprühregen liegt über dem Land. Ich hatte gehofft, unter den Bäumen des Waldes etwas Schutz zu finden, trotzdem werden allmählich die Klamotten klamm.

Na los, kleinlicher Bodo, denke ich fröstelnd, zeig dich! Die Frau von der Mietwagenfirma sagte, du willst das Auto heute bis mittags um zwölf zurückbringen, also solltest du langsam mal aufstehen. Ich hab schließlich ein Hühnchen mit dir zu rupfen.

Ungeduldig ziehe ich eine Karo aus der Schachtel und stecke sie mir zwischen die Lippen. Anstecken kann ich sie mir nicht mehr, denn plötzlich tut sich was im Hof. Na endlich!

Ein kleiner, etwas untersetzter Mann mit Halbglatze kommt aus dem Haus. Er trägt Gummistiefel und will offenbar die Tiere füttern oder ihr Gehege ausmisten, denn er nimmt einen verbeulten Blecheimer und eine Heugabel aus dem Geräteschuppen und geht damit rüber zum Stall. Sonst ist niemand zu sehen.

Lautlos schleiche ich mich heran. Nur mit viel Phantasie kann man sich diesen vollkommen harmlos wirkenden Kleinlich als den maskierten Bomberjackenträger von gestern Abend vorstellen. Es ist eben wie so oft: Die größten Abgründe lauern hinter der scheinbaren Normalität des Alltags. Tagsüber ein braver Bauer, nachts macht er den wilden Mann.

Geduckt laufe ich über die Straße, beziehe hinter dem Vectra Deckung und sehe rüber zum Stall. Das Gegacker von Hühnern ist zu hören und ein aufgeregter Hahn. Offenbar gibt's was zu futtern.

Mit fünf Schritten bin ich am Stall, drücke mich an die Wand und schiebe mich vorsichtig zur Tür heran. Dann entsichere ich die Pistole und linse vorsichtig in den Stall hinein. Bodo ist beschäftigt und bemerkt mich nicht. Um ihn wackeln gackernd die Hühner herum, putt, putt, putt, während er mit der Gabel das Heu wendet, weiß der Teufel, warum. Vielleicht um es zu lockern – ich habe keine Ahnung.

Ich warte, bis Bauer Bodo ahnungslos die für meinen Angriff günstigste Position einnimmt, bin dann mit einem Satz bei ihm und kicke ihm mit dem rechten Fuß die Heugabel aus der Hand. Hühner stieben flügelschlagend auseinander, die Gabel fliegt irgendwohin, und noch bevor der überraschte Bodo begreift, wie ihm geschieht, trete ich ihm mit einer schnellen halben Körperdrehung und gestrecktem Bein gegen die Brust. Rücklings stürzt er ins Heu. Ich knie mich auf ihn und drücke ihm den Lauf der Pistole zwischen die Augen.

»Heiße Vorstellung gestern«, raune ich leise, während sich die Hühner wieder beruhigen. »Darf man erfahren, was das Ganze sollte?«

Bodo flackert angstvoll mit den Augen und schnappt hilflos nach Luft. Entweder der Kerl ist ein Held oder stumm.

»Wo sind die Mädels?« Ich spanne den Hahn der Pistole, bis er leise klackend einrastet. »Na?«

»W-was ffff… für M-mädels?«

Ein Stotterer, schon klar. »D-die M-mädels aus d-dem B-bus«, passe ich mich spöttisch seinem Ton an. »Spuck's aus, perverse Sau: Was habt ihr mit ihnen gemacht?«

»I-i-i…

»I-i-was?« Ich haue ihm erst mal zwei runter, dass es klatscht.

Vielleicht findet er so zur deutschen Sprache zurück. »Reiß dich zusammen, ich hab nicht ewig Zeit. Die Mädels! Wo sind sie?«

»I...«

Mann, denke ich, und will noch mal zulangen, doch plötzlich kommt es wie geschmiert.

»Ich weiß nicht, wovon Sie sprechen!«

»Nicht?« Für diese dreiste Lüge gibt's einen Tritt in die Eier, dass er sich krümmt.

»Wa-has«, jault er auf, »habe ich getan? Ich, ich ...«

Jetzt wird's interessant: »Du«, frage ich, »du?«

»Ich ...«

Ja doch! Und weiter?

»Ich ...«

Nee, so wird das nichts. »Du, der Bus und die Mädchen«, helfe ich ihm auf die Sprünge, »deshalb bin ich hier. Alles klar?«

Bodo schüttelt ängstlich den Kopf.

»Mann, ich hab dich doch gesehen! Der Vectra da draußen.« Ich gebe ihm noch eins auf die Rübe. »M Strich SX neunhundertneun. Du warst da, Bodo, leugnen zwecklos.«

»Wo war ich?«

»Zittau, Johannisplatz, Abenteuer, Walkie-Talkies. Bisschen Bond gespielt, was?«

Bodo starrt mich an wie einen Irren.

»Okay, dann knall ich dich jetzt ab«, sage ich und tue so, als wolle ich umgehend zur Tat schreiten, da plärrt er drauflos.

»Ich hab den Vectra nur gemietet.«

»Ich weiß. In Dresden, nicht wahr?«

»Für zwei Polen«, stammelt er, »ich weiß nicht, wer die waren. Sie haben mir Geld gegeben. Osteuropäer bekommen keinen Mietwagen in Deutschland. Also hab ich ...«

Shit, denke ich, wenn der Kerl die Wahrheit sagt, bin ich keinen Schritt weiter.

Und wahrscheinlich sagt er die Wahrheit, denn Typen wie Bodo Kleinlich sind keine Helden. Der hat Todesangst. Der würde reden wie ein Wasserfall. Wenn er was wüsste. Aber er weiß nichts.

»Polen?«, frage ich.

Bodo nickt eifrig. »Oder Russen. Osteuropa jedenfalls.«

»Wie sahen die aus, wie alt waren die?«

»Zwanzig, vielleicht dreißig. So dazwischen. Ich weiß nicht, wer die waren«, versichert mir Bodo, »die kamen mit Geld. Fünftausend Mark für fünf Mietwagen.«

Moment! »Heißt das, du hast nicht nur den Vectra gemietet?«

»Doch. Karl, Herbert, Zausel und Gerd haben die anderen geholt.«

»Alle aus dem Ort?«

»Ja. Die Polen kamen in die Kneipe an unseren Stammtisch. Die haben das Geld auf den Tisch gelegt. Fünf Mietwagen für drei Tage. Das war das Geschäft.«

Alles klar, überlege ich, Mietwagen sind besser als gestohlene Autos, nach denen die Bullen fahnden. Damit bleiben die Täter unsichtbar. – *Shit*!

Und noch mal *shit*! Ich hätte mir die Nummer des Robur merken sollen, so einen gibt's nicht als Mietwagen.

»Und heute bringt ihr die Autos zurück?«

Bodo nickt. »Die Anne kommt auch mit. Die hat einen Sechssitzer, damit kann sie uns dann wieder nach Hause fahren.«

»Na schön.« Ich sichere die Pistole wieder und stehe auf. »Dann will ich mal nicht weiter stören, Bodo.«

Rascher Rückzug ist angebracht. Ich verlasse rückwärts den Stall. Sobald ich auf der Straße bin, wetze ich in den kleinen Wald zurück, hinter dem, etwas abseits auf einem kleinen Forstweg, mein GAZ geparkt ist.

Die ganze Aktion umsonst. Scheiße, denke ich, es hätte so einfach sein können! Aber was ist schon einfach in diesem verfluchten Leben?

34 WAS HATTE ER IN DER HAND? Drei Hinweise.

Der erste und heißeste war Laila Krajewska. Die Ex-Geliebte von Jochen Kuhnt. Das Mädchen, das unbedingt heiraten wollte. Hübsch, intelligent, Polin. Und so verzweifelt, dass sie sogar versucht hatte, sich umzubringen, weil es mit Kuhnt und ihr nicht geklappt hatte.

Der zweite Hinweis war Kuhnts verdeckte Tätigkeit im Schleppermilieu. Möglich, dass er enttarnt worden war und deshalb sterben musste. Aber da kam Schwartz nicht weiter, da steckte das LKA der Liliana Petkovic dahinter, und er war nur der kleine dumme Beamte, der vorgeschickt wurde, um zu testen, wie weit man damit kam. Wenn er in dieser Richtung weitermachte, da war sich Schwartz nach dem desaströsen Einsatz in Loschwitz hundertprozentig sicher, setzte er sich nur immer tiefer in die Nesseln.

Und nicht zuletzt Hinweis drei: die Affären der Ursula Kuhnt. Vielleicht hatte sie ja in einem ihrer Liebhaber den viel besseren Mann erkannt. Und wollte daher ihren Gatten loswerden. Und zwar so, dass ihr das wie auch immer angehäufte Vermögen blieb. Allerdings war Ursula Kuhnt zur Tatzeit angeblich bei ihrem Friseur in Zittau gewesen.

Dieses Alibi galt es zu überprüfen. Deshalb war Schwartz hier. Seit einer Stunde wartete er in seiner Déesse vor dem »Coiffeur Schwaan« am Markt. Leider machte der erst um neun Uhr auf, in etwas – Schwartz sah auf die Uhr – weniger als einer Stunde. Nieselregen perlte auf die Windschutzscheibe, und der Oberkommissar gähnte übermüdet. Die durchwachte Nacht machte sich bemerkbar. Zeit für ein Nickerchen.

Er lehnte sich zurück und schloss die Augen, aber vom Johannisplatz war ein ohrenbetäubendes Kreischen zu hören. Was zum Teufel war da los?

Schwartz kam wieder hoch und stieg aus dem Wagen. Das Geräusch verursachte ein Sattelschlepper. Mittels einer Winde wurde der ausgebrannte Bus über die Laderampe gezogen – ein fürchterlicher Lärm! Schwartz hielt sich die Ohren zu und näherte sich zwei Polizisten, die an ihrem Streifenwagen lehnten und zusahen.

»Warum wird das Ding denn schon abtransportiert«, rief er, nachdem das Geräusch etwas nachgelassen hatte. »Ist der etwa schon freigegeben?«

»Nein, nein«, schrie der Polizist zurück, »das Corpus Delicti soll zur Nachprüfung in die KPI.«

»Anordnung von Piontek?«

»Exakt«, nickte der Polizist.

Da hatte er ja diesmal richtig schnell geschaltet. Schwartz klappte seinen Schirm auf und sah sich um. Er konnte einen Kaffee gebrauchen, aber auch hier hatten die meisten Geschäfte noch geschlossen.

Nur ein Bäcker war schon auf und ein kleiner Blumenladen gegenüber. Eine junge Frau mit langen rotblonden Haaren trat heraus und lief mit einem Strauß weißer Rosen über den Platz. Offenbar wollte sie auf den Kirchhof, doch der war noch immer mit rot-weißen Plastikbändern polizeilich abgesperrt. Die junge Frau schien das nicht zu kümmern. Sie hob das Band an und wollte sich einfach drunter durchducken, wurde aber von aufmerksamen Beamten davon abgehalten.

Na, wenn das nicht die von heute Nacht ist, überlegte Schwartz. Zwar trug sie keinen feucht glänzenden Anorak, sondern eine bunt bestickte Lammfellweste über einem engen schwarzen Rollkragenpulli, aber er erkannte sie trotzdem. Dafür hatte er einen Blick. Jeder bewegte sich anders, und die meisten Menschen erkannte man am Gang. Und dieses Mädchen hatte denselben leicht unsicheren Schritt wie die junge Frau heute Nacht.

Langsam lief er auf sie zu. »Gibt's Probleme?«

»Ich wollte ein paar Blumen auf das Grab meiner Tante legen.« Die junge Frau lächelte, und Schwartz fiel auf, wie hübsch sie war.

Geradezu irritierend hübsch, dachte er. Allein diese Augen. Grüne Pupillen, gesprenkelt wie das Gesicht des Mädchens. Sehr schön. Er mochte Sommersprossen.

»Leider will mich der Polizist nicht zum Kirchhof durchlassen.«

»Schon gut«, Schwartz zückte seinen Dienstausweis, »ich bin auch Polizist.« Er hielt ihr galant seinen Arm hin. »Kommen Sie unter den Schirm, ich begleite Sie!«

»Oh, danke, das ist sehr nett.« Die junge Frau wich etwas vor ihm zurück. »Aber ich denke, ich komme allein zurecht.«

»An meinem Kollegen wären Sie nicht allein vorbeigekommen«, gab Schwartz zu bedenken.

»Meinen Sie nicht?« Sie sah ihn prüfend an. »Ziemlich ungewöhnlich, ein farbiger Polizist in dieser Gegend.« Sie deutete auf die Mullkompresse an seiner Stirn. »Und offenbar auch nicht ganz ungefährlich.«

»Man gewöhnt sich dran.« Er nahm sie entschieden am Arm und zog sie unter seinen Schirm. »Bevor Sie wieder nass werden.«

»Wieso wieder?«

Schwartz lächelte und beschloss, den Einwurf zu ignorieren. »Wo ist denn das Grab Ihrer Tante?«

»Ja«, überlegte die junge Frau gedehnt, »wenn ich das wüsste …«

Langsam liefen sie zwischen den teilweise uralten Gräbern im Schatten der Kirche umher. Verrostete Kreuze, schiefe, halb von Moos und Efeu überwucherte Grabsteine und verwitterte Marmorplatten unter Ahornbäumen und Ulmen, aus deren herbstgelben Kronen der Regen troff.

»… ich wohne schon seit längerer Zeit in Düsseldorf«, die junge Frau blickte sich langsam um, »und weiß nicht mehr genau, wo das Grab ist.«

Sie bückte sich nach einem Stückchen Papier, hob es auf. »So was! Sehen Sie nur, das schmeißen die Leute einfach auf den Boden.« Sie warf das Papier in einen Abfalleimer und lachte nervös. »Ja, also ich will Sie dann nicht weiter aufhalten …«

»Sie halten mich nicht auf«, erwiderte Schwartz. »Ich bin gern auf Friedhöfen.«

»Tatsächlich?« Die junge Frau machte sich los und lief auf einen verwachsenen Holunderstrauch zu, unter dem etwas Hellgraues schimmerte. »Wenn ich nur wüsste, wo Omas Grab ist …«

»Tante«, verbesserte Schwartz, »wir suchen das Grab Ihrer Tante.«

»Sie haben recht«, die junge Frau kroch halb in den Holunderstrauch hinein, »aber auch nicht. Denn im Prinzip war die Tante so alt wie meine Oma.«

Sie kam mit einem verblichenen Aufruf zum Gottesdienst wieder aus dem Strauch heraus – »hat wohl jemand verloren« – und warf ihn ebenfalls in einen Papierkorb.

Schwartz überlegte, was die junge Frau hier auf dem Kirchhof wirklich wollte. Irgendwas stimmt mit ihr nicht, dachte er, da ist was faul.

Erneut hob sie etwas vom Boden auf, besah es sich und ließ die Hand dann ratlos sinken.

»Kippen lassen Sie liegen?«, erkundigte sich Schwartz.

»Kippen? Wieso Kippen?« Die junge Frau warf auch dieses Papier in den Müllkorb. »Ich hasse es, wenn immer alle alles fallen lassen.«

»Ja, das ist schlimm«, nickte Schwartz. Vielleicht hatte er es ja auch nur mit einer Ordnungsfanatikerin zu tun, irgendeiner Hysterie. Erst kürzlich lief eine Dokumentation über Frauen mit Sauberkeitsfimmel im Fernsehen. Das sei eine Art Depression, hieß es. Weil man die Psyche nicht putzen kann, säubert man die Wohnung. Immer wieder. Manisch. Oder so ähnlich.

»Sie sind auch nicht von hier, oder?«

»Doch, doch«, nickte Schwartz, »aus Dittelsdorf. Klingt fast wie Ihr Düsseldorf, ist aber ganz in der Nähe.«

»Ehrlich? So sehen Sie gar nicht aus.«

»Mein Vater stammt aus Ghana«, erklärte Schwartz. »Ich bin sozusagen ein Unfall aus seiner Studentenzeit.« Er reichte ihr die Hand und stellte sich vor. »Kriminaloberkommissar Schwartz.«

Die junge Frau zog die hübsche Stirn kraus. »Sie heißen nicht wirklich Schwarz.«

»Oh doch, Schwartz mit tz. Das ist der Name meiner Mutter.«

»Und Sie ermitteln jetzt wegen dem Brandanschlag?«

Nein, dachte Schwartz, nicht wegen dem, sondern wegen des Brandanschlages.

»Und Sie«, erkundigte er sich, »was machen Sie so? Sie sind doch nicht nur nach Zittau gekommen, um Blumen auf das Grab Ihrer Tante zu legen?«

»Nein, ich mache ...« Sie lief jetzt zügig auf einen Grabstein zu. »... ein Praktikum im Podtsch e.V. Ich will Soziologie studieren.«

»Ah«, machte Schwartz und blieb nah an ihr dran, »und dafür braucht man vorher ein Praktikum?«

»Nicht unbedingt. Aber es ist besser.« Die junge Frau ging mit gesenktem Kopf um den Grabstein herum.

Sie sucht etwas auf dem Boden, schlussfolgerte Schwartz, vermutlich ein Stück Papier. Na, mal sehen. Vielleicht finde ich es ja schneller als sie.

»Podtsch«, fragte er gedehnt und ließ seinen Blick nun ebenfalls über den Boden schweifen, »was heißt das eigentlich?«

»Polen, Deutschland, Tschechien«, antwortete die junge Frau, »Podtsch eben. Wir sind hier im sächsischen Dreiländereck.«

»Ich weiß«, nickte Schwartz und rannte schnell zu einem auffällig gelben Zettel, der feucht neben einem Säulenwacholder lag. Bei genauerem Hinsehen erwies sich der Zettel aber dann doch nur als großes welkes Blatt von einem Baum. Enttäuscht richtete sich Schwartz wieder auf.

»Und was macht man so als Praktikantin im Podtsch?«

»Wir beschäftigen uns mit Ideen für die Zukunft. Immerhin sind wir hier im Zentrum Europas. Drei verschiedene Sprachräume.« Die junge Frau bewegte sich jetzt langsam auf die Kirche zu. »Ein Land, das geprägt ist von den Verwerfungen der jüngeren Geschichte, von Vorurteilen und enormen Umweltzerstörungen durch den rücksichtslosen Abbau der Braunkohle.«

»Ich dachte immer, die Kohle wäre ein Segen.«

»Wegen der Arbeitsplätze?« Die junge Frau schüttelte die langen Locken. »Kurzfristig mag sie das Land reich gemacht haben. Aber langfristig gesehen ist sie ein Fluch.«

»Und dieser Podtsch sucht nach Alternativen, nehme ich an.«

»Nicht nur.« Sie hatte wieder etwas gefunden und bückte sich. »Wir wollen die Sprachbarrieren zwischen den Völkern abbauen, Vorurteile überwinden, Voraussetzungen schaffen für ein neues Miteinander.« Es war wohl doch nicht das Richtige, denn sie ließ das Gefundene wieder fallen. »Der Zusammenbruch des Kommunismus und der damit verbundene Wegfall alter gesellschaftlicher Normen hat die Menschen hier stark verunsichert. Aber genau das kann und muss man auch als Chance begreifen. Die Frage ist immer: Wie geht man mit Veränderungen um?«

»Verstehe«, nickte Schwartz, »und das brauchen Sie für Ihre Soziologie.«

»Das ist Soziologie«, stellte die junge Frau klar und sah ratlos über den Kirchhof.

»Ist Ihre Tante schon lange tot?«

»Ja, das ist schon etwas her.« Erneut wechselte sie die Richtung. »Aber ich will Sie wirklich nicht länger von Ihrer Arbeit abhalten.«

»Sie halten mich nicht ab.« Schwartz folgte ihr. »Im Gegenteil, ich finde es sehr interessant.«

»Interessant?« Die junge Frau blieb abrupt stehen. »Wie meinen Sie das?«

Schwartz suchte noch nach einer passenden Antwort, als sie plötzlich an ihm vorbeistürmte.

»Ah, da ist ja das Grab!«

Schwartz folgte ihr rasch mit dem Blick und sah noch, wie sie die Blumen auf einen verwitterten Grabstein legte. Aber hatte sie auch etwas eingesteckt?

Und wenn ja, was?

Verdammt, er hatte es nicht gesehen. Die Kleine hatte ihn geschickt und sehr fix ausgetrickst. Ihn erst abgelenkt, um dann schnell wie eine Katze zuzuschlagen. Hut ab, Mademoiselle!

Er trat neben sie an den Grabstein.

ADOLPH KRONSTEIN
3.8.1812 – 15.5.1875
EMILIE KRONSTEIN, GEB. DREWS
17.12.1820 – 2.2.1888

»Lieber Himmel! Ihre Tante ist wirklich schon sehr lange tot.«

»Sag ich doch.« Behände lief sie zum Ausgang des Kirchhofes.

Schwartz folgte ihr und hielt sie fest. »Was wollten Sie hier wirklich?«

»Wie meinen Sie das?« Entrüstet fuhr die junge Frau herum.

»Ich nehme Ihnen die Geschichte mit der Tante nicht ab.«

»Nicht?« Sie zuckte mit den Schultern. »Na, zum Spaß werde ich hier wohl kaum Blumen auf irgendwelche Gräber legen.«

»Eben.«

Die junge Frau biss sich verlegen auf die Lippen und trieselte unruhig eine ihrer langen rotblonden Haarlocken. »Das war für eine alte Dame«, sagte sie schließlich. »Die ist nicht mehr so gut zu Fuß.«

»Auch falsch«, erwiderte Schwartz. »Sie haben hier etwas ganz Bestimmtes gesucht. – Was?«

»Ist das jetzt ein Verhör?«

»Nein.« Schwartz ließ sie nicht aus den Augen. »Aber vielleicht haben Sie ja eine gespaltene Beziehung zur Wahrheit.«

»Wahrheit ist immer subjektiv«, gab die junge Frau zurück, »aber das wissen Sie sicher.« Sie sah ihn herausfordernd an. »Lassen Sie mich los? Sonst schreie ich!«

Schwartz hob beschwichtigend die Hände und ließ sie ziehen.

»Wiedersehen, Herr Oberkommissar.«

Ganz bestimmt, dachte Schwartz und folgte ihr mit dem Blick, bis sie im »Johannishof« verschwunden war.

35 NA ENDLICH! Mehrfach hatte Julia auf dem Kirchhof das Gefühl gehabt, gleich zerspringen zu müssen, weil sie diesen hartnäckigen Kerl von Kommissar nicht loswurde. Aber dann hatte ja doch alles prima geklappt.

Als sie den Brief endlich entdeckt hatte, feucht vom Nieselregen, aber neben dem alten Grabstein nicht zu übersehen, war sie einfach geradeaus weitergelaufen, damit der dusselige Kommissar nichts davon mitbekam. Dann hatte sie sich urplötzlich umgedreht und war losgerannt, Blumenstrauß aufs Grab, Brief eingesteckt – fertig, bevor der Bulle überhaupt schnallen konnte, was eigentlich los war! Supi! Ein uralter Trick, im Sport nannte man das Antäuschen.

Julia jubelte innerlich und stürmte in ihr Zimmer.

»Na, was sagst du nun?« Triumphierend hielt sie den Brief in die Höhe. »Ist er das?«

»Du hast ihn?« Swetlanas Gesicht erhellte sich merklich. »Du hast ihn wirklich!« Dankbar fiel sie Julia um den Hals.

»War gar nicht so einfach«, erzählte Julia, »ich hatte ständig einen Aufpasser am Hals. Der ließ sich nicht abschütteln.«

»Hat er was gemerkt?« Swetlana starrte sie erschrocken an.

»Nein, jedenfalls nicht direkt«, beschwichtigte Julia sie. »Ihm ist wahrscheinlich klargeworden, dass ich nicht wegen der Blumen da war. Aber sonst … Keine Gefahr!« Sie schüttelte die langen Locken und lachte. »Ich hab ihn ausgetrickst. – Hier! Nun lies schon!« Sie gab Swetlana den Brief und trat neugierig neben sie. »Was steht da jetzt drin?«

»Also«, Swetlana übersetzte die kyrillischen Worte ins Deutsche. »Meine liebe Schwester, ich habe den Brief heimlich geschrieben und abgesandt. Das Hotel heißt ›Polonia‹ und der Ort Bogatinia oder Bogatynie, ich weiß nicht genau …«

»Bogatynia«, nickte Julia aufgeregt. »Das ist gleich hinter der Grenze.«

»Ich bin hier noch bis 12. oder 13. Oktober, haben sie gesagt«, las Swetlana weiter. »Wohin sie uns danach bringen, weiß allein der Teufel. Ich habe Heimweh und kein gutes Gefühl. Sie sind so unfreundlich zu mir, und ich habe doch nichts getan. Du fehlst mir. Ich habe Angst, dass wir uns nie mehr wiedersehen, und hoffe, du bekommst den Brief. – In Liebe, Jelena.«

Die letzten Worte hatte Swetlana nur noch stockend übersetzt. Mit Tränen in den Augen sank sie aufs Bett.

Julia schwieg betroffen.

Plötzlich klopfte es an der Zimmertür. Die Mädchen zuckten zusammen.

»Fräulein Latte«, hörte man die Rouché rufen, »sind Sie da?«

»Die hat mir noch gefehlt«, stöhnte Julia. »Versteck dich hinter dem Vorhang, schnell! Falls Sie reinkommt.«

Sie wartete, bis sich Swetlana hinter den schweren Gardinen am Fenster verborgen hatte, und öffnete dann genervt die Tür. »Bringen Sie mir das Frühstück?«

»Nein, aber Ihre Wäsche. Sauber und trocken.« Frau Rouché drückte ihr einen Plastikkorb in die Hand. Julias brauner Steppanorak lag sorgfältig zusammengelegt obenauf. »Ich hab ein bissel Weichspüler zugegeben und Tennisbälle in den Trockner getan. Damit nichts klumpt.« Sie lächelte und versuchte einen Blick ins Zimmer zu erhaschen. »Fühlen Sie mal!« Frau Rouché strich Julia mit dem Ärmel des Anoraks über die Wange, als wäre sie bei der Perwoll-Reklame. »Wie neu, nicht wahr? Herrlich kuschelig.«

»Ja, sehr schön«, nickte Julia, »vor allem bei dem Wetter draußen. Da kann ich ihn nachher gleich wieder anziehen.«

»Wenn Sie hier oben frühstücken möchten, brauchen Sie's nur zu sagen«, sagte Frau Rouché, »am besten am Abend zuvor. Jetzt habe ich schon für Sie unten gedeckt.«

»Kein Problem.« Julia wollte, da sie ja den Wäschekorb in beiden Händen hielt, die Tür mit dem Fuß schließen, doch Frau Rouché hielt dagegen.

»Soll ich gleich lüften und die Bettwäsche aufschütteln?«

»Nein, das mach ich schon. Vielen Dank!« Julia drückte die Tür entschieden mit dem Hintern zu und lauschte, ob sich die Wirtin im Flur auch wirklich entfernte.

»Okay, sie ist weg.«

»Ich bin schuld!« Schluchzend kam Swetlana hinter dem Vorhang hervor. »Ich habe Jelena das eingeredet. Lass uns nach Deutschland gehen, in Minsk haben wir keine Zukunft mehr.«

Julia schwieg betroffen.

»Und jetzt?« Hilflos ließ Swetlana den Brief fallen. »Ist das etwa Zukunft? – Wir sind Abschaum geworden«, flüsterte sie düster und sank wieder aufs Bett, »und in der Hölle gelandet.«

»Aber nein.« Julia nahm sie tröstend in den Arm. »Du bist entronnen, Swetlana, und du hast einen Schutzengel. – Mich!«

Swetlana lächelte schwach. »Du bist mir ein schöner Schutzengel. Du hast ja noch nicht mal Flügel!«

»Ich kann auch nicht schwimmen«, sagte Julia schulterzuckend, »aber laufen, und ich weiß, wo Bogatynia ist. Höchstens fünfzehn Kilometer von hier. Gleich hinter dem Tagebau.«

»Gut.« Swetlana sprang auf, um sich die Stiefel anzuziehen. »Das finde ich schon.«

»Quatsch, du findest gar nichts.« Entschieden zog Julia sie wieder aufs Bett.

»Worauf noch warten?« Swetlana sprang wieder auf. »Der 12. Oktober ist schon morgen. Dann bringen sie Jelena weg. Ich kann nicht warten!«

»Du kommst doch noch nicht mal über die Grenze.«

»Ich bin schon einmal durch die Neiße gegangen«, erwiderte Swetlana trotzig, »das schaffe ich auch ein zweites Mal.«

»Und mit Jelena ein drittes Mal«, Julia winkte ab, »und jedes Mal müsst ihr die Schlepper bezahlen. – Wovon denn?«

»Ich habe hundertfünfzig Deutsche Mark«, sagte Swetlana entschieden, »und ich werde keine Schlepper mehr brauchen. Jelena und ich fahren einfach nach Hause. Zurück nach Minsk.«

Julia seufzte. Sollte sie Swetlana einfach ziehen lassen? Das wäre sicher das Einfachste. Zumindest wenn man nicht weiter drüber nachdachte.

Aber Julia dachte nach. Und sie ahnte, dass es Swetlana allein nicht schaffen würde. Selbst wenn sie es unbemerkt durch die Neiße und bis nach Bogatynia schaffen sollte. Würden die Schlepper sie und ihre Schwester einfach ziehen lassen? Wohl kaum. Jelena wurde dort nicht ohne Grund festgehalten.

Und wenn es den Mädchen tatsächlich gelänge, zu fliehen, wie weit würden sie kommen? Verfolgt von einer Bande von skrupellosen Menschenhändlern durch ganz Osteuropa? Nee, Julia schüttelte unmerklich den Kopf. So wurde das nichts.

»Wir brauchen Hilfe, wenn wir deine Schwester da rausholen wollen«, sagte Julia entschieden und wickelte eine Haarsträhne fest um ihren Finger, »professionelle Hilfe.«

36 ROLAND SASS AM STEUER der silbergrauen S-Klasse und sah starr durch die Windschutzscheibe. Die Wischer liefen, der Wagen schaukelte, denn es ging über einen schmalen, unbefestigten Weg an der Abbruchkante des Berzdorfer Tagebaus entlang.

Hinten, auf der anderen Seite, gruben sich gigantische Schaufelradbagger stetig durch den Untergrund, eine riesige Absetzerbrücke beförderte Unmengen von Abraum, und über lange Förderbänder gelangte die Braunkohle zu Gleisen, auf denen schier endlose Reihen von Güterwaggons auf ihre kostbare Fracht warteten. Kipplader fuhren umher, Ketten- und Planierraupen krochen wie gewaltige Käfer über den Grubengrund.

Nie zuvor im Leben hatte Roland eine solche Angst verspürt. Nur mühsam konnte er die immer wieder in ihm aufkommende Panik niederringen, sie lähmte ihn völlig, und das Wichtigste, was er jetzt brauchte, war doch ein klarer Kopf.

Okay, versuchte er sich zu beruhigen, okay, okay. Alles, was sie wollen, ist Swetlana. Wenn ich sie finde, ist alles gut. Wenn ich sie finde.

Und wenn nicht? Allein der Gedanke, dass ihm dann ein ähnliches Schicksal wie das von Kaemper bevorstand, ließ ihn unkontrolliert zittern. Schlimmer als ein Tattergreis, er konnte kaum noch das Lenkrad halten.

Was hatte Kaemper wohl gedacht in seinen letzten Sekunden? Als sie die Waffe auf ihn richteten? Was geht dann in einem vor? Ob er um sein Leben gebettelt hat, geweint und geflucht? Oder hat er noch gehofft, dass sie nicht schießen würden? Dass sie ihm nur drohten, um ihrer Forderung oder was auch immer den nötigen Nachdruck zu verleihen?

Was denkt der Mensch, wenn er dem eigenen Tod ins Auge sieht?

Ich will nicht sterben, dachte Roland wie in einer Endlosschleife. Ich will nicht sterben, ich will nicht sterben …

Und ich werde nicht sterben, wenn ich Swetlana finde – Swetlana, Swetlana …

Swetlana, zwang er sich, denk nach! Wo konnte die hin sein? Doch wohl nur zu ihrer Schwester, oder? Zu ihrer süßen beschissenen Zwillingsschwester. Da wollte sie immer hin. »Wo ist Jelena?«, hatte sie dauernd geschrien, »ich will zu meiner Schwester Jelena.«

Aber sie kann nicht wissen, wo Jelena ist. Nicht einmal Kaemper wusste das. Swetlana weiß nicht, wo sie ihre Schwester suchen muss.

Und deshalb hatte auch Roland keine Ahnung, wo er Swetlana suchen sollte. Es war wie in einem verflixten Teufelskreis, er kam da nicht raus, und er hatte nur noch vierundzwanzig Stunden. Höchstens. Vierundzwanzig Stunden, um Swetlana zu finden. Irgendwo. Irgendwie.

Roland stoppte den Wagen, stieg aus und schlug den Kragen seines Sakkos hoch. Kalter Nieselregen schlug ihm ins Gesicht. In der Ferne dröhnten die Bagger.

Vielleicht sollte er einfach abhauen, weg aus Zittau, aus Deutschland, am besten aus ganz Europa. Flucht war immer eine Option. Deshalb hatte er schon vor einem Jahr seine Finanzen geordnet. In der Schweiz. Den Code für das Nummernkonto trug er Tag und Nacht mit sich herum. Der Nachteil dieser Vorgehensweise war, dass er stets einen Haufen Bargeld im Safe der Spedition hatte. Bargeld, das regelmäßig in die Schweiz zu transferieren war. In einem Koffer. Ohne dass deutsche Steuerfahnder oder Zöllner davon etwas mitbekamen. Es war immer ein Risiko. Auch jetzt hatte er gut dreihunderttausend Mark im Safe. Für eine Flucht reichte das.

Er musste nur noch Kaempers Leiche loswerden. Deshalb war er hier. Er nahm seine Tasche aus dem Fond und sah nach, ob sonst noch irgendetwas im Wagen war, das er gebrauchen konnte. Ein Schirm zum Beispiel wäre bei dem Wetter nicht schlecht, denn Roland hatte seinen Mantel im Büro vergessen. Im Handschuhfach lag eine Waffe. Eine Pistole, offenbar eine Walther PPK, zumindest war das seitlich in den Lauf eingraviert: *Carl Walther Waffenfabrik Ulm/ Ds. Modell PPK Cal. 7.65mm.* – Ob das die Waffe war, mit der sie Kaemper erschossen hatten?

Roland fing wieder an zu zittern.

Bloß nicht die Nerven verlieren, beschwor er sich, alles wird gut. Alles muss gut werden, viel schlimmer geht's ja kaum noch. Jedenfalls nicht, wenn ich einen klaren Kopf behalte.

Und eine Waffe konnte er in seiner Situation immer gebrauchen. Vorsichtig steckte er sie in die Innentasche seines Sakkos. Dann bückte er sich in den Fußraum, sah nach, dass die Pedale nicht blockieren konnten, und legte den Gang in den Leerlauf. Den Motor ließ er laufen, nur so ließ sich der Wagen aufgrund der Servolenkung einigermaßen steuern. Roland löste die Handbremse und lenkte den Wagen mühsam schiebend ganz nah an die Abbruchkante heran.

Verdammt, war das schwer. Der Boden war weich und nass, sodass er das Auto zunächst kaum vom Fleck bekam. Doch dann rollte es plötzlich von ganz von selbst und wurde immer schneller. Hastig sprang Roland zur Seite.

Der Wagen kippte mit der Motorhaube voran über die Abraumkante und verschwand in der Tiefe. Gut fünfzig Meter tiefer krachte er zunächst frontal gegen eine sogenannte Baggerstufe, nicht weggesprengtes Festgestein zum Zwecke der Kantenstabilität, um von der Wucht des Aufpralls weitere hundert Meter in die Tiefe geschleudert zu werden, bevor er völlig zerschmettert auf dem Grund der Tagebaugrube liegen blieb.

Roland hatte erwartet, dass der Wagen explodieren und verbrennen würde. Aber das passierte nicht. Er lag einfach da, ein einziger Haufen Schrott. Explodieren taten Autos nur in Filmen.

Unter dem Heck des auf dem Dach liegenden Wracks guckte eine bleiche Hand hervor. Kaempers Hand. Offenbar hatte sich beim Aufprall die Kofferklappe geöffnet.

Ich will so nicht enden! Roland schluchzte hilflos. Verdammt, ich will das nicht!

Er versuchte, sich eine Zigarette anzuzünden, aber auch das gelang nicht. Die Hände zitterten zu sehr. Schließlich warf er die Zigarette ungeraucht weg und brach verzweifelt in Tränen aus. Es ging nicht anders. Er konnte nicht mehr.

Und dann stapfte er heulend wie ein Kind und mit hochgezogenen Schultern durch Lehm und Matsch davon.

Vierundzwanzig Stunden, dachte er hilflos, nur vierundzwanzig Stunden …

37 »GEHT'S WIEDER?« Prüfend besieht sich Piet mein Gesicht. »Hast ein ganz schönes Veilchen.«

»Der Bimbo hatte ja auch einen verdammt harten Schlag«, erwidere ich.

»Nigger bei den Bullen!« Piet ist noch immer völlig fassungslos ob dieser Tatsache. »Kein Wunder, wenn das Land überfremdet.«

Wir sitzen am Baggersee. Nieseliger Wind treibt kleine Wellen über das Wasser. Mein GAZ parkt neben dem alten Bauwagen. Auf der Herfahrt habe ich Piet von meinen erfolglosen Bemühungen erzählt, die Urheber des Brandanschlags ausfindig zu machen.

Aber Piet meint, es sei doch schon ein Riesending, dass ich überhaupt herausgefunden habe, wer den Vectra gemietet hat.

»Echt mal jetzt. Du solltest Privatdetektiv oder so was werden, da hast du Talent wie Jim Rockford.«

»Vergiss es! Ich hab mich reinlegen lassen.« Ich sehe nach, wie viel Schuss noch in Rolands tschechischer Armeepistole sind. Das Magazin fasst acht Patronen, vier haben wir bereits beim letzten Mal verballert. »Wie soll ich Jule jetzt beweisen, dass wir damit nichts zu tun haben?«

»Die soll sich nicht so haben, Mann.« Piet spuckt verächtlich aus. »Waren doch nur russische Nutten.«

»Die hat sich aber nun mal so«, entgegne ich, »die ist pi ßi.« Ich benutze absichtlich Rolands Begriff, weil er sich so bekloppt anhört. Wie Pisse. Entsprechend erstaunt guckt mich Piet auch an.

»Was ist die?«

»Pi ßi«, wiederhole ich, »das ist ein Westbegriff für Zecke oder so. Linke Typen halt.«

»Mhm«, Piet nickt nachdenklich, »macht Sinn.«

»Jedenfalls komm ich nicht an sie ran«, stelle ich bekümmert fest und visiere den Bagger an. »Die hält mich für einen Arsch und aus. Sie hasst mich, glaube ich.«

»Würde ich nicht sagen.« Piet stößt mich an.

»Hey«, knurre ich, »ich ziele gerade.«

»Guck doch mal!« Piet schubst mich stärker.

Ungehalten lasse ich die Waffe sinken. »Was ist denn?« Und dann sehe ich, was ist.

Jule kommt mit einem alten Herrenfahrrad heran und weicht sorgsam den tiefen Lehmpfützen aus. Die Kapuze des Anoraks ist ihr vom Kopf gerutscht, das Gesicht leicht gerötet vom schnellen Fahren, ihr Haar wuselt im Wind.

»Hallo«, sagt sie und bleibt unschlüssig stehen.

»Hallo«, gebe ich zurück, sichere die Pistole und stecke sie westernmäßig hinter meinen Gürtel. »Hat Don Rolando dir 'n Fahrrad spendiert?«

»Ich hab's mir von Herrn Rouché geliehen.« Jule sieht widerwillig auf die Pistole. »Du hast sie also noch?«

»Nein, das ist eine optische Täuschung«, erwidere ich und höre Piet leise feixen.

»Und?« Ihre Stimme kriegt schon wieder diesen seltsam schrillen Unterton. »Wen willst du damit töten?«

»Keine Ahnung«, ich kann vor Piet unmöglich das verliebte Weichei spielen, und so gebe ich den Harten, »kommt drauf an!«

»Worauf?«

Ich zucke mit den Schultern.

Sie sieht mich mit zusammengekniffenen Augen an und zwirbelt unschlüssig eine ihrer Haarlocken.

»Ähm.« Piet kratzt sich verlegen am Kopf. »Ich geh dann mal besser, was?«

Ich sage kein Wort. Aber Jule nickt unmerklich und sieht Piet hinterher. Gemächlichen Schrittes trabt er davon.

»Ich hab dich überall gesucht«, sagt sie schließlich und lehnt ihr Fahrrad – oder besser das Fahrrad vom ollen Rouché – an den Bauwagen und stutzt. »Guck mal! Das steht da immer noch.«

Ich weiß, denke ich. *»Kudella liebt Jule«*, steht da, beziehungsweise *»Roland liebt Jule«.*

»Ich hab mich selber durchgestrichen damals«, lüfte ich eines meiner kleinen bitteren Geheimnisse. »Und ›Roland‹ drüber geschrieben.«

»Das war'n noch Zeiten damals, was?« Sie lächelt schwach.

»Bessere Zeiten.«

»Findest du?«

Ja, denke ich. Totalitäre Systeme haben einen entscheidenden Vorteil: Es gibt klare Ansagen. Entweder du hältst dich dran, dann wirst du in Ruhe gelassen. Muckst du auf, hast du ein Problem. Deine Entscheidung. Schwarz oder weiß, dazwischen gibt es nichts. Heute dagegen ist alles grau. Sie halten es für bunt, aber wer Schwarz und Weiß durcheinanderschüttelt, merkt schnell: Das gibt nur ein beschissenes Grau. Die viel beschworene Vielfalt, diese wirre Kakofonie der Meinungen ist wie das Summen im Bienenkorb. Die einzelne Biene hörst du nicht mehr raus. Heute hält sich zwar jeder für besonders und preist seine Individualität. Aber wenn alle was Besonderes sind – wo ist dann das Besondere? Mit anderen Worten: Diese ganze sogenannte Demokratie des Westens wirkt wie ein gigantischer diffuser Filter, hinter dem alle Konturen bis zur Unkenntlichkeit verschwimmen. Übrig bleibt ein grauer Brei, in dem Worte nichts mehr gelten und keiner den anderen erkennt. Wir haben vergessen, wer wir sind.

»Ich hab ein Problem, Kudella.«

»Bin ganz Ohr, Conchita!«

»Lia«, verbessert sie mich.

Gut, denke ich, dann eben »Lia«.

Ich wende mich ab, hebe einen Kiesel auf und lasse ihn übers Wasser tanzen. Früher hat sie mich immer dafür bewundert, denn sie bekam es nie so schön hin.

»Willst du nicht wissen, worum es geht?«

»Wenn es um Roland geht, nicht«, erwidere ich und werfe einen zweiten Kiesel, »und wenn es um irgendwelche blöden Anschuldigungen geht, auch nicht.« Den Beleidigten spielen kann ich auch.

»Herr Rouché hat gesagt, du hast den Bus nicht angesteckt.«

»So. Hat er das.«

»Und wegen Roland bin ich erst recht nicht hier.« Jule tritt neben mich.

»Sondern?«, frage ich und konzentriere mich auf den nächsten Kiesel.

»Mann, ich bin wegen dir hier«, bricht es plötzlich aus ihr heraus, »nur wegen dir. Na, wenigstens fast.«

Ach ja?

Was für eine unglaubliche Wendung, denke ich. Heute Nacht hat sie mich noch mit ihrem Blick töten wollen, und jetzt turtelt sie wieder drauflos. Weil der olle Rouché was bestätigt hat, was ich auch schon gesagt hab. Ich war's nicht. Punkt. Warum glaubt sie ihm und nicht mir? Weil er seriöser ist?

Sie nimmt mich vorsichtig am Ärmel. »Willst du mich nicht wenigstens ansehen?«

»Mann, Mann, Jule!« Was soll ich davon halten? »Im Zweifel traust du mir jede Schweinerei zu. Also lass es einfach, okay?«

»Ich hab dir unrecht getan«, gibt sie zu, »tut mir leid.«

Mir auch, denke ich.

»Ob du's nun glaubst oder nicht: Ich hab dich vermisst, all die Jahre in Düsseldorf.«

»Und warum hast du mir dann nie geschrieben?«

»Hab ich ja. Aber die Post kam zurück. Deine Adresse war falsch. Du warst nicht mehr im ›Makarenko‹, und dann hab ich Roland gebeten, dass er mir deine neue Adresse schreibt, aber er hat nicht mehr geantwortet.«

Siehste Jule, da kannst du mal sehen, was das für 'n Arschloch ist.

»Was hast 'n mit deinem Gesicht gemacht? Prügelei?«

»Mhm«, nicke ich. »Ein Nigger hat mich zusammengebombt. Gestern an der Tankstelle.«

»Ach …« Sie wendet sich ab.

Klar, jetzt ist sie wieder total angewidert. Weil's ein Neger war. Bei einem Deutschen wäre es völlig wurscht, aber oh Gott! Es war ein armer Neger. Die darf man doch nicht hauen!

»Du, das war 'n Bulle«, erkläre ich ihr, »das ist jetzt völlig normal in Deutschland. Inzwischen dürfen hier sogar irgendwelche Neger Staatsmacht spielen.«

»Der Mann war deutsch«, ruft Julia und stützt sich am Bauwagen ab.

Na, umso besser, denke ich. Trotzdem ist ihr schon wieder schlecht. Gleich wird sie kotzen, weil ich einen Nigger verprügelt habe, ich fass es nicht.

»Kann es sein, dass du 'n kleinen Hau hast?«

»Nee«, faucht Jule, »du hast einen Hau! Dein Rassenhass, deine Brutalität, das ist total krank!«

»Schätzchen, der Neger war auch nicht sanft zu mir.«

»Du bist so kalt«, stößt sie würgend hervor, »so unmenschlich …«, und erbricht sich.

Nun mal langsam, Baby. »Ich bin weder kalt noch unmenschlich.« Ich gebe ihr ein Taschentuch, damit sie sich den Mund abwischen kann. »Jedenfalls nicht zu dir.«

Jule richtet sich erschöpft wieder auf und sieht schwer atmend auf den See.

»Da hast du mich mal rausgeholt«, sagt sie nach einer Weile, »weißt du noch? Als ich im Eis eingebrochen bin?«

»Und das Wasser war arschkalt.«

»Früher warst du wie ein Bruder zu mir. – Was ist los?«

Keine Ahnung. Ich streiche ihr über das Haar. »Vielleicht wäre ich gern mehr gewesen.«

»Wer hat angefangen?«

»Angefangen?« Was will sie denn jetzt schon wieder? Angefangen womit?

»Bei eurer Prügelei«, ruft sie herausfordernd. »Na? Wer hat da angefangen? Du oder der Schwarze?«

Oh, bitte, denke ich genervt und mache mich von ihr los.

»Natürlich hast du angefangen«, regt sie sich auf. »Warum eigentlich? Was hat dir der Mann getan? Was ist passiert, dass du so beschissen drauf bist?«

»Ist das dein Problem?«

»Ja«, nickt sie ernst. »Das ist mein Problem.« Sie holt tief Luft. »Und es gibt noch ein zweites. Und irgendwie habe ich das idiotische Gefühl, dass das zweite Problem das erste lösen kann. Zumindest teilweise.«

Alles klar. Ich verstehe kein Wort.

»Also, als ihr gestern den Bus überfallen habt …«

»Stopp, Baby! Das waren nicht wir.« Schon vergessen? Herr Rouché ist mein Zeuge!

»Ja gut, aber doch Leute von euch. Neonazis und Skinheads und so.«

»Falsch«, widerspreche ich, »das waren Polen. Oder Russen.«

»Polen?« Jule starrt mich groß an. »Oder Russen? Aber Herr Rouché …«

»Jule, ich hab die halbe Nacht damit verbracht, rauszufinden, wer die waren«, erkläre ich. »Ich hatte mir 'ne Autonummer gemerkt von 'nem Mietwagen.«

»Und?«, fragt Jule.

»Na ja, ich hab den Kerl ausfindig gemacht, der den Wagen gemietet hatte. Ein Bauer aus Reichenbach.« Ich schiebe mir 'ne Karo zwischen die Lippen. »Irgendwelche Osteuropäer hatten ihm Geld gegeben, damit er den Wagen für sie mietet.« Ich biete ihr auch eine Zigarette an, aber Jule winkt ab und zieht nachdenklich den Reißverschluss ihres Anoraks auf und zu.

»Ist damit Problem zwei gelöst?«, frage ich.

»Damit fängt's erst an.« Jule seufzt schwer. »Du musst mir helfen, jemanden über die Grenze zu schmuggeln.«

Ich bin einigermaßen baff. Super! Na, das hat sie sich ja wirklich prima ausgedacht. Soll ich so meine Menschlichkeit beweisen, oder was?

Die spinnt, denke ich perplex, die spinnt völlig, da ist echt nur noch pi ßi in der Birne.

»Kudella, das ist wirklich wichtig«, insistiert sie eindringlich, »und es muss noch heute Nacht passieren.«

Herrgott, wie sie mich anschaut! Mit ihren großen hoffungsvollen Augen. Als hinge ihr Leben davon ab.

»Allein kann ich das nicht«, fügt sie bittend hinzu, »ich brauche deine Hilfe.«

Das kann nicht ihr Ernst sein, denke ich und reibe mir angestrengt den Nacken. Aber was ist es dann? Spaß? – Wohl eher nicht.

»Hier!« Sie hält mir ein Polaroid hin. »Es geht um ihre Schwester.«

Ich sehe mir das Foto an. Eine von Rolands Nutten. Die Freche, die mir gestern die Zigarette angesteckt hat. Wie hieß sie noch? Sjweta oder Swetlana oder so. – Verdammt, was geht hier vor? Und was hat Jule vor?

»Woher hast du das Foto?«, frage ich sie, und meine Stimme klingt seltsam belegt.

»Das hab ich gemacht«, erklärt Jule, »mit meiner Polaroid.«

»Heute?«

»Ja«, nickt Jule, »vorhin.«

Ich muss das erst mal auf die Reihe kriegen. Wenn Jule das Foto von dieser Swetlana gemacht hat, bedeutet das, dass die beiden sich kennen. Dass sie sich irgendwie getroffen haben. Nachdem Swetlana vor den Typen, die den Bus angesteckt haben, und ihrem Freier geflohen ist. Und es bedeutet weiterhin, dass sie nicht wie ihre Kolleginnen entführt und abtransportiert wurde.

»Sie hat eine Zwillingsschwester«, erklärt Jule, »die in Polen festgehalten wird und zur Prostitution gezwungen werden soll. Genau wie Swetlana, verstehst du? Sie erpressen die Mädchen!«

»Wer?«, frage ich. Weiß sie schon, dass Roland darin verwickelt ist?

»Ich weiß nicht, irgendwelche skrupellosen Typen«, antwortet sie entrüstet. »Sie machen den Mädchen in Russland große Versprechungen von einem supertollen Leben und locken sie so von zu

Hause weg.« Sie schaut mich an. »Swetlana und ihre Schwester sind erst siebzehn, das muss man sich mal vorstellen.«

»Ja, aber …« Herrgott, denke ich hilflos.

»Stell dir einfach vor, es ginge um mich.« Jule ist nicht mehr zu bremsen. »Wie würdest du reagieren?«

Keine Ahnung!

»Du würdest mir helfen«, weiß Jule. »Ganz sicher würdest du das.«

Mag sein. Der Unterschied ist: Es geht nicht um dich, Conchitababy.

»Wir müssen Jelena noch heute Nacht da rausholen! Weil sie schon morgen irgendwohin gebracht und in einen abgeranzten Puff gesteckt werden soll.« Aufgeregt läuft sie hin und her. »Im Augenblick wissen wir, wo sie steckt. Aber wenn sie da erst mal weg ist, verlieren wir ihre Spur. Dann wird Swetlana ihre Schwester womöglich nie wiedersehen.«

»Und wo ist diese Swetlana?«

»In Sicherheit«, antwortet Jule. Und setzt nach einer Weile zögernd hinzu. »Bei mir.«

»Bei dir!« Ich fasse es nicht.

»Das bleibt aber unter uns, okay?«

Von mir aus. »Und ihre Schwester? Wo ist die?«

»Bogatynia«, sie zwirbelt hektisch ihre Haarlocke, »wo dieses Kraftwerk ist, du weißt schon!«

»Reichenau«, präzisiere ich, denn das ist der richtige, der korrekte deutsche Name für diesen urschlesischen Ort.

»Jetzt heißt es Bogatynia«, widerspricht Jule und fügt nachdrücklich hinzu: »Ihr habt den Krieg verloren, Kudella. Zu Recht!«

Ich hab gar nichts verloren, denke ich, denn ich habe diesen Krieg nicht geführt. Und wenn ich damals gelebt und über so eine schlagkräftige Wehrmacht hätte verfügen können, wäre das sicher ganz anders ausgegangen. Hitler hat unverzeihliche taktische Fehler gemacht, das war kein Feldherr, sondern ein absoluter Idiot. Allein dieser Zweifrontenkrieg! Der hätte mal besser auf seine Generäle hören sollen …

»Das Hotel heißt ›Polonia‹«, sagt sie und zupft mich dauernd am Arm. »Was ist? Hilfst du mir nun?«

»Jule«, ich hebe die Hände, »du redest, als wolltest du einen kleinen Spaziergang machen. Was du vorhast, ist ziemlich gefährlich.«

»Wenn's nicht gefährlich wäre, könnte ich es allein machen.«

Was auch wieder so eine typisch weibliche Argumentation ist, es ist zum Haareraufen!

»Jetzt hör mir mal einen Augenblick zu, du selbst ernannte Mutter Teresa!« Ich packe sie an den Schultern und ziehe sie zu mir heran. »Du willst dich mit Schleppern anlegen. Das ist 'ne straff organisierte Mafia. Verstehst du? Es geht um Mädchenhandel und sehr viel Geld! Die lassen sich nicht von einer Düsseldorfer Soziologiestudentin ins Geschäft pfuschen.«

»Deshalb sollst du ja mit.«

»Man kann da nicht einfach so jemanden rausholen«, entgegne ich. »Die gehen über Leichen! Und ich hatte vor, noch ein bisschen weiterzuleben. Vergiss es einfach, okay?«

»Ist das dein letztes Wort?«

In dieser Sache ja, denke ich. Mensch, jetzt guckt sie wieder so enttäuscht, es ist nicht auszuhalten!

»Ich …«, versuche ich es noch mal, »… ich würde dir ja wirklich gerne helfen, aber …« Ich schüttele entschieden den Kopf. »Nee! Dieses Problem kann ich nicht lösen. Tut mir leid.«

»Wie du meinst.« Jule sieht zu Boden, dass ihr Gesicht unter ihren langen Haaren verschwindet, und wendet sich ab. »Aber ich werd's trotzdem versuchen.« Sie steigt auf ihr Fahrrad und radelt entschlossen los.

Das gibt's doch nicht! Ich starre ihr erschrocken nach. Die hat nicht ein Wort von dem begriffen, was ich gesagt habe.

»Jule«, brülle ich, »Jule, das ist Wahnsinn! Die bringen dich um!« Ich renne ihr hektisch nach. Diese Verrückte! Unglaublich!

»Warte, Jule!«

Sie fährt zügig, ihr Haar weht im Wind, und ich komme kaum nach, obwohl ich sprinte wie ein Irrer.

»Jule! Bleib stehen, verdammt noch mal! JULE!«

38 »EINEN WUNDERSCHÖNEN guten Morgen.« Mit diesen Worten betrat Oberkommissar Romeo Schwartz den Gummibaumdschungel von Klaus Pionteks Büro. »Hast 'n Scheelchen Heeßen für mich?«

»Aber klar doch.« Klaus Piontek sprang hinter seinem Schreibtisch auf und nahm die Kanne von der Maschine. »Ist ganz frisch.«

»Egal«, Schwartz sank auf einen Stuhl und rieb sich die Augen, »Hauptsache Koffein.«

»Hast du noch länger gemacht?«

»Oh ja.« Schwartz nippte am Kaffee und berichtete von seinem verunglückten Einsatz mit dem SEK in Dresden-Loschwitz. »Hoffentlich kommt da nicht noch was nach. Schadensersatzklagen seitens der Familie Salnik oder so.« Er stellte seine Tasse ab. »Ein Wunder, dass die nicht gleich alle vor Schreck gestorben sind.«

»Kann es sein«, fragte Klaus Piontek und setzte sich ebenfalls, »dass du dich vom Landeskriminalamt vor einen ziemlich zweifelhaften Karren hast spannen lassen?«

»Das kann nicht nur sein«, nickte Schwartz, »das ist auch so. Ich bin deren Versuchskaninchen. Die lassen mich übers Minenfeld hoppeln und gucken, wie weit ich komme.« Er seufzte. »Aber damit ist jetzt Schluss. Ich mach den Quatsch nicht mehr mit.«

»Dann«, Klaus Piontek verschränkte die Arme, »gehst du nach Dresden zurück? In deine Polizeidirektion?«

»Nein, den Gefallen tue ich euch noch nicht. Nicht, solange der Kuhnt-Fall nicht zweifelsfrei gelöst ist.«

»Aber du hast doch eben noch …«

»Klaus«, Schwartz hob die Hände, »du selbst hast immer gesagt, dass man angefangene Sachen nicht liegen lassen soll. Dass ich mich nicht mehr vor zweifelhafte Karren spannen lasse, heißt doch nicht automatisch, dass ich meine Aufgaben nicht erfülle.« Er nahm seine Tasse und trank noch einen Schluck. »Wo ist eigentlich Tobi?«

»Dem hab ich freigegeben«, sagte Piontek, »nach dieser Nacht.«

»Stimmt, die Jugend braucht ihren Schlaf.« Schwartz nestelte sein ledernes Notizbuch aus der Barbourjacke und schlug es auf. »Wusstest du eigentlich, dass die Kuhnts eine sogenannte freie Ehe führten?«

»Was soll das sein?«

»Na ja, zusammen leben, aber auch mit anderen schlafen«, antwortete Schwartz, »sowohl die Kuhnt als auch ihr Mann hatten jede Menge Affären. Angeblich ohne Probleme, aber … Ob das die jeweiligen Liebhaber und Geliebten auch so sahen?«

»Worauf willst du hinaus, Brauner?« Klaus Piontek richtete sich aufmerksam auf. »Was hast du ausbaldowert?«

»Zumindest eine von Kuhnts Freundinnen hat versucht, sich umzubringen«, erläuterte Schwartz, »weil er sie nicht heiraten wollte. Und Ursula Kuhnt scheint mir auch nicht sonderlich um ihren Mann zu trauern. Zur Tatzeit war sie zwar bei einem Friseur in Zittau …«

»Coiffeur Schwaan«, nickte Klaus Piontek.

»Du kennst ihn?« Schwartz sah auf.

»Ich hab das Alibi seinerzeit überprüft«, antwortete Piontek. »Sie war tatsächlich da.«

»Ja, zu dem Schluss bin ich heute auch gekommen«, nickte Schwartz nachdenklich, »ein wasserdichtes Alibi. Das muss aber trotzdem nicht heißen, dass sie nichts mit dem Mord zu tun hat.«

»Sondern?«

»Was ist mit ihren Liebhabern? Vielleicht hat sie unter denen die große Liebe ihres Lebens gefunden. Und da störte dann plötzlich der Gatte.«

»Brauner.« Piontek schüttelte den Kopf. »Was sollen diese Mutmaßungen?«

»Habt ihr die Liebhaber alle überprüft?«

»Natürlich. Da war nichts, Brauner. Die Protokolle sind alle in den Akten. Kuhnt hat sich umgebracht, daran gibt es keinen Zweifel. Für mich jedenfalls war die Sache immer sonnenklar.« Er seufzte. »Und sie ist es noch.«

»Trotzdem hast du das Alibi von Ursula Kuhnt überprüft.«

»Ja. Reine Routine, kennst das ja.« Piontek stand auf und goss sich Kaffee nach. »Aber spätestens nach den Berichten von Gerichtsmedizin und Spurensicherung war klar: Selbstmord!«

»Gut. Dann gehe ich die Liebhaber noch mal alle durch.«

»Wozu?« Piontek hielt ihm die Kanne hin, doch Schwartz winkte dankend ab. »Wir hatten das alles schon. Du verrennst dich, Brauner.«

»Ja, vielleicht schon wieder.« Schwartz stand ebenfalls auf. »Dann ist es eben so. Die ganzen Liebhaber und Freundinnen von Ursula Kuhnt und ihrem Mann werden noch mal vorgeladen. Jede Affäre einzeln.«

»Warum?«, rief Piontek. »Was soll das bringen? Lies die Protokolle, da steht alles drin.«

»Mag sein«, erwiderte Schwartz, »aber vielleicht will ich mir einen eigenen Eindruck von den Leuten machen. Und dann ist es besser, sie sitzen mir gegenüber. Von Angesicht zu Angesicht.«

»Bitte, wie du willst.« Piontek setzte sich wieder. »Dann kannst du gleich bei mir anfangen.«

Schwartz brauchte einen Moment, bis er verstand. Er verharrte in der Bewegung, ließ Pionteks Worte auf sich wirken und drehte sich dann langsam zu ihm um.

»Du willst mir sagen, dass du und Ursula Kuhnt ...?«

»Wir sind ein Paar«, erklärte Klaus Piontek, als wäre nichts weiter dabei, »seit sieben, acht Monaten etwa.«

»Das darf nicht wahr sein.« Schwartz sank perplex wieder auf seinen Stuhl zurück. Sein Ex-Chef und die Königin des Kitsches hatten eine Affäre. Der verantwortliche Ermittler und die Witwe des Mordopfers waren seit Monaten ein Paar! Großartig war das, richtig super!

»Macht mich das jetzt tatverdächtig?«

»Natürlich«, regte sich Schwartz auf, »was glaubst denn du? Du hättest in dem Fall nie ermitteln dürfen, du bist ja völlig befangen.«

»Nun komm mal wieder auf den Teppich, Brauner. Ich war's nicht, mich konnte ich von vornherein ausschließen. Und ansonsten hab ich den Fall ganz unvoreingenommen untersucht. Wie immer. Wo liegt das Problem?«

»Darin, dass es Zweifel am Tathergang gibt«, erwiderte Schwartz sehr ernst, »darin, dass du einen Fall für abgeschlossen erklärt hast, der absolut nicht abgeschlossen ist.« Wütend erhob er sich und setzte empört hinzu: »Was jetzt, nach Betrachtung der veränderten Sachlage, in einem völlig neuen Licht erscheint!«

»Du hältst mich doch nicht wirklich für verdächtig?« Piontek war fassungslos. »Das ist doch absurd!«

»Ist es das?« Schwartz hatte da seine Zweifel. »Was würde ein Richter dazu sagen?«

»Gar nichts«, stellte Piontek klar, »weil es weder Hinweise auf einen Mord noch auf irgendeine andere Straftat gibt.«

»Gibt es die wirklich nicht?« Schwartz starrte seinen alten Chef enttäuscht an. »Oder hast du sie nur verschwinden lassen?«

»Du tickst doch nicht mehr richtig«, rief Piontek, »mir so was zu unterstellen, ein Wahnsinn! Dir haben sie doch ins Hirn geschissen!«

»Vielleicht«, nickte Schwartz, »vielleicht auch nicht. Und bis das geklärt ist, bist du suspendiert.« Er öffnete unmissverständlich die Tür.

»Nee, Brauner!« Piontek rührte sich nicht von der Stelle und schüttelte den Kopf. »Du kannst mich nicht einfach rausschmeißen. Nicht aus meinem eigenen Büro!«

»Du lässt mir doch keine andere Wahl«, brüllte Schwartz, inzwischen völlig außer sich, »glaubst du, mir macht das Spaß? Du willst doch sowieso nicht in dem Fall weiterermitteln, für dich ist doch alles sonnenklar! Also tschüss, Abmarsch nach Hause! Mach gefälligst Feierabend, Klaus!«

Der holte tief Luft und packte stumm seine Tasche zusammen. Dann nahm er seine Jacke und ging zur Tür.

»Das wird dir noch leidtun, Brauner«, sagte er leise, »sehr leid.«

Schwartz schloss die Tür hinter ihm und atmete erst mal tief durch. Nicht zu fassen, dachte er, wenn mir das jemand vor fünf Jahren erzählt hätte. Unglaublich!

Er ging zur Sprechanlage und drückte eine Taste. »Vicky. Ich brauche alles zum Fall Kuhnt, hören Sie? Alles! Also nicht nur die Ermittlungsberichte, sondern die gesamten Akten, Protokolle, Analysen von Spusi und Gerichtsmedizin. Ist das bei Ihnen angekommen?«

Keine Antwort.

»Hallo!«, brüllte er.

»Der Piontek ist hier gerade raus«, kam es aufgeregt aus dem Lautsprecher, »haben Sie ihn wirklich suspendiert?«

»Exakt«, knurrte Schwartz. »Würden Sie mir jetzt bitte die geforderten Unterlagen bringen?«

Wenig später saß er zwischen Aktenstapeln bei einer Arbeit, die ihm aus Habersaaths Dresdner Polizeidirektion ungeheuer bekannt vorkam: Er sichtete Unterlagen zu einem alten Fall. Um ihn anschließend neu zu bewerten.

Das Leben war eben doch ein ewiger Kreislauf.

39 ES REGNET, die Wischer laufen, und vor dem Grenzübergang Chopinstraße stauen sich die Lastzüge. Wenigstens die Pkw werden einfach durchgewunken, weil die Grenzer mit dem Güterverkehr genug zu tun haben. Nur uns halten sie an. Nicht deutsche Zöllner, sondern die Polen.

Finster starre ich den *»Celnik«* an, und der guckt genauso düster zurück, bevor er sich meinen Personaldokumenten widmet. Dann latscht er damit zu seinem Postenhäuschen und bleibt da drin. Ich fasse es nicht. Erst nach einer gefühlten Ewigkeit lässt er sich wieder blicken und gibt mir meine Papiere zurück. Wir dürfen endlich weiterfahren.

»Scheiß polnische Grenzbullen!« Ich starte den GAZ und mache, dass ich Land gewinne.

»Was haben die dir getan?«, fragt Jule.

Manchmal frage ich mich, ob diese Arglosigkeit von ihr echt ist oder gespielt. Ich meine, was soll die blöde Frage, sie hat doch gesehen, dass wir als Einzige angehalten wurden.

»Alle anderen haben sie durchgewunken. Nur uns nicht.«

»Kein Wunder«, meint Jule, »du wirkst in der Karre auch, als wolltest du Schlesien zurückerobern.«

»Die hätten mal lieber ihre polnischen Landsleute kontrollieren sollen«, ärgere ich mich. »Von denen hält sich keiner an die Zollbestimmungen, die sind immer voll bepackt bis unters Dach. Aber davon lebt ja die Polackenwirtschaft.«

»Du lieber Himmel«, spottet sie, »jetzt redest du schon wie mein Uropa. Der hat schon bei rot-weißen Fahnen immer Wutanfälle gekriegt. Aber der hatte wenigstens Grund, auf die Polen sauer zu sein, hat immerhin in Pommern Haus und Hof verloren.«

»Ja«, knurre ich, »das war auch so eine Sauerei mit den Ostgebieten.«

»Tja«, macht Jule schulterzuckend, »wer einen Krieg anzettelt, muss damit rechnen, dass er ihn verlieren kann. Und dann bestimmt der Sieger, wer was kriegt. So einfach ist das.«

Na, wenigstens meckert sie nicht rum, denke ich, und macht mir wieder meine Gesinnung zum Vorwurf. Normalerweise verhält es sich ja so, dass einem die Zecken genau sagen, was man zu denken und zu fühlen hat.

In Sieniawka, dem früheren Kleinschönau, nehme ich am großen

Polenmarkt, einer schlammigen Wüste mit geschätzten drei Millionen Marktständen, an denen vor allem miesester Ramsch verkauft wird, die 354, eine verregnete, von Pfützen getränkte Holperstraße, die zwischen dem polnischen Neißeufer und einer gigantischen Mondlandschaft direkt nach Norden führt. Links der Fluss, rechts die sich fünfundvierzig Quadratkilometer weit ausdehnende Grube des Braunkohletagebaus Turów. Unmittelbar neben uns geht es zweihundert Meter in die Tiefe. Riesige Eimerkettenbagger haben sich bis auf wenige Meter an Fluss und Straße herangegraben und die Deiche rissig gemacht.

»Was für eine gewaltige Umweltzerstörung«, flüstert Jule entsetzt.

»Ja, sieh's dir genau an«, fordere ich sie auf. »Was deine polnischen Freunde hier mit unserem schönen Niederschlesien anstellen, geht auf keine Kuhhaut.« Ich stecke mir eine Karo an und weiche ein paar Schlaglöchern aus. »Seit Jahren schon warnen Geologen, dass beim nächsten Hochwasser die Deiche brechen und die Neiße den Tagebau fluten könnte. Ein nachfolgender möglicher Erdrutsch würde dabei ganz Zittau und Umgebung mit in den Abgrund reißen.«

»Echt?« Jule starrt mich groß an.

»Da guckste, was?« Ich ziehe an der Zigarette. »Ist ja nicht so, dass mir das alles am Arsch vorbeigeht. Ich mach mir schon Sorgen, wie das mal enden soll. Ganze Häuser mussten auf deutscher Seite schon abgerissen werden, weil ihre Fundamente Risse bekommen hatten und sie baufällig wurden. Nee, nee …« Ich schüttele den Kopf. »… bei aller Völkerliebe. Aber das geht zu weit.«

»Das kannst du doch nicht einfach an den Polen festmachen«, will mir Jule widersprechen, doch bevor sie mir wieder mit irgendeiner pi-ßi-Phrase das Ohr abkaut, unterbreche ich sie.

»Hast du die heulenden Kinder gesehen«, frage ich zugegeben recht pathetisch, »die weinenden Mütter, die ihre Häuser deswegen verlassen mussten? Die Väter, die ihre Gesundheit geopfert haben, um ihrer Familie ein Dach zu bieten? Ein schönes Zuhause? Und dann ist alles weg. Abgerissen, weil die Polen sich unbedingt immer weiter an unsere Grenze ranbaggern müssen.«

Und nichts geschieht, denke ich verbittert. In Polen wird weitergebuddelt, während irgendwelche Kommissionen tagen und politische Debatten ergebnisoffen, wie es so schön heißt – also ohne Ergebnis –, geführt werden. Bis irgendwann alles buchstäblich den Bach runtergeht.

Im Leineweberdorf Lehde, einem früher mal recht idyllischen Ort, der heute den unaussprechlichen Namen Trzciniec Dolny führt, erwartet uns dann die nächste Umweltkatastrophe. Denn hier steht das Braunkohlekraftwerk Turów. Eine gewaltige Dreckschleuder mit acht Kühltürmen und eine der größten derartigen Anlagen in Europa überhaupt. Riesige Rauchwolken steigen in den Himmel und vermischen sich da mit der ohnehin düsteren Wolkendecke. Aber auch an schöneren Tagen können sie die Sonne verfinstern, dass man meint, ein Gewitter ziehe auf. Keine Ahnung, wie viele Tonnen CO_2 da minütlich in die Atmosphäre geblasen werden.

»Und?« Triumphierend sehe ich Jule an. »Begeistert von Polen?«

»So was gibt es im Westen auch«, erwidert sie leise und kaut an ihren Haaren. »Die schlimmsten Umweltzerstörer sind ohnehin die USA.«

Na klar. Der böse Satan ist zurück. Wenn den Zecken nichts mehr einfällt, bemühen sie die Vereinigten Staaten von Amerika. Die sind für jede Schandtat gut.

»Was hast du eigentlich gegen Schwarze?«, wechselt sie das Thema und bleibt eigentlich doch beim selben.

»Nichts«, sage ich, »solange sie hübsch in Afrika bleiben.« Ich meine, was wollen die hier? Frieren? »Ich finde, wenn alle bei sich bleiben und sich um ihre Angelegenheiten kümmern, essen, was sie angebaut, und konsumieren, was sie hergestellt haben, dürfte es auf der Welt richtig friedlich werden, meinst du nicht?«

»Nein, das meine ich ganz und gar nicht«, widerspricht Jule entschieden. »Und du hältst dich ja auch nicht dran. Guck dich doch mal an! Deine Bomberjacke ist englisch, die Schuhe auch und dein T-Shirt, na, sagen wir mal Korea. Deine Jeans sind aus Amerika und deine Unterwäsche …«

Immerhin. Jetzt interessiert sie sich schon für meine Unterwäsche. Wir kommen voran.

»Selbst dein Jeep ist von den Russen.«

Ist ja auch 'ne Scheißkiste, denke ich und stoppe ihn auf dem weitläufigen Parkplatz der Kraftwerksarbeiter vor einer Bar. Was im Polnischen lediglich Imbissbude bedeutet und mit dem, was man in

Deutschland gemeinhin als Bar zu bezeichnen pflegt, nichts zu tun hat.

»Was machen wir hier?«

»Warten«, antworte ich, steige aus und hole ein paar Zlotys aus meiner Hosentasche. Das Bier wenigstens ist okay in Polen. Aber sie brauen es ja auch nach dem deutschen Reinheitsgesetz.

»Komm!« Ich halte ihr die Autotür auf und ziehe sie rasch am Ärmel in den Imbissladen, da der Regen plötzlich zu einem Wolkenbruch wird.

In einer Ecke dudeln ein paar alte Spielautomaten vor sich hin, nur wenige Tische sind besetzt. Ein paar ältere Männer spielen Karten, zwei andere haben sich in ein Schachspiel vertieft.

»Auch 'n Bier, Conchitababy?«

»Mann, Kudella«, regt sie sich auf, »wir sind nicht zum Saufen hergekommen.«

»Richtig«, nicke ich, »aber bevor wir zuschlagen, brauchen wir einen Plan. Den entwerfen wir hier, nachdem ich das Terrain gecheckt habe. Da vorne ist Bogatynia. Alles klar?

»Was hast du vor?«

»Zuerst schaue ich mir mal dieses Hotel an. Eingänge, Ausgänge, Bewacher und so. Dann sehen wir weiter. Zuschlagen können wir ohnehin erst, wenn es dunkel ist.« Ich halte ihr eine Dose Bier hin. »Hier! Bekämpft die Angst.«

»Ich hab keine Angst«, beteuert Jule.

»Keine Sorge, die kommt noch.« Ich trinke mit großen Schlucken mein Bier. »Die kommt ganz sicher noch.«

40 ROLAND SAH ERBÄRMLICH AUS. Sein Sakko war durchnässt vom Regen, die Haare standen wirr nach allen Seiten ab. Seine Augen wirkten verquollen.

»Um Gottes willen, Herr Paich«, rief Frau Rouché entsetzt und schlug die Hände zusammen, »ja, ist Ihnen was passiert?«

»Nein, ich …« Roland musste sich mühsam zusammenreißen, um nicht wieder loszuheulen. »… es regnet draußen, und ich habe dummerweise meinen Trenchcoat im Büro vergessen.«

»Und Ihr Wagen?« Frau Rouché sah neugierig auf die Straße. »Wo ist der?«

Ja, wenn er das wüsste. Roland zuckte mit den Schultern.

»Geklaut«, sagte er schließlich, »der wurde mir wohl gestohlen.«

»Das schöne Auto!« Frau Rouché war völlig aus dem Häuschen.

»Kurt«, rief sie, »Kurt, nun komm doch mal! – Warten Sie«, sagte sie zu Roland, »ich hole Ihnen nur einen warmen Pullover von meinem Mann.«

»Nicht nötig«, rief Roland mit zittriger Stimme, »bemühen Sie sich nicht!«

»Ach was«, winkte Frau Rouché ab und verschwand im Hinterzimmer, »Sie erkälten sich doch sonst.«

Roland stieg die Treppe hinauf und blieb vor Julias Zimmer stehen. Er drückte die Klinke, aber es war abgeschlossen.

»Julia«, rief er und klopfte. »Bist du da drin?«

Nichts.

Mist, dachte er. Aber was wollte er überhaupt hier? Sich trösten lassen? Julia würde ohnehin keines von seinen Problemen verstehen. Er konnte sich ihr ja nicht offenbaren. Was für eine blöde Idee, hierherzukommen.

Vielleicht wollte er sie einfach nur noch mal sehen. Sie umarmen. Wie früher. Bevor er …

… starb?

Scheiße, dachte er, was für eine verdammte Scheiße. Langsam tappte er die Treppe wieder hinunter.

»Ach, das tut mir leid, das Fräulein Latte ist nicht da!« Frau Rouché kam mit einem braun melierten Wollpullover aus dem Hinterzimmer. »Sie sind ja etwas größer als mein Mann, aber sehen Sie mal: Der müsste Ihnen passen.« Sie hielt ihm den Pullover an. »Perfekt. Probieren Sie mal!«

»Frau Rouché«, wehrte er sich, doch erfolglos. Sie zerrte ihm schon das feuchte Sakko von den Schultern.

»Oh, das ist aber schwer! Was ist denn da drin?« Und schon griff Frau Rouché in die Innentasche und hatte die Waffe in der Hand. Die Walther PPK aus dem Wagen der Killer. Erschrocken ließ sie sie fallen.

Dumpf knallte die Pistole auf den Boden.

»Oh, verzeihen Sie, aber …« Groß sah sie ihn an. »Ich wollte nicht indiskret sein.«

»Schon gut.« Roland bückte sich und hob die Walther wieder auf. »Das konnten Sie nicht wissen.« Er legte die Waffe auf den Empfangstresen. »Wollten wir nicht den Pullover anprobieren?«

»Ja, natürlich …« Sie hielt ihm den Pullover hin. »Hier!«

Roland schlüpfte hinein und besah sich in einem schmalen Wandspiegel neben der Treppe. »Und?«

»Sagen Sie …« Frau Rouché betrachtete in gemessenem Abstand die Pistole. »… wozu brauchen Sie denn eine Waffe?«

»Ich bin Geschäftsmann«, antwortete Roland und zupfte am Pullover herum. »Hantiere mit viel Bargeld. Das lockt.« Er drehte sich um und zeigte auf die Waffe. »Und die schreckt ab.«

»Ja, das tut sie ganz sicher …«

»Wie auch immer.« Er nahm die Pistole und steckte sie in seine Aktentasche. »Dann sagen Sie Frau Latte, dass ich hier war.« Er wollte sich den Pullover wieder ausziehen, aber Frau Rouché hielt ihn davon ab.

»Sie wollen doch nicht etwa wieder hinaus in den Regen? Kommt gar nicht in Frage! Sie behalten den Pullover an, bis ihr Sakko wieder trocken ist, und warten hier.«

»Glauben Sie denn, dass Julia bald zurückkommt?«

»Woher soll ich das wissen?« Frau Rouché hob die Hände. »Die ist schon den ganzen Tag unterwegs. Hat sich das alte Fahrrad meines Mannes ausgeliehen. Na ja, er benutzt es schon seit Jahren nicht mehr. Das Alter, wissen Sie, die Gelenke machen nicht mehr mit.«

»Vielleicht ist sie im Podtsch«, überlegte Roland, dem plötzlich der Gedanke kam, dass man ihm dort helfen könnte. Das waren doch Gutmenschen da, vielleicht würden sie ihn aufnehmen, nachdem er sich reuig gezeigt und Besserung versprochen hatte. Vielleicht konnten die ihn retten? Unsinn, schalt er sich, was können die schon ausrichten? Und überhaupt, wenn er unbedingt überleben wollte, müsste er sich stellen. Aber ein Mädchenhändler im Knast? Allein die Vorstellung löste neue Angstzustände in ihm aus. Gott, das war sicher schlimmer, als erschossen zu werden, nein, er musste das irgendwie anders regeln, irgendwie …

»Herr Paich?«, erkundigte sich die Rouché. »Ist Ihnen nicht gut?«

»Bitte?« Roland schrak aus seinen Gedanken auf und schüttelte sich. »Nein, mir geht's gut, danke. Ich hätte halt nur Julia gerne noch mal gesehen. Bevor …«

»Die kommt schon noch«, sagte Frau Rouché, »ist ein rechter Wildfang, wissen Sie, plötzlich ist sie da, rennt auf ihr Zimmer, dann geht sie wieder weg. Ein geschäftiges Mädchen, würde ich sagen.« Sie sah ihn fragend an. »Wollen Sie im Restaurant warten? Ich könnte Ihnen was zu essen bringen. Wir haben ganz leckere Hirschkeule im Angebot. In Rosmarin-Brombeer-Mousse.«

»Ich würde lieber oben warten. Im Zimmer von Ju… – also von Frau Latte.«

»Oh, das ist ein Problem.« Frau Rouché hob beleidigt die Augenbrauen. »Denn entgegen unseren Gepflogenheiten hier pflegt das Fräulein Latte die Zimmerschlüssel immer mitzunehmen, wenn sie das Haus verlässt. Anstatt sie hier unten an der Rezeption abzugeben. Offenbar misstraut sie uns.«

»Aber nein«, entgegnet Roland, »warum sollte sie Ihnen misstrauen?«

»Eben. Es gibt keinen Grund. Und dennoch«, seufzt Frau Rouché, »hat sie mir mehrmals und in aller Deutlichkeit klargemacht, dass ich ihr Zimmer nicht zu betreten habe. Auch nicht in ihrer Abwesenheit. Auch nicht, um sauber zu machen. – Was soll man davon halten?«

»Ein Mädchen mit Geheimnissen«, fand Roland.

»Genau das hat mein Mann auch gesagt.« Frau Rouché strahlte.

»Und Sie haben keinen Zweitschlüssel?«

»Natürlich.« Frau Rouché verschränkte die Arme. »Ich muss ja rein in die Zimmer, wenn mal was ist. Aber ich würde natürlich nie einfach so … Zumal es mir ausdrücklich untersagt worden ist.« Sie griente Roland listig an. »Von Ihnen hat sie allerdings nichts gesagt.«

»Vor mir«, Roland lächelte Frau Rouché galant an, »hat das Fräulein Latte ja auch keine Geheimnisse.«

Frau Rouché schien einen Augenblick lang zu zögern, doch dann siegte die Neugier.

»Na gut, kommen Sie, Sie Charmeur«, gurrte sie, »ich schließe Ihnen auf.«

Roland folgte ihr die Treppe hoch. Frau Rouché holte den Generalschlüssel aus ihrer Tasche und sperrte die Tür zum Zimmer Nummer vier auf.

»Bitte schön!« Sie zwang sich, Roland zuerst eintreten zu lassen, bevor sie – endlich – einen Blick hineinwarf.

»Und?«

Nichts und. Roland setzte sich auf einen der barocken Stühle und schlug die Beine übereinander. Frau Rouché sah sich gründlich um. Das Bett war ungemacht, auf dem Boden lag eine Illustrierte, sonst schien alles normal. Keine besonderen Geheimnisse zu sehen.

»Soll ich Ihnen einen Tee bringen?«

»Das wäre nett, danke«, erwiderte Roland, »mit Honig statt Zucker, bitte.«

»Wird prompt erledigt«, sagte Frau Rouché, zwinkerte ihm zu und verschwand.

Roland atmete tief durch. Das Zimmer wirkte beruhigend auf ihn, die pastellfarbenen Töne, der Geruch. Irgendein Parfum. Ob es von Julia war? Er bemerkte eine schmutzige Spur auf dem Teppich, mehrere lehmige Schuhabdrücke. Und dann sah er, dass sie von ihm stammten. Seine Schuhe waren völlig verdreckt vom Schlamm des Berzdorfer Tagebaus vorhin.

Roland zog die Schuhe aus und ging damit ins Badezimmer, um sie vorsichtig mit Wasser und einem feuchten Lappen zu säubern. Schmutzige Brühe floss ins Waschbecken ab. Als er das Wasser wieder abgestellt und ein Handtuch genommen hatte, um die Schuhe damit vorsichtig abzureiben, war ihm, als hätte er im Zimmer ein Geräusch gehört. Wie ein unterdrücktes Niesen. Aber konnte das sein?

Roland verharrte. Lauschte. Aber es war nichts. Bis auf das gedämpfte Geräusch einer Straßenkehrmaschine draußen auf dem Johannisplatz war es völlig still.

Er trocknete seine Schuhe ab und ging zurück ins Zimmer. Den Dreck auf dem Teppich musste die Rouché irgendwann wegmachen, das war schließlich ihr Job.

Roland stellte die Schuhe vors Bett und nahm die Walther PPK aus der Aktentasche. Falls er unangenehmen Besuch bekam. Obgleich das unwahrscheinlich war, denn hier war er sicher. Vorerst jedenfalls. Wer sollte ihn hier vermuten?

Roland legte sich lang aufs Bett und die Pistole neben sich. Er fühlte sich völlig kaputt und war sehr müde.

Ein wenig Zeit, um sich zu sammeln, dachte er gähnend. Ich muss versuchen, einen klaren Kopf zu bekommen. Trotz Kaemper. Ich muss nach vorn blicken!

Swetlana zu suchen, war zwecklos, denn wo sollte er anfangen? Keine Chance. Also blieb nur eines: Flucht. Er hatte dreihunderttausend Mark in seiner Aktentasche, und die Rouché konnte ihm jederzeit ein Taxi rufen. Damit nach Dresden zum Flughafen und weg. Zunächst nach Frankfurt. Und von da aus: Südamerika. Binnen weniger Stunden wäre er entronnen.

Und was sollte aus Tom werden? Und den anderen Mädchen in Bogatynia? Die wollten doch als Volleyballmannschaft getarnt nachts um drei an der Grenze sein. Vielleicht könnte man sie mitnehmen? Nach Südamerika? Für einen netten kleinen Laden an der Copacabana …?

Er kam nicht mehr dazu, den Gedanken zu Ende zu führen, denn wenige Sekunden später war er eingeschlafen.

41

MAN KONNTE NICHT SAGEN, dass die Akten frisiert waren. Zu DDR-Zeiten war das ein probates Mittel, um Ermittlungsergebnisse zu manipulieren. Vor allem, wenn hohe SED-Kader in einen Fall belastend verwickelt waren. Dann wurden die Indizien zuweilen so umgebogen, dass anstelle des Parteifunktionärs andere Personen, Dissidenten etwa, politisch zweifelhafte Leute, ins Visier des ermittelnden Staatsanwaltes gerieten. So bekam man jene verlässlich von der Straße, die dem Staat gefährlich werden konnten, und der hohe Kader war fein raus.

Schwartz kannte diese ganzen Tricks. Er hatte sie zur Genüge studieren können, als er für Kriminaldirektor Habersaath Hunderte solcher DDR-Altfälle neu bewerten musste.

Die Pionteks hatten die Kuhnt-Akten jedenfalls nicht frisiert. Nein, das konnte man nun wirklich nicht behaupten, im Gegenteil: Vater und Sohn hatten gemeinsam wegen des Mordes an Jürgen Kuhnt ermittelt, und zwar sehr ordentlich. Zumindest auf den ersten Blick. Alle Zeugen waren befragt und der Fundort der Leiche spurentechnisch gründlich untersucht worden. Sämtliche Freundinnen und Liebhaber der Kuhnts waren in die Dienststelle bestellt und vernommen worden, Tobi war sogar nach Polen gefahren, um die an den Rollstuhl gefesselte Laila Krajewska zu befragen. Die allerdings hatte jede Aussage verweigert. Warum?

Alle Gespräche waren unabhängig protokolliert und den Akten beigeheftet worden, genau wie die Ergebnisse der Überprüfung der einzelnen Alibis.

Klaus Piontek hatte sogar sein eigenes Alibi protokollieren lassen. Angeblich war er zum Tatzeitpunkt in der Tanzschule »La Habanera«. Er sollte dort einen Tangokurs gebucht haben …

Schwartz schlug den Tischkalender auf Pionteks Schreibtisch auf und sah nach. Jochen Kuhnt war am Dienstag, dem 14. September, tot aufgefunden wurden, gegen achtzehn Uhr. Der Todeszeitpunkt aber war, den Angaben der Gerichtsmedizin nach, schon zwischen sechzehn Uhr dreißig und siebzehn Uhr. Und von sechzehn Uhr fünfzehn bis siebzehn Uhr fünfundvierzig dauerte Pionteks Tanzkurs, der Termin war auch in seinem Kalender eingetragen. Kurz: Das Alibi stand. Was sonst? Klaus Piontek war nicht so doof, da irgendwas zu türken. In diesen Zeiten musste man stets auf eine Nachuntersuchung gefasst sein. Die westlichen Dienststellenleiter trauten ihren östlichen Kollegen, alten Volkspolizisten zumeist, rechtsstaatliche Ermittlungsarbeit noch immer nicht recht zu.

Trotzdem fehlte etwas. Dass er selbst eine Affäre mit der Kuhnt hatte, hatte Klaus Piontek zum Beispiel geflissentlich verschwiegen. Was auch verständlich war, denn sonst wäre ihm der Fall sofort entzogen worden. Seltsam war lediglich, dass niemand darüber gestolpert war, dass ein ermittelnder Beamter sein eigenes Alibi zum Tatzeitpunkt protokollieren ließ.

Warum wollte Klaus Piontek überhaupt unbedingt selbst in dem Fall ermitteln, fragte sich Schwartz, warum war er da so scharf drauf?

Und noch etwas war merkwürdig: Bei ihren Untersuchungen hatten Tobi und Klaus Piontek das Vorleben Kuhnts gründlich unter die Lupe genommen, mit alten Freunden und Kollegen gesprochen sowie das Grenzschutzamt Pirna kontaktiert, um Näheres über die Korruptionsvorwürfe gegen Kuhnt zu erfahren. Dabei hatten sie auch Kopien der Parästhesieanamnese angefordert, was nichts anderes bedeutete, als dass sie um Kuhnts gelähmte rechte Hand wussten.

Schwartz lehnte sich zurück und massierte sich die Stirn. Warum aber hatten sie dann ihm gegenüber so ahnungslos getan? Und warum hatten sie dieses ganz wesentliche Detail in ihrem Abschlussbericht völlig unerwähnt gelassen?

Wen decken die?, überlegte Schwartz. Wen wollen sie schützen? – Und warum?

Selbstmord war praktisch. Ein Freitod zog keine weitergehenden Ermittlungen nach sich, man konnte den Fall abschließen, ohne befürchten zu müssen, dass sich übergeordnete Stellen einschalteten. Die Staatsanwaltschaft blieb außen vor, und alle waren zufrieden.

Schwartz betrachtete Kuhnts angeblichen Abschiedsbrief. »Verzeiht mir!« Schrifttyp Courier, das konnte mit jeder Maschine geschrieben worden sein.

Schwartz setzte sich an die Maschine im Büro und begann zu tippen: Verzeiht mir – Ausrufezeichen. Dann drückte er die Taste der Sprechanlage.

»Vicky?«

»Ja?«, kam es fragend aus dem Lautsprecher.

»Kommen Sie bitte mal!«

Man hörte ein genervtes Stöhnen. Vermutlich lackierte sich die fesche Vicky gerade die Fingernägel. »Was ist denn?«

»Kommen Sie her, dann erfahren Sie's.« Schwartz griff nach einem Stapel Telefonbücher und zog das von Zittau heraus.

»Kuhnt, Kuhnt, Kuhnt …«, murmelte er. Es gab unendlich viele Kuhnts. Aber nicht in Rosenthal, da gab es nur »Jochen und Ursula, Am Hang 10« – das mussten sie sein.

Schwartz griff zum Telefon, als Vicky hereinstöckelte.

»Also ich finde das nicht gut, dass Sie den Klaus einfach so rausgeschmissen haben. Wollt ich nur mal sagen.«

»Ich finde das auch nicht gut«, beteuerte Schwartz, »glauben Sie mir.« Er zog den getippten Bogen aus der Schreibmaschine und gab Kuhnts angeblichen Abschiedsbrief dazu. »Das muss zur KT. Ich brauche eine Schriftanalyse. Und zwar zügig.«

Vicky nahm die beiden Bögen und wollte wortlos gehen, als er sie noch mal zurückrief.

»Ach, Vicky!«

»Ja?« Sie drehte sich um.

»Falls die beiden Bögen mit ein und derselben Maschine getippt worden sind, was ich nicht hoffe, sollen mich die Kriminaltechniker sofort anrufen, hören Sie? Sofort!« Er schrieb eine Nummer auf einen Zettel und gab ihn Vicky. »Falls ich hier nicht erreichbar bin, auch über Funk, klar? Das ist meine Nummer.«

»Ja ja, Chef, geht heute noch raus.«

»Nein, Vicky«, sagte Schwartz eindringlich. »Nicht heute noch, sondern umgehend.«

Er nahm den Hörer vom Telefon und rief Ursula Kuhnt an. Aber dort ging nur ein Anrufbeantworter ran.

Mist.

Den Anrufbeantworter konnte er ja schlecht fragen, ob Jochen Kuhnt eine Schreibmaschine besaß. Schon weil nicht auszuschließen war, dass Klaus Piontek bei der schönen Ursula auflaufen und das Band abhören könnte. Und schlau, wie er war, wüsste er dann sofort, wohin der Hase lief.

Was zu vermeiden ist, dachte Schwartz und legte unverrichteter Dinge wieder auf.

Er packte die Akten zusammen und stopfte sie in seine Tasche. Besser, er trug sie mit sich herum, als dass sie von Tobi oder wem auch immer nachträglich noch frisiert wurden.

Überhaupt Tobi ... Was war eigentlich mit dem? Der hatte kein Alibi. Allerdings auch nichts mit der Sache zu tun. Warum sollte er den BGS-Mann Jochen Kuhnt umbringen? Tobi hatte kein Motiv. Zumindest wusste Schwartz von keinem.

Er nahm seine Jacke und verließ das Büro.

»Denken Sie an die KT?«, mahnte er Vicky, als er das Haus verließ, doch die versicherte, dass alles längst auf dem Weg sei.

Das »La Habanera« befand sich in der Beletage eines ehemals prächtigen Gründerzeitgebäudes am Görlitzer Obermarkt. Im Laufe der Jahre war die Fassade arg heruntergekommen, inzwischen aber eingerüstet, was auf baldige Besserung hoffen ließ.

Ursprünglich sollte die Tanzschule »Valparaiso« heißen, doch die DDR-Behörden waren dagegen. Zu sehr war die chilenische Hafenstadt Symbol des Scheiterns. Hier hatte 1973 der Putsch gegen Salvador Allende und seine Regierung der Unidad Popular ihren Anfang genommen. Kuba dagegen galt als Beweis, dass der Sozialismus auch in Lateinamerika erfolgreich sein konnte. Castro hatte gesiegt, und deshalb wurde die Tanzschule »La Habanera« genannt, obwohl sie von einem Ehepaar aus Chile gegründet worden war.

Enrique und Gloria da Silva mussten, nachdem zwei ihrer Söhne und die einzige Tochter brutal ermordet worden waren, vor der putschenden Soldateska des Generals Augusto Pinochet ins Exil gehen. In der DDR hatten sie, wie viele Chilenen damals, dankbar Zuflucht gefunden, doch nun, nach der Wiedervereinigung mit der Bundesrepublik, fürchteten sie, bald ausgewiesen zu werden.

Seit drei Jahren saßen die da Silvas praktisch auf gepackten Koffern.

»Aber wir machen weiter, solange man uns lässt«, lächelte Señora da Silva und bat den Oberkommissar in den großen Ballsaal hinein. »Wissen Sie schon, was Sie lernen möchten? Ansonsten würde ich Ihnen anbieten, unseren Schnupperkurs zu besuchen, da haben wir noch ein paar Plätze frei.«

»Nein, danke, aber ich war schon mal hier.« Schwartz sah sich um. Wie lange war das her. Und noch immer roch es nach Schweiß und Bohnerwachs, eine ganz bestimmte Sorte, damit das Parkett nicht zu rutschig wurde. An den Wänden hingen hohe Spiegel in üppig verzierten Goldrahmen, und wie früher bauschten sich an den geöffneten Fenstern die Vorhänge aus blickdichtem Leinen.

Das »La Habanera« war eine Institution in Görlitz, ein Fenster zur Welt in der kleinen, engen DDR-Provinz: Hier konnte man Südamerika spüren, argentinische Leidenschaft, die Grandezza Spaniens, das heiße Flair der Karibik.

»Sie waren schon mal bei uns?« Señora da Silva lächelte. Alt war sie geworden, eine kleine, drahtige, aber immer noch betörend schöne Frau mit wachen Augen und einem grauen Dutt. Sie bewegte sich sehr gerade und graziös wie eine Ballerina, den Kopf hocherhoben auf einem langen Hals.

Ihr Mann dagegen wirkte wie ein argentinischer Gaucho, klein, etwas untersetzt, mit einem beeindruckenden Schnurrbart. Früher musste er eine politische Größe gewesen sein, denn er kannte den Generalsekretär der Kommunistischen Partei Chiles, Luis Corvalán, höchstpersönlich. Und als Corvalán 1977 die DDR besuchte, kam er auch ins »La Habanera« nach Görlitz. Hunderte von Menschen drängten sich im Ballsaal der Tanzschule, Tausende hatten sich auf dem Obermarkt versammelt und riefen den Schlachtruf der Unidad Popular: *Venceremos* – wir werden siegen!

»Vor sechzehn Jahren«, sagte Schwartz, »erinnern Sie sich? Ich habe damals den Solidaritätsbasar für die FDJ organisiert. Auf dem Corvalán seinen Schal zerschnitt!« Die einzelnen Stücke wurden zugunsten des notleidenden chilenischen Volkes versteigert, und so mancher Görlitzer hatte damals seinen Sparstrumpf geplündert, um einen Zipfel von Corvaláns Schal zu ergattern.

»Stimmt, ich erinnere mich«, nickte Señora da Silva versonnen und sah Schwartz dann vorwurfsvoll an. »Aber tanzen gelernt haben Sie nicht bei uns!«

»Nicht bei Ihnen und auch sonst nirgendwo«, bedauerte Schwartz und hob die Schultern. »Leider.«

»Das lässt sich nachholen«, lockte die Señora, doch Schwartz winkte ab.

»Nicht heute. Ich bin beruflich hier.« Er zeigte ihr seinen Ausweis und stellte sich vor.

»Die Kriminalpolizei«, sagte Señora da Silva beeindruckt, »war bestimmt noch nie hier.«

»Privat schon«, widersprach Schwartz, »ein Kommissar der hiesigen KPI ist ein Schüler von Ihnen. Dienstags, der Spätnachmittagskurs. Tango für Anfänger.«

»Tatsächlich?« Die Señora sah fragend auf. »Wie heißt denn der Mann?«

»Klaus Piontek.«

»Ach, der Klaus!« Sie lachte. »Warum sagen Sie das nicht gleich! Der Klaus und sein Sohn!«

»Tobias Piontek macht hier auch einen Kurs?«

»Nicht mehr, was sehr schade ist«, antwortete die Señora. »Der Tobi hat Talent. Jedenfalls mehr«, kicherte sie hinter hervorgehaltener Hand, »als sein Vater. Sie hatten sich beide mit ihren Freundinnen bei uns angemeldet ...«

»Mit ihren Freundinnen?« Schwartz stutzte. »Aber am 14. September war der Klaus Piontek doch allein hier. Oder?«

»Wenn es ein Dienstag war, ja«, lächelte die Señora. »Dienstags kommt er immer allein. Er lernt heimlich Tango. Soll eine Überraschung werden. Ursula wird im November fünfzig.«

»Ursula wird fünfzig«, echote Schwartz. »Ursula Kuhnt, nehme ich an.«

»Ja«, nickte die Señora, »warum interessiert Sie das?«

»Ich ermittle in einem Mordfall«, erklärte Schwartz.

»Jesus«, entfuhr es ihr. »Etwa einer unserer Gäste?«

»Das weiß ich noch nicht. Wie hieß denn die Freundin von Tobi?«

»Da müsste ich nachsehen.« Sie blätterte in einem dicken zerfledderten Adressbuch, das auf einem Stehpult lag. »Das war eine sehr hübsche kleine Polin.«

»Vielleicht Laila?« Schwartz war wie elektrisiert. »Laila Krajewska?«

»Richtig«, die Señora setzte eine bekümmerte Miene auf. »Krajewska, Laila, ja. Es gab ziemlichen Ärger wegen der Kleinen.«

Na, jetzt kommen wir der Sache doch entschieden näher, dachte Schwartz. »Kommt Tobi deshalb nicht mehr zum Tanzen?«

»Das ist anzunehmen.« Sie blätterte in ihrem Buch. »Wissen Sie, wir reden hier weniger und tanzen mehr. Aber diese Laila brachte eines Tages einen anderen Mann in die Tanzstunde mit.«

»Jochen Kuhnt«, nickte Schwartz.

»Ich weiß nicht, wie der hieß. Der fuhr ja auf Tobis Ticket«, erwiderte die Señora. »Er war auch nur dieses eine Mal da.« Sie schüttelte den Kopf. »Ich mag es nicht, wenn Männer sich prügeln. Das ist ihrer nicht würdig.«

»Was, es gab eine Schlägerei?« Schwartz schrieb eifrig mit. »Wer hat sich denn geprügelt?«

»Na, der Klaus. Mit dem anderen. Weil der seinem Sohn die Freundin ausgespannt hat.« Sie machte ein mitleidiges Gesicht. »War ja ein hübsches Mädchen, diese Laila. Tobi war sicher sehr verliebt.«

»Dann hat der Klaus also«, fasste Schwartz noch mal zusammen, »den neuen Freund von der Laila hier regelrecht vertrimmt?«

»Rausgeschmissen hat er ihn«, sagte die Señora und klappte verärgert ihr Buch zu. »Ich habe mit dem Klaus sehr geschimpft deswegen. Wo kommen wir denn hin, wenn sich meine Gäste gegenseitig rauswerfen? Das entscheide immer noch ich, wer geht und wer nicht.«

»Und was hat der Klaus dazu gesagt?«

»Nichts. An dem Abend konnte man mit ihm nicht reden. Der war wütend. Sehr wütend.«

»Wann war das?«

Sie überlegte. »Das ist schon eine Weile her. Ende August etwa.«

»Waren die danach noch mal hier?«

»Klaus und Ursula ja, aber den Tobi und die Laila habe ich seitdem nicht mehr gesehen. Verraten Sie mir endlich, wer ermordet wurde?«

Schwartz konnte nicht, denn es machte plötzlich düdeldüdeldü. Ah, die KT, dachte er und wurde hektisch, das passt!

»Tut mir leid, vielen Dank«, verabschiedete er sich und nestelte hastig sein Funktelefon hervor. »Sie haben mir sehr geholfen.«

»Ich helfe gern«, lächelte die Señora.

Düdeldüdeldü! – Ja doch! Schwarz drückte die grüne Taste, piieep, und hatte wieder die Antenne vergessen. Schnell zog er sie heraus und hielt sich das Telefon ans Ohr.

»Schwartz. Was habt ihr für mich?«

»'tschuldigung, Chef! Ich bin's nur, die Vicky!«

»Ja, Vicky, sprich: Was haben die Kriminaltechniker herausgefunden?«

»Noch nichts«, antwortete Vicky, »aber ich dachte, wo ich schon mal die Nummer hab, kann ich Sie auch so anrufen.«

»Was! – Nur so?«

»Nicht nur so«, erklärte Vicky, »dienstlich so.«

»Und was gibt es so?«

»Der Wagen, nach dem Sie fahnden lassen, wurde gefunden. Dieser graue Mercedes.«

Na, das ging ja flugs. »Und wo?«

»Tagebau Berzdorf. Ein paar Kumpel wollen gesehen haben, wie er von der Abraumkante gestoßen wurde.«

Mist. Dann haben die Russen das Auto entsorgt, dachte Schwartz, weil sie gemerkt haben, dass ihre Dublette geplatzt ist.

»Im Wagen wurde ein Toter gefunden.«

Auch das noch. »Schon identifiziert?«

»Nein, aber Spurensicherung und Gerichtsmedizin sind auf dem Weg.«

»Gut«, nickte Schwartz, »ich komme auch.«

»Sieht nach viel Arbeit aus«, meinte Vicky, »sehr viel Arbeit, was?«

»Ja, da kommt was auf uns zu, Vicky.«

»Und warum stellen Sie dann den Klaus nicht wieder ein?«

Schwartz seufzte. »Ich überlege es mir, Vicky«, sagte er dann, »ich überlege es mir.«

42

SWETLANA WUSSTE NICHT, wie lange sie schon reglos unter dem Bett lag. Voller Anspannung, kaum atmend. Ab und zu bewegte sie vorsichtig die Fußzehen und Fingerspitzen, um sie am Einschlafen zu hindern. Aber sie kribbelten trotzdem. Es war kaum auszuhalten. Zudem wirbelte ihr eine Staubflocke vor der Nase herum. Vorsichtig versuchte sie, sie wegzublasen, lautlos, ganz sanft, aber irgendein Luftzug, vom Fenster oder woher auch immer, trieb die Fluse immer wieder zurück. Direkt zur Nase hin. Swetlana hatte schon Tränen in den Augen vor Anstrengung, nicht niesen zu müssen.

Als sie gehört hatte, dass die Tür aufgeschlossen wurde, war sie rasch unters Bett geflüchtet. Mit Julia hatte sie ein Klopfzeichen vereinbart. Immer drei kurze, dann vier lange Schläge, erst dann schloss Julia auf. Aber diesmal wurde der Schlüssel gleich ins Schloss gesteckt, ohne vorheriges Klopfen, und so war Swetlana mit einem Satz unters Bett gehechtet. Das ging am schnellsten, hatte aber zur Folge, dass sie nun derart unbequem lag und ihr dauernd Arme und Beine einschliefen. Aber sie wagte es nicht, ihre Haltung zu verändern. Zu groß war der Schock, dass *er* nach der Rouché das Zimmer betreten hatte, ausgerechnet *er*!

Eine Weile lang war sich Swetlana sicher, dass Julia sie verraten hatte. Aber dann kamen Swetlana Zweifel. Wäre sie verraten worden, würde er doch nach ihr suchen. Aber das tat er nicht. Was bedeutete, dass er nicht wusste, dass sie hier war. Was aber wollte er dann hier? Was hatte Julia mit ihm zu tun? Und warum ging er nicht wieder weg?

Swetlana war verzweifelt. Lieber Gott, betete sie innerlich, lieber Gott, mach, dass er wieder geht. Dass er verschwindet für immer und in alle Ewigkeit, lieber Gott, bitte. Lass mich nicht im Stich!

Sie hörte, wie er im Zimmer herumlief, mit völlig verdreckten Schuhen. Irgendwann zog er sie aus und ging damit ins Bad. Vermutlich, um sie etwas zu säubern.

Und dann passierte es: Swetlana musste niesen. Es war wie eine kleine Explosion, ihr Kopf flog dabei hoch und knallte gegen das Bettgestell, dass sie fast ohnmächtig wurde. Und dann lag sie zitternd, darauf wartend, dass er aus dem Bad stürmen und sie an den Haaren unter dem Bett hervorziehen würde.

So war es immer, wenn die Mädchen irgendwo waren, wo sie nicht sein sollten. Er zog sie an den Haaren und schlug ihnen in den

Bauch. Nie woandershin. Immer nur der Bauch. So hart, dass einem für Minuten die Luft wegblieb. Woanders gibt es blaue Flecken, hatte er lächelnd erklärt, das mögen die Kunden nicht, schon gar nicht im Gesicht.

Heute passierte nichts. Er blieb im Bad. Kam erst nach einer Weile heraus, ging zum Bett, bückte sich – Swetlana schlug das Herz bis zum Hals – und stellte seine Schuhe ab. Jetzt waren sie sauber.

Dann öffnete er seine Aktentasche und holte einen Revolver heraus. Eine richtige Pistole. Eine Schusswaffe. Damit legte er sich hin. Direkt über sie, auf das Bett, und rührte sich nicht mehr. Lauschte er? Wartete er nur darauf, dass sie sich bewegte, bewegen musste, weil sie nicht mehr konnte?

Und was wollte er mit der Waffe?

Julia ermorden?

Ich muss sie warnen, dachte Swetlana, ich muss sie unbedingt warnen. Aber wie? – Wie?

Lieber Gott, lass mich stark sein, gib mir einen Wink, eine Chance, bitte, bitte, lieber Gott, hilf mir!

Plötzlich hörte sie ein seltsames Geräusch. Ein Schnarchen. Er schlief.

War das die Chance? Hatte Gott tatsächlich ein Einsehen?

Vorsichtig versuchte Swetlana, ihre Haltung zu ändern, nur ganz langsam, Stück für Stück und nicht zu schnell. Sie drehte den Kopf so, dass sie die Zimmertür sehen konnte. Es waren nur ein paar Schritte bis dorthin. Vielleicht sollte sie einfach unter dem Bett hervorflutschen, mit drei Sätzen zur Tür springen und abhauen. Doch das würde nicht lautlos gehen. Er könnte aufwachen. Und sie dann verfolgen. Schon oft hatte sie versucht zu fliehen, und er hatte sie immer wieder gekriegt.

Besser war es, sich langsam zu bewegen. Ohne dass er es bemerkte. Vorsichtig unter dem Bett hervor, gaaanz, gaaanz langsam. Und nicht zu hastig atmen. Lautlos sein. Nur kein Geräusch machen.

Swetlana hatte gerade ihren Kopf unter dem Bett hervorgeschoben, als die Tür wieder aufflog und die Rouché erneut hereinkam.

»So! Ihr Tee, Herr Paich. Mit Honig, wie gewün…«

Swetlana war so schnell wieder unter das Bett gerutscht, dass sie jetzt noch unbequemer lag. Ihr Herz raste, und sie fürchtete, die Rouché könnte es hören.

Doch die Wirtin hatte lediglich gemerkt, dass er schlief. Vorsichtig tippelte sie ans Bett heran und stellte das Tablett mit dem Tee auf dem Nachttisch ab. Dann lief sie leise wieder hinaus und schloss die Tür.

Swetlana lag ganz still. War er wach geworden? Wohl nicht, denn noch immer war das Schnarchen hörbar.

Also los! Vorsichtig arbeitete sich Swetlana unter dem Bett hervor, Zentimeter für Zentimeter, lautlos, bis sie endlich neben dem Bett lag und sich aufrichten konnte. Ganz langsam und leise.

Ihre Glieder waren steif geworden und ganz taub, sie kam gar nicht so einfach hoch. Sie musste sich etwas abstützen und erst vorsichtig die Beine bewegen, dann die Arme, damit sie wieder richtig funktionierten.

Auf dem Nachtschrank schimmerte golden der Tee in einer hohen gläsernen Tasse. Außerdem stand noch ein Glas voller Honig dort. Zum Nachsüßen.

Er lag rücklings auf dem Bett und schnarchte. Die Waffe in der rechten Hand.

Vorsichtig stand Swetlana auf, erst mit dem einen, dann mit dem anderen Bein. Dann wich sie vorsichtig zur Tür zurück, ohne ihn aus den Augen zu lassen.

Erst kurz vor der Tür wandte sie sich ab, legte vorsichtig die Hand auf die Klinke.

Als sie sie langsam herunterdrücken wollte, hörte sie hinter sich ein metallisches Klicken und seine scharfen Worte:

»Weg von der Tür!«

Erschrocken fuhr sie herum.

Er saß aufrecht im Bett und hielt lächelnd die Waffe auf sie gerichtet.

»Hallo, Swetlana! Mach keinen Unsinn und geh weg von der Tür.«

Alle Spannung wich aus ihrem Körper. Es war vorbei. Sie hatte es nicht geschafft.

Swetlana schlug die Hände vors Gesicht und fing hilflos an zu weinen.

Nicht seinetwegen. Es war eine andere Gewissheit, die sie verzweifeln ließ.

Gott hatte sie verlassen. Seit langer Zeit schon. Vielleicht war er längst tot.

43 OBERKOMMISSAR ROMEO SCHWARTZ hatte eine Weile gebraucht, bis er den Weg von der Abbruchkante hinunter in die Grube gefunden hatte. Erst zwei Streifenwagen, die mit rotierenden Blaulichtern über den Tagebau rasten, wiesen ihm schließlich durch Pfützen und Schlamm den Weg. Als er aus seiner Déesse ausstieg, sah sie aus wie nach der Rallye Paris-Dakar. Verdreckt bis übers Dach. Seine Göttin hatte ausgiebig im Modder gebadet, und er würde Unmengen an Putzmitteln und Politur sowie ein ganzes Wochenende brauchen, um sie wieder einigermaßen sauber zu bekommen.

Der silbergraue Mercedes, tatsächlich war es das gleiche Modell wie der von Professor Salnik und hatte das gleiche Kennzeichen, war nicht mehr zu gebrauchen. Die Türen waren durch den Aufprall gut zwanzig Meter weit weg geschleudert worden, der Wagen selbst lag auf seinem völlig platt gedrückten Dach, durch den Unterboden hatten sich Motorwanne und Getriebe gedrückt, das Gestänge des Fahrwerks war bizarr verbogen. Um das Wrack herum standen mehrere Streifenwagen, die Bullis von Kriminaltechnik und Gerichtsmedizin sowie der schwarze Dienstgolf der Görlitzer KPI.

»Tobi«, rief Schwartz, »schön, dass du gekommen bist.«

»Ich wäre gern mit meinem Vater hier«, knurrte der. »Was zum Teufel ist denn in dich gefahren?«

»Die Frage ist, was deinen Vater geritten hat«, entgegnete Schwartz, »als er den Kuhnt-Fall übernommen hat, obwohl er darin involviert war.«

»Er war nicht darin involviert«, widersprach Tobi.

»Er hat eine Affäre mit der Witwe des Opfers«, zischte Schwartz.

»Nun sei mal nicht päpstlicher als der Papst, ja?« Tobi war sauer. »Das ist keine Affäre, sondern Liebe.«

»Noch schlimmer«, fand Schwartz und sah auf den Toten, der von den Gerichtsmedizinern gründlich untersucht wurde. »Wissen wir schon, wer das ist?«

»Ja, er hatte seinen Ausweis dabei«, antwortete Tobi und sah in seinem Notizblock nach. »Stefan Kaemper, sechsundvierzig Jahre alt, zuletzt gemeldet in Hamburg. Treibt sich seit etwa einem Jahr in unserer Gegend rum.«

Liliana Petkovics verdeckter Informant. Na, die wird im Dreieck springen.

»Der Mann war Betreiber des Hurenbusses, der gestern in der

Zittauer Innenstadt überfallen wurde«, sagte Tobi. »Meinst du, da gibt es einen Zusammenhang?«

»Und ob es den gibt«, erwiderte Schwartz und trat auf die Gerichtsmediziner zu. »Hat er noch gelebt, als er mit dem Wagen hier herunterkrachte?«

»Unwahrscheinlich.« Der Gerichtsmediziner schüttelte den Kopf. »Der Mann wurde erschossen. Eine Kugel direkt zwischen die Augen. Das war 'ne Hinrichtung, wenn Sie mich fragen.«

So oder so, dachte Schwartz und sah an der Kante hoch. Wie viele Meter mochten das sein? Hundert oder hundertfünfzig?

»Zwei Braunkohlekumpel haben beobachtet, wie jemand den Wagen von dort oben runtergestoßen hat.« Tobi stellte dem Oberkommissar zwei stämmige Männer vor, die etwas unbeholfen herumstanden. »Da ist einmal der Herr Stankowitsch, Anlagenfahrer ...«

»Sie könn' mich Stanko nennen.«

»... und der Herr Rolffs von der Förderbrücke A.«

»Hotte«, sagte Rolffs und drückte Schwartz kräftig die Hand. »Ja, also wir haben da drüben im Fahrstand gesessen und einen Kaffee getrunken, da sagt der Stanko plötzlich ...«

»Ich hab nichts gesagt«, widersprach Stanko, »ich hab nur geglotzt. Ich konnte nüscht sagen, so was sieht man ja nicht alle Tage. Schmeißt da einer so 'n teures Auto runter.«

»Stanko, hab ich gesagt, die Karre ist sicher geklaut«, rief Hotte und sah Schwartz triumphierend an. »Ist sie doch, oder?«

»Schon möglich«, erwiderte Schwartz. »Wie sah der Mann denn aus?«

»Wie so einer aussieht, der so 'n Auto fährt«, sagte Stanko, »deswegen war ich ja der Meinung, dass das Auto nicht geklaut ist.«

»Und wie sieht jemand aus, der so einen Wagen fährt?« Schwartz zückte sein ledernes Notizbuch und schraubte den Füllfederhalter auf. »Ihrer Meinung nach?«

»Dunkler Anzug, also so dunkelgrau.«

»Anthrazit«, nickte Hotte, »das war garantiert Anthrazit.«

»Und sonst?«

»Kommissar, wir saßen dahinten!« Hotte deutete zu einer gigantischen Baggeranlage ein paar hundert Meter entfernt. »Und es hat geregnet. Da erkennt vielleicht 'n Adler noch was, wir dagegen sind froh, wenn wir noch Männlein von Weiblein unterscheiden können, was«, er lachte wie über einen außerordentlich guten Witz, »nicht? Stimmt doch, oder?«

»Wir haben ja versucht, den Kerl noch zu kriegen«, ergänzte Stanko, »aber bis wir da oben waren, war der Kerl über alle Berge.«

»Zu Fuß?«

»Klar.« Stanko und Hotte sahen sich an. »Wie denn sonst? Seine Kiste hat er ja hier entsorgt.«

»Gut«, sagte Schwartz gedehnt, »wann war das?«

»Mittags rum«, antwortete Stanko, »wir hatten Pause.«

»Na schön.« Schwartz verabschiedete sich. »Wenn noch was ist, melden wir uns bei Ihnen. Vielen Dank erst mal.« Er holte sein Funktelefon aus der Jackentasche, um Liliana Petkovic vom Verlust ihres Informanten unverzüglich zu unterrichten – aber diesmal ging es nicht. Auch mit gezogener Antenne und gestrecktem Arm nicht. Das Telefon piepte und meckerte auf dem grünen Display: »Kein Empfang! Außerhalb Sendegebiet! Kein Empfang!«

»Das kann nicht funktionieren«, rief einer der Braunkohlekumpel, »wir sind hier gut hundert Meter unter Normalnull!«

Was immer das auch heißen mag, dachte Schwartz. Na, dann bekommt sie die schlechte Nachricht eben etwas später.

Er steckte das Funktelefon wieder ein und lief zu den Spurensicherern von der KT.

»Haben Sie da oben schon einen Mann?«, fragte er und sah hoch zur Abbruchkante. »Ich brauche die Abdrücke. Der soll zu Fuß abgehauen sein.«

»Wird bereits erledigt.« Die Spurensicherer pinselten eifrig am Wrack rum. »Sind Sie der Schwarze, der den Klaus rausgeschmissen hat?«

»Ich habe den Klaus nicht rausgeschmissen«, stellte Schwartz klar, »sondern nur suspendiert.«

»Wessi, was?« Einer der Kriminaltechniker baute sich vor ihm auf.

»Sachse«, erwiderte Schwartz, »genau wie Sie.«

»Ich bin in erster Linie Sorbe«, sagte der Kriminaltechniker, »in zweiter Linie Lausitzer, und erst dann kommt Sachsen.« Er zog ein gefaltetes, in Klarsichtfolie gestecktes Papier aus der Innentasche seines Overalls. »Hier! Hab ich Ihnen mitgebracht.«

»Was ist das?« Schwartz zog das Papier heraus und starrte auf kryptische Tabellen, Zahlen und Vergleichswerte.

»Die Schriftanalyse, die Sie von uns haben wollten.« Der Kriminaltechniker zeigte ihm ein paar Buchstaben. »Sehen Sie? Das V von ›Verzeiht mir‹. Und dann hier! Die Sache ist eindeutig.«

»Ja?«

»Hundertprozentig«, nickte der Kriminaltechniker. »Beide Bögen Papier wurden auf derselben Schreibmaschine geschrieben.«

Dachte ich's mir doch. Schwartz steckte die Papiere ein. Na, jetzt geht's rund!

»Tobi«, rief er, und winkte den jungen Piontek heran. »Kommst du mal?«

Tobi trabte heran. »Was gibt's?«

»Hast du jemanden, der den Golf zurück nach Görlitz bringt?«

»Wieso?« Tobi verstand nicht.

»Weil du bei mir mitfährst«, erklärte Schwartz. »Wir müssen reden.«

»Über meinen Vater?«

»Auch über deinen Vater, ja.« Schwartz klopfte ihm auf die Schulter. »Komm!«

Wenig später saßen sie in der völlig verdreckten Déesse und fuhren nach Görlitz zurück. Wieder regnete es, und die Wischer zogen hartnäckige Lehmschlieren über die Windschutzscheibe, dass man kaum noch die Straße sah.

»Mistwetter«, fluchte Schwartz.

»Übermorgen soll's besser werden«, meinte Tobi. »Kommen noch ein paar schöne Tage, wart's ab.«

Schwartz konzentrierte sich auf den Verkehr. Später Nachmittag, die Pendler kamen nach Hause.

»Also gut«, sagte Tobi nach einer Weile. »Du hast meinen Vater suspendiert. Weil er mit der Witwe eines Selbstmörders liiert ist. Findest du das nicht eine ziemlich übertriebene Maßnahme?«

»Nein«, antwortete Schwartz, »denn er ist nicht mit der Witwe eines Selbstmörders liiert, Tobi. Sondern mit der Witwe eines Mordopfers. Trotzdem hat dein Vater die Ermittlungen dazu unbedingt übernehmen wollen.«

»Er ist ein guter Kriminalist«, beharrte Tobi, als hätte Schwartz das Gegenteil behauptet.

»Oh ja, das ist er. Ich habe mir die Akten heute noch mal angeschaut, und er hat auch recht ordentlich ermittelt. Trotzdem kommt er zum falschen Schluss. Kuhnts Tod war kein Selbstmord, Tobi.«

»Davon kann man dich nicht abbringen, was?« Tobi lächelte schief.

»Ich fürchte nicht, nicht mehr, nein.«

Schwartz betätigte die Scheibenwaschanlage, aber die Düsen funktionierten nicht. Wahrscheinlich war kein Wasser mehr im Behälter.

»Was ich zum Beispiel überhaupt nicht verstehe, ist, dass ihr mir gegenüber so getan habt, als wüsstet ihr nichts von Kuhnts Parästhesie. Seiner teilweise gelähmten rechten Hand. Dabei habt ihr entsprechende Unterlagen dazu vom Grenzschutzamt Pirna bekommen und diese auch in euren Akten abgeheftet. Aber in eurem Abschlussbericht kommt nichts mehr davon vor.«

»Das war für die abschließende Beurteilung des Falles nicht relevant«, erwiderte Tobi.

»Oh doch, das war es«, widersprach Schwartz. »Das war es sogar sehr. Das war so relevant, dass es in eurem Abschlussbericht gar nicht auftauchen durfte. Weil damit sonst die ganze schöne Selbstmordtheorie gekippt wäre, die ihr doch so dringend brauchtet – so dringend«, setzte er lauter hinzu, »dass ihr sogar einen Abschiedsbrief gefälscht habt!« Er reichte Tobi den »Verzeiht mir!«-Bogen rüber.

»Das wurde auf eurer Schreibmaschine geschrieben«, regte er sich auf, »im Büro eurer Dienststelle! Für wie blöd haltet ihr mich eigentlich?«

Tobi holte tief Luft, als wolle er erregt etwas erwidern. Doch er riss sich zusammen und schwieg.

»Ich war heute im ›La Habanera‹«, gab Schwartz noch einen drauf, »um das Alibi deines Vaters zu überprüfen. Dabei erfuhr ich, dass es dort eine wüste Schlägerei gegeben hat. Dein Vater hat Kuhnt verprügelt! Wegen dir!«

»Na und?« Tobi zuckte mit den Schultern. »Deshalb muss er den Kuhnt ja nicht auch ermordet haben.«

»Nein, er nicht.« Schwartz sah den Jungen neben sich an. »Aber du.«

»Was, ich?« Tobi wurde knallrot im Gesicht. »Wieso ich?«

»Du hast kein Alibi für diesen Tag«, antwortete Schwartz ruhig.

»Was?« Tobi konnte es nicht fassen. »Herrgott, tausende von Leuten haben kein Alibi für diesen Tag.«

»Tausende haben kein Motiv. Im Gegensatz zu dir, Tobi.« Schwartz blinkte und fädelte sich in den Stadtverkehr von Görlitz ein.

»Die schöne Laila«, sagte er nachdenklich, »du hast sie sehr geliebt, nicht wahr? Du hast mit ihr einen Tanzkurs besucht. Zusammen mit deinem Vater und dessen Freundin Ursula. Das ist doch toll! Vater und Sohn gehen mit ihren Freundinnen tanzen. Ihr wart sicher sehr glücklich, du und deine Laila.«

Allmählich dämmerte es, die Straßenlaternen gingen an, und der Oberkommissar schaltete das Abblendlicht ein.

»Aber plötzlich taucht Jochen Kuhnt auf. Ursulas Ehemann. Nicht, weil er eifersüchtig ist, nein, auch er sucht Abwechslung. – Und landet bei Laila. Er spannt sie dir einfach aus.« Schwartz schüttelte den Kopf. »Wie konnte das nur passieren?«

»Die hatten uns zum Grillen eingeladen, die Kuhnts«, sagte Tobi leise. »Barbecue, wie es Jochen nannte. Und dann das große Haus, der ganze Reichtum. Der hat ordentlich was aufgefahren. Laila war hin und weg.« Er schnaubte verbittert. »Irgendwann saß ich allein am Grill. Vater war mit Ursula in dem einen Schlafzimmer verschwunden, Jochen mit Laila im anderen. Die hat sich total in den verknallt!«

»In ihn oder sein Geld?«

»Keine Ahnung, wahrscheinlich beides«, sagte Tobi. »Sie wollte ihn unbedingt heiraten. Hat von nichts anderem mehr gesprochen. Sie hat sich schon ein Hochzeitskleid schneidern lassen und ihre Flitterwochen geplant!«

Klar. Das Mädchen wollte Nägel mit Köpfen machen.

»Dabei hat er sie nur benutzt«, regte sich Tobi auf, »viele leere Versprechungen, aber nichts eingehalten. Er hat Laila behandelt wie den letzten Dreck. Der hat sie nicht geliebt, für den war das nur …« Er überlegte. »… Spaß, eine Abwechslung, mehr nicht.«

»Und als Laila das begriffen hatte, brach eine Welt für sie zusammen«, nickte Schwartz. »Sie wollte einfach nicht mehr weiterleben.«

»Ich wollte sie doch retten!« Tobi hatte Tränen in den Augen. »Abhalten von diesem ganzen Unsinn! Ich hätte sie so gern gerettet, aber sie wollte ja von mir nichts mehr wissen …«

»Und jedes Mal, wenn du ihren zerschmetterten Körper im Rollstuhl siehst, kommt der Hass hoch, nicht wahr?« Schwartz stoppte den Wagen vor dem Gebäude der KPI. »Kuhnt hat nicht nur ihr Leben zerstört, sondern deines gleich mit.«

Er schaltete den Motor aus und sah Tobi an. »Musste er deswegen sterben?«

Tobi sah bedrückt zu Boden.

»Ich nehme an, ich bin festgenommen«, sagte er tonlos.

44 SWETLANA!

Roland konnte es kaum fassen. Seine Lebensversicherung!

Völlig unklar war, wie sie hierhergekommen war und was sie hier wollte. Swetlana antwortete nicht auf Rolands Fragen. Sie sagte kein Wort. Das war so eine Masche von ihr. Wenn sie sich ungerecht behandelt fühlte, schwieg sie. Eisern und tagelang.

Ob Julia überhaupt wusste, dass sie hier war? In ihrem Zimmer im »Johannishof«? Vielleicht hatte sie sich ja eingeschlichen?

Aber wenn nicht, was hatte sie Julia dann von ihm erzählt? Viel konnte es nicht sein, denn Swetlana wusste nichts von ihm, kannte weder seinen richtigen Namen noch seine Adresse.

Für sie war er immer nur der nette Moritz gewesen, den Namen hatte sich Tom ausgedacht. Roland war Moritz und Tom Max. Zwei nette Jungs aus Würzburg, die sich in Minsk bis über beide Ohren in die weißrussischen Mädchen verliebten und ihnen eine Märchenhochzeit und ein traumhaftes Leben in Deutschland versprachen. Max und Moritz! Das passte einfach. Denn genau wie bei den Lausbuben von Wilhelm Busch war ihr Leben auch eine Folge von Streichen. Denen vor allem hübsche junge Mädchen zum Opfer fielen. Was viel besser war, als irgendeinen Lehrer Lämpel zu ärgern oder einen Onkel Fritz. Vor allem warfen ihre Streiche mehr ab. Nicht nur gebratene Hühner wie bei der Witwe Bolte. Tom und Roland machten richtig Geld. So viel, dass Roland sogar die Firma seines Vaters hatte retten können.

Und das Beste war, jetzt konnte es weitergehen! Roland hätte vor Glück einen Luftsprung machen können. Die mörderischen Russen bekamen ihre Swetlana, und er hatte endlich Ruhe. Nie wieder Geschäfte mit denen, das war ihm eine Lehre.

Ab sofort werden kleinere Brötchen gebacken, dachte er, ein neues kleines Geschäft, und Toms Volleyballerinnen sind der Grundstein dafür.

Nur ein Problem war noch zu lösen: Roland musste Swetlana schnellstmöglich aus der Pension bekommen. Ohne dass die Rouchés etwas mitbekamen oder Julia davon erfuhr. Und er brauchte einen Wagen.

Roland stieß Swetlana aufs Bett, riss zwei Kordelzüge von den Fenstervorhängen und fesselte sie damit an Armen und Beinen. Swetlana wehrte sich nicht, zu groß war ihre Angst vor der Walther PPK.

Fehlte nur noch ein Knebel. Schwitzend sah sich Roland um. Da war das Deckchen auf dem Nachttisch. Er tränkte es mit dem Honig für den Tee, stopfte es Swetlana in den Mund und stülpte ihr dann einen Kissenbezug über den Kopf, den er fest zusammenzog.

Das sollte für den Anfang reichen.

Leise trat Roland zur Tür und öffnete sie einen Spalt. Aus dem Restaurant drang fröhlicher Lärm, und Roland erinnerte sich an ein Schild, das für den Abend eine »Geschlossene Gesellschaft« verhieß. Er hatte es vorhin beim Eintreten an der Haustür hängen sehen.

Er schloss die Tür zu Julias Zimmer und lief lautlos und auf Strümpfen – die Schuhe standen noch oben neben dem Bett – den Gang entlang.

Aus dem Restaurant sangen sie jetzt: »Ein Pro-sit, ein Pro-sit der Gemüt-lich-keit – ein Pro-sit, ein Pro-ho-sit der Gemüüüt-lich-keit!« Na, die waren ja schon gut drauf, dabei war es gerade mal achtzehn Uhr.

Roland schlich die Treppe hinunter und sah vorsichtig ins Restaurant. Na bitte, die Rouché und ihr Mann hatten alle Hände voll zu tun. Er wirbelte in der Küche herum, sie rannte durchs Restaurant, um die zunehmend durstiger werdenden Kehlen zu befriedigen.

Mit zwei großen Schritten war Roland hinter der Rezeption und griff zum Telefon, um ein Taxi zu bestellen. Die Idioten in der Zentrale verstanden ihn zunächst nicht, weil er so leise sprechen musste. Aber am Ende hatten sie es doch geschnallt, das Taxi sei in drei Minuten da.

»Sagen Sie dem Mann, dass er nicht in die Pension kommen und auch nicht klingeln soll, klar? Es geht hier um eine entführte Braut.«

»Ah, eine Hochzeit«, lachte die Frau in der Zentrale, »alles klar, wir sagen Bescheid.«

»Danke.« Roland legte auf, lief leise wieder zurück in den ersten Stock und flutschte in Julias Zimmer.

Swetlana lag noch immer bäuchlings auf dem Bett und rührte sich nicht.

Roland sah zu ihr rüber.

War sie etwa ohnmächtig geworden? Atmete sie noch? Erschrocken sprang er auf, zog ihr das Kissen vom Kopf.

Swetlana war bei Bewusstsein und blinzelte ihn angstvoll an.

Roland setzte sich zu ihr aufs Bett. Er bückte sich, zog seine Schuhe an. Dann hielt er ihr die Walther PPK unters Kinn.

»Hör zu! Ich nehme dir jetzt den Knebel raus. Wenn du nur irgendeinen Mucks machst, bist du tot, verstanden?«

Swetlana zeigte keine Regung. Nur ihre tränenfeuchten Augen blitzten hasserfüllt.

Er nahm ihr den Knebel aus dem Mund und band ihre Beine los. »Steh auf! Hier rüber, mach schon!« Er schob sie vor sich her ans Fenster.

Ihre Hände waren noch immer mit der Kordel zusammengebunden. Roland riss das Laken vom Bett und hängte es Swetlana sorgsam über die Schultern.

»Wir spielen jetzt geklaute Braut«, sagte er grinsend, »das wolltest du doch immer sein, Swjeta. Eine süße kleine deutsche Braut.«

Swetlana schluchzte hilflos. Sie konnte nicht mehr. Sie musste einfach weinen.

»Hör auf zu heulen. Hochzeiten sind was Fröhliches.« Er sah aus dem Fenster. Draußen war es dunkel geworden. Die meisten Geschäfte schlossen um sechs, viel war nicht mehr los auf dem Platz. »Wir warten nur noch auf die Kutsche.«

Roland sah auf die Uhr. Drei Minuten waren um. Tatsächlich kam kurz darauf ein Taxi vom Markt her angefahren und stoppte vor der Pension.

»Okay, los jetzt.« Roland schob Swetlana zur Tür und nahm seine Aktentasche. »Kein Mucks, kein Geschrei, kein Geheule, sonst knallt's!«

Er öffnete vorsichtig die Tür, spähte in den Flur. Die Luft war rein. Er stieß Swetlana vor sich her auf die Treppe zu.

»Runter! Ganz leise, klar?«

Swetlana zitterte vor Angst. Roland drückte ihr die Waffe hart in den Rücken.

»Jetzt trink mer noch a Flascherl Wein«, drang es jetzt aus dem Restaurant, »holadijahoho, es muss ja nicht das letzte sein …«

Sie hatten die letzte Treppenstufe fast erreicht, als plötzlich die Tür von der Küche aufflog und die Rouché herauskam.

Hastig schlug Roland Swetlana das Laken über den Kopf, sodass sie nicht mehr zu erkennen war.

»Haah«, schrie die Rouché, »du lieber Gott, Herr Paich, jetzt haben Sie mich aber fast zu Tode erschreckt!« Sie atmete erleichtert aus. »Sind Sie das unter dem Laken, Fräulein Latte? Ich hab Sie gar nicht kommen sehen.«

»Tut mir leid, dass wir sie erschreckt haben«, lächelte Roland beruhigend, »aber wir üben hier etwas ein.«

»Geisterstunde ist erst um zwölf«, die Rouché wedelte scherzhaft mit dem Finger, »erzählen Sie's mir morgen, Sie sehen ja, was hier los ist!« Schon verschwand sie im Keller, vermutlich, um Weinnachschub zu holen.

»Raus jetzt«, knurrte Roland und zog Swetlana mit sich hinaus auf den Johannisplatz.

Das Taxi wartete mit laufendem Motor, und der Fahrer sah sich gespannt nach seinen neuen Fahrgästen um.

»Ah, die entführte Braut«, sagte er, »wohin soll's denn gehen?«

»Kennen Sie den Baggersee?«

»Wenn Sie das alte Tagebaurestloch meinen, schon«, erwiderte der Taxifahrer. »Wollen es dem Bräutigam wohl besonders schwer machen, was?«

»Der wird schon darauf kommen«, erwiderte Roland. »Nun fahren Sie endlich, bevor er was merkt!«

Der Taxifahrer gab Gas.

Swetlana war kurz vor einem Heulkrampf, der nur von Rolands Pistole in Schach gehalten werden konnte. Entschieden drückte er ihr den Lauf in die Seite, ohne dass es der Fahrer mitbekam. Aber der musste sich sowieso aufs Autofahren konzentrieren.

Dennoch sah er ab und zu in den Rückspiegel. »Kann die Braut auch sprechen?«

»Nee«, erwiderte Roland. »Ist 'ne Taubstummenhochzeit.«

»Äh«, sagte der Taxifahrer, »Sie machen Witze, oder?«

»Keine Ahnung«, Roland sah aus dem Fenster, »was glauben Sie?«

»Dass Sie Witze machen.«

»Und warum lachen Sie dann nicht?«

»Haha«, machte der Taxifahrer. Er fuhr jetzt schneller, die Landstraße ging fast schnurgerade aus der Stadt heraus. »Warum haben Sie sie denn unter einem Laken versteckt?«

»Das gehört zum Spiel«, erwiderte Roland. »Mehrere Mädchen verschwinden. Aber nur eine ist die Braut.«

»Ach, dann sind noch mehr von diesen verhüllten Schönheiten heute Nacht unterwegs?«

»Davon können Sie ausgehen.«

»Damit niemand dem Bräutigam einen Tipp geben kann?«

»Unterstehen Sie sich! Wollen Sie die junge Ehe ins Unglück treiben?«

»Passiert das, wenn man verrät, wo die Braut ist?«

»Reiner Aberglaube«, antwortete Roland, »aber wir müssen es ja nicht darauf ankommen lassen. Also sagen Sie ja niemandem was! Sonst gibt's kein Trinkgeld.«

»Ich dachte ja nur, bevor der arme Mann verzweifelt.«

»Der verzweifelt schon nicht«, winkte Roland ab, »wir haben am Baggersee schon als Kinder gespielt. Da muss er draufkommen, sonst hat er die Braut nicht verdient.«

Jetzt lachte der Taxifahrer wirklich. »Das nenn ich Leistungsdruck!« Er bog rechts ab, der Wagen begann arg zu schaukeln. Der Weg war hier unbefestigt.

»Da vorne können Sie halten!« Roland reichte einen Fünfzig-Mark-Schein nach vorn. »Der Rest ist für Sie. Aber nur wenn Sie nicht petzen!«

»Schon klar«, der Fahrer hielt, »mein Mund ist wie versiegelt. Viel Spaß noch!«

45 SEIT FAST DREI STUNDEN beobachten wir den schäbigen zweistöckigen Flachbau am Rande von Bogatynia. »POLONIA HOTEL«, flimmert es in trüben Neonröhren über dem Eingang.

Direkt davor parkt ein frisch lackierter Kleinbus der DDR-Marke Barkas mit der Aufschrift »KSK JELENIA GÓRA«, was auch immer das heißen soll. Auf dem gegenüberliegenden Parkplatz stehen mehrere Polski-Fiat und eine barock im Chrom glänzende Harley-Davidson sowie ein BMW mit Siegener Kennzeichen und ein fetter Landcruiser.

Als es noch hell war, bin ich mehrmals um das Hotel herumgeschlichen. So lange, bis ich mir eine Art Lageplan im Hirn machen konnte. Sehr komplex ist der allerdings nicht, es gibt nur den einen Eingang vorn und eine Hintertür im Hof. Da wird mindestens ein Dutzend scharfer Hunde gehalten, allerdings in einem abgeschlossenen Zwinger. Ansonsten ist der Hof von einer Mauer und zwei rechtwinklig anliegenden Nebenhäusern begrenzt. Es gibt ein Holztor zu einer Nebenstraße raus, abgeschlossen, aber man kommt rüber. Deshalb habe ich meinen GAZ direkt daneben geparkt, damit wir nachher schnell und unbemerkt wegkommen.

Jule hockt neben mir und fröstelt. Ich streichle ihr über den braunen Anorak, der zwar schön weich ist und sich recht kuschelig anfühlt, aber nicht sehr warm zu halten scheint.

»Ist dir kalt?«

»Ein bisschen«, flüstert sie und zieht sich die Kapuze mit dem Fellrand tiefer ins Gesicht.

»Ist das eigentlich echt?«

»Was?«, fragt sie.

»Na, das Fell an deiner Kapuze«, erwidere ich.

»Ich hoffe nicht«, sagt sie.

Klar, denke ich, für jemanden, der immer pi ßi ist, dürfte echter Pelz ein echtes Problem sein. Die armen knuddeligen Tierchen, die dafür sterben mussten. Brutal abgeschlachtet für Jules Kapuze. Komisch, dass sie's nicht genauer weiß. Sollte sie beim Kauf des Anoraks etwa nicht darauf geachtet haben? Weil es ihr möglicherweise ganz unkorrekt egal war? Na ja, besser nicht drauf rumreiten, sonst gibt's gleich wieder Stress.

»Wie lange warten wir noch?«, fragt sie und trieselt ungeduldig ihre Haare.

»Bis es dunkel wird«, antworte ich.

»Es ist dunkel!«

»Ja, aber noch nicht dunkel genug«, erkläre ich ihr und zeige ihr die Straßenlaterne vor dem Hotel. »Wenn die angeschaltet wird, entsteht hier drüben an den Häusern ein Schatten, in dessen Schutz wir unbemerkt zum Parkplatz kommen. Darauf warten wir, capito?«

»Was willst du denn auf dem Parkplatz?«

»Wirste dann schon sehen.«

»Aber wir müssen irgendwie in dieses Hotel.«

»Baby, wir kommen ins Hotel, verlass dich ganz auf mich.«

Jule seufzt. »Und wenn die Laterne kaputt ist? Die anderen sind schon alle an. Nur die nicht.«

Wo sie recht hat, hat sie recht, denke ich. *Shit*, daran habe ich überhaupt nicht gedacht. Und ich hätte daran denken müssen, immerhin ist das hier Polen, da ist so einiges Schrott.

Plötzlich rast ein Laster heran und stoppt vor dem Hotel. Ich fasse es nicht. Es ist derselbe Kampfgruppen-Robur, mit dem schon die Mädels aus dem Hurenbus entführt worden sind. Verdammt, geht das jetzt wieder los?

Mehrere Männer sitzen ab, die Bomberjackenträger, klar. Und was mich besonders nervös macht, ist, dass einige von ihnen hektisch mit entsicherten Kalaschnikows herummachen.

»Was ist denn jetzt los?«, flüstert Jule erschrocken.

»Das frage ich mich auch.«

»Da kommt Roland!« Aufgeregt zeigt sie auf seinen schwarzen Porsche, der ebenfalls die Straße herunterkommt und hinter dem Robur stoppt.

Na, jetzt wird sie mal endlich merken, wie der drauf ist, denke ich. Auwei, das gibt Ärger!

Aber es steigt nicht Roland aus dem Porsche, sondern zwei Männer in hellen Anzügen. Einer mit Schnauzbart, der andere bebrillt. Sie dirigieren die Typen mit den Kalaschnikows gestikulierend herum und sprechen …

»Russisch«, entfährt es Jule, »das sind Russen.«

»Ja, nicht immer sind die Amis schuld«, raune ich. »Die Frage ist, was die hier wollen. Und wieso haben die den Porsche?«

»Vielleicht ist es ein anderer«, vermutet Jule, »gibt ja nicht nur den einen Porsche.«

Doch, denke ich, in Zittau schon. Und dieser hier hat eine Zittauer Autonummer, das muss Rolands Wagen sein. Und ich kann mich nicht erinnern, dass er ihn jemals verliehen hätte.

Am Hotel wird es jetzt ziemlich unruhig, denn zwei der Bomberjackenträger haben einen schreienden Mann herausgezerrt, den ich von Rolands Spedition kenne. Irgend so ein Trucker, Tim hieß der oder Tom, und ihm gehört, glaube ich, auch die schmucke Harley auf dem Parkplatz.

Tom flucht laut, ich verstehe nicht genau, was, denn er bekommt gleich eins aufs Maul. Andere Männer kommen aus dem Hotel, es wird laut und hektisch diskutiert, und dummerweise stehen alle genau vor dem Eingang des Hotels.

»Was geht da ab?«, flüstert Jule entsetzt und drängt sich angstvoll an mich.

Ich nehme sie schützend in den Arm. »Harte Sitten unter den Zuhältern, was?«

Jetzt reden die Russen. Oder besser, sie schreien und wollen irgendwelche Mädels mitnehmen, und das heißt für uns: Handeln! Irgendwie. Jetzt oder nie.

»Los!« Ich packe Jule am Ärmel und zerre sie hinter den geparkten Fahrzeugen zum Parkplatz. Solange die sich noch alle anschreien und miteinander abgelenkt sind, kann ich zur Tat schreiten. Und zwar schnell. Ich ziehe einen Schraubenzieher aus meiner Bomberjacke und hebele damit die Heckklappe des Landcruisers auf.

»Typen mit Geländewagen haben immer einen Reservekanister dabei«, erkläre ich Jule aus Erfahrung sprechend. Und ich habe keinen Bock, mein schönes Benzin an irgendwelche Zuhälter zu vergeuden.

Ich hole den Kanister, vierzig Liter, ein tonnenschweres Teil, aus dem Landcruiser und lege zwischen den Autos eine dicke Benzinspur. Wichtig ist dabei, die Reifen gut zu benetzen. Brennt so ein Autoreifen erst mal, ist die Karre nicht mehr zu retten.

»Willst du die Autos in die Luft jagen?« Jule ist empört. »Du regelst alles mit Gewalt, wie?«

Mensch, Mädel, denke ich, quatsch mich bitte nicht voll, während ich arbeite! Ich bin auch so angespannt genug. Aber sie tappert hinter mir her und redet wie aufgezogen.

»Vielleicht kann man mit den Leuten ja reden? Aber du findest deine Rolle als Krieger offenbar unglaublich toll!«

»Jule, mit den Leuten kann man nicht reden«, entgegne ich genervt, »das sind Killer.«

»Männerkulte«, schimpft Jule und meint damit nicht nur mich, sondern auch die aufeinander losgehenden Zuhälter aus dem Hotel. »Ihr seid gefühlsmäßig alle im Mittelalter stecken geblieben. Euch treibt nur der Hass.«

»Yeah«, nicke ich, »Hass ist ein großes Gefühl.« Ich benetze mein Taschentuch mit Benzin. »Jetzt pass mal auf, was das hier gleich für Bambule gibt!«

Ich lasse mein Feuerzeug aufschnappen, setze das Taschentuch in Brand und werfe es zwischen die Autos.

Wumm! Eine Flammenwand schießt hoch. Klasse!

Ich ziehe Jule schnell zwischen zwei große Müllcontainer.

Am Hotel bricht Chaos aus. Schreiende Männer mit Feuerlöschern kommen heran, einige versuchen verzweifelt, ihre Autos aus den Flammen zu fahren, andere schleppen Wassereimer. Auch die beiden Russen und ihre Bomberjackenträger helfen hektisch beim Löschen, denn Feuerwehr, Bullen und dieses ganze offizielle Tatütata kann hier jetzt keiner gebrauchen.

»Okay, die Bande ist erst mal beschäftigt.« Ich nehme Jule an der Hand und ziehe sie geduckt über die Straße ins Hotel hinein.

Kein Mensch ist mehr hier. Alle löschen draußen. In der Gaststube baumelt eine einsame Glitzerkugel an der Decke, ansonsten gibt es blaue Plastikstühle und -tische, mit Brandlöchern übersät. Zerknüllte Bier- und Pepsidosen liegen auf dem Boden, über der Theke flackert eine halb blinde Ballantines-Reklame, und aus den Boxen schluchzt Chris Isaak von der Einsamkeit im »Blue Hotel«.

Eine Treppe führt hoch ins Obergeschoss. Von einem schmalen, seltsamerweise mit alten Zeitungen tapezierten Gang führen links und rechts Türen ab. Vor allem in den Zimmern zur Straße hin hört man aufgeregtes Getuschel. Stimmen von Mädchen, die aufgeregt beobachten, was draußen geschieht.

Aber in welchem dieser Zimmer ist Jelena? Wir können unmöglich überall nachschauen, das würde ein fürchterliches Geschnatter geben – Mädels sind so. Die können die Klappe nicht halten. Mich wundert ja schon, dass Jule so lange keinen Kommentar mehr von sich gegeben hat.

Irgendwo rauscht eine Klospülung. Kurz darauf klappt eine Tür. Rasch ziehe ich Jule zurück ins Treppenhaus und linse in den Gang.

Oh Gott, ein Inder! Oder ein Pakistaner, irgendso 'n Kanake jedenfalls. Verschlafen latscht er den Gang entlang. Als er an uns vorbeikommt, kicke ich ihm erst mal das gestreckte Bein vor die Brust. Der Inder knallt gegen die Wand, Jule kreischt erschrocken auf, hat sich aber gleich wieder in der Gewalt. Ich schiebe dem Inder den Lauf von Rolands tschechischer Armeepistole in den Mund.

»Kein Mucks, klar?«

Der Inder flackert ängstlich mit den Augen.

»Muss das sein, Kudella?« Jule starrt mich wütend an. »Der Mann hat uns nichts getan.«

»Er soll aber gleich was für uns tun«, erwidere ich. »Das Foto, zack, zack!«

Jule öffnet den Reißverschluss ihres Anoraks und holt das Polaroid aus der Innentasche.

»Na los, zeig's ihm!«

»Excuse me«, stammelt sie und hält dem erschrockenen Inder das Foto vor die Nase, *»do you know this girl*? Jelena?«

Der Inder glotzt nur bedeppert und versteht vermutlich kein Wort. Ehrlich, ich begreife überhaupt nicht, was diese Kanaken hier verloren haben. In Europa! Was erhoffen die sich? Was glauben die, was hier ist, Mann? – Scheiße is!

Und sprechen kann er offenbar auch nicht!

»Ja, wie soll er denn antworten«, regt sich Jule auf, »mit der Pistole im Mund!«

Stimmt. Manchmal muss man eben nachgeben. Ich ziehe die Waffe vorsichtig aus seinem Schlund und sehe ihn erwartungsvoll an.

»War schöner in Indien, was?«

Der Inder nickt und deutet vorsichtig nach links. »Jelena?«, sagt er fragend, »Jelena *from Russia*?«

»Voll erfasst, mein Junge«, nicke ich zufrieden und zeige ebenfalls nach links. »Da lang?«

»Dalang«, der Inder strahlt und schüttelt den Kopf, »dalang Jelena.«

Also die andere Richtung. Ich will nach rechts, aber der Inder hält mich fest, lächelt mich an und zieht mich nach links. Ja, was denn nun? Doch links oder was?

Der Inder wackelt mit dem Kopf. »Dalang, Jelena, dalang!«

Ist der bekloppt, oder will der mich verarschen? Drohend zeige ich ihm die Waffe.

Der Inder hebt erschrocken die Hände und nickt.

»Hör zu«, sage ich ruhig, »das ist eine Frage der internationalen Kooperation.« Ich lasse die Pistole demonstrativ sinken. »Dieses Ding knallt nur, wenn man nicht spurt, klar?«

»Oh Mann, Kudella, du bist so ein Arsch«, stöhnt Jule.

»Wieso? Ich versuche eine friedliche bilaterale Beziehung aufzubauen.« Ich wende mich wieder dem Inder zu. »Ist Jelena nun links?« Ich zeige ihm, wo links ist, und der Inder wackelt verneinend mit dem Kopf. »Also rechts«, folgere ich und deute nach rechts.

Der Inder nickt.

Na bitte, geht doch. Dann müssen wir rechts den Gang hinunter. Ich will los, doch der Inder zupft mich am Arm und zieht mich nach links.

»Sorry«, sagt er, »Jelena dalang.«

»Doch links?«

Der Inder wackelt mit dem Kopf, zieht mich aber trotzdem weiter nach links.

Verwirrend, dieses Verhalten, denke ich, Gesten und Kopfbewegungen passen bei dem Mann einfach nicht zusammen. Kein Wunder, wenn's in den Entwicklungsländern nicht vorangeht.

»Dalang, dalang«, flüstert der Inder lächelnd, faltet die Hände und verbeugt sich dann tief vor mir. Dann öffnet er vorsichtig eine der Zimmertüren.

Eng stehen drei Doppelbetten im Raum. Sechs Mädchen in grünen Adidasanzügen springen hastig in ihre Betten und starren uns erschrocken an. Durch die Fensterscheiben dringt der Widerschein der brennenden Autos draußen und spiegelt sich auf ihren Gesichtern.

Gott, sind die alle süß, denke ich. Und so jung.

»*Kto* Jelena?«, ruft Jule, und der Inder echot: »Jelena dalang ...«

»Halt die Klappe«, unterbreche ich ihn, nehme Jule das Foto aus der Hand und zeige es herum.

»Unser Kommando arbeitet im Auftrag dieses Mädchens«, erkläre ich militärisch knapp. »Wir suchen ihre Schwester Jelena.« Und tatsächlich richtet sich auf einem der oberen Betten ein Mädchen auf, das dem auf dem Bild ziemlich ähnlich ist.

»*Kto* Jelena?«, fragt Jule wieder, aber das sieht ein Blinder.

»Okay«, sage ich zu dem Mädel, »runter mit dir, zack, zack, noch ist der Gegner abgelenkt, aber wir wissen nicht, wie lange.«

»Du spinnst«, findet Jule und tippt sich gegen die Stirn.

Wieso, denke ich, stimmt doch.

Aber Julchen will noch ein bisschen quatschen, und zwar auf Russisch.

»Ja idu ottuda tebja sestra Swetlana, panimajesch?«

Das Mädchen nickt. Alle anderen schweigen gespannt.

»Mui tebja privestjemk swoi, okay?«

Das Mädchen strahlt.

»Dawai, dawai.« Ich klatsche ungeduldig in die Hände. Bevor die hier noch den Samowar rausholen …

Das Mädchen klettert rasch vom Bett und beginnt, eine große Reisetasche darunter hervorzuziehen.

»Nichts da!« Mit dem Fuß schiebe ich die Tasche wieder unters Bett. »Kein Gepäck, bitte.«

Jelena sieht mich erwartungsvoll an. »Dann ich bin fertig«, sagt sie auf Deutsch.

»Na bestens«, finde ich das, »Abmarsch!«

»Dalang«, freut sich der Inder und will uns folgen, »dalang Jelena!«

»Du bleibst hier«, stoppe ich ihn. So weit kommt's noch, dass ich mir so 'n Kanaken ans Bein binde, nee, bei aller Menschenliebe. »Sorry, aber ich hab mit den Weibern hier genug zu tun, *capito*?« Ich klopfe ihm tröstend auf die Schulter und verabschiede mich mit militärischem Gruß.

Jule verdreht die Augen. »Können wir?«

»Wir müssen«, sage ich und treibe die Mädels rasch die Treppe hinunter.

Unten kommen die Schlepper polternd in die Gaststube zurück und reden laut durcheinander.

Mist! Wir drücken uns im Treppenhaus an die Wand. Wenn jetzt einer hochkommt, sind wir verloren. Der Hinterausgang, denke ich fieberhaft, ich habe doch von draußen einen Hinterausgang gesehen.

»Jelena«, flüstere ich, »die Küche? Wo ist die?«

Sie zeigt auf eine Tür. Ich öffne sie, schaue vorsichtig hinein. Alles leer.

»Okay, rein hier, schnell!«

Es ist stockfinster in der Küche. Jule reißt einen Topf oder eine Pfanne mit sich. Laut scheppernd geht sie zu Boden. Wir verharren angespannt in der Bewegung, warten.

Die Schlepper in der Gaststube scheinen nichts bemerkt zu haben und diskutieren unvermindert weiter.

In der Küche ist tatsächlich jene Tür zum Hof, die ich von draußen aus gesehen hatte. Leider ist sie abgeschlossen.

»Durchs Fenster«, sage ich leise und entriegele eines. »Na los!«

Dummerweise fangen die bescheuerten Hunde im Zwinger an zu kläffen, kaum dass wir im Hof sind, und machen mächtig Alarm. Sie bellen und heulen wie verrückt. Verdammt scharfe, muskulöse Köter, mit gefletschten Zähnen springen sie an den scheppernden Gittern hoch. Spätestens jetzt weiß jeder, dass wir hier sind.

Überall im Haus gehen die Lichter an, ein Scheinwerfer im Hof springt an und blendet uns. Gleißende Helligkeit um uns herum.

Hastig stelle ich mich an das hölzerne Hoftor und wuchte mittels einer Räuberleiter erst Jelena, dann Jule hinüber. Aus der Küche stürzt ein Mann auf mich zu, doch ich kicke ihm einen Fuß ins Gesicht, dass er stürzt. Dann entere ich selbst über das Tor und lande auf der anderen Seite.

Rasch zum GAZ, doch schon versperren die beiden Russen mit Rolands Porsche die Straße. Nervöse Typen mit Maschinenpistolen kommen von allen Seiten herangerannt. Schüsse peitschen, zischend pfeift die Luft aus den Reifen meines GAZ.

»Was ist das?«, schreit Jule immer wieder und begreift nicht, was geschieht, »was ist das?«

»Die schießen, verdammt noch mal!«

Hastig drücke ich die Mädchen hinter dem GAZ in Deckung und trete ein morsches Tor zu einem Gehöft auf.

»Los, kommt! Wegwegwegweg!«

Wieder peitschen Schüsse! Einer trifft mich am Arm, wie ein heißer Schlag. Besser als ins Bein, denke ich, obwohl der Treffer ein Schock für mich ist. Aber ich kann mich jetzt nicht darum kümmern. Wir müssen weg hier, rennen über einen düsteren Hof, springen über Zäune, flüchten durch einen stockfinsteren Garten. Dunkelheit ist gut. Wenn wir nichts sehen, sehen die auch nichts.

Aber hören tue ich sie. Stiefelgetrappel wie von einer ganzen Kompanie. Vermutlich sind die Bomberjacken hinter uns her. Ich höre, wie sie sich was zurufen. Russisch, Polnisch, was weiß ich, es ist auch egal, ich ahne, dass sie sich verteilen, um uns zu kriegen.

Weiter, weg hier, immer weiter!

Dann sind Bäume um uns rum, ein Wald oder so was, keine Ahnung. Gestrüpp und Pfützen! Ich renne und ziehe die keuchenden Mädels hinter mir her, und meine Arme werden immer länger.

Und noch immer höre ich die Hunde bellen und jaulen. Verdammt, die Hunde! Jetzt weiß ich, wozu die da sind.

Wenn die uns mit Hunden jagen, haben wir keine Chance, denke ich und spüre, wie die Angst in mir hochkriecht. Und sie werden uns mit Hunden jagen. Ganz sicher. Sie werden uns jagen!

Weiter, immer weiter!

Die Schulter schmerzt. Ich spüre, wie mir warmes Blut den Arm hinunterrinnt und den Ärmel meiner Bomberjacke von innen durchfeuchtet. Der ganze Arm wird langsam taub, die linke Hand …

Schneller, denke ich, wir müssen schneller sein als die. Schneller als die Hunde. Blutrünstige, zähnefletschende Bestien. Hoffentlich riechen die nicht das Blut.

Weiter, nur weiter.

Mir wird weiß vor Augen, aber ich darf jetzt nicht schlappmachen. Wir müssen weiter, weg hier, schneller sein …

Hinter uns die Hunde und Russen, die sich über Walkie-Talkie Kommandos zurufen, automatische Waffen im Anschlag.

Weiter, immer weiter …

… schneller sein …

Ich sehe nichts mehr, taumele über einen quer liegenden Baumstamm, stürze, falle.

Tiefe, schwarze Unendlichkeit umgibt mich. Und ich höre Jule schreien. Hilflos, ganz weit, aus der Ferne. Ein langer panischer Schrei, der immer leiser wird …

46 SIE SASSEN IM BÜRO von Klaus Piontek zwischen all den Gummi- und Affenbrotbäumen. Schwartz fand das besser, als den Jungen in irgendeinem kalten Vernehmungsraum zu verhören. Viel fragen musste er sowieso nicht. Es sprudelte aus Tobi nur so heraus. Als müsse er es sich von der Seele reden. Allein zwei Stunden lang hatte er von seiner unglücklichen Liebe zur schönen Laila erzählt.

Dabei hatte es gar nicht so unglücklich begonnen. In einer Eisbar waren sie sich das erste Mal begegnet, im vorvergangenen Sommer, bei einem Schwedeneisbecher. Laila hatte sich bei ihm erkundigt, ob er wisse, wo es Arbeit für sie gebe in Görlitz. Irgendeinen Sommerjob, sie würde auch putzen. Und Tobi hatte gelacht. Im Görlitz gebe es schon lange keine Arbeit mehr, und sie sei viel zu schön für eine Putzfrau. So ein hübsches Mädchen müsse den Sommer genießen, faulenzen in der Sonne oder ein Eis essen wie jetzt. Ohne Geld kein Eis, hatte sie erwidert und gelächelt. Es war ihr Lächeln, in das er sich verliebt hatte. Ihr wunderschönes Lächeln.

Sie waren durch die Stadt gefahren und ins Neißetal hinaus, hatten auf der Wiese gelegen und stundenlang über Gott und die Welt geredet. Sie trafen sich oft seitdem, schmiedeten Pläne, fuhren in den Ferien gemeinsam nach Zoppot an die polnische Ostseeküste.

Im Herbst und Winter ging Laila zurück nach Poznan, dem früheren Posen. Sie studierte dort Germanistik und deutsche Literatur. Deutschlehrerin wollte sie werden, am liebsten in Deutschland.

Deutschlehrerinnen haben wir genug, sagte Tobi, biete lieber polnische Sprachkurse an.

Sie schalteten entsprechende Anzeigen, aber die Deutschen lernten lieber Englisch, manche auch Spanisch und Französisch für den Urlaub. Man konnte ja jetzt überall hin. Für die polnische Sprache interessierte sich niemand.

Und dann lernten sie tanzen. Salsa, das mochte Laila am liebsten. Und die karibische Variante des Tangos, die Habanera. Da passte es, dass es in Görlitz das »La Habanera« gab, eine Schule für lateinamerikanische Tänze. Die Preise für die Kurse waren zwar nach der Wiedervereinigung explodiert, aber wenn sich vier Personen gleichzeitig anmeldeten, gab's Rabatt.

Wie wäre es, wenn Vater mitkäme? Der hatte doch eine neue Freundin. Ursula. Es war das erste Mal seit dem tragischen Unfalltod der Mutter, dass Vater wieder eine Freundin hatte, und es tat ihm gut. Mutter war immerhin schon zwölf Jahre tot. Da störte es auch nicht, dass Ursula noch verheiratet war, im Gegenteil. Ihr Ehemann war nicht eifersüchtig und hatte seine eigenen Affären.

Im vergangenen Sommer hatte er Tobi und seinen Vater sogar zum Barbecue eingeladen, zu einer Gartenparty mit Dixielandkapelle und großem Grill. Natürlich hatte Tobi seine Laila mitgebracht. Und das war ein Fehler.

Denn Laila war ungeheuer beeindruckt von dem großen Haus der Kuhnts, von all dem Luxus und dem Komfort. Vor allem der beheizte Pool hatte es ihr angetan. Darin schwammen aufblasbare Sessel und Tische, an denen man Champagner trinken konnte. Kuhnt ließ sich nicht lumpen, er brachte Laila immer schwimmend ein neues Glas.

Am Ende waren alle betrunken, und Tobi war auf einer Luftmatratze eingeschlafen.

Als er weit nach Mitternacht wieder zu sich kam, waren nur noch wenige Gäste da, die in ein paar Sesseln saßen und sich unterhielten. Der Grill war runtergebrannt. Laila nirgends zu sehen. Er suchte sie im Haus, fand erst seinen Vater mit Ursula und dann Laila. Nackt und verschwitzt lag sie auf dem Wasserbett im Gästeappartement, neben sich einen champagnerseligen Jochen Kuhnt, der ihr das Blaue vom Himmel versprach.

Danach wurde alles anders. Laila redete nur noch von Jochen. Weihnachten wollte er mit ihr in der Karibik verbringen. Eine Kreuzfahrt ins Mittelmeer war schon gebucht. Laila phantasierte, dass es sogenannte vorgezogene Flitterwochen werden würden. Aber das war Quatsch. Tobis Vater wusste, dass Jochen sich nie von Ursula trennen würde. Er suche lediglich Abwechslung, sagte er, sei, was Frauen betreffe, eben kein Kostverächter, der vögele alles, was nicht bei drei auf den Bäumen saß.

»Rede deiner Laila diesen Quatsch aus«, hatte er von Tobi verlangt.

Aber die hörte ja nicht mehr auf ihn, die war wie in Trance, da ging es nur noch um Jochen, Jochen, Jochen …

Sie suchte eine Kirche aus für die Trauung. Die schönste und romantischste Dorfkirche in ganz Polen sollte es sein. Standesamtlich würde sie sich selbstverständlich in Deutschland trauen lassen, allein schon wegen der Papiere.

Es wird keine Hochzeit geben, beschwor Tobi sie, du redest dir da was ein!

Aber er konnte machen, was er wollte, Laila wollte nichts hören. Er sei nur eifersüchtig, warf sie ihm vor, und wolle Jochen deshalb schlechtmachen.

Dabei war dem die Beziehung mit Laila schon viel zu eng. Kuhnt konnte gar nicht heiraten, er war es ja bereits: glücklich verheiratet. Eine Trennung kam für ihn überhaupt nicht in Frage. Mit Laila wollte er nur seinen Spaß, keine neue Familie. Und weil sie ihm inzwischen »viel zu sehr auf die Pelle rückte«, wie er es nannte, wich er ihr zunehmend aus.

Am Ende mied er sie, wo es nur ging, und Laila litt. Sie aß kaum noch was, wurde immer magerer und stiller. Tobi konnte es nicht mehr mit ansehen.

»Weißt du, was ich gemacht habe?«, fragte er Schwartz und tippte sich auf die Brust. »Ich bin sogar hingefahren zu dem Kuhnt, ich hab ihn angefleht, Laila nicht so im Regen stehen zu lassen. Ich hab ihn gebeten, sich mit ihr zu treffen, ganz harmlos, damit sie wieder so etwas wie Freude empfinden kann. Und weißt du, was er mir gesagt hat? ›Wenn ich schauspielern könnte, wäre ich ans Theater gegangen.‹ – Von diesem Tag an habe ich ihn gehasst.«

Schwartz nickte langsam. »Und dann«, fragte er, »was passierte dann?«

»Dann fuhr Laila zu ihm nach Rosenthal. Sie wollte mit ihm reden. Aber das muss total in die Hose gegangen sein. Mein Vater, der gerade mit Ursula zugange war, hatte einen Teil des Gesprächs mitbekommen. Kuhnt soll regelrecht ausgerastet sein. Sie bedränge ihn, hatte er gebrüllt, spioniere ihm nach, erpresse ihn mit ihrer durchgeknallten Liebe. Sie solle sich zum Teufel scheren. Und dann hat er sie rausgeschmissen.« Tobi seufzte. »Aber sie ging nicht. Blieb einfach vor dem Tor. Eine stumme Anklage. Vater rief mich an, ich solle sie abholen. Also bin ich hin. Wollte sie wegbringen aus Rosenthal, weg von Kuhnt. Aber sie weigerte sich. Vergebens hab ich versucht, ihr diesen Mann auszureden. Ohne Erfolg.« Er atmete tief durch und sah Schwartz mit feuchten Augen an. »Laila konnte sehr hartnäckig sein. Sie belagerte Kuhnts Haus regelrecht, verlangte, dass er mit ihr sprach. Sie blieb bis in die Nacht. Aber er zeigte sich ihr nicht einmal mehr. Rief stattdessen einen Streifenwagen, der sie zur Grenze brachte. Laila wurde abgeschoben wie eine Kriminelle. Wegen Hausfriedensbruchs.« Tobi schlug die Hände vors Gesicht und fing an zu weinen. »Zwei Tage später«, schluchzte er, »warf sie sich in Zgorzelec vor einen Lastzug. – Und ich konnte nichts machen. Alles hab ich versucht, aber ich konnte nichts machen!« Er weinte bitterlich.

Puh. Schwartz überlegte, was er tun konnte, um den Jungen zu beruhigen. Das waren diese Situationen, die er fürchtete. Wenn Verdächtige zusammenbrachen oder Zeugen. Wenn das ganze Elend dieser Welt plötzlich über der Vernehmung stand, das fatale Zusammentreffen unglücklicher Umstände, die ganze Tragik des Seins, die man Schicksal nennt. Dann fühlte er nur noch Hilflosigkeit. Ohnmacht, das ungute Gefühl, nicht zu wissen, was zu tun war.

»Ich ging joggen«, schniefte Tobi. »Wie ein Irrer jeden Tag durchs Neißetal. Damit ich nicht verrückt wurde. Laila lag im Koma. Meine hübsche Laila! Jeder Knochen war gebrochen, tausend Notoperationen, und trotzdem wusste niemand, ob sie je wieder erwachen würde.« Er wischte sich die Tränen aus dem Gesicht. »Ich rannte, um zu vergessen.«

»Du hast ihn zufällig getroffen?«, erkundigte sich Schwartz behutsam.

»Ja. Er war mit dem Rad unterwegs. Wollte zum Dienst, eine Grenzpatrouille in Marienthal übernehmen, was weiß ich. Radfahren hält fit, hat er immer gesagt. Der Kerl hat nur solche Sprüche gemacht …« Tobi schwieg nachdenklich

»Und dann hast du ihm erzählt, was mit Laila passiert ist?«

»›Diese Irre‹, hat er gesagt, nur: ›Diese Irre.‹ Mehr nicht.« Tobi schnäuzte sich. »Und mir war«, setzte er verbittert hinzu, »als hätte irgendwer in meinem Kopf einen Schalter umgelegt. Ich hab nur noch die Waffe gesehen, an seinem Holster, hier …« Er zeigte Schwartz, wo das Holster war. »… an seiner Hüfte. Und plötzlich hatte ich sie in der Hand. Er fiel fast vom Rad vor Schreck. ›Mach keinen Quatsch, mach keinen Quatsch.‹ Ja, was denkt der denn? Natürlich nicht! ›Hinknien‹, hab ich zu ihm gesagt und ihm dann die Waffe an die Schläfe gehalten.«

»Und abgedrückt«, nickte Schwartz.

»Ging ganz schnell.« Tobi sah auf seine Hände. »Danach erst wurde mir klar, was ich getan hatte. Also hab ich die Waffe gereinigt und sie ihm in die Hand gedrückt. Damit's wie Selbstmord aussah. Das war vielleicht ein Schock, als wir später erfuhren, dass er Linkshänder war.«

»Ist dir das nie aufgefallen?«, fragte Schwartz. »Beim Grillen etwa, oder …«

»Nein«, Tobi schüttelte den Kopf, »da wäre ich nie draufgekommen. Wer achtet schon auf so was?«

Ja, zumal Kuhnt kein richtiger Linkshänder war. Den hätte man schon mal mit links schreiben sehen müssen, aber sonst … »Na gut.« Schwartz schaltete das Tonband ab. »Das wird jetzt protokolliert und dir anschließend zum Gegenzeichnen vorlegt, du kennst das ja.« Er rieb sich die Augen. »Tut mir leid.«

Tobi nickte etwas verkniffen. So, als ob er noch etwas sagen wollte. Doch er schwieg.

»Du wirst die nächsten Nächte in einer Zelle verbringen müssen.« Schwartz betätigte die Sprechanlage. »Wir sind fertig hier.«

»Tja«, Tobi erhob sich, »ich bin jetzt ein Mörder.«

»Das wird der Richter entscheiden.« Schwartz stand ebenfalls auf und brachte Tobi zur Tür, wo er von zwei uniformierten Beamten empfangen und abgeführt wurde.

Schwartz sah ihm nachdenklich nach und schloss dann die Tür. Nächster Fall! Er setzte sich wieder an seinen Schreibtisch und schob die Akten beiseite. Mord Stefan Kaemper. Er drückte die Sprechanlage. »Vicky, noch wach?«

»Solange Sie nicht gehen, muss ich ja.«

»Schicksal, Vicky. Sind Sie nicht in der Gewerkschaft?«

»Nein, Chef. Von Gewerkschaften hab ich seit dem FDGB genug.«

»Ihr Pech. Die Polizeigewerkschaft setzt sich nämlich für eine Aufstockung des Personals gerade in den kleineren Polizeiinspektionen des Freistaates Sachsen ein.«

»Na, dann muss ich ja nur abwarten. Was wollten Sie denn?«

»Ich brauche einen Durchsuchungsbefehl für die Firma Paich-Transportlogistik GmbH in der Äußeren Weberstraße in Zittau und für die Privatwohnung des Roland Paich, Alte Burgstraße, Olbersdorf – haben Sie das?«

»Ich erreiche doch jetzt sowieso keinen Ermittlungsrichter mehr.«

»Machen Sie die Anträge trotzdem fertig, dann habe ich das gleich morgen früh.«

»Okay, Chef.«

»Danke.« Schwartz ließ die Sprechtaste los, da das Telefon zu läuten begonnen hatte, und nahm ab.

»KPI Görlitz?«

»Schwartz, sind Sie das?«, hörte man eine sonore Stimme durch den Hörer. »Hier ist Goldenbaum vom Grenzschutzamt Pirna, wir hatten uns kürzlich im Bautz'ner Schnitzelparadies getroffen.«

»Caesar Goldenbaum«, sagte Schwartz, »so spät noch im Dienst?«

»Sie wissen doch, Beamte haben immer Dienst. Gut, dass ich Sie erreiche.« Er senkte die Stimme. »Sagt Ihnen der Name Tom Pagels was?«

»Absolut nicht, nein.«

»Ein kleiner Mädchenhändler aus Bogatynia, hatte mal mit Kuhnt zu tun.«

»Verstehe«, sagte Schwartz. »Was ist mit dem?«

»Pagels sitzt in der GÜG an der Chopinstraße in Zittau und möchte gern verhaftet werden. Der Mann bangt angeblich um sein Leben und fühlt sich wohl im Knast sicherer als draußen. Ich dachte, Sie sollten das wissen, Schwartz, bevor das LKA davon erfährt.«

»Muss es denn davon erfahren?«

»Leider ja«, erwiderte Goldenbaum. »Sie wissen ja: der Dienstweg. Also machen Sie sich auf die Socken und greifen Sie ab, was abzugreifen ist. Ich denke, der Mann ist Gold wert für alte Korruptionsbekämpfer wie uns.«

»Vielen Dank, Goldenbaum. Bin schon unterwegs.«

Schwartz legte auf. Es ist immer gut, ein paar Kontakte zu haben, dachte er. Pagels: neuer Name, neues Glück! Und die Chance, der Petkovic mal zu zeigen, wie der Hase läuft.

Schwartz nahm seine Jacke und verließ zügig das Büro.

»Vicky« rief er, als er dem Ausgang zustrebte, »faxen Sie mir die Durchsuchungsbefehle bitte an die GÜG Chopinstraße in Zittau.«

»Wohin?«

»Grenz-über-gangsstelle«, sagte Schwartz sehr deutlich. »Chopinstraße, Zittau. Sobald Sie sie haben, in Ordnung?«

»In Ordnung, Chef.«

»Und machen Sie Feierabend, wenn Sie hier fertig sind.«

»Na, das ist wenigstens mal ein vernünftiger Vorschlag«, fand Vicky und packte sogleich ihre Sachen zusammen.

47 ER STREBTE seiner noch immer völlig verdreckten Déesse zu. Jetzt hätte es mal einen kräftigen Schauer gebraucht, damit wenigstens der gröbste Schmutz wegging. Aber seitdem er im Tagebau Berzdorf gewesen war, hatte es nicht mehr geregnet. Seltsam, fand das Schwartz. Dass das Wetter nie so war, wie man's gerade brauchte …

Er schloss die Fahrertür auf, als ihn eine kräftige Hand an der Schulter packte.

»Lass meinen Sohn frei, Brauner!«

Klaus Piontek. Der hatte ihm noch gefehlt. Schwartz fuhr herum.

»Er hat nichts getan«, sagte Piontek eindringlich, »du musst ihn freilassen.«

»Er hat gestanden«, widersprach Schwartz, »ich kann ihn nicht laufen lassen.«

»Das ist doch Quatsch, Brauner: Lass uns doch mal wie Männer … Unter vier Augen.«

»Na gut«, lenkte Schwartz ein, »setzen wir uns in den Wagen?«

Piontek nickte dankbar und stieg ein.

Schwartz setzte sich ebenfalls.

Beide Männer schwiegen einen Moment, dann wollten beide gleichzeitig anfangen zu reden, dann schwiegen sie wieder.

»Du zuerst«, sagte Piontek.

»Nee, du«, verlangte Schwartz.

»Mensch, Tobi ist erst sechsundzwanzig«, Piontek hob die Hände, »der hat noch alles vor sich, den kannst du doch nicht einfach einbuchten.«

»Nicht einfach«, sagte Schwartz, »sondern wegen Mordes.«

»Brauner!« Piontek sprach leiser. »Kein Hahn hätte danach gekräht. Das war Selbstmord und basta. Wen interessiert das noch?«

»Das LKA«, antwortete Schwartz, »die haben mich hergeschickt, weil Sie schon vermuteten, dass irgendetwas an der Sache faul ist.«

»Weil sie vermuteten, dass Kuhnt von irgendwelchen Schleppern oder Menschenhändlern gekillt wurde«, präzisierte der alte Piontek. »Wurde er aber nicht. Das wissen wir beide. Also können wir's auch bei Selbstmord belassen. Bitte, Brauner«, er packte Schwartz an der Schulter und schüttelte ihn, »Tobi zuliebe! Er ist mein Sohn. Und er ist ein guter Junge!«

»Das geht nicht.«

»Natürlich«, rief Piontek, »das geht. Das ist die ganze Zeit gegangen. Du bestätigst einfach den Selbstmord und gut.«

»Mensch, denk doch mal an Tobi«, wurde auch Schwartz lauter, »wie soll er denn leben, mit so einer Schuld? Einer ewigen Lüge. Immer mit der Gefahr, dass es doch noch irgendwann rauskommt.«

»Das war ein Affekt, du hättest ihn mal sehen sollen hinterher.«

»Ja, vielleicht entscheidet der Richter auf Affekt. Ich bin sicher, das wirkt sich entlastend auf ihn aus. Dann wäre das ein Totschlag und kein Mord. Wir müssen das abwarten, Klaus, mehr können wir nicht tun.«

»Und wenn er aus dem Knast rauskommt, ist er fast vierzig. Zu alt für 'n Arbeitsmarkt, ein weggeworfenes Leben.«

»Der wird keine zehn Jahre sitzen, Klaus.«

»Er wird sitzen«, beharrte der, »dann ist's vorbei mit der Karriere bei der Polizei.«

Ja, das sicher, dachte Schwartz. Aber es gibt ja auch andere Berufe. »Ich halte schon dich aus der Geschichte raus«, sagte er verhalten, »was du versucht hast, war Strafvereitelung im Amt.«

»Ja, komm du mir noch mit Paragrafen«, rief Piontek ärgerlich. »Soll ich jetzt dankbar sein dafür, dass du das Leben meines Sohnes ruinierst?«

»Das hat er sich ganz allein ruiniert, Klaus.«

»Er?« Piontek lachte auf. »Nein, Brauner. Tobi war nur verliebt. Und Jochen hat ihm seine Liebe kaputt gemacht.« Er schnaubte und sah Schwartz an. »Würdest du da zusehen? Wenn dein Mädchen ins Unglück getrieben wird. In den Selbstmord?«

Ich weiß nicht, wie ich mich verhalten würde, dachte Schwartz, keine Ahnung. »Tobi hat einen Menschen getötet. Und er hat es vielleicht aus Verzweiflung getan. In einem Affekt. Aber er hat ganz gezielt die Sache wie einen Selbstmord aussehen lassen. Er wollte die Sache vertuschen. Allein dieser getürkte Abschiedsbrief … Wer hat den eigentlich geschrieben? Du oder er?«

»Das werde ich gerade dir auf die Nase binden.« Piontek winkte ab.

»Mit der Schreibmaschine in eurem Büro.« Schwartz tippte sich gegen die Stirn. »Ihr müsst euch sehr sicher gewesen sein, dass ihr damit durchkommt.«

»Wir wären damit durchgekommen. Wenn du nicht ...« Er unterbrach sich, seufzte schwer. »Niemand wäre zu Schaden gekommen, kein Unschuldiger verdächtigt ...«

»Kuhnt ist zu Schaden gekommen«, widersprach Schwartz scharf, »der Mann ist tot!«

»Der hat's doch verdient.«

»So sprichst du?« Schwartz sah seinen ehemaligen Ausbilder enttäuscht an. »Ein Polizist? Sind wir wieder so weit, dass wir das Recht in die eigenen Hände nehmen? Um dann wo zu enden?« Er schüttelte den Kopf. »Nein, Klaus. Wir haben nicht zu entscheiden, wer welche Strafe für was auch immer verdient hat. Wir sind Polizisten. Wir klären auf. Richten tun andere.«

»Du hast entschieden, dass mein Junge in den Knast kommt«, entgegnete der alte Piontek.

»Vielleicht lässt ihn der Richter ja wieder laufen.«

»Das glaubst du doch selber nicht.« Piontek beugte sich vor und hielt Schwartz die Hand hin. »Komm! Spring einmal über deinen Schatten, Brauner. Lass uns die Sache begraben.«

»Ich kann nicht.«

»Ist das dein letztes Wort?«

»Ich kann nicht«, wiederholte Schwartz.

»Gut, wie du willst.« Piontek atmete tief durch und lehnte sich mit verschränkten Armen zurück. »Dann muss ich dir jetzt ein Geständnis machen.«

Schwartz sah seinen Nebenmann erstaunt an.

»Ich habe Jochen Kuhnt umgebracht. Aus Habgier. Weil ich seine Frau wollte und sein Geld.«

»Klaus, das bringt doch nichts«, rief Schwartz.

»Und ob das was bringt«, schrie Piontek zurück. »Bevor mein Sohn in den Knast geht, gehe ich!«

»Tobi hat gestanden!«

»Ich gestehe auch. Und ich habe tolle Motive. Lassen wir doch den Richter entscheiden. Ich bin sicher, er wird mich schuldig sprechen.«

»Du hast ein Alibi. Du warst in der Tanzschule.«

»Das ist getürkt.«

»Die Tanzlehrerin hat es bestätigt.«

»Nur weil ich ein guter Kunde bin. Brauner, du kennst mich. Im Zweifel besorge ich ein paar Zeugen, die das Gegenteil bestätigen.«

»Bist du verrückt geworden, Klaus?« Schwartz konnte es kaum fassen. »Mord aus Habgier – das ist Wahnsinn! Wenn du damit durchkommst, gehst du lebenslänglich in den Bau!«

»Mir egal«, erwiderte Piontek, »ich bin fast sechzig und wollte sowieso kürzertreten. Mein Tobi aber hat sein Leben noch vor sich. Und ich lasse nicht zu, dass es zerstört wird!« Er sah Schwartz lächelnd an. »Und du kannst gar nichts dagegen machen, was, Brauner? Du hast nur Tobis Geständnis und meins. Zwei Geständnisse für nur eine Tat. Sonst nichts, keine Beweise, keine Indizien. Keine einfache Sache für einen Richter. Er wird erleichtert sein, wenn Tobi widerruft.« Er zeigte auf das Gebäude der KPI. »Gut, gehen wir rein, ich will mein Geständnis zu Protokoll geben.«

Schwartz saß unbeweglich.

»Was ist?«, drängte Piontek. »Komm, bringen wir die Sache hinter uns!«

»Das wird nichts, Klaus«, sagte Schwartz tonlos.

»Und ob das was wird. Du hast doch nichts in der Hand.«

»Du wusstest, dass Jochen Kuhnts rechte Hand nicht richtig funktioniert.«

»Ja, nachdem ich die Akten aus Pirna hatte. Und?«

»Nein«, widersprach Schwartz, »du wusstest es schon vorher. Deshalb hast du ja auch die Ermittlungen an dich gerissen. Weil dir natürlich vollkommen klar war, dass dein Sohn dahintersteckt. Tobi hatte das beste Motiv, da musste was passieren, nicht wahr?«

»Und was beweist das? – Nichts.« Piontek lehnte sich zurück. »Nur fürs Protokoll: Ich hab die Ermittlungen an mich gerissen, weil ich mich schützen wollte. Nicht meinen Sohn. Denn ich und niemand sonst hat Jochen Kuhnt umgebracht. Wegen seines Geldes. Und seiner Frau. Die Uschi und ich, wir wollen nämlich heiraten. Und dann habe ich das Ganze als Selbstmord kaschiert.«

»Falsch«, sagte Schwartz, stieg aus dem Wagen und entriegelte die Klappe zum Kofferraum. Darin befand sich noch immer Ursula Kuhnts Umzugskarton mit dem »alten Kram« ihres Mannes.

Schwartz holte den Fackelmann-Dosenöffner heraus und die Glückwunschkarte dazu und setzte sich wieder ins Auto.

»*Gestiftet von Klaus*«, las Schwartz den Text auf der Karte vor, »*damit Du auch in Ursulas Abwesenheit an Dein Corned Beef herankommst.* – Ein Dosenöffner für Linkshänder.« Schwartz hielt den Fackelmann hoch. »Das ist der Beweis. Du wusstest, dass Kuhnt mit rechts nicht schießen kann. Wärst du sein Mörder, hättest du ihm die Waffe in die linke Hand gedrückt.«

»Dieses dämliche Weib«, stöhnte Piontek und meinte damit vermutlich Ursula. »Ich hab ihr gesagt, sie soll das Zeug wegschmeißen.«

»Das wollte sie«, erklärte Schwartz. »Ich sollte ihr nur den Gefallen tun und die Kiste zum Sperrmüll bringen.«

Piontek schwieg einen Moment lang betroffen. »Ich will doch nur Tobi helfen«, sagte er nach einer Weile leise.

»Das kannst du. Der Junge wird deine Hilfe brauchen«, erwiderte Schwartz. »Aber ob und inwieweit er schuldig ist, wird allein der Richter entscheiden.«

48 DIE MILCHSTRASSE: Eine Spiralgalaxie mit hundert bis dreihundert Milliarden Sternen. Und jeder ist eine Sonne, um die Planeten kreisen und Monde. Wenn man sich das mal reinzieht, wird einem erst klar, wie klein wir sind. Wie winzig. Völlig unwesentlich. Unsere Sorgen, Nöte und Ängste sind weniger als ein Fliegenschiss, gemessen an dem, was da im All so abgeht. Und mittendrin in diesem unvorstellbar großen Universum, hinter den vielen so romantisch funkelnden Sternen, lauert ein Schwarzes Loch. Ein monströser Staubsauger, der jede Materie in sich hineinsaugt. Wie der Strudel in einer Wanne, wenn man den Stöpsel gezogen hat. Ganze Sonnensysteme verschwinden so auf Nimmerwiedersehen im intergalaktischen Abfluss, und auch uns hat die Kreisbewegung drum herum längst erfasst. Wir kommen da nicht mehr raus. Und wenn wir uns nachts die Milchstraße ansehen, starren wir direkt ins Zentrum des Strudels. Irgendwann wird er auch uns verschlungen haben, die Sonne, die Erde, uns alle. Wir sind dann auf der Minusseite des Zahlenstrahls angelangt, Antimaterie, das Gegenteil von Sein. Negative unserer Selbst.

Irre, finde ich das, und irgendwie beruhigend. Damit kann man jedes Problem relativieren.

»Kudella?« Jules wunderschön besorgtes Gesicht schiebt sich vor die Milchstraße. »Bist du wach?«

»Klar, Conchitababy. Hellwach.«

»Das warst du aber ziemlich lange nicht«, erwidert sie, und jetzt kommt auch Jelena herangekrochen und lächelt mich an.

»Dein ganzer Arm hat geblutet«, erzählt Jule. »Jelena hat ihr Haarband geopfert. Damit haben wir deinen Arm abgebunden. Tut's weh?«

»Geht so«, ächze ich tapfer, denn irgendwie muss ich ja die Peinlichkeit mit der Ohnmacht wieder wettmachen. »Nur ein kleiner Streifschuss, so was haut mich nicht um.«

»Kugel hat Arteria getroffen«, sagt Jelena ernst, »sehr gefährlich. Man verliert viel Blut. Aber wir haben gestoppt.«

»Sie will mal Ärztin werden«, erklärt Jule.

»Okay, Mädels! Kann mir mal jemand verraten, wo wir sind?« Ich will mich aufsetzen, doch das gelingt nicht gleich. Vor allem ein stechender Schmerz im linken Arm lässt mich stöhnend wieder zurücksinken. Scheiße, tut das weh!

»Langsam, Kudella, langsam«, mahnt Jule, und Jelena tupft mir mit einem feuchten Tuch die Stirn. Irgendwie rührend, wie sich die beiden Süßen um mich kümmern. »Du bist noch schwach.«

Und das von einer Frau, denke ich. Ich muss unbedingt wieder zu Kräften kommen.

»Wir sind hier in einem Baumhaus«, klärt mich Jule auf. »Etwas wackelig, aber sicher.«

»Ein Baumhaus?«

»Na, so eine Art Hochstand oder Jagdsitz. Bloß eben in einer Baumkrone. War gar nicht so einfach, dich hier hochzukriegen. Zweimal wärst du fast abgestürzt.«

Gleich zweimal, denke ich, na, dann hab ich wohl einen besonderen Schutzengel.

»Am Ende waren wir total fertig«, fügt sie hinzu. »Aber wir hatten so einen Schiss, das hat uns irgendwie hier hochgetrieben.«

Ja, Angst gehört zu den wichtigen Überlebenswerkzeugen des

Menschen. Ich sehe mich vorsichtig um. Tatsächlich ist das Ding, auf dem wir uns befinden, eine ziemlich altersschwache Konstruktion. Ein paar morsche Bohlen zwischen zwei Astgabeln gelegt und mit Brettern zusammengenagelt in einer, mir fällt fast das Herz in die Hosentasche, schwindelerregenden Höhe.

Holy shit, das sind fast zwanzig Meter. »Was für ein Baum ist das?«

»Haben wir auch schon überlegt«, antwortet Jule. »Jelena meint, das sei eine alte Rotbuche oder so was.«

Na ja, es ist Nacht, da sieht man nicht, ob die Blätter rot sind oder grün. Vermutlich sind sie sogar gelb oder braun, denn wir haben Herbst.

»Sind die noch hinter uns her?«

»Ja, aber in der falschen Richtung.« Jule zeigt nach links. »Die sind erst da übers Feld. Mit ihren ganzen Hunden. Dann kamen sie zurück und waren hier unter dem Baum. Wir haben schon gedacht, gleich sehen sie uns.«

Ja, war sicher knapp, denke ich. »Und dann?«

»Jetzt sind sie irgendwo da drüben.« Jule deutet nach … – Ich vermute mal eher Westen, wenn man nach den Sternenbildern geht, für eine genauere Bestimmung müsste man die Uhrzeit wissen.

»Ab und zu steigen da so Leuchtkugeln auf.«

Hah, denke ich, den Trick haben sie von mir. Ich war der Erste, der an der Neiße Leuchtraketen eingesetzt hat.

»Und die Hunde bellen auch noch manchmal«, fügt Jule hinzu. »Aber ziemlich weit weg.«

»Ja, die lauern an der Grenze auf uns.« Ich werfe einen Blick auf die Uhr. Wahnsinn, gleich drei. Das heißt, ich war mindestens sechs Stunden völlig weggetreten! Was haben die Mädchen nur durchgemacht. Ohne mich. Oder besser mit mir.

Im Schlachtfeld lässt man die Verletzten zurück, wenn es der Gruppe dienlich ist. Aber Jule und Jelena dachten überhaupt nicht daran. Tapfere kleine Kriegerinnen. Aus denen wird was. Dankbar sehe ich sie an.

»Ist was?«

»Nein, nein«, ich versuche, eine analytische Miene aufzusetzen, »ich gehe unsere Optionen durch. Viele sind es nicht. In zweieinhalb Stunden wird es hell. Bis dahin sollten wir an der Grenze sein.«

»Aber du hast doch gerade gesagt, die warten da auf uns.«

»Ja«, nicke ich, »deshalb müssen wir es weiter nördlich versuchen.«

49 PÜNKTLICH UM DREI UHR hatte sich Roland unweit des Grenzübergangs an die Chopinstraße gestellt. Er wartete auf den Barkas mit Tom und den Mädchen, die hier, als Volleyballmannschaft getarnt, die Grenze passieren sollten.

Aber sie kamen nicht. Nervös lief Roland im Schatten der Bäume an der Kleingartenanlage entlang und rauchte eine Zigarette nach der anderen. Noch immer trug er den gestrickten Wollpullover des Herrn Rouché, aber das war egal. Er würde ihn später zurückbringen.

Wo blieb der Bus? War etwas schiefgelaufen? An der Grenze war er jedenfalls nicht aufgehalten worden, das hätte Roland sehen müssen.

Er wartete bis vier, dann stieg er in einen kleineren Transporter seiner Firma, den er in Ermangelung eines anderen Fahrzeugs nutzte, bis sein Porsche wieder da war, und fuhr zurück ins Büro, um Tom anzurufen. Vielleicht hatte sich die Abreise verzögert, oder Tom wollte doch lieber tagsüber mit den Mädels einreisen, so wie er es ursprünglich vorgeschlagen hatte.

Als Roland in die Einfahrt zu seiner Spedition einbog, sah er dort seinen Wagen stehen.

Na bitte: Die Russen brachten den Porsche zurück. Und Roland würde ihnen Swetlana übergeben.

Lächelnd stieg er aus dem Transporter aus und ging auf die Russen zu, die mit unbeweglichen Mienen auf dem Hof standen und Marlboros rauchten.

»Alles klar«, sagte Roland, »ich hab das Mädchen wieder eingefangen.«

»Ist sie hier?«, fragte Valentin Gussinski.

»Nein.« Roland schüttelte den Kopf. »War mir zu riskant. Aber wir können da gleich hinfahren, wenn ihr wollt.«

»Gehen wir erst in dein Büro?«, fragte Igor.

»Nein. Wieso?«

»Nun, wir könnten einen Kaffee zusammen trinken. Oder Tee.«

»Okay.« Roland machte eine einladende Bewegung. »Ich hab's nicht eilig.«

Er schloss die Tür zum alten Speicher auf und bat die beiden Russen hoch in den ersten Stock.

Sie waren kaum eingetreten, als sie Roland auch schon hart am Pullover packten, herumstießen und ihn schließlich gegen ein Aktenregal pressten.

»Willst du uns verarschen?«

Roland wusste gar nicht, wie ihm geschah. Glaubten ihm die Russen nicht? Dachten sie, er wolle ihnen eine Falle stellen?

»Hey, Jungs, langsam«, versuchte er sie zu beschwichtigen. »Ich weiß nicht, was für einen Film ihr am Laufen habt, meiner ist es jedenfalls nicht. Das Mädchen ist da. Wie abgemacht. Keine Gefahr, alles okay.«

»Nichts ist okay«, zischte Igor und ließ ein paar russische Schimpfworte folgen, die Roland allerdings nicht verstand.

Valentin hielt ihm währenddessen eine Postkarte aus Düsseldorf vor die Nase. Jene Postkarte, die Julia ihm geschrieben hatte, damit er sie vom Bahnhof in Dresden abholte.

»Woher habt ihr die?«, stammelte Roland verwirrt.

»Du kennst diese Karte?«

»Ja«, nickte Roland, denn sie war ja an ihn adressiert, sodass leugnen ohnehin zwecklos war. Zudem hatte er keine Ahnung, warum ihm diese Karte gefährlich werden sollte.

»Die ist von einer Freundin«, setzte er hinzu und versuchte, sich aus dem harten Griff des Russen zu winden, doch Valentin drückte ihn nur umso fester gegen das Aktenregal.

»Diese Karte«, sagte Igor mit schneidend scharfer Stimme, »haben wir in einem alten GAZ-Geländewagen gefunden. Deutsches Kennzeichen. Zittau.«

Kudellas Jeep. Fieberhaft überlegte Roland, was der Kerl wieder angestellt haben könnte. Aber der hatte doch eigentlich gar nichts mit den Russen zu tun. Der konnte ihnen nur irgendwie zufällig über den Weg gelaufen sein.

»Das ist der Wagen von einem Freund«, erklärte er mühsam, da ihm Valentin langsam die Luft abdrückte.

»Die Karte von einer Freundin«, Igor schüttelte lächelnd den Kopf, »der Wagen von einem Freund? – Was spielst du für ein Spiel mit uns, Roland Paich?«

Roland sah hektisch von Igor zu Valentin und zurück. Eine dunkle Angst stieg in ihm auf, das ungute Gefühl, dass hier gerade irgendwas absolut schiefging. Was wollen die Kerle, dachte er beklommen, wovon reden die überhaupt?

»Was war das gestern Abend in Bogatynia?«

Bogatynia? In Rolands Kopf raste es. Sprachen die Russen von der getarnten Volleyballmannschaft? KSK Jelenia Góra? Aber was ging die das überhaupt an?

Brutal rammte ihm Valentin eine Faust in den Bauch. Roland sackte in die Knie, wurde aber von Valentin sofort wieder hochgezogen und erneut gegen das Regal gedrückt.

»Es haben schon einige versucht, uns fertigzumachen. Mit den seltsamsten Tricks«, sagte Valentin sehr leise und sehr drohend. »Das Ende war immer gleich. Und am Schluss waren sie fertig.«

Igor richtete eine Waffe auf Rolands Kopf.

Der starrte entsetzt auf den Lauf.

»Um Gottes willen«, schrie er. »NEIN!«

50 ES WAR ALLES SCHIEFGELAUFEN.

Kurz bevor Tom die Ware als Volleyballmannschaft des KSK Jelenia Góra zur Grenze nach Zittau bringen konnte, waren die Russen mit ihren bewaffneten Gorillas am »Hotel Polonia« aufgetaucht und verlangten die Herausgabe aller Mädchen.

Was Tom überhaupt nicht verstand, denn kurz zuvor hatte sich Roland telefonisch aus Zittau gemeldet und versichert, alles sei in Butter. Er habe die geflohene Swetlana aus dem Bus wieder eingefangen. Sie könne den Russen planmäßig übergeben werden.

Warum also wollten die Gussinski-Brüder trotzdem auch noch die anderen Mädchen?

Marktbereinigung, dachte Tom, die wollen uns kaputt machen. Die wollen hier alles übernehmen, den Markt und die Preise kontrollieren. Freie Unternehmer wie wir stören da nur. Russen kennen nicht die gute alte Lehre von der Konkurrenz, die das Geschäft belebt, das sind Kommunisten, eiskalte Kontrollfreaks. Die schwören auf das Monopol der Planwirtschaft, die zentrale Leitung und Überwachung sämtlicher Wirtschaftszweige.

Als dann plötzlich auch noch die Autos vor dem Hotel zu brennen anfingen, war Tom endgültig klar: Hier war ein Krieg um den Schmuggel an der Neißegrenze ausgebrochen. Und er mittendrin. Das kann dich Kopf und Kragen kosten, dachte er, das ist entschieden eine Nummer zu groß für zwei Jungunternehmer wie dich und Roland Paich.

Und deshalb nutzte er die Verwirrung um die brennenden Autos zur Flucht. Seine Harley stand inmitten des flammenden Infernos, da kam er nicht ran. Er musste sich zu Fuß auf den Weg machen, floh querbeet durch die riesige Lehmwüste des Turów-Tagebaus, vorbei an monströsen Eimerkettenbaggern und Abraumabsetzern, durch Schlammlöcher und Braunkohleflöze.

Entsprechend verdreckt und fertig kam er am Grenzübergang Chopinstraße an. Er stellte sich den Beamten, wollte unbedingt mit jemandem vom LKA reden. Lieber im Knast leben als in Freiheit sterben.

Und nun saß ihm ein Schwarzer von der Dresdner Kriminalpolizeidirektion gegenüber.

»Ich wollte eigentlich mit dem LKA sprechen«, sagte Tom zum wiederholten Male, »geht das nicht in Ihren Kopf? Landeskriminalamt, am besten gleich das BKA. Ich verlange die Kronzeugenregelung!«

»Wenn Sie nicht mit mir vorliebnehmen wollen, muss ich Sie wieder gehen lassen«, erwiderte der Schwarze kühl, »denn es gibt keinen Grund, Sie hier länger festzuhalten.« Er stand auf und öffnete die Tür. »Raus mit Ihnen! Machen Sie sich auf eine Anzeige wegen Irreführung der Behörden gefasst.«

War der Typ wahnsinnig? Tom konnte es nicht fassen. Da stellte sich mal ein echt hohes Kaliber von Kriminellem der Polizei, und die schmissen ihn raus. Nicht zu fassen.

»Sie haben Angst«, stellte der Schwarze fest, »Todesangst, das sehe ich Ihnen an. Sie sind panisch geflohen.« Er setzte sich wieder. »Wollen Sie mir nicht endlich erzählen, wovor?«

»Russen«, antwortete Tom kläglich, »die wollen hier das Geschäft übernehmen.«

»Igor und Valentin Gussinski?«, erkundigte sich der Schwarze.

»Sie kennen die?« Tom riss die Augen auf.

»Natürlich«, der Schwarze schrieb gelassen etwas in einen sehr edlen, ledernen Notizblock, »die Herren sind der Polizei schon länger bekannt. Gefährliche Leute, nicht wahr?«

Wohl wahr, dachte Tom. »Wir hätten uns nie mit denen einlassen dürfen«, sagte er leise.

»Vielleicht hätten Sie sich auf dieses ganze Geschäft nicht einlassen sollen«, erwiderte der Schwarze.

»Was sollten wir denn tun«, rief Tom, »hier gibt es doch nichts mehr. Keine Arbeitsplätze, keine Betriebe, nichts. Alles plattgemacht! Von Typen aus dem Westen wie Ihnen.«

»Ich bin aus Dresden«, erklärte der Schwarze, »ich bin hier geboren und nie weiter als bis zum Elbsandsteingebirge herausgekommen. Auch ich kenne die Verwerfungen, die uns diese ganze Wende gebracht hat«, wurde er lauter, offenbar, weil es ihn nervte, immer entweder für einen Afrikaner oder seit Neuestem auch für einen Westler gehalten zu werden. »Eine Wende, die es, wenn es nach mir gegangen wäre, nie hätte geben müssen! Aber es hat sie gegeben, Herr Pagels, und wir mussten lernen, dass unsere DDR, das angeblich drittgrößte Industrieland der Welt, allein auf dem Weltmarkt nie hätte bestehen können. Wir wurden belogen, Herr Pagels! Sie, ich, wir alle. Von unseren eigenen Genossen. Aber das ist noch lange kein Grund, jetzt sämtliche moralischen Grundsätze über Bord zu werfen!«

Holla, dachte Tom, was für ein Ausbruch. Der Kerl schien einiges in sich hineingefressen zu haben. Aber musste er das jetzt an ihm auslassen?

»Glauben Sie«, brüllte der Schwarze, »dass, nur weil wir jetzt in einer freien kapitalistischen Welt leben, alles erlaubt ist? Gesetze nicht mehr gelten, jeder moralische Anstand einfach über Bord geworfen werden kann? Des Geldes wegen?«

»Die Spedition war so gut wie pleite«, schrie Tom zurück. »Ich wäre zum Arbeitslosengeldempfänger geworden, hätte vom Staat leben müssen, wäre das besser gewesen? Es heißt doch immer, die Menschen im Osten müssen die Initiative ergreifen. Nichts anderes haben wir getan!«

»Sie sind kriminell geworden!«

»Na und?«, rief Tom. »Immer noch besser als Sozialamt!«

»Und die Mädchen«, fragte der Schwarze, »haben Sie mal darüber nachgedacht? Wie sich die Mädchen fühlen müssen, die sie mit ihren vollmundigen Versprechungen hierhergelockt haben? Um sie in Puffs für sich arbeiten zu lassen und sie zu verkaufen? Das ist doch monströs! Sie sind ein Monster, Tom Pagels, ein kleines, empathieloses Arschloch, das gerne das große Rad drehen wollte und sich jetzt vor mir in die Hosen scheißt.« Wütend lehnte sich der Schwarze zurück. »Eine miese kleine Ratte«, setzte er hinzu, »das sind Sie für mich. Und wissen Sie was? Am liebsten würde ich Sie zurückjagen über die Grenze, zurück in die Krallen der Teufel, die Sie gerufen haben, auf dass sie Sie bei lebendigem Leibe grillen.«

»Das dürfen Sie gar nicht«, sagte Tom verunsichert, »Sie müssen mich hierbehalten.«

»Was ich muss und darf, können Sie gar nicht ermessen«, winkte der Schwarze ab und rieb sich angestrengt die Augen.

»Aber genug des Vorgeplänkels«, er schaltete das Tonband an, »Sie wollten eine Aussage machen. Schießen Sie los!«

»Mein Name ist Pagels«, begann Tom steif, »Tom Pagels aus Zittau, Karl-Liebknecht-Straße zwölf. Ich bin bei der Spedition Paich-Transportlogistik GmbH beschäftigt und war dort bis vor etwa einem Jahr als Fahrer eingesetzt. Doch die Aufträge wurden immer weniger. Es gab kaum noch Arbeit für mich. Die Spedition war so gut wie pleite. Und so entwickelte ich mit dem Junior eine neue Geschäftsidee ...«

51

ES IST EIN WETTLAUF mit der Dämmerung. Sie kommt viel zu schnell. Seit Stunden sind wir unterwegs, hetzen über frisch mit Wintergerste bestellte Äcker, versinken mit jedem Schritt in feuchter Erde, wir rennen geduckt an den Kanten riesiger Braunkohlegruben vorbei und arbeiten uns durch das feuchte Unterholz der Wälder. Nebelfetzen stehen zwischen den Bäumen, feuchte Äste schlagen uns entgegen, es regnet welkes Laub.

Die Mädchen können kaum noch, und auch ich bin am Ende meiner Kräfte. Mein linker Arm schmerzt höllisch, und der Ärmel meiner Bomberjacke hat sich innen mit Blut vollgesogen. Doch ich kann nicht schon wieder schlappmachen, wir müssen weiter, wenn wir noch in der Dunkelheit den Fluss erreichen wollen. Die ersten Vögel erwachen, überall fangen sie an zu zwitschern und zu singen. Wir werden vom anbrechenden Tag von Osten her regelrecht verfolgt, und als wir endlich die bewaldeten Höhenzüge vor dem Neißetal sehen, steht bereits eine dunkelrote Sonnenscheibe über dem diesigen Horizont und steigt unaufhaltsam höher.

Kraftlos sinke ich am Waldrand nieder. Erst mal eine Zigarette. Ist jetzt auch egal.

Jule und Jelena, das doppelte Jottchen, wie ich sie insgeheim nenne, fallen neben mir keuchend ins Moos. Wir sind total fertig und kaputt.

»Nur eine Zigarette«, schnaufe ich atemlos, »dann müssen wir weiter, okay?«

»Wie weit ist es denn noch?«

»Nur noch über die Hügelkette.«

Jule schüttelt den Kopf. »Dann ist es hell.«

Ja, denke ich. Wir haben den Wettlauf verloren. Vielleicht hätte ich nicht ganz so weit nach Norden ausweichen sollen. Zwischen den Gruben des Turów-Tagebaus durch und dann erst Richtung Westen, vielleicht war es ein Fehler. Zudem meine größte Angst noch immer nicht besiegt ist: dass uns die Schlepper mit ihren Waffen und Hunden doch noch erwischen. Und inzwischen ist es taghell. Mist!

»Okay, jetzt wird es ernst«, sage ich, als wäre das davor ein Spiel gewesen. »Wir haben zwei Gegner. Den Grenzschutz und die Schlepper. Also haltet die Augen offen.« Ich drücke meine Karo im feuchten Moos aus und erhebe mich. »Auf, auf, Mädels, zur letzten Etappe.«

Wir schleichen durch den Wald die Hügel hinauf. Zur Neiße hin fallen sie an dieser Stelle sanft ab. Der Fluss macht hier zwei Schleifen, ist normalerweise flach wie eine Badewanne und von Sand- und Geröllbänken durchzogen. Aber seit zwei Tagen hat es fast ununterbrochen geregnet. Die Pegel sind gestiegen, und ich hatte damit gerechnet, dass die Auwiesen überschwemmt sind. Jetzt sehe ich, dass sogar ein Teil des Waldes im Wasser steht und sich an den Geröllbänken im Fluss Stromschnellen gebildet haben.

»Da müssen wir durch?«, haucht Jule erschrocken.

»Ja«, nicke ich, »wird nicht einfach. Der Vorteil ist, dass die Schlepper wohl nicht erwarten, dass wir's trotzdem versuchen. Das dürfte so ziemlich der beschissenste Weg sein, um nach Deutschland zu kommen.« Ich sehe mich vorsichtig um. »Falls uns trotzdem jemand bemerkt, eine Grenzstreife oder so, rennt jeder in eine andere Richtung, klar?«

»Verstehe«, sagt Jule, »dann hat wenigstens einer von uns die Chance, davonzukommen.«

»Voll erfasst.« Ich sehe Jelena an. »Was ist mit dir?«

»Wenn Gefahr«, sagt Jelena, »jeder rennen woanders.«

»An der Grammatik übst du aber noch ein bisschen, oder?« Ich grinse sie an. »Also los!«

»Moment«, sagt Jule, »gib mir mal deine Zigarettenschachtel.«

Hast recht, denke ich, bevor die Fluppen nicht mehr zu gebrauchen sind …

Ich biete ihr eine Karo an, doch sie nimmt mir die ganze Schachtel aus der Hand, reißt die Rückseite ab und schreibt mit einem Kugelschreiber die Adresse der Pension und die Zimmernummer drauf.

»Falls wir uns verlieren.« Sie gibt die Pappe Jelena. »Da findest du Swetlana, okay?«

Jelena nickt dankbar und steckt die Notiz in die Hosentasche ihres grünen Trainingsanzuges.

»Vorwärts«, sage ich und marschiere los. Die Vögel machen einen Heidenlärm. Der Waldboden ist ziemlich aufgeweicht und wird zunehmend morastiger. Die Bäume vor uns lichten sich, stehen einzeln im Wasser. Dahinter rauscht die Neiße. Das sonst so beschauliche Grenzflüsschen ist zu einem ziemlich reißenden Strom geworden.

»Oh Gott, Kudella!« Jule ist stehen geblieben und zieht nervös den Reißverschluss ihres Anoraks auf und zu. »Ich glaub nicht, dass ich das schaffe.«

»Klar schaffst du das, Jule.« Ich nicke ihr zuversichtlich zu. »Denk daran, wie ich dir am Baggersee das Schwimmen beigebracht habe.«

»Ich kann nicht schwimmen.«

»Natürlich kannst du. Jeder kann schwimmen. Außerdem bin ich ja da, keine Angst.«

Ich laufe weiter und versinke bald bis zu den Hüften im Wasser.

Heilige Scheiße, ist das kalt. Ich halte mich an einem Baum fest, reiche Jelena die Hand.

»Los, komm!«

Mit einem leisen Aufschrei rutscht auch Jelena bis zum Bauch in die Fluten.

»Los, Jule, du auch!« Ich wedele mit der Hand. »Je schneller wir das hinter uns haben, desto besser!«

»Muss das sein?« Sie steht wie angewurzelt und zwirbelt unschlüssig die Haare. »Mit Sachen? Ich bin letztens schon so reingefallen.«

»Von mir aus komm nackt«, griene ich.

»Blödmann.« Jule schließt den Reißverschluss ihres Anoraks bis zur Brust und tappt schwankend und mit ausgebreiteten Armen ins Wasser.

»Auweia, ist das kalt«, flüstert sie entsetzt und beißt sich auf die Lippen.

»Nimm meine Hand!« Niedlich, dass sie sich so hat, denke ich. Macht mich irgendwie an. Jelena geht vorsichtig allein weiter. Die scheint nicht ganz so wasserscheu zu sein, auch wenn sie jedes Mal, wenn es etwas tiefer wird, erschrocken aufseufzt.

»Du kannst hoffentlich schwimmen?«

»Ja«, nickt Jelena bibbernd und schon bis zu den Schultern im Wasser. Dabei haben wir das eigentliche Flussbett noch gar nicht erreicht. Ich spüre, wie das Gras der Auenwiese um meine Beine streicht. Mit jedem Schritt krallt sich Jule fester an meiner Bomberjacke fest. Kalt umfängt uns die Nässe von allen Seiten, steigt immer weiter an uns hoch.

»Kudella, ich kann das nicht«, flüstert sie plötzlich sehr nah an meinem Ohr und schlingt zitternd beide Arme um meinen Hals. »Ich kann das einfach nicht.«

»Wir schaffen das schon«, beruhige ich sie. Ihre Nähe erregt mich. Ich spüre ihr langes Haar an meiner Wange, ihr zitternder Körper schmiegt sich furchtsam an mich, und ihr gesteppter Anorak fühlt sich wunderbar weich an im Wasser. Es macht mich total an. So sehr, dass trotz der Kälte mein Schwanz in der Hose steif wird.

»Wir schaffen das, Süße«, wiederhole ich und streiche ihr behutsam über den Rücken, »wir schaffen das.«

Jule hatte schon immer Panik vor dem Wasser. Die habe ich ihr nie nehmen können, obwohl ich ihr schon damals mit wahrer Engelsgeduld gezeigt habe, wie man schwimmt. Brust und Rücken, Kraulen und Delphin. Bin wie ein toter Mann auf dem Baggersee getrieben, um ihr zu zeigen, dass ein Mensch von Natur aus schwimmt. Dass er nur in Panik und mit den Lungen voller Wasser absäuft, weshalb es besser ist, immer die Ruhe zu bewahren.

Plötzlich wird es wieder flacher, der Grund steigt wieder an. Nach einer Weile reicht uns das Wasser nur noch bis zu den Knien. Jule lässt mich los und wringt zitternd den Saum ihres Anoraks aus. Er sieht aus wie zweifarbig. Da, wo er nass geworden ist, glänzt er dunkel, fast schwarz, und liegt eng und schwer an ihrem Körper an. Die Schultern dagegen und ein Teil der großen, mit Pelz verbrämten Kapuze sind noch trocken und schimmern braungolden in der aufgehenden Sonne.

Nur mit Mühe kann ich meine Augen von Jule abwenden. Ich muss mich konzentrieren, denn jetzt wird es schwierig. Vor uns liegt das eigentliche Flussbett. Kaum zwanzig Meter breit, aber mit starken Stromschnellen, gefährlichen Untiefen und einem Haufen Treibholz. Alte Baumstämme treiben zügig vorbei und die Reste eines hölzernen Jagdsitzes, den das Hochwasser wohl aus dem Gebirge mitgebracht hat.

Jelena bibbert in ihrem nassen Trainingsanzug. KSK Jelenia Góra, lese ich. Passt zu Jelena. Ob das gewollt ist?

Ich erkläre den Mädchen, was ich vorhabe, und zeige ihnen eine Geröllbank in der Mitte des Flusses etwas stromabwärts. Wie eine kleine, schmale Insel. Ein alter, knorriger Baum ist darauf festgewachsen, seine Äste reichen bis weit über das Wasser. Mein Plan ist, sich bis dorthin treiben zu lassen, um sich an einen der Äste zu klammern und auf die Insel zu ziehen. Sie dürfte wie eine Strömungsbremse wirken, zumal der Fluss dahinter eine Schleife nach Osten macht.

»Also nicht gegen die Strömung ankämpfen«, schärfe ich vor allem Jelena ein, denn sie muss allein schwimmen. »Treiben lassen, nur steuern, okay? Auf die Äste des Baumes zu, festhalten und raus.«

»Okay«, nickt Jelena zähneklappernd. »Und dann?«

»Auf der Rückseite der Geröllbank wird das Wasser ruhiger sein. Das ist dann Schwimmen wie im Badeurlaub«, versuche ich es aufmunternd, »nur kälter. Alles klar?«

Jelena nickt.

»Dann los!

Jelena stürzt sich in die Fluten und macht den Anfang. Mutig sind sie, diese Russenmädels, das muss man ihnen lassen. Mutig und zäh. Ein Stück weit flussabwärts taucht ihr Kopf wieder aus dem Wasser, sie krault mit großen Zügen auf den am weitesten überhängenden Ast zu und hält sich daran einen Moment lang prustend fest, bevor sie sich, wie ein kleiner nasser Affe, daran hochhangelt und triefend auf die Insel klettert.

»Siehste, geht doch«, sage ich beruhigend zu Jule, »Testlauf bestanden. – Jetzt wir, okay?«

Jule starrt nur gebannt auf den Fluss, die blanke Angst im Gesicht.

»Ich kann das nicht«, flüstert sie immer wieder wie ein kleines Mädchen, »ich kann das nicht …« Trotzdem lässt sie sich von mir mitziehen, wenn auch sehr widerstrebend.

»Halt dich einfach nur an mir fest.«

Jetzt wird es ziemlich steil und schnell tiefer. Die Strömung zerrt an uns wie mit tausend kalten Händen und reißt uns fast um. Mit Armen und Beinen klammert sich Jule an mich, und erneut steigt eine ungeheure Erregung in mir auf. Was ist mit mir? Warum macht mich ihre Angst nur so geil?

Kraftvoll stoße ich mich vom Grund ab, Jule quietscht angstvoll auf, die Strömung reißt uns sofort mit und wirbelt uns herum.

Aussteuern, denke ich, nur aussteuern. Mühsam versuche ich, den Kurs zu halten, was nicht so einfach ist, denn Jule hält mich so fest umklammert, dass ich mich kaum bewegen kann. Wir tauchen unter und wieder auf. Die Äste des Baumes auf der Geröllinsel rasen auf uns zu. Jetzt! Ich schnelle aus den Fluten, greife mir einen Ast – und ein stechender Schmerz durchfährt mich. Das war der falsche Arm, der angeschossene linke, verdammt, und der Ast entwischt mir.

»Ah«, kreischt Jule gurgelnd, und wir tauchen in den Stromschnellen unter. Luftblasen um uns herum, ich sehe ihr panisches Gesicht vor mir, vom langen Haar umwogt, dann tauchen wir wieder auf. Jule hustet erstickt, prustet Wasser.

»Oh Gott«, schreit sie gellend, »wir ertrinken!«

Die hetzt uns echt noch die Grenzer auf den Hals, denke ich. Ein Andreas Kudella ersäuft nicht, begreif das endlich!

Und bevor sie noch weiter herumkreischen kann, presse ich ihr meine Lippen auf den Mund. Küssen ist besser als schreien. Ich küsse sie, über und unter Wasser, ich kann nicht mehr aufhören, sie zu küssen. Die Strömung spült uns in flacheres Wasser, ich spüre sandigen Grund unter mir und Jules zitternden Körper. Sie ist halb ohnmächtig, und ich küsse ihr Gesicht, ihren Hals, spüre ihren feuchten Rollkragenpulli an meinen Lippen. Lange, nasse Haarsträhnen kleben in ihrem Gesicht, wir wälzen uns im seichten Wasser herum, und mir ist kalt und heiß zugleich. Ich kann nicht aufhören, sie zu küssen, sie abzuknutschen, meine Lippen fahren über ihre Wangen, ihren Hals, über ihre Schultern, die Rundungen ihrer Brüste. Deutlich treten sie unter dem klatschnass am Körper klebenden Anorak hervor, und es macht mich an, es macht mich so unheimlich an.

»Kudella«, stöhnt sie atemlos und bäumt sich schwach unter mir auf, »Kudella, was tust du …«

Ich liebe dich, Süße. Oh Gott, nie habe ich dich so geliebt wie jetzt. Mit allen Sinnen begehre ich deinen Körper, deinen schlanken, vor Kälte zitternden Leib. Mit den Zähnen öffne ich den Reißverschluss deines Anoraks, meine Hände fahren unter deinen Pulli, massieren deine Brüste, ich küsse deinen nackten, porzellanbleichen Bauch.

»Kudella, nicht«, stößt sie keuchend hervor, »hör auf …«

Nein. Ich kann nicht aufhören, Süße, geht einfach nicht, das musst du doch spüren. Gierig zerre ich dir die nassen Jeans von den Hüften, zerfetze deinen Slip und befreie meinen drängenden Schwanz aus der Enge meiner Hose.

»Nein«, schluchzt sie auf, »nein, bitte nicht, Kudella, bitte nicht …«

Hab dich nicht so! Das muss jetzt sein. Ich kann nicht anders. Das ist ein Stück weit auch Natur. Und ich liebe die Natur, genau wie du, sie ist ja so geil, die Natur, du bist geil, ich bin geil, wir sind geil! Wie du dich windest in deinem nassen Anorak, wie du stöhnst und schreist, feuchte Haarsträhnen im Gesicht, dein Atem geht immer schneller, deine Hände krallen sich in meine Schultern, dass es schmerzt. Ja, ich spüre dich, ich spüre dich wie mich selbst, ich dringe in dich ein, mit immer schneller werdenden Stößen. Oh Gott! Jule! Baby! Lia! Ich hebe ab, explodiere, fülle dich mit meinem heißen Saft. Oh, Wahnsinn! Heilige Scheiße, das ist ja echt das Größte, das Allergrößte, Wahnsinn, Wahnsinn! – Wahnsinn!

52 DIE VÖGEL ZWITSCHERN in den neuen Tag, eisiges Wasser plätschert um uns herum. Schwer atmend liege ich auf Jule drauf. Sie schlottert erbärmlich, starrt mit feuchten Augen ins Nichts.

Was habe ich getan, denke ich entsetzt. Oh Mann, was habe ich nur getan!

Vorsichtig lasse ich von ihr ab und schließe meine Hose.

»Tut mir leid«, stammle ich. »Entschuldige …«

Was ist bloß in mich gefahren? Wie konnte ich das tun? Es kam einfach über mich, ich konnte nichts machen. Ich konnte nicht!

Mit fahrigen Händen versuche ich, ihre Sachen etwas zu ordnen, will ihr den verrutschten Pulli wieder über den Bauch schieben, doch sie stößt meine Hände weg. Kalt. Verletzt.

Ein Tabubruch, schießt es mir durch den Kopf, das war ein Tabubruch. Der Schritt zu weit, der Sturz in den Abgrund. Nie mehr zu kitten …

Jule kriecht unter mir weg. Ihre Jeans sind feucht und glitschig, sie bekommt sie kaum wieder über die Schenkel mit ihren klammen Fingern.

»Jule …« Ich erschrecke über meine eigene Stimme. Sie klingt so heiser und schwach. »Jule, tut mir leid, okay?«

Sie sagt kein Wort, hockt von mir abgewandt im seichten Wasser und nestelt an sich herum, bibbernd, das Gesicht vom langen nassen Haar verdeckt. Der Anorak trieft und ist ihr halb vom Oberkörper gerutscht, sie zieht ihn sich zitternd wieder über die Schultern. Die Kapuze hängt schlaff und schwer an ihrem Rücken herab, mit nassem, traurigem Fell am Rand.

»Hey …« Vorsichtig berühre ich sie an den Schultern, aber sie zuckt heftig weg.

»Ich … Julia, bitte! Ich wollte das nicht.«

Aber das ist falsch. Eine glatte Lüge. Natürlich wollte ich es. Immer! Und wie.

Sie wollte es nicht. Das ist der Punkt.

»Wo ist Jelena?«, fragt sie nach einer Weile zähneklappernd.

»Weiter flussaufwärts«, antworte ich leise. »Wir sind ziemlich weit abgetrieben.«

Sie wischt sich schniefend mit dem nassen Ärmel über das Gesicht und versucht aufzustehen. Ich will ihr helfen, aber sie stößt mich weg und kommt auch allein auf die Beine.

Sie sieht an sich herunter, alles tropft, alles total nass.

»Scheiße«, flüstert sie und schließt den Reißverschluss ihres Anoraks.

Wir laufen am Ufer entlang. Frierend und ohne ein Wort. Steigen über feuchte Äste und Steine. Wenn das Wasser weit in den Wald hineinreicht, machen wir keinen Bogen mehr und laufen einfach hindurch. Platsch, platsch, nass sind wir sowieso, es ist egal geworden. Die Vögel um uns herum singen, als wollten sie mich verhöhnen und Jule trösten.

Natürlich braucht sie Trost, denke ich mit zunehmender Verbitterung. Muss ja ganz schrecklich sein, wenn so ein Typ wie ich über sie herfällt. Ein Tabubruch, na klar. Jetzt ist sie verletzt und beleidigt. Wieso eigentlich? Was ist an mir so schlimm? Was ist so schlimm daran, dass ich sie begehre?

»Was habe ich dir eigentlich getan?«

Keine Antwort. Julchen hat sich entschlossen, mit mir nicht mehr zu reden. Ich habe mich zu weit vorgewagt, habe meinen Gefühlen freien Lauf gelassen, und das war zu viel. Genauso gut hätte ich eine Nonne vögeln können. Ich bin verdammt in alle Ewigkeit.

»Aber warum?«, frage ich sie hilflos. »Okay, vielleicht war ich ein bisschen grob, aber ... Was ist los? Bin ich nicht gut genug für dich?«

Jule schweigt.

»Hey!« Ich packe sie an der Schulter und ziehe sie zu mir. »Was hab ich dir getan, verdammt?«

»Du hast mich vergewaltigt, Arschloch!«

Ich pralle zurück. Wie kalt ihre Worte sind, wie verächtlich. Wie hasserfüllt sie mich ansieht. Als wäre ich ein Kinderschänder, ein Triebtäter oder so.

Aber das bin ich nicht. Jule ist kein Kind, und ich bin nicht pervers.

»Mann, ich liebe dich!« Meine Stimme klingt, als würde ich gleich heulen. »Seit Jahren schon. Ich liebe dich so sehr ... Vielleicht sind meine Gefühle mit mir durchgegangen. Na und? Was ist daran so furchtbar?«

Sie antwortet mir nicht. Läuft stumm vor mir her, würdigt mich keines Blickes.

»Verdammt«, rufe ich lauter, »Roland hast du doch auch rangelassen! Diesen Wichser! Diesen ekelhaften Zuhälter!« Ich will nicht heulen und werde immer verzweifelter. »Denn genau das ist der. Ein kriminelles Schwein. Ein Mädchenhändler, der hat doch deine Jelena überhaupt hierhergelockt! Und deine Swetlana! Der nennt so was Frischfleisch, damit hat der sich seinen Porsche verdient!«

»Halt's Maul!« Sie starrt mich mit hochrotem Kopf an. »Halt einfach dein Maul, okay?« Sie würgt, wendet sich ab und stützt sich an einem Baum ab.

Klar, jetzt ist ihr wieder schlecht. Verstehe ich sogar, denn das ist eine nur schwer verträgliche Wahrheit für einen Gutmenschen wie Jule. So was schlägt auf den Magen durch, aber hallo.

»Kotz dich ruhig aus«, sage ich, »ist ja auch zum Kotzen, was der Kerl so treibt. Wenn die den kriegen, geht er in den Knast.« Ich spucke wütend aus. »Aber das ist viel zu wenig für den. Wenn's nach mir ginge, müsste man solche Leute an die Wand stellen. Standgericht, verstehste, kurzer Prozess. Baff!«

Jule lehnt am Baum und sieht mich bleich an. »Bist du fertig?«

»Mit Roland?« Ich schüttle den Kopf. »Noch lange nicht.«

Ich wende mich ab und gehe weiter. Nein, ich drehe mich nicht nach ihr um, obwohl es mir sehr schwerfällt. Ich höre sie ja hinter mir herlatschen. Mit quietschenden nassen Schuhen. Soll sie die Wahrheit erst mal verdauen. Diese blöde Kuh. Sensibelchen. Kotzbrocken!

Plötzlich höre ich ein Geräusch. Wie von einem laufenden Dieselmotor. Dann das Klappen einer Autotür. Ich stocke, bedeute Jule, ganz still zu sein, aber sie sagt ja ohnehin nichts mehr. Leise schiebe ich mich durch die Uferböschung, teile ein paar Zweige beiseite.

Etwas weiter entfernt haben BGS-Beamte Jelena gestellt. Sie steht nass und zitternd in eine Decke gehüllt. Ein VW-Bus vom Grenzschutz dieselt vor sich hin, ein Funkgerät plärrt und knackt. Irgendwo grummelt ein Hubschrauber.

»Mist!« Hastig ziehe ich Jule weg. »Die werden gleich die ganze Gegend absuchen.«

»Und Jelena?«

Na also, sie kann wieder sprechen.

»Wir können sie doch nicht einfach im Stich lassen.«

»Wir können ihr nicht helfen«, erwidere ich kühl.

Mit anderen Worten: Wir haben es versaut. Jule hat's versaut. Und ich vermutlich auch.

53 OBERKOMMISSAR ROMEO SCHWARTZ hatte die Vernehmung von Tom Pagels abgeschlossen und wollte den Grenzübergang Chopinstraße eben verlassen, als ihm Liliana Pekovic in ihrer grün-weißen Polente geradewegs vor die Füße fuhr.

»So früh hatte ich Sie hier gar nicht erwartet.« Schwartz lächelte sie fragend an. »War das jetzt der große oder der kleine Dienstweg?«

»Sparen Sie sich die Ironie«, knurrte die Petkovic in ihr Palästinensertuch und steckte sich offenbar sehr mies gelaunt eine Zigarette an. »Warum melden Sie mir nicht, dass unser Informant ermordet aufgefunden wurde?«

Oh verdammt. »Das habe ich versucht«, verteidigte sich Schwartz, »noch während ich am Tatort stand. Leider funktionierte Ihr modernes Funktelefon nicht in diesem Loch, hundert Meter unter Normalnull!«

»Na und?« Die Petkovic hüllte sich in Rauchwolken. »Inzwischen sind Sie längst raus aus dem Loch.«

»Ja, aber ich hatte noch eine Vernehmung und ...«

»Schwartz«, rief Liliana Petkovic, und ihre rauchige Stimme bekam einen schneidenden Ton. »Stefan Kaemper ist ermordet worden, und ich erfahre das so nebenher! Über solche Dinge muss ich informiert werden. Von Ihnen! Und zwar umgehend!«

»So wie Sie mich immer umgehend informieren?« Schwartz hob hilflos die Hände. »Herrgott, ich hab's vergessen! – Dafür ist der Mord an Kuhnt aufgeklärt«, setzte er zu seiner Entlastung hinzu.

»Ach was!« Die Petkovic war baff. »So schnell?«

»Tja, mir Sachsen, mir sin helle«, erwiderte Schwartz. »Es war die Nachtigall und nicht die Lerche.«

Die Petkovic sah ihn verständnislos aus zusammengekniffenen Augen an, und ihm fiel wieder auf, wie attraktiv sie eigentlich war. Gerade weil sie so unprätentios daherkam. Ein Mädchen, das sich um sein Aussehen nicht scherte, damit man es ernst nahm. – Süß!

»Haben Sie was genommen?«

»Bitte?« Schwartz wachte wieder auf. »Nein, ich habe nur seit gefühlten zwanzig Jahren nicht mehr geschlafen. – Wo waren wir stehen geblieben?«

»Kuhnt.«

»Richtig«, nickte Schwartz, »ja, der wurde nicht von Ihren russischen Brüdern ermordet, wie Sie zunächst vermutet haben. Die Gussinskis scheinen aber für den Tod von Stefan Kaemper verantwortlich zu sein, denn seine Leiche wurde in der Dublette gefunden.«

»Mensch, Schwartz, das sind Dinge, die muss ich unbedingt wissen!«

»Deshalb sage ich's Ihnen ja. Der neue Wagen der Gussinskis ist offenbar ein schwarzer Porsche. Das hat mir eben dieser Mädchenhändler da drin erzählt.« Schwartz zeigte auf die Grenzbaracke hinter sich.

»Haben Sie den schon befragt?«

»Bis eben«, nickte Schwartz und sah auf seine Uhr. »Der Wagen ist auf Roland Paich zugelassen, die Fahnung ist schon raus. Angeblich der Kopf der Bande …«

»Paich ist der Kopf?« Liliana Petkovics Laune besserte sich schlagartig. »Schwartz, Sie amüsieren mich.«

»Das behauptet zumindest dieser Tom Pagels. Angeblich sollte er für den Paich heute Nacht einen Mädchentransport über die Grenze organisieren. Getarnt als polnische Volleyballmannschaft. Aber das ging schief, denn kurz bevor die ihr Hotel in Bogatynia verlassen konnten, tauchten die Gussinskis auf – aber das erzähle ich Ihnen auf dem Weg.« Er sah die Petkovic an. »Nehmen wir meinen Wagen oder Ihren?«

»So forsch unterwegs?«, staunte die Petkovic. »Was ist denn aus Ihrer sächsischen Zurückhaltung geworden?«

»Der Ossi emanzipiert sich«, erwiderte Schwartz ungeduldig. »Nun kommen Sie schon, wir wollen die Privaträume und die Spedition von diesem Paich mal unter die Lupe nehmen …« Er unterbrach sich, denn von hinten war ein Grenzbeamter an ihn herangetreten. »Was ist denn?«

»An der Neiße wurde eines der Volleyballmädchen aufgegriffen.« Der Beamte drückte ihm etwas Durchgeweichtes in die Hand. »Das hatte sie dabei.«

Ein Stück einer Zigarettenschachtel Marke Karo? Schwartz sah fragend auf.

»Die andere Seite«, erklärte der Grenzbeamte.

Schwartz drehte das Pappstück um. Da war etwas in verschwommener Schrift draufgekritzelt: Pension Johannishof, Zimmer vier.

Na, das ist ein Ding, dachte er verblüfft.

Die Petkovic beobachtete ihn. »Stimmt was nicht?«

»Keine Ahnung«, erklärte Schwartz nachdenklich. »Nehmen Sie Ihre Ente und fahren Sie schon mal vor«, sagte er schließlich, »ich komme dann nach. Ich muss noch mal kurz woandershin.«

Er lief zu seinem Wagen hinüber.

»Wo muss ich denn hin?«, rief ihm die Petkovic nach.

»Äußere Weberstraße«, antwortete er, »nehmen Sie ein paar Streifenwagen mit! Und den Pagels auch.« Er winkte ihr zu und fuhr davon.

»Na, so langsam«, sagte Liliana Petkovic mehr zu sich, »kommt doch Schwung in die schwäbisch-kroatisch-ostdeutsch-afrikanische Beziehung.«

54

DREI KURZE SCHLÄGE und vier lange. Erschöpft und frierend stand Julia vor ihrer Zimmertür in der Pension »Johannishof« und wartete einen Augenblick, bevor sie aufschloss. Beziehungsweise aufschließen wollte, denn es war gar nicht abgeschlossen, und das war ein ungutes Zeichen. Ein verdammt ungutes Zeichen. Mit patschenden Schuhen lief Julia ins Zimmer hinein und sah sich um.

»Swetlana?«

Keine Antwort. Julia sah unter dem Bett nach, hinter den Vorhängen und im Bad, aber Swetlana war nicht da.

Das gibt's doch nicht, dachte Julia verzweifelt, hat die Rouché etwa …?

Plötzlich klopfte es an der Tür. »Entschuldigung?«

Eine männliche Stimme. Julia wusste nicht genau, ob und wo sie sie schon mal gehört hatte.

»Oberkommissar Schwartz, ich muss einen Sachverhalt klären.«

Scheiße, der Polizist! Julia rannte hektisch ins Bad, denn schon öffnete sich die Tür, und der Kommissar sah fragend ins Zimmer.

»Jemand zu Hause?«

Julia trat, in ein riesiges Badehandtuch gehüllt, aus dem Bad und rubbelte sich mit einem weiteren Handtuch die nassen Haare, als wäre sie aus der Dusche gekommen.

»Ach, Sie sind das«, lächelte Schwartz.

»Haben Sie jemand anderen erwartet?« Julia bemühte sich, so relaxed wie möglich zu klingen und vor allem nicht mit den Zähnen zu klappern.

»Ich weiß nicht.« Der Oberkommissar sah sich neugierig im Zimmer um. »Ich hatte keine Ahnung, wen ich hier antreffen würde.«

»Und jetzt sind Sie enttäuscht?«

»Nicht unbedingt. Tut mir übrigens leid, wenn ich Sie im Bad gestört habe.« Er sah etwas irritiert auf ihre Füße. »Duschen Sie mit Schuhen?«

»Was?«

Mist, er hatte ihre nassen Schuhe bemerkt. Kein Wunder, die quietschenden Dinger machten ziemlich auffällige feuchte Spuren auf der Auslegware.

»Ähm, ja, äh …«, Julia überlegte. »Damit man nicht ausrutscht.«

Schwartz verstand nicht gleich.

»In der Dusche«, setzte Julia hinzu.

»Mhm«, nickte Schwartz, »da würde ich aber lieber Gummischuhe nehmen. Das Wasser schadet dem Leder nur.«

»Ich habe meine Badelatschen vergessen.«

»In Düsseldorf«, nickte Schwartz.

»In Düsseldorf, ja.« Julia sah ihn fragend an. »Wollen Sie was von mir, oder …?«

»Schon möglich.« Schwartz hielt ihr den pappigen Rest der Karoschachtel hin. »Schauen Sie mal. Da steht Ihre Zimmernummer drauf.«

Julia schluckte und trieselte nervös eine ihrer feuchten Haarlocken.

»Das hatte eine minderjährige illegale Einwanderin dabei«, erklärte Schwartz, »die vorhin an der Grenze aufgegriffen wurde.«

»Aha«, machte Julia.

»Sieht aus, als wollte das Mädchen zu Ihnen.« Schwartz schloss die Zimmertür und lehnte sich gegen die Wand. »Würden Sie mir das erklären? Und versuchen Sie bitte, nicht allzu subjektiv mit Ihrer Wahrheit zu sein.«

Julia spürte, wie erneut die Übelkeit in ihr hochkroch.

»Was ist«, fragte Schwartz, »hat es Ihnen die Sprache verschlagen?«

Sie stürzte würgend ins Bad und erbrach sich. Warum ging eigentlich alles in ihrem Leben so dermaßen in die Hose? Reichte es nicht, von Schleppern gejagt und von Kudella vergewaltigt worden zu sein? Musste jetzt auch noch Swetlana verschwinden und dieser bescheuerte Kommissar auftauchen?

»Haben Sie was Falsches gegessen oder Bulimie?«

»Um ehrlich zu sein«, sprach Julia ins Klo, »ich habe noch gar nichts gegessen.« Sie kam wieder hoch, riss ein Stück Toilettenpapier ab und wischte sich damit über den Mund. »Tut mir leid. Das passiert mir manchmal.«

»Und nur mit Schuhen duschen Sie auch nicht.« Das Badetuch war verrutscht, und der Kommissar hatte entdeckt, dass sie darunter noch was trug. Mit einer schnellen Handbewegung zog er ihr das Handtuch von den Schultern. »Sondern sogar im Anorak?«

»Ich dusche immer bekleidet«, erklärte Julia rasch. »Das ist nichts Besonderes bei mir.«

»Eine Art Macke?«

»Kennen Sie das nicht?« Julia hatte das Gefühl, um ihr Leben reden zu müssen. »Sie stehen unter der Dusche, und plötzlich wird das Wasser brühend heiß oder eiskalt.«

»Hat mit dem Wasserdruck zu tun«, wusste Schwartz.

»Wenn Sie dann etwas anhaben, ist der Schock nicht ganz so groß.«

»Gute Idee«, nickte Schwartz verständig. »Muss ich auch mal ausprobieren.« Er nahm sie plötzlich an beiden Armen und sah sie eindringlich an. »Hören Sie, ich weiß nicht, was mit Ihnen los ist, aber ich mag Sie.«

Nicht schon wieder, dachte Julia.

»Sie gefallen mir. Und ich habe Angst um Sie!«

»Angst?« Julia lachte auf. Es sollte heiter und sorglos klingen, kam aber ziemlich hysterisch rüber. Fürchtete sie zumindest. »Nein, Sie brauchen keine Angst um mich zu haben. Eher sollte ich mich vor meinen Beschützern fürchten.«

»Wie meinen Sie das?«

»Ach, nichts.« Julia winkte ab. »Wie kommen Sie überhaupt darauf, dass dieses Mädchen zu mir wollte? Ich bin erst seit vorgestern in der Stadt.«

»Na und? Ich bin auch erst angekommen. Und trotzdem glaube ich, dass Sie in einer Geschichte drinstecken, die ziemlich gefährlich werden kann.« Er tippte sich gegen die Stirn. »So was hab ich im Gefühl. Afrikanische Gene.«

»Haben Sie einen Medizinmann in der Verwandtschaft?«

»Schlimmer«, erwiderte der Kommissar ernst. »Mein Großvater war Geisterbeschwörer. Wollten Sie mir noch was sagen?«

Julia schüttelte den Kopf.

Schwartz legte seine Visitenkarte auf den Nachttisch. »Falls Ihnen doch noch was einfällt.« Er nickte ihr zu und ging zur Tür. Dort drehte er sich noch mal um. »Wie heißen Sie eigentlich?«

»Julia. Julia Latte.«

Schwartz lachte.

»Haha«, machte Julia, »der Witz kommt bei mir genauso wie bei Ihnen Schwartz.«

»Das meine ich nicht.« Der Kommissar drückte Julia die Hand. »Ich bin Romeo.«

War das eine spezielle Anmache? Oder ... Julia sah ihn verständnislos an.

»Wirklich«, er ließ ihre Hand wieder los, »mein Vorname ist Romeo. Romeo Schwartz.« Er lächelte sie versonnen an. »Wenn wir Glück haben, sterben wir zusammen, Julia.«

Er wandte sich ab und verließ das Zimmer. Julia lief ihm nach.

»Ach, Romeo? Ich mein, Herr Schwartz ...«

»Sagen Sie ruhig Romeo, Julia.« Er stand an der Treppe. »Ich finde das schön. Gibt's noch was?«

»Was passiert denn mit dem Mädchen, das Sie an der Grenze erwischt haben?«

»Nichts«, sagte Schwartz, »die Behörden ermitteln ihre Eltern, und sie wird zurück nach Hause geschickt. Und in spätestens zwei Wochen ist sie wieder da. Zu neunzig Prozent jedenfalls. Wiedersehen.«

»Wiedersehen«, echote Julia und schloss die Tür. Dann lief sie zum Fenster und sah hinaus.

Unten trat der Kommissar auf den Platz, stieg in einen alten Citroën und fuhr Richtung Markt davon.

Julia schlug sich das Badetuch wieder um die Schultern und lief die Treppe hinunter.

»Frau Rouché?«

Die Wirtin kam aus ihren Hinterzimmer getrippelt und guckte sie skeptisch an. »Was wollte denn der Polizist von Ihnen?«

Julia ignorierte die Frage. »Waren Sie auf meinem Zimmer?«

»Nein«, beteuerte die Rouché. »Wieso? Fehlt was?«

Und ob, dachte Julia. »Es war nicht abgeschlossen, als ich kam. Und ich bin sicher, dass ich abgeschlossen hatte.«

»Ich habe nur den Herrn Paich reingelassen«, sagte die Rouché. »Aber das wissen Sie ja.«

»Das weiß ich nicht«, entfuhr es Julia, »und es war auch nicht abgesprochen.«

»Ich bitte Sie, Fräulein Latte, Sie haben mich gestern noch beide zu Tode erschreckt mit Ihren Geisterspielen.«

»Geisterspiele?«

»Oder warum auch immer Sie ein Laken über dem Kopf hatten. Was war denn das für eine Übung?«

Sie bekam keine Antwort mehr, denn Julia hatte schon ihr Badehandtuch fallen lassen und war auf die Straße gerannt.

55 SCHWARTZ SASS IN SEINEM WAGEN, als er den Anruf bekam. Düdeldüdeldü. Das Funktelefon. Und er mitten im Verkehr. Man konnte von der Inneren Weberstraße aus nicht einfach den Altstadtring kreuzen, um in die Äußere Weberstraße zu gelangen, denn das war eine Einbahnstraße aus der Gegenrichtung. Man musste erst links auf den Ring, dann rechts in die Äußere Oybiner und noch mal rechts in die Rathenaustraße rein, um dann von hinten über die Dresdener wieder auf die Weberstraße zu kommen – kurz: Schwartz war mit dem Autofahren mehr als beschäftigt, und ausgerechnet jetzt machte es düdeldüdeldü …

Die linke Hand am Steuer, wühlte er mit der rechten in seiner Aktentasche und holte das Funktelefon heraus.

»Anruf!«, meldete das Display, »Anruf!«

Schwartz zog die Antenne heraus und drückte die grüne Taste, dann klemmte er sich das Telefon ans Ohr.

»Schwartz, wo stecken Sie?«, knarzte die Petkovic. »Roland Paich liegt tot in seiner Spedition. Erschossen!«

»Teufel noch mal«, Schwartz gab Gas, »ich bin in drei Minuten da.«

Er warf das Funktelefon auf den Beifahrersitz, griff ins Handschuhfach nach dem Blaulicht und ploppte es, da die Déesse ein Kunststoffdach hatte, vorn links auf den Kotflügel. Dann schaltete er sein französisches Martinshorn ein und kam so gleichzeitig mit dem Bulli der Kriminaltechnik in der Spedition an.

Ein Porsche stand mit geöffneten Türen im Hof, Polizisten waren noch mit dem Absperren des Tatorts beschäftigt.

Schwartz sprang aus seiner Déesse. »Die Leiche?«

»Erster Stock«, einer der Polizisten deutete zum alten Speicher, »das Büro.«

»Danke.« Er nahm immer zwei Stufen auf einmal. Oben lehnte Liliana Petkovic in einem Türrahmen und rauchte.

Schwartz schob sie etwas beiseite und warf von der Türschwelle aus einen Blick auf die zwischen Aktenregal und Schreibtisch liegende Leiche. Ein junger Mann, vielleicht Anfang, Mitte zwanzig. Ein Einschussloch zwischen den Augen, um seinen Kopf herum hatte sich eine Blutlache gebildet.

»Tja«, sagte die Petkovic trocken, »das war's dann wohl.«

Die Spurensicherer kamen mit ihren Analysekoffern die Treppe hoch. Schwartz machte ihnen Platz.

»Wenn Sie hier fertig sind, nehmen Sie sich bitte gleich den Porsche unten vor«, sagte er, »wir haben den Verdacht, dass er von den Mördern benutzt wurde.«

»Glauben Sie, die haben Fingerabdrücke hinterlassen? Die Gussinskis doch nicht.«

»Vielleicht hat sie jemand kommen oder gehen sehen«, überlegte Schwartz. »Wir müssen sämtliche Leute in der Umgebung befragen.«

»Das hat keinen Sinn. Die Gussinskis hat niemand gesehen«, sagte Liliana Petkovic. »Die sieht nie jemand. Die sind quasi unsichtbar, verstehen Sie?«

»Nein«, erwiderte Schwartz, »verstehe ich nicht. Was wollen Sie mir sagen?« Er starrte sie ungehalten an. »Dass die hier jeden umlegen können, so wie sie gerade Lust haben? Gut, dann lassen wir die Ermittlungen doch ganz und gehen stattdessen einen Kaffee trinken.«

»Sie brauchen keinen Kaffee«, entgegnete die Petkovic, »Sie brauchen Schlaf. Gehen Sie ins Bett, Schwartz, hauen Sie sich aufs Ohr. Dann wird Ihre Laune auch wieder besser.«

Vielleicht hat sie recht, dachte Schwartz, denn er fühlte sich wie gerädert.

»Wen suchen die«, überlegte Liliana Petkovic, »was haben die vor?«

»Sie machen die Konkurrenz klein«, antwortete Schwartz, »indem sie sie töten. Und suchen tun sie die kleine entlaufene Hure aus dem Bus.«

»Weil sie eine Zeugin ist?«, fragte die Petkovic.

Schwartz nickte. »Schon möglich. Und weil sie Geld bringt.«

»Weil es ums Prinzip geht«, setzte die Petkovic hinzu. »Den Gussinskis haut keiner so einfach ab.«

»Oh doch«, widersprach Schwartz, »der BGS hat ein zweites Mädchen abgefangen. Jelena Stankova.«

»Tatsächlich?« Liliana Petkovic lächelte unmerklich. »Dann haben die Gussinski-Brüder ja heute einen richtig schlechten Tag erwischt.«

»Vielleicht sollten wir das ausnutzen«, sagte Schwartz. Die Frage war nur, wie?

»Die Leiche kann schon mal abtransportiert werden«, meldeten die Spurensicherer. »Die stört hier nur.«

»Ich sage unten Bescheid.«

Schwartz lief wieder nach unten und schickte zwei Männer hoch. »Den Toten in die Gerichtsmedizin, vielleicht finden die ja noch was.«

Er lief langsam zum Porsche und sah hinein. Schicker Wagen, dachte er, so was hätte ich auch gern. Nur so nebenher, falls die Déesse mal in die Werkstatt muss.

»Träumen Sie schon?« Liliana Petkovic war neben ihn getreten. »Legen Sie sich hin«, sagte sie und steckte sich eine neue Zigarette an. »Sie haben Ihren Fall gelöst. Das LKA übernimmt den Rest.«

»Und ich«, Schwartz sah sie an, »muss ich dann zu Habersaath zurück?«

Liliana Petkovic lächelte. »Sagen Sie bloß, Sie haben Gefallen an mir gefunden?«

»An Ihnen ganz besonders«, bekräftigte Schwartz, »vor allem an Ihrem Hintern.«

»Chauvinist!«

»Aber auch an Ihrer Arbeit im LKA. Eigentlich sind wir doch ein ganz hübsches Team. Sie und ich.«

»Hübsch vielleicht«, erwiderte die Petkovic, »ob erfolgreich, wird sich zeigen.«

»Wird es das?«

»Warum nicht?« Liliana Petkovic blickte ihren Rauchwolken nach. »Wenn ich bei uns ein Wort für Sie einlege und schön bitte, bitte sage.«

»Da danke ich schon mal im Voraus.«

»Was ist passiert?« Bleich kam eine junge Frau heran. Julia Latte aus der Pension »Johannishof«. Das Mädchen mit den Essstörungen. Und noch immer in feuchten Kleidern.

Schwartz sah sie an. »Was wollen Sie denn hier?«

»Was ist passiert?«, wiederholte Julia fröstelnd und starrte entsetzt auf den grauen Plastiksarg, der eben über den Hof getragen und in einen Leichenwagen geschoben wurde, auf dessen Flanken »GERICHTSMEDIZIN« stand.

»Es wurde jemand erschossen«, sagte Schwartz.

»Wer?«

»Roland Paich. War wohl der Chef hier.«

»Was? Roland?« Sie starrte ihn erschrocken an.

»Sie kannten ihn?« Schwartz zückte sein ledernes Notizbuch. »Woher?

»Wer hat ihn umgebracht?«, entfuhr es Julia. »Wer tut so was?«

»Wenn wir das wüssten, könnten wir zur Verhaftung schreiten«, erwiderte Schwartz.

»Wenn Sie bitte einfach die Fragen meines Kollegen beantworten würden«, mischte sich Liliana Petkovic ein. »Also: Kannten Sie den Mann und, wenn ja, woher?«

Julia sagte kein Wort und schluckte schwer. Vermutlich war ihr wieder schlecht.

»Nun mal raus mit der Sprache, Herzchen«, fauchte die Petkovic, »oder wollen Sie mit aufs Revier?«

Julia wandte sich ab und rannte weg.

»Jetzt haben Sie sie vertrieben«, regte sich Schwartz auf. »Warum gehen Sie das Mädchen so hart an?«

»Weil Sie was damit zu tun hat«, sagte die Petkovic, »das sieht man doch. Die steckt mit drin. Nun los! Die kriegen wir noch!«

Sie rannte ebenfalls los und Julia hinterher.

Nicht auch noch rennen jetzt, dachte Schwartz genervt und folgte trotzdem.

Liliana Petkovic war verdammt schnell, sie kletterte über Autos, hechtete über Zäune und Mülltonnen.

Julia war bei Weitem nicht so schnell und zudem sehr erschöpft. Aber sie kannte die Stadt und ihre Schleichwege. Sie wusste, durch welche Hinterhöfe und Gärten man entkommen konnte.

Die Petkovic wusste das nicht. Keuchend stand sie am Külzufer und starrte über die Mandau.

»Und?« Atemlos kam auch Schwartz dahergetrabt. »Wo ist sie?«

»Keine Ahnung.« Liliana Petkovic sah sich schnaufend um. »Ich hab sie verloren.«

56 DIE KLEINE SCHEIBE links oben im verrosteten Steuerhaus des Baggers: Das ist die Liebe. Ich visiere sie an, denn es hat sich ausgeliebt. Ab heute bin ich ein Vergewaltiger. Eine wahrhaft hassenswerte Person. Und als ich vorhin über Jule hergefallen bin, hat es gekracht. So wie jetzt Rolands tschechische Armeepistole. Ein lautes, trockenes Knallen, das die Scheibe zerspringen lässt. Wie die Liebe zerfällt sie in tausend kleine Scherben. Das wäre erledigt.

Nun muss ich nur noch Conchitababy aus meinem Hirn bekommen. Dafür könnte ich mir eine Kugel in den Schädel jagen, dann wäre es vorbei. Ich könnte aber auch eine andere der kleinen Fensterscheiben im Bagger nehmen, vielleicht die gleich rechts neben der Tür?

Schuss und Treffer. Blöd nur, dass ich trotzdem noch an Jule denken muss.

Ja, ja, die Liebe und der Suff, die reiben den Menschen uff. Und haste keene Liebe, dann bleibt dir nur der Suff. Egal, wie's läuft im Leben, am Ende gehste druff. – Prost! Wilthener Goldkrone sei dein Tröster.

Ich nehme einen großen Schluck, dann ist die Pulle leer. Auch egal. Ich werfe sie in hohem Bogen von mir und versuche, sie noch im Flug mit der Pistole zu treffen. Anvisieren, ausatmen, abdrücken.

Daneben. Ich bin schon zu besoffen. Die Flasche landet unversehrt im Baggersee. Platsch!

»Hör auf, um dich zu schießen, verdammt!«

Eindeutig Jule, die da so kreischt. Was will die denn schon wieder? Sie kommt durch die lehmige Grube gelaufen, landet auf allen vieren im Matsch und würgt angestrengt, doch es gibt nichts mehr, was sie auskotzen könnte.

Mann, Mann, Jule, echt! Ich will dich endlich vergessen. Schwankend gehe ich auf sie zu.

Jule hockt vornübergebeugt, die langen Haare im Gesicht, und wird von Weinkrämpfen geschüttelt. Und noch immer trägt sie ihre nassen Sachen. Na ja, ich hab mich ja auch nicht umgezogen. Schnaps wärmt. Leider ist er alle.

Ich hocke mich zu ihr, will ihr die Haare aus dem Gesicht streichen, doch sie stößt mich heftig weg.

»Fass mich nicht an!«

Schon gut, Süße. Schon gut.

»Du bist eine Gefahr für die Zivilisation!«

Sicher. Auch das.

»Das ist mir jetzt klar geworden.« Jule richtet sich wieder auf. »Du bist eine mörderische Bestie!« Hasserfüllt starrt sie mich an. »Und? Fühlst du dich jetzt besser? Hast ihn an die Wand gestellt, was? Kurzer Prozess! Baff!«

Ich hab keine Ahnung, wovon sie spricht, und komme mir vor wie ein Psychiater vor einem schwierigen Patienten.

»Jule, ich weiß nicht, was da gerade abgeht in deinem süßen Kopf. Wovon redest du?«

»Roland«, antwortet sie. »Das geht ab. Hast du ihm in die Augen geschaut, als du ihn erschossen hast? Hast du dich an seiner Angst geweidet? Oder war das einfach nur so … Baff, wie du immer sagst. Hast den Kerl mal eben umgenietet.«

Was faselt sie da? – Roland ist tot?

»Die Polizei ermittelt schon. Du gehst wegen Mord in den Knast, Kudella. Lebenslänglich.«

WAS? Himmel, was zum Teufel soll das heißen? »ROLAND IST TOT?«

»Hast du ihn damit getötet?« Sie hat plötzlich die tschechische Armeepistole in ihren Händen.

»Nein«, rufe ich aus. Herrgott, wie kommt sie bloß auf so einen Scheiß? »Ich bin kein Killer, Mann!«

Echt! Was traut die mir noch alles zu? Das ist doch irre. Total verrückt! Ich muss mich erst mal auf einen alten Traktorreifen setzen, der halb vergraben im lehmigen Sandboden steckt.

»Ist Roland wirklich tot?«

Jule antwortet nicht. Ihre Augen sind feucht und sehen total verheult aus. Unschlüssig dreht sie die Waffe in ihren Händen.

»Vorsicht, Baby, die Knarre ist entsichert und kann losgehen.« Ich erhebe mich wieder und will ihr die Waffe abnehmen, doch sie richtet die Pistole auf mich. Verblüfft halte ich in der Bewegung inne.

»Drehst du jetzt völlig durch, oder was?«

»Bitte, Kudella«, flüstert sie und sieht mich fast flehend an. »Wir gehen jetzt zur Polizei, okay? Damit das Morden endlich ein Ende hat. Damit nicht noch ein Unglück passiert.«

»Bist du bescheuert? Ich hab Roland nicht umgebracht.« Ich will einen Schritt auf sie zugehen, doch sie schreit:

»Bleib stehen!« Die Waffe in ihren Händen zittert leicht.

Eine Kugel ist noch drin im Lauf, denke ich. Acht waren im Magazin. Vier hatte ich mit Piet verschossen und eben drei. Also ist noch eine drin.

»Erschieß mich«, verlange ich tonlos, »na los! Mach!« Langsam gehe ich auf sie zu.

»Hör auf, Kudella!« Jule weicht zurück, ohne die Waffe runterzunehmen. »Ich mein's ernst!«

»Ich auch.« Hast schon ganz recht, ich bin eine mörderische Bestie. Mach Schluss, bevor noch ein Unglück passiert!

Ich packe sie wütend an den Handgelenken und drücke mir die Waffe gegen die Stirn. »Geht ganz leicht, Jule. Du musst nur den Abzug ziehen.«

Ihre Hände zittern, und ich spüre den kalten Lauf der Pistole an meinem Kopf. Na los, du blöde Kuh, schieß endlich! Ich hab's verdient. Du traust mir doch eh jede Sauerei zu. »Mach ein Ende!«

Sie will von mir weg, doch ich lasse sie nicht los. Sie soll endlich schießen, verdammt! Warum drückt sie nicht einfach ab? Zack, aus, Schluss! Ich umfasse Jules Handgelenke fester und schiebe sie langsam vor mir her auf den Baggersee zu.

»Na, mach schon! Ich bin's, Kudella, Rolands Mörder«, rege ich mich auf. »Du tust mir einen Gefallen, wenn du mich erschießt.«

»Du bist irre«, flüstert Jule und fängt an zu weinen, »du bist vollkommen verrückt.« Die Waffe in ihren Händen zittert stärker, aber sie kann sie nicht loslassen. Meine Hände sind wie ein Schraubstock. Sieh nur, die Knöchel meiner Finger treten weiß hervor. Du musst mich erschießen, Jule, wenn du von mir loskommen willst.

Wir haben das Ufer des Baggersees erreicht, und das Wasser steigt langsam an unseren Beinen hoch.

Na, was ist? Du hast doch Schiss vorm Wasser, panische Angst. Du wirst ersaufen, wenn du mich nicht tötest. Du wärst sowieso längst ersoffen.

»Katenbach, weißt du noch? In der Schwimmhalle. Da wärst du als Erstes ertrunken. Als er dich reingeschmissen hat. Vielleicht hätten wir es dabei belassen sollen!«

»Ich hasse dich«, schreit Jule verzweifelt und will sich losreißen. Sie versucht, mir gegen das Schienbein zu treten, doch ich drücke ihre Handgelenke brutal nach oben weg, sodass sie im Wasser vor mir in die Knie gehen muss.

»Hör auf, Kudella«, stöhnt sie auf, »du tust mir weh!«

»Ach ja? Wundert dich das, Jule?« Ich hab so die Schnauze voll. »Vielleicht macht es mir Spaß, dir wehzutun. Ich bin doch eine Bestie, eine brutale Faschosau, schon vergessen?«

Das Wasser umspült ihre Schultern. Sie starrt mich angstvoll an, schießt aber noch immer nicht. Warum zögerst du?, denke ich immer wütender. Du hast doch ohnehin längst über mich gerichtet. Kudella, der böse Rassist und Frauenschänder. Eine Gefahr für jeden Gutmenschen. Du solltest deinem Urteil Taten folgen lassen, Jule! Du musst es vernichten, das Böse. Sonst bringt es dich um. Sonst ertränkt es dich, wenn du nicht endlich schießt!

»Du bist hier mal im Eis eingebrochen, erinnerst du dich? Auch da wärst du gestorben, wenn ich dich nicht rausgeholt hätte. Und zuletzt heute an der Neiße. Du wärst jedes Mal ersoffen, Jule. Du wärst schon lange tot.«

Ich packe ihren Kopf und drücke ihn brutal unter Wasser. Sie zappelt heftig, ihr langes Haar wogt herum, Luftblasen steigen auf.

»Vielleicht hätte ich nie in dein Schicksal eingreifen sollen, Jule. Vielleicht wäre das besser gewesen. Denn dann ...« Ich ziehe sie an der Kapuze ihres Anoraks wieder hoch. »... wäre uns diese ganze Scheiße hier erspart geblieben.«

Sie prustet, hustet erstickt Wasser. »Bitte, Kudella ...«

Bitte? Ich fasse es nicht! Habe ich eben »bitte« gehört? »Die ganze Zeit machst du mich hier fertig und plötzlich ›bitte‹? – Einen Mörder kann man nicht bitten, Julia!«

Ich tauche sie wieder unter. Wollen wir doch mal sehen, wie viel dein Scheißpazifismus wert ist. Absaufen oder den Nazi abknallen, deine Entscheidung, Jule. Es ist ganz einfach. Ich oder du ...

57 IN DER SPEDITION wurde alles auf den Kopf gestellt. Durchsuchungskommandos räumten Regale und Aktenschränke aus, kistenweise wurden Unterlagen und Ordner beschlagnahmt, jeder Lastwagen wurde gründlich inspiziert.

Oberkommissar Romeo Schwartz und Liliana Petkovic saßen in der Déesse auf dem Hof der Spedition und hatten beide eine Bratwurst vom »Imbiss am Ring« in den Händen.

»Und?«, fragte Schwartz. »Gut?«

»Lecker.« Liliana Petkovic kaute. »Gab's die schon zu Ostzeiten?«

»Na sicher. Hungern mussten wir nicht.«

»Das wäre noch gekommen«, da war sich die Petkovic sicher, »Honecker hätte euch nicht mehr lange ernähren können.«

»Ach ja? Wie kommen Sie darauf?«

»Das hab ich irgendwo gelesen. Im ›Spiegel‹, glaube ich.«

»Na dann«, Schwartz schüttelte unmerklich den Kopf, »muss es ja stimmen. Dann wäre das Zentrum des Aufstandes gegen die SED aber nicht in Leipzig oder Berlin gewesen, sondern hier.«

»In Zittau?«

»In Zittau«, nickte Schwartz, »wenn der ›Imbiss am Ring‹ keine

Würste mehr gehabt hätte ... Was denken Sie, wie die Leute hier auf die Barrikaden gegangen wären. Das hätte einen Sturm gegeben, der alles hinweggefegt hätte.«

»Verstehe. Schlesischer Weberaufstand zwei.«

»Genauso wie Görlitz«, bekräftigte Schwartz, »keine sauren Gurken mehr – und Honecker hätte gehen müssen.«

»Nun hat es ja auch so geklappt«, sagte die Petkovic.

»Wegen der Mauer!« Schwartz tippte sich gegen die Stirn. Denn was war die Mauer schon gegen Görlitzer Gurken und Zittauer Bratwürste.

»Ich habe übrigens eine Idee, wie wir die Gussinskis doch noch schnappen können«, sagte er nach einer Weile.

»Sie wollen sich unbedingt fürs LKA empfehlen, oder?«

»Ich möchte vor Ihnen brillieren, Petkovic«, sagte Schwartz. »Wenn enner zu woas kumm'm will, do muss'r woas derfinn; sunnst koannerch's ganze Lab'm lang im a poar Pfennge schinn!«

»Bitte?«

»Wenn einer zu was kommen will«, übersetzte Schwartz, »dann muss er was erfinden, sonst kann er 's ganze Leben lang für ein paar Pfennige schinden. – Bihms Koarle.«

»Und mit solchen Sprüchen wollen Sie die Gussinskis an den Galgen bringen?«

»An den Köder«, verbesserte Schwartz, »an den Köder. Sie haben doch gesagt, dass den Russen nicht einfach so jemand abhaut, richtig?«

»Richtig.«

»Dass das so 'n Ehrending für die ist.«

»Das haben Sie gesagt.«

»Wie auch immer«, Schwartz sah sie an, »wir haben dieses eine Mädchen, diese Jelena. Und ...« Er deutete durch die Windschutzscheibe hinaus auf einen grün-weißen Polizeibulli. »... wir haben Tom Pagels. Die Gussinskis wissen aber nicht, dass wir den haben. Wir könnten also etwas inszenieren, einen Köder in die trübe Brühe des Verbrechens hängen, sozusagen.«

»Dazu müsste der Pagels aber mitmachen.« Die Petkovic verstand schnell.

»Das lassen Sie mal meine Sorge sein«, sagte Schwartz, »den klopfe ich uns notfalls windelweich.«

»Und wir müssten wissen, wo dieses andere Mädchen ist, die Hure aus dem Bus.«

»Das weiß der Pagels sicher.« Schwartz öffnete die Beifahrertür. »Bin gleich zurück.«

Er lief auf den grünen Polizeibulli zu und setzte sich hinein, Tom Pagels direkt gegenüber.

»Ich habe einen Vorschlag«, sagte er, »wie Sie Ihren Kopf retten können.«

»Sie wollen meinen Kopf retten?« Pagels bezweifelte dies offensichtlich. »Ich bin doch viel zu mies für Sie.«

»Na und? Wenn ich dafür zwei noch miesere Typen kriegen kann … Alles eine Frage der Relation.«

»Die Gussinskis?« Pagels winkte ab. »Ohne mich.«

»Wenn die hängen, hängen nicht Sie. Würde ich mir überlegen.«

»Ich will vor allem überleben.«

»Das werden Sie nicht, solange die Gussinskis da draußen frei herumlaufen«, sagte Schwartz, »denn irgendwann kommen auch Sie wieder frei, Herr Pagels. Und dann sind Sie dran. – Also?«

Tom Pagels kratzte sich am Kopf. »Wie lange habe ich Bedenkzeit?«

»Keine Bedenkzeit«, Schwartz winkte ab, »Sie müssen sich jetzt entscheiden.«

»Was wollen Sie von mir?«

»Zuerst will ich wissen, wo diese Hure aus dem Bus steckt. Sie haben mir doch erzählt, dass der Paich Sie angerufen hat. Dass er das Mädchen irgendwohin gebracht hat.«

»An einen sicheren Ort, ja.« Tom Pagels überlegte.

»Strengen Sie sich an! Wo könnte das sein?«

»Keine Ahnung.« Pagels schüttelte bedauernd den Kopf.

»Es muss ein Ort sein, von dem die Gussinskis nichts wissen, richtig?«

»Wer sagt Ihnen überhaupt, dass das Mädchen noch dort ist?«, fragte Tom Pagels. »Vielleicht hat Roland es den Brüdern ja noch erzählt. Um seinen Kopf zu retten.«

»Durchaus möglich«, nickte Schwartz. »Aber das kriegen wir nur raus, wenn wir wissen, wohin der Paich die Kleine gebracht haben könnte.«

»Da fällt mir spontan nur ein Ort ein.«

»Ja und?« Schwartz beugte sich ungeduldig vor.

»Es gibt da so einen Baggersee in der Nähe. Roland hat mal davon erzählt. Die haben da früher als Jugendliche rumgehangen, Mädels geknutscht und so.«

»Ein Baggersee?«

»Ein alter Tagebau«, sagte Pagels. »Südwestlich von hier. Die Humboldtstraße raus.«

»Das ist der Anfang zu einem besseren Leben, Pagels«, versprach Schwartz und stieg wieder aus dem Bulli.

58 ES KOTZT MICH SO AN!

Warum bin ich immer der Böse? Warum unterstellt sie mir immer alles Schlechte? Was habe ich getan, dass sie so denkt? Dass ich in ihrer einfachen Welt aus Gut und Böse, Schwarz und Weiß immer auf der falschen Seite stehe? Ich habe doch alles versucht. Habe sogar diese Russenhure aus dem Schleppernest befreit. Habe mich anschießen lassen, dass mir der Arm bald abfällt. Und trotzdem: Für Jule bin ich die Sau. Der Vergewaltiger. Sogar einen Mord traut sie mir zu. Klar, Roland war ein Arschloch. Aber er war auch mein Kumpel. Ich habe ihn nie verraten deswegen. Und ich hätte ihn nie töten können. Aber Jule traut mir das zu. Die traut mir jeden Scheiß der Welt zu. Warum nur?

WARUM?

Ich sehe auf das Wasser unter mir. Luftblasen steigen auf. Langes rotblondes Haar umflort meine Hände. Anfangs hat sie sich noch heftig gewehrt, aber allmählich wird sie schwächer. Ich lasse sie wieder auftauchen.

Japsend starrt sie mich an, mehr tot als lebendig, das Gesicht vom nassen Haar verdeckt.

»Na, das ist böse, wie?«, frage ich sie leise. »Du willst mich ja unbedingt in dieser Ecke haben. Okay. Jetzt bin ich mal so. Genau der Böse, für den du mich immer gehalten hast. Und vielleicht gefällt es mir ja, das Böse. Weil es nicht halb so verlogen ist wie das angeblich Gute!«

Mit der linken Hand greife ich ihr ins nasse Haar, ziehe ihren Kopf nach hinten. Mit der rechten Hand drücke ich ihr die Pistole an die Stirn. Eine Kugel ist noch drin.

»Du hast die Gelegenheit vertan, Jule. Du hättest mich töten sollen. Jetzt ist es zu spät. Das Böse hat gewonnen. Und wenn ich jetzt abdrücke, ist alles vorbei für dich. – Ende! – Abgeknipst.«

Dabei habe ich sie so geliebt. Immer. Bedingungslos. Sie war immer mein Engel. Mein kleiner, süßer Engel …

Ich streiche ihr liebevoll über die zitternden Lippen. Beuge mich zu ihr, küsse sie. Ganz sanft. Kein Knutschen, nur eine Berührung. Ich liebe sie. Warum hasst sie mich so?

Oder nicht? Sie öffnet ihren Mund ein wenig, erwidert meinen Kuss. Sie schließt ihre Augen und schmiegt sich zitternd an mich, ihre nassen Arme umschlingen mich ganz fest. Ihr schmaler Körper drückt sich an den meinen, so als könne uns nie wieder etwas trennen. Unsere Zungen umkreisen einander, wir sind uns ganz nah und voller Leidenschaft.

Und dann tritt sie mir in die Eier. Sie stößt mich zurück, schnellt aus dem Wasser hoch und spritzt davon.

Mit Schmerzen reiße ich die Pistole hoch und drücke ab. Ganz automatisch. Es ist ein Reflex.

Jule bäumt sich auf, stolpert auf den letzten Metern und bleibt bäuchlings im schlammigen Wasser liegen.

Jetzt erst erwache ich. Wie aus einer Trance. Und befinde mich in einem Alptraum. Denn mir wird klar, dass ich tatsächlich geschossen habe. Ich starre auf Rolands tschechische Armeepistole in meinen ausgestreckten Händen. Ich habe geschossen und getroffen. Das verlernt man nie.

»Jule!«, schreie ich und laufe zu ihr hin. Um Gottes willen, Jule! Sie liegt im Wasser mit dem Gesicht nach unten und rührt sich nicht. In ihrem Rücken ein Einschussloch, kaum zu sehen zwischen den Falten des klatschnassen Anoraks, aber es ist da.

Ich habe sie wirklich erschossen! Mit meiner letzten Kugel! Die Waffe fällt mir aus der Hand, platscht ins Wasser.

»Jule!« Entsetzt falle ich neben ihr auf die Knie.

Jule, bitte, tu mir das nicht an, tu mir das nicht an!

Vorsichtig drehe ich sie auf den Rücken, wische ihr die langen Haare aus der Stirn. Sie sieht mich an, mit seltsam verschleiertem Blick, stöhnt leise.

Die Kugel hat ihren Körper glatt durchschlagen, denn auch unterhalb ihrer Brust sickert aus ihrem feuchten Pulli Blut.

Das wollte ich nicht! Verdammt, ich wollte das doch nicht, niemals! Jule, stirb nicht, hörst du? Du darfst nicht sterben! Ich nehme sie vorsichtig in den Arm, streichle ihr über den nassen Kopf. Tränen laufen mir über die Wangen. Stirb nicht, bleib bei mir, Jule, tu mir das nicht an!

»Halt mich fest«, haucht sie zitternd und drückt mit kleiner weißer Faust meine Hand, »halt mich ganz fest.«

»Ich hab dich, Jule«, beruhige ich sie, »ich hab dich.«

Sie lächelt schwach. »Es wird alles wieder gut, ja?«

»Sicher, Jule«, nicke ich, »alles wird gut.«

Sie sieht mich an aus großen Augen, ihr Blick wird weit und klar. Dann fällt ihr Kopf kraftlos hintenüber.

Nein, denke ich, bitte nicht! – JULE!

Ich presse sie fest an mich. Jule, geh nicht weg, tu mir das nicht an! Bleib bei mir, bleib bei mir, bleib bei mir!

OH GOTT, BITTE, BLEIB BEI MIR!!!

Ich sehe nicht den alten Citroën, der, mit einem Blaulicht vorn auf dem Kotflügel, über die lehmige Ebene heranschaukelt und direkt neben mir stoppt.

Ich bemerke nicht den Kommissar, der eilig aus dem Wagen steigt und sich fluchend zu mir und Jule herunterbeugt.

»Petkovic! Notarzt, schnell!«

Ich höre nicht das Bellen der Suchhunde, mit denen uniformierte Polizisten das gesamte Gelände um den Baggersee absuchen. Sie schlagen am Bauwagen an. Irgendwer hat Swetlana, die freche Hure aus dem Bus, gefesselt und geknebelt hier eingesperrt. Jetzt wird sie befreit, aber ich bekomme davon nicht viel mit. Es interessiert mich auch nicht. Abwesend hocke ich im Matsch und halte Jules schlaffe Hand. Bin wie betäubt. Ich fühle nichts, mein Kopf ist leer. Ich spüre nur den Wind. Mit sanften, kühlen Böen kräuselt er das Wasser auf dem Baggersee und schüttelt das Herbstlaub aus den Kronen der umliegenden Bäume.

Und er trägt Musik heran. Astor Piazzolla. Ganz deutlich höre ich das Bandoneon.

»Vuelvo al Sur,
como se vuelve siempre al amor,
vuelvo a vos,
con mi deseo, con mi temor.«

Das Lied, mit dem wir einst den Wettbewerb der sächsischen Tanzschulen gewannen.

»Quiero al Sur,
su buena gente, su dignidad,
siento el Sur,
como tu cuerpo en la intimidad.«

Zu dem wir tanzten im »La Habanera«.
Und ganz zuletzt in meiner Laube.

»Vuelvo al Sur,
llevo el Sur,
te quiero Sur,

te quiero …«

EPILOG

»... der Zugriff erfolgte am 18.10.1993 gegen 14.20 Uhr an der Jagdhütte Sennerweg im Zittauer Gebirge, 1,5 Kilometer südwestlich von Oybin. Beteiligt waren ein MEK des BGS und ein SEK des LKA, beide unter dem Kommando von Hauptmann Werner Kloppke. Die Beschuldigten Valentin und Igor G. hatten sich in der o.g. Hütte eingefunden, um vom Angeklagten Tom Pagels die sich illegal in Deutschland aufhaltenden minderjährigen Zwillingsschwestern Swetlana und Jelena S. übernehmen zu können, um sie zur Prostitution zu zwingen und ggf. ins Ausland zu verkaufen. Entlastend sei an dieser Stelle erwähnt, dass ohne die freiwillige Kooperation des Angeklagten Pagels eine erfolgreiche Operation gegen die Beschuldigten nicht möglich gewesen wäre ...«

»Sind Sie immer noch nicht fertig mit Ihrem Bericht?«

Schwartz hatte Liliana Petkovic gar nicht eintreten hören und drehte sich überrascht zu ihr um. Sie sah sich interessiert die Bilder an, die er ans Board neben der Tür geheftet hatte. Es waren die Blitzerfotos von der B 99. Schwartz am Steuer seiner Déesse. Zunächst sah er noch ganz normal geradeaus, doch auf dem zweiten Bild hob er schon den Stinkefinger. Auf dem dritten streckte er die Zunge raus, und Nummer vier zeigte den Kommissar grimassierend mit dem Finger an der Stirn.

»Kompliment«, sagte die Petkovic, »nette Aufnahmen.«

»Gefallen Sie Ihnen? Die haben mich immerhin den Führerschein gekostet. Sechs Wochen Fahrverbot. Die Kollegen verstehen da offenbar keinen Spaß.«

»Und wie sind Sie heute ins Büro gekommen?«

»Mit dem Rad. Die Déesse steht schön warm und trocken bei Oma in Dittelsorf in der Garage.« Schwartz wandte sich wieder der Schreibmaschine zu.

Die Petkovic trat von hinten an ihn heran und sah ihm beim Tippen zu.

»Warum sind Sie eigentlich bei Ihrer Großmutter aufgewachsen?«

»Was?« Irritiert unterbrach er sein Getippe. »Wieso?«

»Das war die Frage«, nickte die Petkovic. »Wieso?«

»Keine Ahnung.« Schwartz zuckte mit den Schultern. »Vielleicht fand meine Mutter den antiimperialistischen Befreiungskampf in Afrika wichtiger als mich.«

»Meinen Sie?«

»Revolutionäre müssen Prioritäten setzen, wenn sie was erreichen wollen.«

»Aber Sie haben sie immer vermisst.«

»Nein.« Schwartz schüttelte den Kopf. »Ich habe sie ja nie wirklich kennengelernt.« Er drehte sich von der Schreibmaschine weg und sah die Petkovic an. »Ich war zweiundzwanzig, da schickten sie einen Sarg aus Accra. Das Militär in Ghana hatte geputscht, und meine Eltern waren hingerichtet worden. Ich sollte den Leichnam meiner Mutter identifizieren, aber wie hätte ich das können sollen? Ich hatte sie ja praktisch noch nie gesehen.«

»Sie sind verletzt«, stellte die Petkovic fest.

»Nicht mehr als andere.« Schwartz wandte sich wieder seinem Bericht zu.

»Wollen Sie nicht Feierabend machen? Es ist schon nach sechs.«

»Dann wird es wohl sieben werden«, erklärte Schwartz und wies gähnend auf einen Stapel Papiere. »Vielleicht auch acht. Ich muss diesen ganzen Mist noch abtippen.«

»Sie sitzen daran schon den ganzen Nachmittag, Schwartz!«

»Na und? Ist das ein Problem? Ich bin doch keine Tippse. Männer wie ich arbeiten nun mal mit dem Zweifingersuchsystem. Das dauert.« Hektisch tippte er weiter, etwas stockend. Ungeübt.

»Machen Sie morgen weiter!« Die Petkovic klopfte ihm behutsam auf die Schulter. »Ich wollte mit Ihnen heute noch essen gehen.«

Schwartz sah verblüfft auf. »Ganz neue Töne, Petkovic. Sie laden mich ein?«

»Ja. Warum nicht?«

Das ist der Preis der westlichen Emanzipation, dachte Schwartz. Da müssen auch Frauen die Zeche zahlen. Wäre bei uns nie möglich gewesen. Man hätte sofort als Schnorrer gegolten.

»Mir geht ein Bild nicht aus dem Kopf«, sagte Liliana Petkovic nachdenklich. »Als Sie da saßen, im Krankenhaus vor dem OP. Sie und dieser Skinhead ...« Sie lächelte versonnen. »Ein Neonazi und ein Schwarzer, nebeneinander, händchenhaltend und Kopf an Kopf. Das fand ich hoffnungsvoll.«

»Wir waren müde«, erklärte Schwartz. »Wir hatten die ganze

Nacht vor dem Operationssaal verbracht. Die Ärzte haben gesagt, wir sollen gehen, aber der Junge wollte nicht weg. Das war kein Nazi. Der wollte das Mädchen nicht umbringen, der war einfach nur verzweifelt. Er hat die ganze Zeit geweint. Da gab ich ihm meine Hand. Er hat sie nicht mehr losgelassen. Irgendwann sind wir eben eingeschlafen.«

Schwartz seufzte.

»Und das Mädchen?« Liliana Petkovic stand am Fenster und zündete sich eine Zigarette an. »Hat es überlebt?«

Tja ... Schwartz erhob sich nachdenklich.

»Das«, sagte er nach einer Weile und zog bedächtig seinen Wintermantel an, »erzähle ich Ihnen beim Essen.«

Er hielt ihr die Tür auf.

»Gehen wir?«

»Gern«, sagte die Petkovic und hakte sich bei ihm ein. »Gehen wir.«

ENDE

Worterklärungen

S. 57 Вариант пират – Variante Freibeuter

понимать Брат, понимать. – Verstehe Bruder, verstehe!

S. 94 *Uwaga!* – Achtung!

msza – Messe

papiez – Papst

bielizna – Unterwäsche

S. 95 *na prawo* – nach rechts

na lewo – nach links

prosto – geradeaus

biuro meldunkowe – Meldebüro, Einwohnermeldeamt

Brzozowa czternaście. – Brzozowa (Straßenname) vierzehn

S. 152 Что случилось? – Was ist passiert?

Как ты себя чувствуешь? – Wie fühlst du dich?

Ты говоришь по-русски? – Sprichst du russisch?

Nemjetzki – deutsch

S. 262 *Kto Jelena?* – Wo ist Jelena?

S. 263 *Ja idu ottuda tebja sestra Swetlana, panimajesch?* – Ich komme von deiner Schwester Swetlana, verstehst du?

Mui tebja privestjemk swoi, okay? – Wir bringen dich zu ihr, okay?

Dawai, dawai – Beeilung (schnell, schnell)

Oliver G. Wachlin
WUNDERLAND
Broschur, 336 Seiten
ISBN 978-3-89705-588-9

»Mit viel Feingefühl ist Wachlin an die Ausarbeitung seiner Protagonisten und deren Leben herangegangen und hat es geschafft, zwei Schicksale aufzuzeigen, die in der damaligen Zeit so hätten verlaufen können.« www.media-mania.de

»Amüsant kriminelle ›Wendekomödie‹. Original, originell, gefühlsecht.« www.berlinkriminell.de

www.emons-verlag.de

Oliver G. Wachlin,
TORTENSCHLACHT
Broschur, 304 Seiten
ISBN 978-3-89705-766-1

»Oliver Wachlin kreiert pünktlich zum Jubiläum seine Persiflage auf die Wende, einen köstlich närrischen Tanz ums Goldene Kalb, hier ›Tortenschlacht‹ genannt.«
www.berlinkriminell.de

»Spannend, humorvoll und immer wieder überraschend – insofern kein Krimi der üblichen Art.« Antenne Brandenburg

www.emons-verlag.de